林格伦作品选集·美绘版

亲爱的所有中国孩子：

　　我多么想给你们每一个人都直接写信，表达对你们阅读我的书的喜悦。但是此时此刻，我只能说：祝你们阅读愉快。继续读吧，直到把我的书全部读完。

致热烈的问候！

阿斯特丽德·林格伦

LINGELUN
DAZHENTANXIAOKALAI
MeiHuiBan

大侦探小卡莱

〔瑞典〕阿斯特丽德·林格伦 ◆ 著
李强 ◆ 画（内文）
王文成 ◆ 画（封面）
李之义 ◆ 译

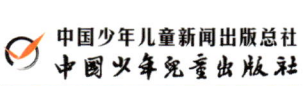

中国少年儿童新闻出版总社
中国少年儿童出版社
北京

大侦探小卡莱

林格伦作品选集【美绘版】

〔瑞典〕阿斯特丽德·林格伦 ◆ 著
李强 ◆ 画
李之义 ◆ 译

原版书名：**Maesterdetektiven Blomkvist** (Maesterdetektiven Blomkvist, Maesterdetektiven Blomkvist lever farligt, Kalle Blomkvist och Rasmus)

原出版人：Rabén & Sjoegren Bokförlag AB, Stockholm, Sweden

© Saltkrakan AB / Astrid Lindgren 1946, 1951, 1953

All foreign rights are handled by Saltkrakan AB, Sweden, info@saltkrakan.se
For information about Astrid Lindgren's books, see www.astridlindgren.com

图书在版编目（CIP）数据

大侦探小卡莱 /（瑞典）林格伦（Lindgren,A.）著；李之义译．—北京：中国少年儿童出版社，2009.10（2024.7 重印）
（林格伦作品选集）
ISBN 978-7-5007-9411-0

Ⅰ．大⋯ Ⅱ．①林⋯ ②李⋯ Ⅲ．儿童文学-长篇小说-瑞典-现代 Ⅳ．I532.84

中国版本图书馆 CIP 数据核字 (2009) 第 173861 号
著作权合同登记　图字：01-2016-5522

DA ZHEN TAN XIAO KA LAI
（林格伦作品选集）

出版发行：中国少年儿童新闻出版总社
　　　　　中国少年儿童出版社

执行出版人：马兴民

策　　划：徐寒梅　缪　惟　高秀华	装帧设计：缪　惟
责任编辑：徐寒梅　缪　惟　高秀华　安今金	责任校对：尤根兴
美术编辑：缪　惟	责任印务：厉　静

社　　址：北京市朝阳区建国门外大街丙 12 号	邮政编码：100022
总 编 室：010-57526070	发 行 部：010-57526568
官方网址：www.ccppg.cn	编 辑 部：010-57526320

印刷：北京华宇信诺印刷有限公司

开本：880mm×1230mm　1/32	印张：17.5
版次：2009 年 10 月第 1 版	印次：2024 年 7 月第 35 次印刷
字数：300 千字	印数：357001-362000 册
ISBN 978-7-5007-9411-0	定价：45.00 元

图书出版质量投诉电话：010-57526069　电子邮箱：cbzlts@ccppg.com.cn

序

在当今世界上，有两项文学大奖是全球儿童文学作家的梦想：一项是国际安徒生文学奖，由国际儿童读物联盟(IBBY)设立，两年颁发一次；另一项则是由瑞典王国设立的林格伦文学奖，每年评选一次，奖金500万瑞典克朗，是全球奖金额最高的奖项。

瑞典儿童文学大师阿斯特丽德·林格伦女士(1907—2002)，是一位著作等身的国际世纪名人，被誉为"童话外婆"。林格伦童话用讲故事的笔法、通俗的风格和神秘的想象，使作品充满童心童趣和人性的真善美，在儿童文学界独树一帜。1994年，中国少年儿童出版社把引进《林格伦作品集》列入了"地球村"图书工程出版规划，由资深编辑徐寒梅做责任编辑，由新锐画家缪惟做美编，并诚邀中国最著名的瑞典文学翻译家李之义做翻译。在瑞典驻华大使馆的全力支持下，经过5年多的努力，1999年6月9日，首批4册《林格伦作品集》(《长袜子皮皮》《小飞人卡尔松》《狮心兄弟》《米欧，我的米欧》)在瑞典驻华大使馆举行了首发式，时年92岁高龄的林格伦女士还给中国小读者亲切致函。中国图书市场对《林格伦作品集》表现了应有的热情，首版5个月就销售一空。在再版的同时，中国少年儿童出版社又开始了《林格伦作品集》第二批作品(《大侦探小卡莱》《吵闹村的孩子》《疯丫头马迪根》《淘气包埃米尔》)的翻译出版。可是，就在后4册图书即将出版前夕，2002年1月28日，94岁高龄的阿斯特丽德·林格伦女士

林格伦作品选集
LINGELUN ZUOPINXUANJI

在斯德哥尔摩家中,在睡梦中平静去世。2002年5月,中少版《林格伦作品集》第二批4册图书正式出版。至此,中国少年儿童出版社以整整8年的时间,完成了150万字之巨的《林格伦作品集》8册的出版规划,为广大中国少年儿童读者奉献了一套相对完整、系统的世界儿童文学精品巨著,奉献了一个美丽神奇的林格伦童话星空。

由地球作为载体的人类世界是千姿百态、丰富多彩的。可以是物质的,也可以是精神的;可以是科学的,也可以是文学的。少年儿童作为人类的未来和希望,从小就应该用世界文明的一流成果来启蒙,来熏陶,来滋润。让中国的少年儿童从小就拥有一个多彩的"文学地球",与国外的小朋友站在阅读的同一起跑线上,是我们中国少年儿童出版社的神圣职责。在人类进入多媒体时代的今天,中国少年儿童出版社倾力打造了高格调、高品质的皇冠书系,该书系的图书均以"美绘版"形式呈献。皇冠书系"美绘版"图书自上市以来迅速得到了广大青少年读者的认可,取得了良好的社会效益和经济效益。今天,中国少年儿童出版社将《林格伦作品选集》纳入皇冠书系,以"美绘版"形式再次出版林格伦女士最具代表性的作品,它们分别是《长袜子皮皮》《淘气包埃米尔》《小飞人卡尔松》《大侦探小卡莱》《米欧,我的米欧》《狮心兄弟》《吵闹村的孩子》《疯丫头马迪根》《绿林女儿罗妮娅》《海滨乌鸦岛》《叮当响的大街》《铁哥们儿擒贼记》《小小流浪汉》《姐妹花》。此次中国少年儿童出版社倾力打造的"美绘版"《林格伦作品选集》,就是要让世界名著以更美的现代化形式走近少年儿童读者,就是要让林格伦的童话星空更加绚丽多彩。

愿《林格伦作品选集》(美绘版)陪伴广大的少年儿童朋友快乐成长,美丽成长。

林格伦和她创造的儿童世界

—— 李之义 ——

早在世纪之初著名作家埃伦·凯伊（1849—1926）就曾预言，20世纪将成为儿童世纪。这句话是否应验，这里不去讨论，但是林格伦在1945年步入儿童文坛就标志着世纪儿童已经诞生。这就是皮皮露达·维多利亚·鲁尔加迪娅·克鲁斯蒙达·埃弗拉伊姆·长袜子。起这个名字的人是林格伦的女儿卡琳。1941年女作家七岁的女儿卡琳因肺炎住在医院，她守在床边。女儿每天晚上请妈妈讲故事。有一天她实在不知道讲什么好了，就问女儿："我讲什么呢？"女儿顺口回答："讲长袜子皮皮。"是女儿在这一瞬间想出了这个名字。她没有追问女儿谁是长袜子皮皮，而是按着这个奇怪的名字讲了一个奇怪的小姑娘的故事。最初是给自己的女儿讲，后来邻居的小孩也来听。1944年卡琳十岁了，林格伦把这个故事写出来作为赠给女儿的生日礼物。后来她把稿子寄给伯尼尔出版公司，但是被退了回来。此举构成了这家最大的瑞典出版公司最大的失误。1945年作者对故事做了一些修改，以它参加拉本和舍伦出版公司举办的儿童书籍比赛，获得一等奖。《长袜子皮皮》一出版立即获得成功，此事绝非偶然。当时关于瑞典儿童的教育问题的辩论正进行得如火如荼——以昔日的权威性教育为一方，以现代自由教育思想为另一方。早在20世纪30年代，人们就开始对童年教育感兴趣，并有新的儿童教育信号出现。很多人提出，对儿童进行严厉、无条件服从的教育会使儿童产生压抑和自卑感。人们揭露和批判当局推行的类似德国纳粹主义和意大利法西斯主义的绝对

权威和盲从的教育思想。

《长袜子皮皮》这部作品讲一位小姑娘,她一个人住在一栋小房子里,生活完全自理,富得像一位财神,壮得像一匹马。她所做的一切几乎都违背成年人的意志,不去学校上学,满嘴的瞎话,与警察开玩笑,戏弄流浪汉。她花钱买一大堆糖果,分发给所有的孩子。她的爸爸有点儿不可思议,是南海一个岛上的国王。这位小姑娘自然成了孩子们的新偶像。关于皮皮的书共有三本,多次再版,成为瑞典有史以来儿童书籍中最大的畅销书。目前该书已出版90多种版本,总发行量达到1.3亿册。对全世界的儿童来说,皮皮是一个令人喜爱、近乎神秘主义的形象,可与福尔摩斯、唐老鸭、米老鼠、小红帽和白雪公主相媲美。

在2004年5月26日阿斯特丽德·林格伦儿童文学奖第二次颁奖大会上,瑞典首相约兰·佩尔松在致辞时这样评论《长袜子皮皮》这部作品:"长袜子皮皮之书的出版带有革命性的意义。林格伦用长袜子皮皮这个人物形象在某种程度上把儿童和儿童文学从传统、迷信权威和道德主义中解放出来,在皮皮身上很少有这类东西。皮皮变成了自由人类的象征。"

在儿童文学领域里,林格伦创造了两种风格:通俗和想象,两种风格以不同的方式体现她的创作特征。通俗的故事有时候接近琐碎,有时候带有喜剧色彩。比如以女作家自己的成长环境和自己的兄弟姐妹为原型的《吵闹村的孩子》《吵架人大街》和《疯丫头马迪根》。富于想象的作品是以《尼尔斯·卡尔松—小精灵》为开端。主人公是个小精灵,住在地板底下,后来成了一位孤单的小男孩的好伙伴,使阴郁、沉重的生活变成多彩的梦幻之国。《南草地》中的故事采用民间故事的创作手法,把昔日人间的残酷、疾病和忧伤变成了想象中的美

梦、善良和温暖。

但是用富于想象的手法创作的作品应首推三部伟大的小说:《米欧,我的米欧》(1954)、《狮心兄弟》(1973)和《绿林女儿罗妮娅》(1981)。第一部作品表面上非常通俗,主人公布·维尔赫尔姆·奥尔松是一位被领养的小男孩。他坐在长凳上,想着自己极不温暖的家庭生活。突然他的梦变成了现实,他搬到了童话世界——玫瑰之国,他的父亲是那里的国王,他变成了米欧王子。他用一把带魔法的宝剑把他父亲的臣民从残暴的骑士卡托的统治下解救出来。作品有着民间故事的所有特征。《狮心兄弟》也描写善与恶的矛盾。主人公是一位胆小的小男孩斯科尔班,但是在危险时刻他克服了自己的恐惧,勇敢地与邪恶进行斗争,并取得了胜利。斯科尔班身体虚弱、胆小怕事,这一点与他和哥哥一起把南极亚拉从暴君滕格尔、恶魔卡特拉手里解放出来的壮举形成鲜明对比。作品中有这样的情节:兄弟俩从悬崖上跳下去,以便从南极亚拉到另一个国家南极里马。他们去了另外一个世界以后变得强壮、勇敢和健康。一部分人把这一描写解释成儿童自杀,但多数人把这段解释成一种故事情节的升华,由一个想象的世界到另一个想象的世界。我还听到有第三种解释,即瑞典是一个福利社会,人们没有物质生活方面的困难,老人和孩子都很怕死。老人可以用基督教的来世梦想和进入天国之类的事求得安慰。孩子们怎么办?他们经常给报社或电视台写信、打电话,问"人为什么要死?"专家们用科学的方法给孩子们讲解生与死的辩证关系、新陈代谢等,说明死并不都是坏事。作家通过自己富于想象的作品不是也可以起到相同的作用,甚至效果更好吗?《绿林女儿罗妮娅》比上边提到的两部作品有更多的现实主义成分,书中所描写的问题有更多的可能性。女孩罗妮娅和男孩毕尔克分属两个世代为仇的绿林家庭。两个人对自己家庭传统进行造

反，一种真挚的友谊在他们之间迅速建立，他们拒绝再过到处抢劫的绿林生活。人们称这部作品为瑞典式的《罗密欧与朱丽叶》。两个孩子在山洞里过着与世隔绝的生活，这也有点儿像《鲁滨孙漂流记》。但作品有着林格伦自己的特征：紧张的情节、通俗的现实主义和幽默风趣。罗妮娅和毕尔克生活在充满可怕和喜剧性生灵的世界里，如人面野鹰和小人熊等。他们的父亲都是魁梧、健壮、心地善良的绿林首领，但他们不知道除了劫富济贫的绿林生活外，还有其他什么选择。

林格伦的另一部分作品介于通俗与想象两种风格之间。《淘气包埃米尔》(1963)中很多故事相当粗犷和非理性，有着伟大的喜剧风格，但一切都植根于世纪之交的斯莫兰的日常生活。一部分内容有点儿像古代的英雄萨迦，如埃米尔在风雪中把病入膏肓的阿尔弗雷德送到医院，以及请穷苦的人们吃圣诞饭。

当《小飞人卡尔松》(1955)中的卡尔松飞进小弟的中产阶级家庭生活时，起初人们都把他看作是孤单儿童的虚幻中的伙伴。但卡尔松是一个极富有个性的小家伙，有着人类的各种特征——他爱说大话、自私自利、不诚实和爱翻别人的东西，还不停地给小弟制造麻烦。但是小弟和其他读过这本书的孩子都喜欢他——"不胖不瘦、风华正茂"。如果人们偶尔还把他当作虚幻的人物的话，那么在小弟把他介绍给其他家庭成员时，这种感觉马上消失了，他成了一个实实在在的人。

林格伦的作品还包括侦探小说，如《大侦探小卡莱》(1946)；专门描写女孩子的作品，如《布丽特－马利亚心情舒畅了》(1944)、《夏士婷和我》(1945)。作品幽默、大方，很少有道德说教。

林格伦1907年出生在瑞典斯莫兰省一个农民家里。20世纪20年代到斯德哥尔摩求学，毕业后做过一两年秘书工作。她有30多部作品，获得过各种荣誉和奖励。1950年获瑞典图书馆协会颁发的

"尼尔斯·豪尔耶松金匾"，1957年获瑞典"高级文学标准作家"国家奖；1958年获"安徒生金质奖章"，1970年获瑞典《快报》"儿童文学和促进文学事业金船奖"；1971年获瑞典文学院"金质大奖章"。此外，她还获得过1959年《纽约先驱论坛报》春季奖和1957年德国青年书籍比赛的特别奖。她在1946年—1970年将近1/4世纪里担任拉本和舍格伦出版公司儿童部主编，对创造这个时期的瑞典儿童文学的黄金时代做出了很大贡献。

2002年，林格伦女士以94岁高龄辞世，瑞典为她举行了国葬，人们称她为民族英雄。在我送的花圈上写着："你的中文译者向你致最后的敬意！"她走了，却给世界留下了宝贵的文学遗产。她的作品被译成多国文字，发行量达到1.3亿册。把她的书摞起来有175个埃菲尔铁塔那么高，把它们排成行可以绕地球三圈。

瑞典文学院院士阿托尔·隆德克维斯特在1971年瑞典文学院授予她"金质大奖章"的授奖仪式上说：

尊敬的夫人，在目前从事文艺活动的瑞典人中，大概除了英玛尔·伯格曼之外，没有一个人像您那样蜚声世界。

您在这个世界上选择了自己的世界，这个世界是属于儿童的，他们是我们当中的天外来客，而您似乎有着特殊的能力和令人惊异的方法认识他们和了解他们。瑞典文学院表彰您在一个困难的文学领域里所做的贡献，您赋予这个领域一种新的艺术风格，即充分的心理描写、幽默和叙事情趣。

目录

第一部　超级侦探布鲁姆奎斯特 / 1

第二部　超级侦探布鲁姆奎斯特历险记 / 161

第三部　卡莱·布鲁姆奎斯特和拉斯莫斯 / 357

译者后记 / 547

第一部

超级侦探布鲁姆奎斯特

大侦探小卡莱
Dazhentanxiaokalai

1

血！此事千真万确！

他用放大镜看着那滴红色的血迹，随后他把烟斗移到嘴的另一边，吸了口气。当然是血，刀子刺了大拇指不是要流血吗？这滴红色的血迹本来应该是亨利先生光天化日之下杀妻害命的铁证，是一位资深小侦探经历过的各种谋杀案中手段最残忍的一例。但是很可惜——不是那么回事！血是他削铅笔时一不小心被铅笔刀刺了手指流出来的，太让人扫兴，跟亨利先生没关系。再说亨利先生这个笨蛋根本不存在。真没劲，事情就是这样！为什么有的人那么幸运，生在伦敦的贫民窟或芝加哥的犯罪率极高的地区，那里经常发生谋杀，枪声整日不绝于耳！而他自己……他不情愿地把目光从血迹上移开，朝窗子外面看。

长长的大街静静地躺着，在夏日的阳光里做着美梦。栗子花盛开着。面包师家的那只灰猫坐在路边舔着爪子，除了它，

看不到一点儿带气儿的东西。就连训练有素的侦探的眼睛也看不到一点儿犯罪的蛛丝马迹。在这样一座城市里当侦探确实是一桩没希望的差事！他长大以后，一旦有可能，非得去伦敦的贫民窟不可。也许去芝加哥吧？父亲希望他在商店里站柜台。在商店？他！啊，那会出现什么情况呢！伦敦和芝加哥所有的杀人犯和坏蛋，都可以任意杀人放火，而无人追捕他们。而他却站在商店里忙着卖油盐酱醋。不，绝对不行，他不想成为一个窝囊废！他就得当侦探或什么也不干！由父亲挑好了！夏洛克·福尔摩斯[1]、海尔克勒·波洛[2]、彼得·温姆塞勋爵[3]、卡莱·布鲁姆奎斯特！他仔细品味着。而他——卡莱·布鲁姆奎斯特，要成为他们当中的佼佼者。

"血！此事千真万确。"他满意地叨念着。

楼梯上有咚咚的脚步声。转眼间门被打开了，是安德士风风火火的。卡莱没好气地打量着他。

"你疯跑了吧？"最后他以不容置疑的腔调说。

"屁话，我当然跑了，"安德士存心气他，"你是不是认为我应该坐八抬大轿来？"

卡莱偷偷地把烟斗藏起来。倒不是怕安德士发现他偷偷吸烟对他有什么不好，而是因为烟斗里根本没有烟丝。一位侦探

[1] 英国侦探小说家柯南道尔(1859—1930)作品中的主人翁。
[2] 英国女侦探小说家克里斯蒂(1890—1976)作品中的主人翁。
[3] 英国女侦探小说家塞耶斯(1893—1957)作品中的主人翁。

在考虑问题时，要有一个烟斗，眼下没烟丝没关系，要的是这个派。

"出去走走怎么样？"安德士一边说一边倒在卡莱的床上。

卡莱点点头。他当然想出去走走，不管怎么样，天黑之前他要把大街小巷巡视一遍，说不定有什么可疑情况会发生。虽然有警察管这种事，但是人们读过很多消息，知道他们非常马虎，即使杀人犯绊到他们脚上，他们也会视而不见。

卡莱把放大镜塞进抽屉，和安德士咚咚咚地跑下楼梯，房子被他们踩得直颤悠。

"卡莱，记住晚上一定要给草莓浇水！"

是妈妈从厨房的窗子探出头来。卡莱平静地招招手。那还用说，他肯定会给草莓浇水！待一会儿再说。他想确切知道城市周围有没有罪恶的身影在蠢蠢欲动。很遗憾，确实没有这类迹象，但是绝对不能因此而高枕无忧。人们在"巴克斯顿谋杀案"中已经看到过这类事情是怎么发生的。四周寂静无声，平安无事，夜里突然一阵枪响，转瞬间四条人命没了。坏蛋们预料，在这样一座小城市，在这样一个美丽的夏天，不会有谁会想到出事。不过当时他们有眼不识泰山，不认识他卡莱·布鲁姆奎斯特！

商店在底层。橱窗里悬挂着"维克多·布鲁姆奎斯特食品店"几个字。

"跟你爸爸要点儿糖吃。"安德士提议。

卡莱自己也想到了。他从门外探进头。柜台后边站着食品店高贵的主人——卡莱的爸爸维克多·布鲁姆奎斯特。

"爸爸,我想要几块花道糖。"

"维克多·布鲁姆奎斯特食品店"老板满怀深情地看了一眼自己长着浅色头发的孩子,高兴地哼了一声。父亲哼那声表示同意,卡莱把手伸进糖柜里拿糖,然后很快回到安德士身边。他正坐在梨树下的跷跷板上等着,但是此时安德士的目光已经不在那些花道糖上,他正目不转睛地盯着面包师家院子里的一个目标,这个目标就是面包师的女儿艾娃－露达。她一边玩跷跷板一边吃蛋糕。她还唱歌,因为她是一位女士,女士一般多才多艺。

　　从前有一位小姑娘,她叫约瑟芬,

　　约瑟——芬——芬,约瑟——约瑟——约瑟——芬……

她的歌声清脆、优美,安德士和卡莱听得如醉如痴。卡莱贪婪地看着艾娃－露达,心不在焉地把一块糖递给安德士。安德士接过糖,同样心不在焉,同样贪婪地看着艾娃－露达。卡莱叹息着。他爱艾娃－露达,简直要发疯。安德士也一样。卡

莱盘算着,他一旦搞到足够买房的钱,就把艾娃-露达娶回家做媳妇。安德士也有相同的想法。但是卡莱确信,她将选择他——卡莱。一个成功侦破了14起谋杀案的侦探可能要比一个火车司机叫得响一点儿!火车司机,这是安德士的理想职业。

艾娃-露达一边压跷跷板一边唱歌,似乎一点儿也没觉察到有人在盯着她。

"艾娃-露达!"卡莱叫她。

她唯一的好东西,就是缝纫机,缝——纫——机,缝——纫——纫——机。

艾娃-露达继续开心地唱着。

"艾娃-露达!"卡莱和安德士一齐叫她。

"哎,是你们。"艾娃-露达惊奇地说。她从跷跷板下来,亲切地走到把自己家院子与卡莱家院子分开的围栏旁。有一段围栏已经没有了——是卡莱自己拿掉的,这是一个很好的举动,他可以不受阻碍地通过这个缺口直接与艾娃-露达交谈,还可以直接进入面包师家,而不必麻烦地绕道走。这使安德士心里很不自在,卡莱住得离艾娃-露达那么近。这真有点儿不公平。他住在离这儿很远的一条街上,与父母以及弟弟妹妹挤在爸爸鞋匠铺上面的一间房子和厨房里。

"艾娃-露达,你愿意到城里去玩一会儿吗?"卡莱问。

艾娃-露达津津有味地咽下最后一口蛋糕。

"我大概可以。"她说。她拍掉连衣裙上的蛋糕渣,跟他们走了。

这是个星期六。瘸子弗利德里克早已酩酊大醉,像往常一样,他站在熟皮子铺外边,周围一群听众。卡莱、安德士和艾娃-露达也站在那里,听他神侃在北方省修铁路时的英雄业绩。

卡莱一边听,一边不停地转动眼珠。他时刻不忘自己的使

命。有没有可疑的情况？没有，他必须承认没有可疑的情况！然而人们经常读到这样的消息，表面上很无辜，实际正好相反。有备无患！比如大街上走来一个汉子，背着一个大包，显得很吃力。

"可能，"卡莱一边说一边从旁边推了安德士一把，"可能他的包里装满了偷来的银餐具！"

"可能他根本没偷。"安德士不耐烦地说，因为他想听瘸子弗利德里克神聊，"可能有一天你所有的侦探想法都变成狗屁。"

艾娃－露达咯咯笑了。卡莱沉默不语。对别人的误解他已经习以为常。

过了一会儿警察来了，把瘸子弗利德里克带走了。周末夜里他通常都在班房里度过。

"又该走了，"比约尔克下士警官友善地把他架走的时候，弗利德里克用责备的口气说，"我已经在这里等了整整一个小时了，你们还没把你们这座城市里的坏蛋整治好吗？"

比约尔克下士警官微微一笑，露出了他洁白漂亮的牙齿。"过来，我们走吧。"他说。

听众都散了。卡莱、安德士和艾娃－露达慢慢腾腾地离开那里。他们很想多知道一点儿弗利德里克的故事。

"栗子树多好看啊。"艾娃－露达说，她用欣赏的目光看

着大街两旁栽的成行的栗子树。

"对,栗子树开花的时候真漂亮,"安德士说,"看起来就像一根根蜡烛。"

一切都那么平和、宁静。人们几乎觉得已经到了星期天。他们不时地看到人们坐在院子里吃晚饭。他们洗去白天劳动时落在身上的灰尘,换上了节日的盛装。他们说着、笑着,看样子对自己的小院子很满意。此时此刻那里的果树花开得正旺。安德士、卡莱和艾娃-露达仔细端详着他们经过的每一个院子。说不定会有谁发善心,请他们吃一块三明治或别的什么东西。但是看来没希望。

"我们一定要找点儿事干。"艾娃-露达说。

正在这个时候,从远方传来一阵汽笛声。

"7点钟的火车到了。"安德士说。

"我知道我们应该做什么。"卡莱说,"我们趴在艾娃-露达家花园里的紫丁香树丛后边,把一个包拴上绳子放到街上。当有人过来看到这个包想捡的时候,我们就用绳子把包拉走。这时候我们可以看到他们的表情变化。"

"好,听起来是个周末寻开心的好办法。"安德士说。

艾娃-露达没说话。但她点头表示赞成。

包很快就制作好了。包里装的东西维克多·布鲁姆奎斯特食品店里都有。

"看样子里面真像有什么好东西。"艾娃-露达满意地说。

"好，现在让我看谁捡这个便宜。"安德士说。

包放在石头铺成的街面上，看起来里边真像有很多好东西，很有吸引力。包上拴一根绳子，绳子的一头消失在面包师家的紫丁香树丛后边。猛一看看不出什么破绽，心细的过路人当然可以听到紫丁香树丛后边的冷笑和低声的说话。佩特鲁娜拉·阿贝格伦夫人是这座城市里最大一家肉铺的老板，此时正好从街上走过来，她没怎么留意，既没有听到什么也没有看到什么可疑的东西，但是她看到了那个包。她费很大力气弯下腰，伸手去捡包。

"拉！"安德士小声对手里拿着绳子的卡莱说。

卡莱用力拉，包迅速消失在紫丁香树丛后面。这时候阿贝格伦夫人才听到一阵冷笑声。她骂出了一连串脏话。孩子们没有完全听懂，但是他们听到她反复提到一句话，即"教养院是这些没教养孩子的好去处"。

这时候紫丁香树丛后边鸦雀无声。阿贝格伦夫人发泄完最后一句话以后，气哼哼地走了。

"真有意思，"艾娃-露达说，"我们不知道下边该谁来了。我希望这个人也一样生气。"

但是好像这个城市的人都死绝了，好长时间都没人走过来，趴在紫丁香树丛后边的这三个人差一点儿就放弃了。

"不,等一等,总会有人来。"安德士急忙小声说。

真的来了一个人。他从街角转过来,大步流星地朝面包师家大门走来。此人个子很高,穿着灰色西装,没戴帽子,一只手提着一个大行李箱。

"准备好。"当那个人在面包房门前停下脚步的时候,安德士小声说。

卡莱是准备好了,但是没用了。那个人吹出一阵低低的口哨声,转瞬间就用脚踏住了那个包。

2

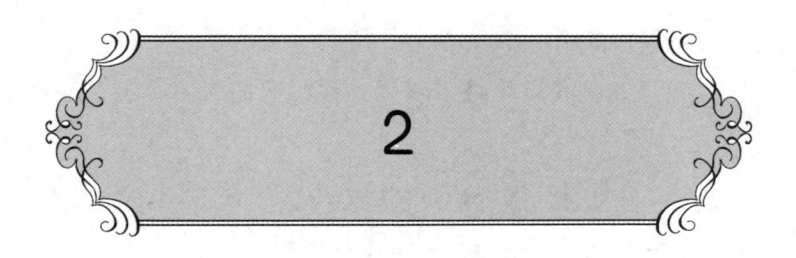

"你叫什么,我的小美人。"这个人过了一会儿问艾娃-露达,这时候她和她的两个随从已经从树丛后边爬出来。

"艾娃-露达·里桑德。"艾娃-露达大大方方地说。

"跟我猜的一样。"这个男人说,"你应该知道,我们是老相识。我看见过你,当时你是个小不点儿,躺在摇篮里哭叫、漾奶,整天要人抱。"

艾娃-露达梗了梗脖子。她不敢相信,她什么时候有那么小。

"你现在几岁了?"这个人问。

"13岁!"艾娃-露达说。

"13岁!刚13岁就有两个保镖!一黑一白。看来你喜欢花样。"他用略带奚落的口气说。

艾娃-露达又梗了梗脖子。她没必要站在这里受这个陌生人的嘲弄。

"那叔叔你是谁呀？"她一边问一边暗想，不管他是谁，他小时候也会漾奶。

"我是谁？我是埃纳尔叔叔。你妈妈的表弟，我的小美人！"

他拉了拉艾娃－露达的浅色鬈发。

"那么你的两位保镖骑士叫什么呢？"

艾娃－露达介绍安德士和卡莱，一个黑头发，一个浅色头发，两位各鞠了一个标准躬。

"好小伙子，"埃纳尔叔叔满意地说，"但是你可不能跟他们结婚！你要跟我结婚，"说完他咯咯地笑起来，"到那时候我给你修一座宫殿，整天让你在里边跑呀玩呀。"

"叔叔对我来说年龄太大了。"艾娃－露达神气地说。

安德士和卡莱都觉得自己有点儿被冷落了。怎么会有这种突如其来的事呢？

"有案情，让我看看。"卡莱自言自语地说。原则上讲他要记录路上突然出现的所有陌生人的情况。谁知道他们当中到底有几个堂堂君子！

"有案情——梳得光光的棕色头发，棕色眼睛，眼睫毛连在一起，高鼻梁，大包牙，尖下巴；灰色西服，棕色皮鞋，不戴帽子，棕色行李箱，自称埃纳尔叔叔。"别的特征可能没有了。不对，他的右脸颊上还有一颗小红痣。

卡莱把所有的细节都记在脑海里。

"爱耍贫嘴。"他为自己又补充了一点。

"你妈妈在家吗，爱顶嘴的小姑娘？"埃纳尔叔叔问。

"在，她来了。"

艾娃-露达指着一位从院子里走来的女士。当她走近的时候，你会看到她有和艾娃-露达一样令人愉快的蓝眼睛，有和艾娃-露达一样的浅色头发。

"你还认识我吗？"

埃纳尔叔叔鞠了一个躬。

"我的上帝，是你，埃纳尔？已经好久没见到你了。哪阵风把你吹来了？"

里桑德夫人圆圆的眼睛露出惊奇的目光。

"从月球上，"埃纳尔叔叔说，"给你们平静的安乐窝添一点儿快乐！"

"他当然不是从月球上来的，"艾娃-露达生气地说，"他是乘7点钟的火车来的。"

"还像过去一样爱开玩笑。"里桑德夫人说，"不过你为什么不事先写信告诉我们你要来呢？"

"不，小姐，一定不能把自己能亲口说的事写信告诉别人，这是我的座右铭。你知道，我是那种心血来潮的人。这次就是这样，我觉得休几天假会很有意思，这时候我突然想到，

在一个不同寻常的可爱的小城市里,我有一位不同寻常的表姐。你高兴接待我吗?"

里桑德夫人迅速转动脑筋,她想,接待不速之客实在不容易。啊,好啦,他可以住阁楼。

"你有一位不同寻常可爱的女儿。"埃纳尔叔叔一边说一边用手掐了艾娃-露达的脸颊一下。

"哎哟,别动!"艾娃-露达说,"你掐得好痛!"

"啊,痛就痛一下吧。"埃纳尔叔叔说。

"那还用说,当然欢迎你!"里桑德夫人说,"你的假期有多长?"

"多长?说不定。说实话,我想辞掉公司里的工作,远走异国他乡。这个国家没什么前途,这里的一切都止步不前。"

"当然不是,"艾娃-露达火气很大地说,"这个国家什么都好。"

埃纳尔叔叔歪着头,看着艾娃-露达。

"你已经完全长大了,小艾娃-露达。"他说。转瞬间他又发出咯咯的笑声,艾娃-露达从一开始就讨厌这种笑声。

"让男孩子们帮你拿这个。"里桑德夫人一边说一边对行李箱点了点头。

"啊,不要!我自己完全可以拿。"埃纳尔叔叔说。

一只蚊子咬了卡莱的前额,夜里他醒了。因为无论如何也睡不着,所以看看附近有没有流氓、坏蛋捣乱是明智之举。他首先从窗户看了看大长街。那里万籁俱寂。他又跑到对着面包师家院子的那扇窗子后边的窗帘底下。面包师家的房子拖着黑影,在正开花的苹果树之间安睡。只有阁楼的灯还亮着。有一个身影映在窗帘上晃动。

"埃纳尔叔叔,啊,他真愚蠢。"卡莱自言自语地说。

身影不停地徘徊着。他肯定是一个内心不平静的人,埃纳尔叔叔!

"他走来走去干什么?"卡莱想,随后又回到自己舒舒服服的床上。

星期一早上刚8点钟他听到了窗子外边安德士的口哨声。这是安德士、他和艾娃-露达共同的暗号。

卡莱匆忙穿上衣服。他又要有一个开心的新假日,没有忧愁,不用上学,除了浇一浇草莓和顺便看一看周围有没有杀人强盗以外,没有其他任务。没有一件特别费力气的事。

天空晴朗无云。卡莱喝了一杯牛奶,吃了一块三明治,妈妈在吃早饭时要嘱咐他的话才说了一半,他就出了大门。

现在就剩下把艾娃-露达叫出来这件事了。卡莱和安德士都找不出正当理由把她直接叫出来。严格地说,他们和一位姑娘玩根本不合适。可是有什么办法呢,有艾娃-露达参加,玩

什么都有意思。此外遇到惊险的事情时，她从来不退缩。她像男孩子一样勇敢、敏捷。在重建自来水塔时，她从脚手架爬上去，与安德士和卡莱爬得一样高。当比约尔克下士警官看见他们在上面时，对他们说，最安全的办法是立即从那里下来，这时候她不慌不忙地坐到一块木板的最边上，谁坐在那里都会头晕目眩，她却笑着说：

"请你上来，把我们接下去！"

她不敢相信，比约尔克下士警官真会按她的话把她接下去。不过比约尔克下士警官是这个城市里自由体操队中最好的选手，他没用几秒钟就够到了艾娃－露达。

"让你爸爸给你搞一个软梯，"他说，"你从那个东西上掉下去，至少不会摔断你的脖子！"随后他搂住艾娃－露达的腰，挟着她爬了下来。安德士和卡莱以惊人的速度回到地面。此后他们喜欢上比约尔克下士警官了。如前面说的，他们也喜欢艾娃－露达，除此以外，两个人都想和她结婚。

"真够勇敢的，"安德士说，"她敢跟警察这么说话。没有多少女孩子敢这样做。男孩子敢这样做的也不多！"

一个漆黑的秋季夜晚，他们在一位神气的银行家的窗子前面淘气，因为他总是恶狠狠地对待自己的狗。艾娃－露达站在他的窗前，用一块松香使劲擦一条紧绷着的绳子，发出阵阵噪声。被激怒的银行家追了出来，差一点儿抓住艾娃－露达。但

是艾娃-露达敏捷地跳过围栏，转眼间消失在海员胡同，安德士和卡莱在那里等着她。

啊，艾娃-露达没有错儿，安德士和卡莱都这样说，安德士又吹了一声刺耳的口哨，希望艾娃-露达能听到。目的达到了，艾娃-露达走了出来。在她身后两步远跟着埃纳尔叔叔。

"让我这个听话的小男孩跟你们一起玩吧。"他说。

安德士和卡莱惊奇地看着他。

"比如玩一玩老鹰捉小鸡，"埃纳尔叔叔略略笑了，"我喜欢当老鹰。"

"哎呀！"艾娃-露达不耐烦地说。

"或者我们可以去看看王宫遗址，"埃纳尔叔叔建议说，"这个遗址大概还有吧？"

王宫遗址当然还有。它是该城最大的名胜古迹,所有的旅行者都要去看,比教堂屋顶上的绘画还吸引人。不过来这里的旅行者不是特别多。遗址位于一个小山上,俯瞰这座小城。古时候有一位贤能的绅士建造了这座王宫,后来在周边地区逐渐扩展成一座城市。这座小城至今繁荣,但昔日的王宫却仅存遗址。

卡莱、安德士和艾娃-露达也愿意去看遗址。这是他们最喜欢去的地方之一。他们可以在古老的大厅里捉迷藏或玩攻城游戏。

埃纳尔叔叔径直地走在通向遗址的一条小路上。卡莱、安德士和艾娃-露达紧跟其后。他们不时地挤眉弄眼,互传信号。

"我真想给他一个小桶和一把铲子,让他自己找个地方去玩。"安德士小声说。

"你真的相信他会去?"卡莱说,"不会去,当大人要想跟小孩儿一块儿玩的时候,什么也拦不住,绝对是!"

"他很贪玩,就是这么回事。"艾娃-露达斩钉截铁地说,"不过他是我妈妈的表弟,我们尽量跟他玩一会儿吧,不然他会挑理。"

艾娃-露达开心地笑了笑。

"如果他的假期休起来没完没了,那可够呛。"安德士说。

"噢，他很快就要到国外去。"艾娃－露达说，"你大概听到了，他说这个国家真没法待。"

"听到了，他如果走的话，我大概不会泪如雨下吧。"卡莱说。

遗址周围，枝繁叶茂的蔷薇花盛开，黄蜂飞来飞去。空气在高温下颤抖。遗址内却很凉爽。埃纳尔叔叔高兴地朝四周看。

"很遗憾，我们不能到地下室去。"安德士说。

"为什么不能呢？"埃纳尔叔叔问。

"是这样，他们安了一扇很厚的大门，"卡莱说，"门是锁着的。那里有很多走廊和地洞，经常又湿又潮，他们不希望有人到那里去。钥匙由市长拿着。"

"过去有人在那里摔了跤，还把腿摔断了。"安德士说，"一个青年在里边迷了路，现在谁也不许到那里去。不过真遗憾，因为在那里一定特别开心。"

"你们真想下去吗？"埃纳尔叔叔问，"想去的话我有办法安排。"

"怎么安排？"艾娃－露达问。

"就这样。"埃纳尔叔叔一边说一边从口袋里掏出一个小东西。他捅了一会儿锁，随后大门吱的一声开了。

孩子们一会儿惊奇地看着埃纳尔叔叔，一会儿惊奇地看着

大门。真像变魔术一样。

"埃纳尔叔叔,你是怎么打开的?我能看看那个东西吗?"卡莱饶有兴趣地说。

埃纳尔举起那个小金属条儿。

"是不是……是不是万能钥匙?"卡莱问。

"猜对了。"埃纳尔叔叔说。

卡莱高兴极了。他读过很多关于万能钥匙的故事,但是从来没有见过。

"让我拿着它吧。"他请求说。他如愿以偿,他感到这是他生命中一个伟大时刻。但是他猛然想起了一件事。书上说,只有那些心怀叵测的人才拿着万能钥匙到处转,伺机作案。这得有个说法。

"为什么埃纳尔叔叔带一把万能钥匙呢?"他问。

"因为我不喜欢到处关门。"埃纳尔叔叔简单地回答。

"我们难道不下去吗?"艾娃-露达说,"一把万能钥匙大概不是整个世界吧。"她补充说,好像除了打开门她从来没有想过其他事情。

通向地下室的台阶已经半塌陷了,说话间安德士已经走了一半路。他那棕色的眼睛充满好奇,真是太有意思了。只有卡莱觉得这把万能钥匙太不寻常了。啊,这里过去一直是监狱。带着一点儿想象,他似乎听到几百年前被囚禁在这里的可怜的

犯人发出的铁镣声。

"哎哟，我希望里边别闹鬼。"艾娃－露达一边说一边顺着台阶往下走，眼睛不停地朝四周看。

"这可说不定。"埃纳尔叔叔说，"想想看，如果突然来了一个长满胡子的鬼怪使劲拧你，像这样！"

"哎哟！"艾娃－露达叫起来，"别拧我！我的胳膊上肯定起了一个大紫包，这我知道。"

她伤心地摸着自己的胳膊。

卡莱和安德士像两只搜索犬一样四处寻觅着。

"想想看，如果想在这里待多长时间就待多长时间该多好啊！"安德士兴奋地说，"把犄角旮旯都查看一遍。真是一个绝妙的藏身之处。"

他看着通向四面八方昏暗的走廊。

"如果在这里找人，找上十天半个月也找不到一个人影。谁要是犯了事藏在这里，每个牢房都是一个极好的藏身之地。"

"你这么说呀！"埃纳尔叔叔说。

卡莱四处查寻，鼻子几乎碰到地。

"天啊，你在干什么？"埃纳尔叔叔问。

卡莱脸红了。

"我想看看，过去关在这里的老伙计们留没留下什么脚印。"

"哎呀，不知道有多少人来过这里了，你真笨。"艾娃－

露达说。

"埃纳尔叔叔大概不知道卡莱是个侦探吧?"

安德士说这话的时候,语气有点儿得意扬扬。

"我真有眼不识泰山,我的上帝,啊!"埃纳尔叔叔说。

"真的,他是当今最棒的侦探之一。"

卡莱不满地看着安德士。

"我当然不是。"卡莱说,"但是我觉得,多想一想这类事情很有意思。如果坏蛋被抓住了,该多好啊。这样做没什么不对吧?"

"绝对没错,我的小伙子!我真希望你能捉住一大群,把他们捆起来送到警察局。"

埃纳尔叔叔咯咯笑了。卡莱心里很不高兴。没有人真拿他当回事儿。

"别胡思乱想了,"安德士说,"在这个城市里,除了有一个星期天,瘸子弗利德里克钻进教堂的圣器收藏室,拿走了募集款外,没有发生过更丢人的事。况且他酒醒以后,第二天就交了回来。"

"如今每到星期六、星期日他就在警察局的禁闭室里度过,免得旧病复发。"艾娃-露达说完就笑了起来。

"否则你可以跟在他后边,卡莱,下次他一作案你就立刻抓住他。"安德士说,"这样你至少可以抓住一个坏蛋。"

"我们现在别再对超级侦探大人非礼了。"埃纳尔叔叔说,"总有一天你会看到,他会摩拳擦掌,抓住一个到他爸爸商店里偷巧克力饼干的人。"

卡莱怒气冲天。安德士、艾娃-露达跟他开开玩笑还说得过去,但别人绝对不行,特别是那位爱奚落人的埃纳尔叔叔。

"好啦,小卡莱!"埃纳尔叔叔说,"当你功成名就时,你就好了!啊,别这样做!"

后边这句话是针对安德士说的,安德士正拿出一段铅笔头,准备把自己的名字写在一块很平的石头墙上。

"为什么呢?"艾娃-露达说,"让我们把自己的名字和日期都写上,这样做会很有意思。当我们实实在在老了,比如25岁或者多一点儿少一点儿,再不时地到这儿来,可能会非常滑稽,如果在这儿找到我们的名字,可能会很有意思吧?"

"对,那会使我们想起流逝的青春。"安德士说。

"可能,那就请君自便吧。"埃纳尔叔叔说。

卡莱有点儿生气,一开始他本来不想写上自己的名字,但是后来他还是写了,可现在后悔了。三个名字被整齐地写成了漂亮的一行:艾娃-露达·里桑德,安德士·本特松,卡莱·布鲁姆奎斯特。

"难道叔叔不写上名字吗?"艾娃-露达问。

"这一点你完全可以相信,我肯定不会写。"埃纳尔叔叔

说,"再说那里既寒冷又潮湿,对我老朽的关节不好。现在我们该到外边的阳光里去了!"

"另外还有一件事,"大门在他们后边刚刚关上以后他继续说,"我们没来过这里,你们明白吗?千万不能说来过!"

"我们为什么不能说呢?"艾娃-露达迷惑不解地说。

"不能,我的小美人!这是国家机密。"埃纳尔叔叔说,"千万不能忘记!不然我可能又要拧你。"

"叔叔应该勇敢些。"艾娃-露达说。

当他们从阴暗的遗址里走出来时,阳光洒在他们身上,他们感到有点儿热了。

"如果我想使自己得点儿人心的话,"埃纳尔叔叔说,"我不知道你们能不能到甜食店,我请你们喝点儿饮料吃点儿点心。"

艾娃-露达痛快地点了点头。

"有时候叔叔能提出非常好的建议!"

他们在靠近围栏的地方挑了一张桌子,面对着小河。他们坐在那里,向几乎要跳出水面的饥肠辘辘的小河鲈投面包渣。几棵高大的椴树投下一片惬意的阴影。当埃纳尔叔叔要的一大盘点心和三杯冰激凌端上来时,就连卡莱也开始觉得他的到来真不错。

埃纳尔叔叔摇晃着椅子,给河鲈投面包渣,用手指敲打着

桌子，还吹了一会儿口哨，后来他说：

"你们敞开肚子吃吧，但是要吃得快一点儿！我们不能一整天都坐在这里。"

"他真是个怪人，"卡莱想，"他干什么都没长性。"

他越来越确信，埃纳尔叔叔是一个不安生的人。他特别想坐在甜食店里，坐多长时间都行，品尝着点心，欣赏着河中活跃的小鲈鱼，沐浴着阳光，听着动人的音乐。他真不明白，为什么会有人想急着离开这里。

埃纳尔叔叔看着自己的手表。

"斯德哥尔摩各家报纸该来了。"他兴奋地说，"你，卡莱，年轻力壮，快跑到报亭去给我买一份报纸！"

"为什么偏偏让我去跑一趟呢？"卡莱想。

"安德士比我还年轻力壮。"他说。

"一点儿不假！"

"对，他比我晚生五天，不过他很懒。"卡莱一边说一边接住埃纳尔叔叔扔过来的1克朗①。

"我至少先浏览几眼，"他拿着刚买回来的报纸自言自语地说，"起码要看看标题，还有连环画。"

还是老一套。先是一大堆原子弹的消息和无人感兴趣的种种政治。汽车和火车相撞，野蛮攻击老人，愤怒的母牛引来一

---

① 瑞典货币单位，1克朗相当于1元人民币。1厄尔相当于1分人民币。

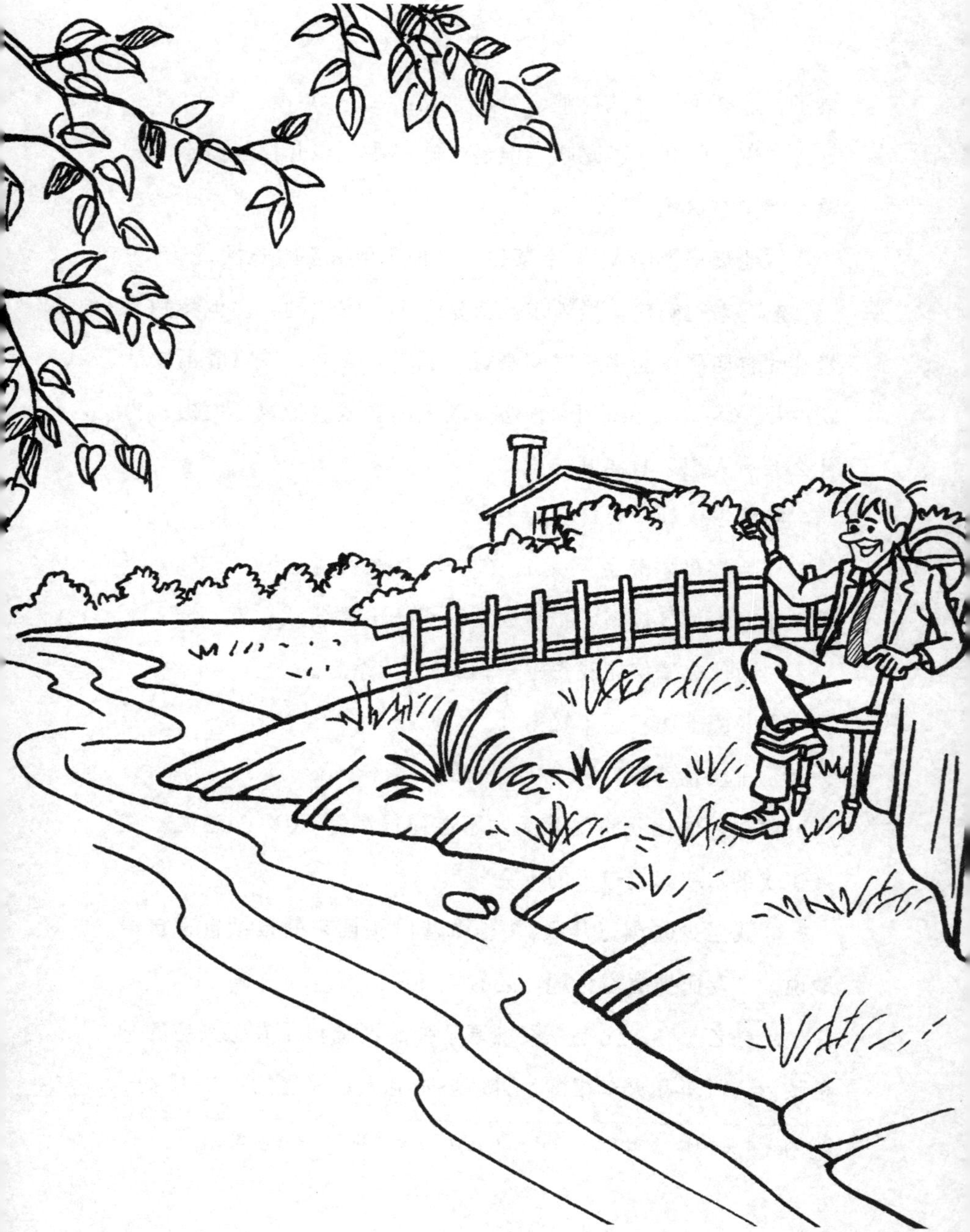

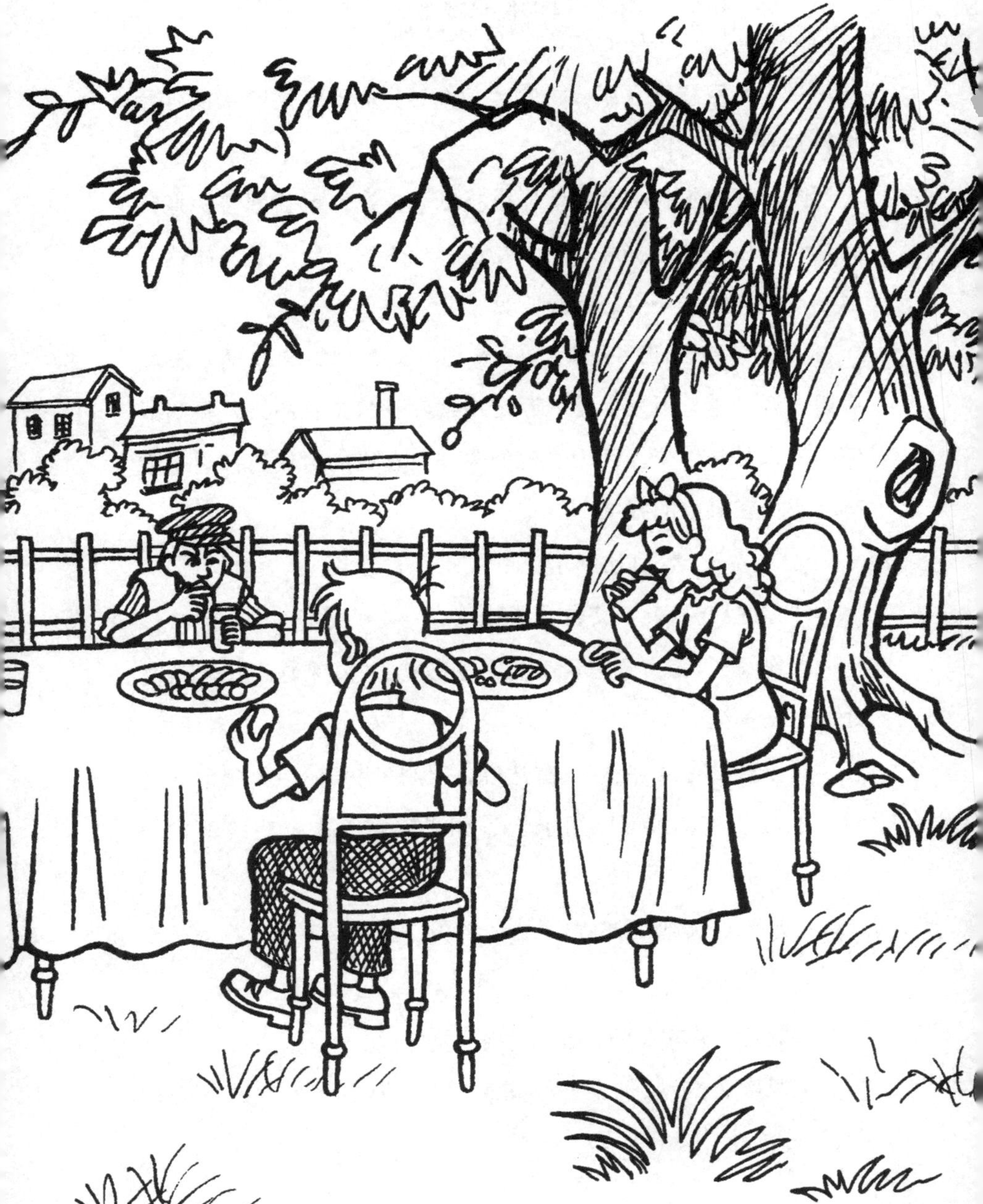

阵惊恐,珠宝盗窃大案,税收为什么这样高?卡莱断定没有什么特别有意思的内容。

但是埃纳尔叔叔急切地抓过报纸。他迅速地翻阅着,直到刊登"最后新闻"那版。他聚精会神地看着,连艾娃-露达问他能不能再吃一块点心都没听见。

"什么事这样吸引他?"卡莱想。他很想站到埃纳尔叔叔后边去看一看,但是他不敢断定埃纳尔叔叔是否高兴。很明显他读的只是一件事,因为当他们离开甜食店的时候,他丝毫没有在意扔在桌上的报纸。

这时候下士警官比约尔克正从大街上走来。

"你好!警官。"艾娃-露达说。

"你好!"警官一边说一边举手敬礼,"看来你还没有从高处掉下来摔死?"

"还真没有。"艾娃-露达说,"但是明天我想去爬市立公园里的瞭望塔,那时候可能会,如果警官不去把我接下来的话!"

"尽力而为吧。"警官一边说一边又敬了一个礼。

埃纳尔叔叔拧了一下艾娃-露达的耳朵。

"好哇,你跟警察都搭上话啦!"他说。

"哎哟,别动!"艾娃-露达说,"他帅吧?我敢拿命打赌。"

"谁呀？我吗？"

"哎呀，"艾娃－露达说，"当然是比约尔克下士警官！"

在一家五金店外面埃纳尔叔叔停住了脚步。

"再见吧，孩子们，"他说，"我进去一下。"

"太好了。"当他走了以后艾娃－露达说。

"对，因为尽管他请我们吃甜点心，但是他整天寸步不离我们也够难受的。"安德士说。

随后安德士和艾娃－露达站在一条河的桥上，玩吐唾沫游戏，看谁往河里吐得更远。卡莱没有参加。他突然想起，他应该看一看埃纳尔叔叔进五金店究竟要买什么。"小事一桩。"他自言自语地说。他只要看一看一个人进五金店买什么东西，就可以基本了解他。"如果他买了一个电熨斗，"卡莱想，"表明他有家庭观念。如果他买了一个雪橇——啊，如果他买了一个雪橇，那表明他很不聪明！从目前野外积雪的情况看，买个雪橇没什么用。但是我敢拿脑袋担保，他要找的东西不是雪橇！"

卡莱站在橱窗旁边往里看。埃纳尔叔叔站在那里，售货员正给他看一件东西。卡莱用手搭个凉棚，想看清楚是什么东西。原来是一个手电筒！

卡莱迅速转动脑筋。埃纳尔叔叔拿一个手电筒干什么用？现在是盛夏，几乎整夜明亮！先是一把万能钥匙，然后是一个

手电筒！这到底是怎么回事，难道不神秘可疑吗？卡莱断定，埃纳尔叔叔确实是一位非常神秘的人物。他，卡莱·布鲁姆奎斯特，绝对不是那种让神秘可疑的人物到处窜而不予以监视的人。埃纳尔叔叔将立即置于卡莱·布鲁姆奎斯特的特别监视之下。

他突然想起一件事，报纸！当一个神秘可疑的人物对报纸上的某件事情特别感兴趣的时候，也会使人产生怀疑，应该进一步加强监视。小事一桩！

他跑回甜食店。报纸还放在桌子上。卡莱拿起报纸，揣进衬衫，供以后调查用。尽管他现在还不知道埃纳尔叔叔如饥似渴读的是什么东西，但将来它会提供某种蛛丝马迹。

超级侦探布鲁姆奎斯特回到家，打水浇草莓，他对自己非常满意。

3

"一定得做点儿什么,"安德士说,"我们不能整个夏天都溜溜逛逛。我们找点儿什么事做呢?"

他用手指挠着自己又厚又黑的头发,一副绞尽脑汁的样子。

"谁能想出一个好主意就给他5厄尔。"艾娃-露达说。

"马戏,"卡莱拖着腔说,"如果我们演一场马戏怎么样?"

艾娃-露达从跷跷板上跳下来。

"5厄尔归你啦!我们马上开始!"

"但是我们在什么地方演呢?"安德士说。

"在我们家院子里吧,"艾娃-露达坚持说,"否则在哪儿好呢?"

对,面包师家的院子几乎什么都能干,为什么不可以在那里演马戏呢?管理得井井有条的这个院子有平整的苗圃和通向

住房的平坦道路。房子后边,院子微微向河边倾斜,天然成趣。那里是玩各种游戏的理想场所,有一个剪得很短的草坪,很适合踢足球、玩棒球和进行各种田径活动。旁边就是面包房。院子里总是弥漫着新烤面包的香味儿,有时候还夹杂着紫丁香的香味。如果有人耐心地待在附近,也许会碰到艾娃-露达的爸爸从窗子里伸出戴着白帽子的头,问有没有人想吃一块新鲜蛋糕或丹麦点心。远处小河边长着几棵老榆树,很适合人爬,人们可以不费力气地爬到树顶。从那里可以俯瞰全城,还可以看见那条小河像一条银色的链子穿在那些老房子之间,各家的院子、那座古色古香的木制教堂和远处山冈上那座王宫遗址都尽收眼底。

小河构成面包师家院子的天然边界。一棵长满节子的柳树把枝条伸向河面,人们可以坐在柳树上钓鱼。不过艾娃-露达总是独霸那个最好的位置。

"马戏安排在面包房外边,"艾娃-露达说,"山墙旁边。"

卡莱和安德士点头赞成。

"我们一定要到外边去借帆布。"安德士说,"我们把场地围起来,给观众摆上板凳。这就齐了!"

"我们排练几个马戏节目好不好?"卡莱打趣说,"你,安德士,你只要一露面,大家就会掏钱,你用不着练习滑稽

戏。但是我们一定要有点儿马戏之类的节目。"

"我想骑马。"艾娃－露达兴奋地说,"我想借我们家那匹拉车的马,那会多有意思啊!"

她向想象中的观众作几个飞吻。

"女马术演员艾维－夏洛特,你们看不见我吗?"她问。

卡莱和安德士用崇拜的目光打量着她。啊,他们当然会看见她。

这几位马戏演员兴致勃勃地开始准备。艾娃－露达建议使用的场地无疑是最好的。面包房的南山墙是表演节目的合适后幕。前面结实的草坪既可以作为舞台,又可以作为观众席。唯一需要的是,当节目开始时能把舞台和观众分开的一块幕布。比较难办的问题是演员的更衣室。不过艾娃－露达很快就找到了解决办法。面包房顶有一个阁楼,通过南山墙上的一个大窗洞可以把东西运到阁楼而不需要使用楼梯。

"既然能把东西运上来,也就能把东西运出去。"艾娃－露达说,"要运出去的东西就是我们。我们从上面拴一根绳子,轮到我们演出时就从绳子上滑到舞台上。节目一结束,我们偷偷地出去,别让观众发现,顺楼梯走上去,待在阁楼里,等到下一个节目再滑下去。肯定很刺激,你们不觉得吗?"

"对,肯定很刺激!"安德士说,"如果你能把马也从绳子滑下去,那就更刺激了。不过那可能很困难。它确实温驯听

话,但什么事都有个限度,马也是这样!"

这一点艾娃-露达没有想到,但是她仍然不愿意放弃自己美妙的想法。

"当我要表演马术的时候,你们一个人当马夫,把马从观众中拉过来,让它站在窗子底下,然后——咚——我从楼上滑下来,直接骑到马背上。"

准备工作立即开始。卡莱从爸爸那里借来一块帆布,安德士骑自行车到城外一家木材厂买来一袋锯末,铺在马道上。绳子拴在阁楼上,三位马戏高手练习从绳子上往下滑,其他一切都置之度外。

正在这时候埃纳尔叔叔慢腾腾地走来。

"啊,如果他能一个人待一个下午该多好啊。"艾娃-露达小声对两个男孩说。

"你们谁愿意到邮局给我寄封信?"埃纳尔叔叔高声说。

三个人相互看了看。实际上没有人对这差事感兴趣。但是这时候卡莱突然产生了一种责任感。埃纳尔叔叔是一位神秘人物,神秘人物的通信地址必须仔细监视。

"我愿意去。"他高声说。

艾娃-露达和安德士既高兴又惊奇地看着他。

"好一个侦探,时刻都准备着。"埃纳尔叔叔说。

卡莱拿起信,转身就走了。他刚一离开他们的视线,立即

看地址:

斯德哥尔摩　罗拉·赫尔贝里小姐，自取

卡莱知道，"自取"的意思是收信人自己到邮局去取。"可疑"，他想，"为什么不写她的真实地址？"

他从裤兜里掏出笔记本，打开看。

笔记本的第一页最上边写着："可疑人记录"。上面已经记了一大批人。但是卡莱不得不伤心地把他们一个一个地划

掉，因为他一直没有发现他们有什么不轨行为。现在人名单上只有一位，就是埃纳尔叔叔。他的名字底下画一条红线，下边仔细地列着各种可疑点。疑点后边是一个新的标题："特别可疑的情况"。"持有万能钥匙和手电筒"。实际上卡莱自己也有手电筒，但他认为那完全是另外一回事。

他笨手笨脚地从口袋里掏出一支小铅笔头，把笔记本靠在围栏上，作了下面的补充："收信人是斯德哥尔摩罗拉·赫尔贝里小姐，自取。"

然后他走到最近一个邮筒投了信，转眼间又回到"卡露安马戏团"，这个名字是经过反复考虑以后才定下来的。

"这名字有什么讲究？"埃纳尔叔叔问。

"'卡'是指卡莱，'露'是指露达，'安'是指安德士。"艾娃-露达说，"不过我们彩排的时候，埃纳尔叔叔不能看。"

"这太残酷了吧？"埃纳尔叔叔说，"那我整天到哪儿去呢？"

"去河边钓鱼。"艾娃-露达说。

"天啊！你想让我发疯吗？"

"一个内心非常不安宁的人。"卡莱想。

然而艾娃-露达没有心软。她不由分说地把埃纳尔叔叔赶走了。"卡露安"马戏团里的彩排热火朝天地进行着。安德士

魁梧、强壮，理所当然地当上马戏团经理。

"不过我也得有点儿决定权。"艾娃－露达说。

"你不能有，"安德士说，"我是经理，我就得有这个权力。"

这位马戏团经理决心训练出一支真正优秀的杂技演员队伍，他强迫卡莱和艾娃－露达连续练几个小时。

"不错。"当面带微笑的艾娃－露达身着蓝色体操服一只脚踏在他肩上，另一只脚踏在卡莱肩上时，安德士满意地说。两位男孩分开双腿站在绿色的跷跷板上，艾娃－露达觉得自己站得太高了，不是特别舒服，但是她死要面子，无论如何也不承认往下看时胸口有点儿不舒服。

"如果你能拿一会儿倒立的话，一定会非常精彩，"双脚想竭力站稳的安德士喘着粗气说，"一定会受到称赞。"

"如果你能坐在你自己头上，一定非常精彩，"艾娃－露达生气地说，"一定会受到更多称赞。"

正在这时候院子里突然传来可怕的声音，有什么东西绝望地叫着。艾娃－露达叫了一声，冒险地一跃，落在地上。

"我的天啊！"艾娃－露达说。三个人急忙跑出马戏台。转眼间一个灰色的线团朝他们滚来。是这个线团发出了可怕的声音。这个线团就是杜塞——艾娃－露达的猫。

"杜塞，啊，杜塞，怎么啦？"艾娃－露达急促地说。她

抱起猫,不理会猫对她又抓又咬。

"啊!"艾娃－露达说,"是谁……啊,真可耻,有人在它身上拴了这个东西,把它吓得要死。"

在猫的尾巴上拴着一根绳子,绳子上拴了一个空铁罐,它每跳一步都发出可怕的响声。艾娃－露达的眼泪夺眶而出。

"如果让我知道是谁干的,我非得……"

她抬起头看。离她有两步远的地方站着埃纳尔叔叔。他高兴地笑着。

"哎呀,哎呀!"他说,"这是我一生中看到的最富有戏剧性的场面。"

艾娃－露达向他冲过去。

"是埃纳尔叔叔干的?"

"怎么啦?我的天啊,这猫多能跳啊?你为什么要把空铁罐取掉?"

这时候艾娃－露达尖叫一声,冲他扑过去。她没头没脑地用拳头打他,眼泪从她的双颊不停地往下流。

"真可恶,真可耻,我恨埃纳尔叔叔。"

这时候欢乐的笑声停止了。埃纳尔叔叔的面部表情发生了奇怪的变化。这种表情可把安德士和卡莱吓坏了,他们站在那里呆若木鸡。埃纳尔叔叔用力抓住艾娃－露达的胳膊,用近乎吼叫的声音说:"别发火,小丫头!否则我打断你的腿!"

艾娃-露达使劲儿抽泣着。她的双臂无力地从埃纳尔叔叔坚硬的双手上垂下来。她惊恐地看着他。他放开她,尴尬地理了理头发。然后他微笑了,说:

"我们在干什么?我们是在参加拳击比赛或者是干别的什么吗?我承认,你第一轮得分了,艾娃-露达!"

艾娃-露达没有回答。她抱起猫,转过身,头也不回地走了。

4

屋子里有蚊子,卡莱无论如何睡不着。这时候有一个坏蛋蚊子又把他吵醒了。

"畜生,"他嘟囔着,"世上怎么会有这类东西!"

那只蚊子在他下巴上咬了一口,他觉得很痒。他看了看表,快1点钟了。这个时候所有正常的人都应该入睡了。

"还有一件事,"他自言自语地说,"我不知道虐待猫的那个人睡没睡着。"

他走到窗前并朝外看。阁楼里还亮着灯。

"如果他想多睡一会儿,他可能不是什么惹是生非的人。"卡莱想,"如果他不是惹是生非的人,他可能要多睡一会儿。"

正好在这时候,阁楼的灯灭了,好像埃纳尔叔叔听见了他说的话。卡莱正想着回床上睡觉,这时候突然发生的一件事又使他睁大了眼睛。埃纳尔叔叔从敞开的窗子里偷偷地往外瞧,当他确信附近没人的时候,便攀上绳索,转眼间就来到地面。

然后他迈着大步，径直朝面包房旁边的工具房走去。

一开始卡莱的脑子里一片空白，他惊呆了。随后一连串的想法、猜测和问题朝他袭来。他紧张、兴奋得直打战。总算……啊，总算有了一个确实神秘可疑的人了，不是凭最初印象，而是经过比较深入的研究发现的。因为此举确实值得怀疑：一个成年人深更半夜地从窗子溜出去！如果他不是到外面做些见不得人的事，为什么不走通常走的楼梯呢。

"结论一，"卡莱自言自语地说，"他不想让家里人听见他出去了。结论二，他要到外面去做不光彩的事——哎呀，哎呀，我怎么像一个傻瓜那样，站在这里袖手旁观！"

卡莱匆忙穿上裤子，快得像个消防队员。他偷偷从楼梯走下来，尽可能快和不出声，他静静地祈祷：千万别让妈妈听见我下楼！

工具房！埃纳尔叔叔为什么要到那里去？天啊，想想看，他是不是想从那里拿件工具，到外边去杀人害命！卡莱多么希望他长期追寻的杀手就是埃纳尔叔叔——一位夜幕一旦降临就为非作歹的海德先生[1]。

工具房的大门敞开着。但埃纳尔叔叔不见了。卡莱茫然地朝四周看了看。在那里！在不远的地方，他看见一个黑影迅速

---

[1] 苏格兰著名冒险家和散文作家斯蒂文森的道德惊险小说《化身博士》中的主人翁。白天的时候他是杰科尔博士，晚上的时候他是无恶不作的海德先生。

消失了。

卡莱立即行动起来。他朝那个方向快跑。他要迅速制止一次危险的犯罪！他边跑边想：他到底应该怎么办呢？如果他追上了埃纳尔叔叔，他怎么跟他说呢？想想看，如果他——卡莱成了埃纳尔叔叔犯罪的牺牲品怎么办！他要到警察局报案吗？但是他不愿意到警察局说："就是这个人夜里从窗子爬出去！拘捕他！"法律没有禁止人夜里从窗子爬出爬进的条款，他只要愿意就可以爬。更不能禁止人拥有万能钥匙。不行，警察只会笑话他！

另外，埃纳尔叔叔哪儿去了？卡莱哪儿都找不到他。他好像已经从地球上消失了。他对于失去线索感到非常气愤。尽管他不想与埃纳尔叔叔公开发生冲突，但是作为一名侦探，有义务跟踪和调查埃纳尔叔叔的活动。将来有一天，一个默默无闻的证人会出来讲话："法官先生！现在我们在被告席上看到的这个人于 6 月 20 日深夜从位于本市面包师里桑德住宅的顶层窗子爬出，顺着绳索而下，继而来到院子里的工具房，随后他采取了……"啊，正是这一点！随后他到底干什么了？这一点卡莱讲不出来。埃纳尔叔叔仍然无影无踪。

卡莱沮丧地朝家里走。在街的拐角处站着下士警官比约尔克。

"我的上帝，半夜三更的你在外边干什么呢？"他问。

"比约尔克叔叔看见一个男子从这里走过去了吗?"他急切地打断他的话。

"一个男子?没有,这里除了你,连一个人影也没有。快回家睡觉吧!我要是有这个福分,我早回家睡大觉了。"

卡莱走了。没有什么男子露过面。不会,谁都知道警察能看见什么!就是整个一个足球队走过,他们也不会发现!卡莱本想把比约尔克下士警官除外。他确实比其他警察要好。但是他竟然说"快回家睡觉"!啊,都是一路货!唯一明察秋毫的人竟被警察责令回家睡觉!难怪有那么多案件破不了!不过看样子不回家睡觉也没有其他事情可做。卡莱还是回家了。

第二天卡露安马戏团继续排练。

"埃纳尔叔叔还没起床吧?"卡莱问艾娃－露达。

"不知道,"艾娃－露达说,"别再问这类事。我倒希望他能睡整个一上午,好让我的小猫杜塞恢复一下错乱的神经。"

但是没过多久埃纳尔叔叔就露面了。他带来一大包夹馅巧克力,顺手扔给艾娃－露达。

"马戏大腕可能需要补充营养。"

艾娃－露达心里非常矛盾。她非常喜欢巧克力,真的想吃,但是如果出于对小猫杜塞的忠诚,她应该把巧克力扔回去,并说:"谢谢,不要!"她用手掂着那包巧克力,那句谢绝话很难出口。如果她只尝一块,把其余的还回去,那样好不好?然后她再给小猫杜塞一条鲱鱼吃行不行?不行,这不是一个好建议。

她犹豫的时间过长,采取一个重大举动的机会错过了。埃纳尔叔叔拿起倒立,在这种情况下再把巧克力还回去不大容易。艾娃－露达留下了那包巧克力,她意识到,收下就表示和解。她决定给小猫杜塞两条鲱鱼吃,然后对埃纳尔叔叔要敬而远之。

"还过得去吧?"埃纳尔叔叔拿完倒立以后说,"我也可以参加卡露安马戏团表演了吧?"

"不行,成年人不能参加。"安德士以团长的身份说。

"实在不可理解。"埃纳尔叔叔叹息着,"你觉得怎么样,卡莱,你是不是觉得对我太苛刻了?"

卡莱没有听见他说什么。他正盯着埃纳尔叔叔拿倒立时从口袋里掉出来的一件东西——万能钥匙!就在草丛中,卡莱能够得到它……他慢慢靠近。

"太苛刻,怎么回事?"卡莱一边说一边用脚踩住万能钥匙。

"我不能参加马戏团和你们一起玩。"埃纳尔叔叔抱怨说。

"哎呀!"艾娃-露达说。

卡莱很高兴,人们的注意力已经不在他身上。他能够感受到脚板下的万能钥匙。他本来应该把它捡起来,对埃纳尔叔叔说:"叔叔掉了这个!"但是他没有这样做。相反,他神不知鬼不觉地把钥匙装进了自己的口袋。

"预备——"马戏团团长高声喊。卡莱在跷跷板上用力一跳。

真艰苦,马戏团演员的生活!练习,不停地练习!6月骄阳似火,"三位亡命徒、斯堪的纳维亚最优秀的杂技演员"汗流满面。艾娃-露达贴在周边街头巷尾的海报上就是这样写的。

"三个亡命徒不想每人来一块蛋糕吗?"

从面包房的窗子里露出面包师里桑德友善的脸。他新烤了一屉蛋糕。

"谢谢！"马戏团团长说，"可能要过一会儿，饿狗最能捕猎。"

"我这辈子都没这样累过。"艾娃－露达说。那袋巧克力早吃光了，她的肚子练完节目以后就像巧克力袋一样空。

"对，我们确实需要喘口气。"卡莱一边说一边擦额头上的汗。

"如果你们说了算，我这个团长当着还有什么劲。"

安德士显得很生气。

"你们是非常漂亮的亡命徒，我敢说！海报上应该再加上蛋糕亡命徒。"

"人是铁，饭是钢。"艾娃－露达一边说一边跑进厨房取果汁。当面包师把一屉新烤的蛋糕从窗子递出来的时候，马戏团团长无奈地叹着气，但是他也暗自高兴。他比别人都吃得多。他在家里很少吃蛋糕，因为他们家人口多。他父亲虽然经常说"你们等着吃其他蛋糕吧"，但是他说这句话的意思可不是什么蛋糕，而是等着挨打吧！因为安德士认为这种东西他吃得太多了，所以他尽量不在家待着。他更喜欢卡莱和艾娃－露达家的气氛。

"你父亲真够慈祥的。"安德士一边说一边用力嚼蛋糕。

"举世无双！"艾娃－露达附和着说，"他还很幽默。他办事特别仔细，让我妈妈自愧不如。"她说，"他最不能容忍

的是咖啡杯没有把儿。他说,妈妈、我和弗丽达就喜欢把咖啡杯的把儿打碎,别的什么都不喜欢。昨天他到商店买回来两打新杯子。回来以后,他拿出一个锤子,把所有的把儿都砸掉。'省得你们麻烦',他说,然后把没有把儿的杯子送到厨房里。妈妈笑得直肚子疼。"艾娃-露达一边说一边又拿起一块蛋糕,"不过爸爸不喜欢埃纳尔叔叔。"她补充说。

"那你爸爸也应该把他的耳朵砸掉。"安德士企盼着说。

"谁知道呢。"艾娃-露达说,"爸爸说,他当然喜欢有亲戚来,但是如果妈妈的七大姑八大姨和烂眼睛的二舅妈都来,整天在家里转来转去,他宁愿坐单人牢房躲心静。"

"我觉得,埃纳尔叔叔倒应该去坐牢。"卡莱急切地说。

"哈哈!"安德士说,"你终于发现了,是埃纳尔叔叔搞了个斯图列谋杀[①],对吗?"

"你嘲笑吧。"卡莱说,"我知道,我心里有数。"

安德士和艾娃-露达都笑了。

"啊,我心里有什么数?"过了一会儿,当一天的排练结束时,卡莱暗暗思索,"我什么也不知道,这就是我心里的数!"

他感到很沮丧。他突然想起了万能钥匙。喜悦和希望使他

[①] 斯图列谋杀:斯图列为家族姓氏。斯万特·斯坦松(1517—1567),瑞典政治家、军事家。1556年瑞俄战争时任芬兰战场上的元帅。后被怀疑图谋叛乱,连同两个儿子及一批重臣被处死。

精神为之振奋。他的口袋里装着那把万能钥匙,他一定要想方设法试一试。他只需要一扇紧闭的门。为什么不去试一试埃纳尔叔叔开过的那扇门呢!就是王宫地下室那扇门!卡莱没有再多想。他匆忙穿过大街,担心碰上熟人跟他一块儿走。他跑到山冈上,又以同样快的速度跑过那条蜿蜒小路,当他最终站到那扇紧闭的大门前时,他不得不休息片刻,以便喘口气,恢复常态。当他把钥匙伸到锁里的时候,他的手不免有点儿打战。门能打开吗?

开始看不出来。但是当他试了一会儿以后,他觉得锁被打开了。这么简单呀!他——卡莱·布鲁姆奎斯特,用万能钥匙打开了一扇门!门轴"吱"地响了一声,门就开了。卡莱犹豫了一会儿。他一个人要走进漆黑的地下室真有点儿发憷。他到这里来其实就是为了试一试那把万能钥匙,没想干别的,但是门被打开以后,他如果不趁此机会再到地下室去一趟,不是成了大笨蛋!他顺着台阶走下去,想到他是全城唯一一个能这样做的男孩时,感到极大的满足。为什么不把自己的名字再往墙上写一次呢!如果他、安德士和艾娃-露达今生今世再有机会到这里来的时候,他会指给他们看,墙上两处有他的名字,这表明,他曾两次到过这里。

这时他发现了问题。墙上已经没有名字了,被粗铅笔道画掉了,已经看不清原来写的字。

"啊,真是公鸡下蛋,母鸡打鸣——怪事。"他高声自言自语。是不是有什么亡灵不喜欢有人往墙上签名,因此涂掉了所有的笔迹?卡莱打了个寒战。但是怎么可以想象一个鬼魂会拿着铅笔呢?卡莱不得不说,这种可能性很小。一定是有人故意涂掉的!

"我知道是谁干的了,"卡莱小声说,"埃纳尔叔叔!"不错!埃纳尔叔叔曾经竭力阻止他们往墙上签名,埃纳尔叔叔把名字涂掉了。他不希望有别人走到地下室,知道他们曾经来过这里,卡莱全明白了。但是埃纳尔叔叔什么时候涂的呢?他们离开遗址时,名字完好无损地写在上面。

"啊,我真笨,"卡莱说,"当然是在夜里!"

埃纳尔叔叔夜里到过王宫遗址。为此他事先买了手电筒。但是他真的为了涂掉墙上的几个名字费这么大的劲吗?卡莱冷笑起来。他又朝四周看了看,想找出一点儿埃纳尔叔叔来过此地的其他证据。从地下室的窗子能透进一点儿光,但不足以照亮所有的旮旮旯旯。另外,也不能完全肯定,埃纳尔叔叔就待在孩子们签名的墙旁边,那里离地下室的台阶最近。地下室很大,漆黑的甬道通向四面八方。卡莱没有兴趣把自己的探寻范围扩大到整个漆黑的地下室。他没有照明设备,也做不到这一点。

但是有一件事是肯定的——埃纳尔叔叔永远也不会再得到

那把钥匙，这一点卡莱敢肯定。

他的良心确实受到一点儿责备，不属于自己的东西不应该保留，可是卡莱很快打消了这些想法。为什么埃纳尔叔叔要一把万能钥匙？谁知道他想用这把钥匙开哪些门！如果卡莱认为埃纳尔叔叔是个可疑人物的想法是正确的，他拿了这把钥匙就是一个近乎正确的举动。这把钥匙太有吸引力了。安德士、艾娃－露达和他将在地下室设立自己的总部，他们将对所有的情况进行调查，他们大概也能搞清楚，埃纳尔叔叔在那里到底干了些什么。

"后一点至关重要。"卡莱坚定地对自己说。

他准备离开那里。这时候他突然看见脚旁边的台阶上有一粒很亮的小东西。他很快弯下腰，拾了起来。是一颗珍珠——一颗闪亮的白珍珠。

5

　　卡莱仰卧在梨树下。他在想问题,而这个姿势最适合他的思考。

　　"这颗珍珠可能自古斯塔夫·瓦萨①时代以来就在这里,也可能有某位贵族少女喝了拉格啤酒后走到地下室,把珍珠项链掉在地上。"超级侦探布鲁姆奎斯特想,"但是可信吗?当人们想解开一桩刑事案件之谜的时候,"他一边说一边转过身,用眼睛看着自己假想的听众,"人们的预想一定要有可能。"超级侦探用拳头狠狠捶地——"可能就是这样,这颗珍珠不可能自古斯塔夫·瓦萨时代一直在这儿,因为那样的话,除了我之外肯定还有其他细心的男孩能找到它。此外,如果这颗珍珠迟至昨天还在,我们昨天在这里时,像我这样机警的年轻人肯定早发现了。特别是我相当仔细地查看了地面。对,对!"他对明显表示赞赏的假想听众一挥手——"小事一桩,没有什么

---

① 瑞典国王古斯塔夫一世(1859—1930)。

了不起的！在这种情况下，我们对这一点能得出什么结论呢？那位埃纳尔叔叔在对王宫遗址进行夜访时掉了这颗珍珠的可能性最大。我说得不对吗？"

那位假想的听众显然没有表示反对，超级侦探布鲁姆奎斯特继续说：

"现在的问题是，埃纳尔叔叔真的戴着珍珠项链吗？戴着闪闪发亮的项链和珍宝走来走去？"

超级侦探砰地一声把手捶到地上。

"肯定不是！因为——"他揪住假想听众的衣领——"如果这位埃纳尔叔叔四处撒珍珠，我有理由把此举看成是一个极为可疑的情况，对不对？"

没有听到不同意见。

"然而，"超级侦探继续说，"我不是那种根据偶然现象就作出判断的人。事情会水落石出的，我敢保证，在这件事情上我是正确的。"

这时候他的假想听众说出了一连串对布鲁姆奎斯特先生调查案情的赞美之词，甚至布鲁姆奎斯特先生自己都觉得有点儿过分。

"好，好，不要说过头的话。"他和蔼地说，"说我是世界上最好的，是有点儿言过其实。连彼得·温姆塞勋爵都不能这样说。"

他掏出自己的笔记本,在"特别可疑的情况"的标题下补充如下内容:对王宫遗址进行夜访。掉珍珠。

他把有关埃纳尔叔叔的所有材料从头到尾读了一遍,觉得非常满意。他的一生只剩下一个愿望:搞到埃纳尔叔叔的指纹!他忙了整整一个上午,围着他的猎物转了几个小时,把自己印东西的小印盒摆出来,他希望用这种方法让埃纳尔叔叔无意中把手指放在印台上,然后再按在一张纸上。奇怪得很,埃纳尔叔叔就是不上这个圈套。

"真够狡猾的!"卡莱冷笑着说,"现在没别的办法了,只能用三氯甲烷把他弄晕,再趁机拿他的手按指纹。"

"你还躺在这儿,傻瓜,还有一刻钟演出就开始了!"

安德士趴在护栏上用恶狠狠的目光看着舒舒服服地躺在草地上的卡莱。卡莱迅速爬起来。又当侦探又当马戏团演员真不容易,他从护栏开口钻过去,连蹦带跳就到了安德士身旁。

　　"有人来了吗?"他喘着气说。

　　"那还用问,"安德士说,"一个空位置都没有。"

　　"那我们该发财了吧?"

　　"8克朗50厄尔。"安德士说,"你快去替艾娃-露达卖票吧,别像帕夏①那种高官一样躺在绿草丛中。"

　　他们迅速从楼梯跑上阁楼。艾娃-露达正站在那里从窗子缝隙往外看。

　　"满屋子都是人。"她说。

　　卡莱也走过去看,小区所有的孩子都来了,还有一大批外乡人。埃纳尔叔叔坐在第一排,在他旁边坐着面包师里桑德夫妇,在第一排椅子后边卡莱看见了自己的爸爸和妈妈。

　　"我很紧张,两腿直发软。"艾娃-露达说,"你们准备好,我演杂技时可能会头朝下掉在你们身上。我们家拉车的那匹马情绪很不好,我也非常担心我的那个驯马节目。"

　　"我告诉你,别给我们丢脸。"安德士说。

　　"节目快开始吧。"埃纳尔叔叔不耐烦地说。

　　"开始不开始由我们定。"马戏团团长刻薄地对自己的助

---

① 帕夏:古代埃及和土耳其的高级官员。

手说。不过他还是戴上高帽子,确切地说是面包师里桑德的高帽子,打开窗子,抓住绳子,悠到马戏台上。艾娃-露达吹响了喇叭,观众热烈鼓掌。趁这个时候卡莱偷偷地从楼梯走下去拉拴在树上的那匹马。在观众惊喜的目光中,他把马从观众席的椅子中间拉上来。马戏团团长摘下帽子,恭恭敬敬地鞠了一躬,然后拿起靠在墙边的鞭子。他啪地抽了马一鞭子。他和观众都希望那匹马沿着跑道迅速奔跑,但是那匹马不进入角色。它只是对着观众长啸。马戏团团长又抽了一鞭子,他小声对马说,但观众能听见:

"哎呀,你这个笨蛋!"

这时候马低下头,吃着从锯末里露出的几根草叶。阁楼里传出快乐的笑声,这是等待出场的大腕女明星难以抑制自己的欢乐心情而发出的。观众也觉得很有意思,特别是埃纳尔叔叔和艾娃-露达的妈妈。此时此刻驭手卡莱采取了行动。他拉住马嚼子,毫不费力地把马牵到窗子底下。艾娃-露达抓住绳子,准备做关键的一跳,跳到马背上。但是这时候这匹马来了一个插曲。它猛地一跳,完全可称得上是专业马戏团的水平,艾娃-露达已经从绳子上滑下来,但是没有马背可落。她挂在绳子上,双脚踢来踢去,直到安德士和卡莱用手把马硬推回来,艾娃-露达才滑到马背上。安德士扬鞭一抽,马围着跑道跑起来。艾娃-露达用光脚后跟使劲夹着马肚子,想让马跑得

快一点儿，但无济于事。

"笨蛋！"艾娃－露达吼叫着。

但是这匹马死活不买账。他们原来的想法是，让马在跑道上快速奔跑，用欢快的蹦跳转移观众的注意力，使人不觉得艾娃－露达的驯马技术太差。但是这匹马的不合作态度使这个节目过于平淡。

"这么多年的燕麦白费了。"艾娃－露达越想越生气。

然而最后那位气急败坏的马戏团团长在马鼻子底下响亮地抽了一鞭子，吓得那匹马疯狂地立起前腿，以极具戏剧性的场面结束了这个节目，大大提高了观众的整体好感。

"如果杂技节目也失败了，"事后安德士在阁楼上说，"我们必须退票。马戏团的马站在那里吃草，真不像话！现在就差艾娃－露达在演杂技节目时吃蛋糕了！"

艾娃－露达没有吃蛋糕，而"三个亡命徒"取得了很大成功。埃纳尔叔叔采了一枝白色丁香花献给艾娃－露达，并深深地鞠了一躬。其他节目的水平不算很高，可是丑角表演得却很成功，艾娃－露达的歌也唱得不错。马戏场里一般没有唱歌的节目，由于节目数不够，所以艾娃－露达自己就写了一首。歌词主要是写埃纳尔叔叔。

"不行不行，艾娃－露达，"她唱完以后她的妈妈说，"不能对长辈不敬。"

"对埃纳尔叔叔当然可以。"艾娃-露达说。

演出以后,里桑德夫人在凉棚里请大家喝咖啡,食品店老板布鲁姆奎斯特和面包师里桑德晚上经常坐在凉棚里谈论政治。有时候他们也讲故事,这时候艾娃-露达、卡莱和安德士经常坐下来听。

"我真不敢相信,今天所有的杯子都有把儿!"面包师说,"大概世界末日到了。你怎么样,我的小米娅?"他用友好的目光看着自己的妻子说,"你今天的事大概太多了,所以没来得及把杯子把儿打掉吧?"

里桑德夫人开心地笑着,请布鲁姆奎斯特夫人吃甜点心。面包师将自己肥胖的身体塞进室外用的椅子里,审视着自己妻子的表弟。

"你不觉得无所事事难受吗?"他问。

"我不在乎,"埃纳尔叔叔说,"有没有工作无所谓。我只希望能睡得好一点儿。"

"我给你一片安眠药吃。"里桑德夫人说,"我胳膊疼的时候医生给我的,我没吃完。"

"我想,工作可能比安眠药更好些。"面包师说,"早晨4点钟起来帮我烤面包,我保证你夜里睡得着。"

"谢谢,我宁愿吃安眠药。"埃纳尔叔叔说。

在桌子对面,坐在妈妈旁边的超级侦探布鲁姆奎斯特暗想:

"要想睡觉,最好的办法是安静地躺在自己的床上。如果整夜到外边瞎逛,没有一点儿合眼的时间大概不会奇怪。如果他吃一片安眠药,他肯定可以睡着。"

安德士和艾娃－露达喝完咖啡,坐在凉棚外面的草地上,吹着草秆,他们对自己吹出的可怕噪声非常满意。卡莱此时正想加入他们的行列。他知道,他用草秆吹出的声音大大超过他们。恰好此刻,他想出了一个好主意!一个辉煌、天才的好主意,他不愧是一名超级侦探。

安德士听了赞同地点着头。

"对,对,一定能行!"

他跳起来,折了一段草秆,吹出了刺耳、胜利的喇叭声。

6

当然干这件事不是没有风险,但是一名侦探要敢于冒险。如果他不愿意,干脆别干侦探这一行,去卖热狗或者别的什么。卡莱不害怕,但是紧张,特别紧张。卡莱把闹钟拨到两点。两点是一个合适的时间。一片安眠药片管多长时间?卡莱不太清楚。但是夜里两点埃纳尔叔叔肯定睡得像只小猪,卡莱对此坚信不疑。那时候他就可以采取行动了。你要找到一位神秘可疑的人物,你就必须有他的指纹。线索、胎记之类的东西固然不错,但是无论如何赶不上那高贵的指纹重要。

卡莱上床睡觉之前,最后又往窗外看了一眼,对面窗子上的白色窗帘在晚风中缓缓飘动。埃纳尔叔叔就在屋里。他可能刚刚吃了安眠药上床睡觉。卡莱紧张得直咬牙。这件事不会太难。艾娃-露达、他和安德士多次利用救火梯子爬上爬下,最近一次是在去年春天,当时他们在艾娃-露达的阁楼建立了一个强盗窝。埃纳尔叔叔能从窗子里往外爬,卡莱就能往里爬。

"只要我还有口气,两点钟我一定去。"

卡莱钻进被窝,很快就睡着了。他睡得很不踏实,梦见埃纳尔叔叔在面包师家的院子周围使劲追他。卡莱拼命跑,但是埃纳尔叔叔还是抓住他了。最后他掐住卡莱的脖子说:

"你难道不知道,所有侦探的尾巴上都要拴一个空铁罐,他们一来,大家就能听见?"

"是吗,但是我没有尾巴。"卡莱委屈地辩解说。

"废话,你当然有!没有这是什么?"

当卡莱细看的时候,他确实像小猫杜塞一样有一个类似尾巴的东西。

"好啦。"埃纳尔叔叔一边说一边把空铁罐拴紧。卡莱跑了几步,那空铁罐发出可怕的响声,多么不幸,他真想大哭一场。当他这副模样走出去的时候,安德士和艾娃-露达会说什么呢?大概没有人愿意和发出这种噪声的人一起玩。安德士和艾娃-露达就站在那里。他们在嘲笑他。

"真像个侦探。"安德士说。

"所有的侦探尾巴上都要拴上空铁罐,真是这样吗?"卡莱用求助的口气问。

"绝对!"安德士说,"有明文规定。"

艾娃-露达用手捂住耳朵。

"讨厌的小猫,你发出的声音多难听。"她说。

卡莱必须承认,这种噪声比什么都难听。咣当,咣当,啊,响的多难听……

卡莱惊醒了。是闹钟——天啊,是它在响!卡莱赶紧关上闹钟。转眼间他就清醒了。上帝保佑,他没有长尾巴。谢天谢地。现在赶紧行动。

他跑到写字台前,从抽屉里拿出印盒,装进裤兜里。还得有一张纸。万事俱备。

他偷偷走下楼梯,比任何时候都小心,他要避免下楼时脚步吧唧吧唧地响,这方面他是有经验的。

"神不知,鬼不觉!"

卡莱感到特别兴奋。他瘦弱的身体从围栏开口挤进去,现在他已站在面包师家的院子里。万籁俱寂!丁香花沁人心脾!还有那苹果花香!一切都不同于白天。所有窗子里的灯都熄灭了。埃纳尔叔叔的窗子里也是如此!

当卡莱的脚踏上救火梯子时,浑身直打战。他第一次感到有点儿害怕。为了一个指纹值得付出如此的代价吗?他实际上并不知道要那个指纹有多大用处。但是——他宽慰自己说——埃纳尔叔叔肯定是个坏蛋,要对所有的坏蛋取指纹。当然也要取埃纳尔叔叔的!"小事一桩。"超级侦探为自己打气,并开始爬救火梯子。

"如果此时埃纳尔叔叔没睡觉,正坐在床上看着我,我把

头伸进去该说什么呢?"

卡莱有些迟疑。

"晚上好,埃纳尔叔叔,夜里天气不错,我只是在绳索上散散步!"不行,这无济于事!

"我希望,米娅阿姨给他的安眠药效力特别大。"卡莱想,并极力给自己鼓气。当他爬到窗台上时,感到特别难受,就像把头伸进了蛇窝。屋里很暗,但是能辨别方向。卡莱眼下觉得自己就像一只胆小、好奇的黄鼠狼,一有风吹草动就想溜之大吉。

屋里有一张床,从床上发出深沉的呼吸声。谢天谢地,埃纳尔叔叔睡着了!卡莱慢慢地爬过窗台。他不时地停下来听动静,但是一切都是那么安静。

"米娅阿姨给他吃的大概是耗子药,不然他怎么睡得那么死。"卡莱想。他趴在地上,小心翼翼地接近自己的猎物。小事一桩!

真走运!这时埃纳尔叔叔的右手正好从床边垂下来。只要把手拉过来就……正在这个时候,埃纳尔叔叔说起了梦话,把手甩到脸上。

扑通,扑通,扑通,卡莱怀疑,这屋子是不是藏着一台蒸汽机。其实这不过是他的心在扑通扑通地跳,就像要跳出来。

然而埃纳尔叔叔还在继续睡。这时候他已经把手放到被子

上去了。卡莱打开印盒盖，小心地抓住埃纳尔叔叔的大拇指，就像捡火炭一样，把它按在印油上。

"啊哈！"埃纳尔叔叔出了口长气。

现在就剩拿纸。天啊，那张纸哪儿去了？啊，真让人着急！坏蛋就躺在这里，大拇指上沾着印油，万事俱备，他找不到纸了！好，他找到了！在这里！在裤子兜儿里！他小心地把埃纳尔叔叔的大拇指按在纸上。大功告成。他有了指纹，没有别的事让他更满意，如果他能让这个坏蛋一直安静地睡觉，这是他最想要的。

他慢慢地退回，想越过窗台下到地面！这没什么难的。

哎呀，如果米娅阿姨不是个养花迷，就万事大吉了。窗子只开了一半，窗台的那半边上有一个花盆，盆里栽着一小棵天竺葵。卡莱刚想站起来……

刹那间，咚的一声，他以为是地震或者别的什么天灾降临了，其实只是一个小花盆掉下去了。

卡莱刚好爬到窗台上，背对着埃纳尔叔叔的床。

"我真想死，"他想，"死了倒好了！"

他的每一根神经都听到，都感受到，都明白埃纳尔叔叔已经惊醒了。让他感到奇怪的是这个花盆怎么会发出这么大的声音，好像整个花店都炸了！

"举起手来！"

这分明是埃纳尔叔叔的声音,但是不大像。这声音听起来,啊,铿锵有力。

百闻不如一见。卡莱转过身,目光正对着黑洞洞的左轮手枪枪口。啊,他曾多次梦想这样的场面,但一次也没有出现过他身上。他总是一下子就能把眼前的坏蛋制伏,说着"别忙,我的好先生"这句话,顺手就把他的手枪缴械了。但现实有点儿不一样。卡莱有过很多次感到怕死。有一次银行家的那只狗在广场上扑向他,他害怕了。去年冬天他滑进冰窟窿,他害怕了。但是从来没有像此时此刻这样狼狈不堪,从来没有过。

"妈妈呀!"他想。

"过来一点儿。"那个钢铁般冷酷的声音说。

两条腿软得像两根面条似的怎么走得动呢?不过他还是试了一下。

"我的天啊,是你呀,卡莱?"

埃纳尔叔叔的声音不那么冷酷了,但是他仍然严肃地说:

"三更半夜的你在干什么?快回答!"

"上帝保佑,"卡莱内心哭泣着说,"我应该怎么解释呢?"

急中生智。卡莱想起来,几年前他曾患过梦游症。夜里他到处游荡,后来他妈妈带他去看医生,吃了镇静药片才好。

"嗯,卡莱。"埃纳尔叔叔说。

"我怎么到这儿来啦?"卡莱说,"我怎么到这儿来啦?我一直没再犯梦游症。噢,我现在想起来了,我梦到了埃纳尔叔叔("这是真的",卡莱想)。对不起,我打扰了!"

埃纳尔叔叔收起手枪。他拍了拍卡莱的肩膀。

"好啦好啦,我亲爱的大侦探。"他说,"我相信,这是你梦想当侦探的想法使你得了梦游症。请你妈妈在你睡觉前给你一点儿镇静剂吃,你渐渐就会好起来。我现在把你送出去。"

埃纳尔叔叔把他送下楼梯,开了大门。卡莱鞠躬致谢。转瞬间他就像脚下抹了油的兔子,钻过围栏迅速跑掉了。

"大人不记小人过。"他小声说。他大有虎口余生的感觉。他的双腿还在奇怪地颤抖着。跟他爬不动楼梯的感觉完全一

样。他走进自己的房间,一头扎到床上,大口地喘着粗气。

"大人不记小人过。"他又小声地说了一遍。

他在床上坐了很长时间。

干侦探真是一个危险的职业!一些人认为这是小儿科,绝对不是。随时随地都有可能面对黑洞洞的枪口,啊,真是这样!卡莱的双腿开始恢复正常,狼狈不堪的窘相已经消失。他把手伸到裤兜儿里。那张宝贵的纸在里边。卡莱已经不害怕了。他很幸运。他小心翼翼地拿着那张纸,放进左边那个抽屉里。那里存放着万能钥匙、报纸和那颗珍珠。当他看着这些东西时,他的目光比一位母亲看自己的孩子时还要热情、温柔。他仔细地关好抽屉,装好钥匙,随后拿出笔记本,翻到埃纳尔叔叔那页。他又补充了一点。

"拥有手枪,"卡莱写道,"睡觉时放在枕头底下。"

每到这个季节,里桑德家就在前廊吃早饭。当安德士和卡莱出现在附近吸引艾娃-露达注意时,他们正喝粥。卡莱不知道埃纳尔叔叔说没说他夜访的事。不过埃纳尔叔叔喝着粥,好像什么也没有发生过。

"哎呀,埃纳尔,真气人!"里桑德夫人突然说,"我昨天忘了给你安眠药吃!"

7

"有一件事特别有意思,那就是作准备。"马戏首演式刚刚结束安德士曾经这样说。演出本身固然紧张有趣,但演出之前忙于排练和作各种各样准备的那几天也深深留在记忆中。昔日的马戏团艺术家如今无所事事。卡莱却没有这种感觉。他的侦探活动把他的白天、有时候夜里都填得满满的。过去是泛泛的,而现在完全集中在埃纳尔叔叔身上。安德士和艾娃-露达希望埃纳尔叔叔赶快走,但是卡莱却担心他侦察的坏蛋一走了之,到了那一天就只剩下卡莱,而他关注的神秘人物却没有了。如果在卡莱还没有搞清楚埃纳尔叔叔是何种罪犯之前他就走掉的话,那会令人非常沮丧。卡莱一分钟也没怀疑过他不是个罪犯。诚然卡莱过去怀疑的罪犯后来都被证明是完全体面的人,至少无法证实犯了什么罪,但是这一次他确信无疑。

"有那么多蛛丝马迹,不会有其他可能。"当他产生怀疑的时候,他便自己给自己打气。

安德士和艾娃-露达对与犯罪分子作斗争这类事情丝毫不感兴趣,他们感到很无聊。然而他们感到庆幸的是,有一天邮电局局长的儿子西克斯顿看见安德士与艾娃-露达在大长街上结伴而行,就在后边冲他喊"泡妞"。当时西克斯顿那帮和安德士那帮之间本相安无事,很可能是因为西克斯顿也觉得无聊,找个理由挑起事端。

安德士站住了。艾娃-露达也站住了。

"你说什么?"安德士说。

"泡妞。"西克斯顿脱口而出。

"好哇!"安德士说,"我原以为听错了。尽管天很热,我还得抽你一顿,很遗憾。"

"好,就这么着!"西克斯顿说,"完了我可以往你前额放一块冰,如果那时候你还有一口气的话!"

"今晚上高草地见。"安德士说,"快回家,让你母亲尽可能作好准备!"

随后他们分手,而安德士和艾娃-露达回家通知卡莱,他们显得特别兴奋。这次较量肯定会给暑假生活添光增彩。

卡莱正忙于通过围栏监视像幽灵一样在院子里徘徊的埃纳尔叔叔。他本来不想让别人打扰他,但是当他听说西克斯顿已经秣马厉兵准备开战时,他也兴奋起来。当他们三人正在艾娃-露达家的凉棚里讨论这件事时,埃纳尔叔叔出现了。

"没有人跟我玩。"他抱怨说,"发生了什么事?"

"我们要出去打架,"艾娃-露达冷冷地抛出一句,"安德士要和西克斯顿练练。"

"谁是西克斯顿?"

"这座城市里最强壮的男孩子之一,"卡莱说,"安德士肯定会输。"

"我觉得也是。"安德士高兴地附和着。

"让我过去帮助你吧?"埃纳尔叔叔建议说。

安德士、卡莱和艾娃-露达直愣愣地看着他。他的意思是他们可以让一个成年人卷入打架?把一切都搞砸?

"喂,安德士,你觉得我的建议怎么样?"埃纳尔叔叔说,"我能参加吗?"

"不!"安德士说,他不喜欢回答这类愚蠢的问题,"不,那样非常不公正。"

"对,可能不好,"埃纳尔叔叔表示赞成,样子有点儿不高兴,"其实结果是最重要的。不过你还太小,不太明白结果意味着什么。这类事情你会逐渐学会的。"

"我希望他永远也别学会这类蠢事。"艾娃-露达说。

听了这话,埃纳尔叔叔转身就走了。

"我真的觉得他生气了。"艾娃-露达说。

"对,有时候大人很奇怪,不过这位比大多数大人更奇

怪。"安德士说,"他一天比一天变得挑剔。"

"对对!你们知道就好了。"卡莱想。

高草地是位于城边的一个很大的公共场所,草木繁茂。高草地是青年人的乐园。那里可以看到阿拉斯加淘金者的生活场面,争胜好勇的枪手的决斗,洛基山脉的篝火,非洲原始森林捕杀狮子,潇洒的骑士骑着高头大马飞奔,凶恶的芝加哥强盗残忍地举起了连发手枪。城里的电影院放什么电影,这里就有什么。夏天电影院要关闭,但是人们并不在乎这一点。在多数情况下是一些私人打斗,也有些人愿意到高草地安安静静地娱乐和玩耍。

安德士、卡莱和艾娃-露达坚定地走来,充满紧张和期待。西克斯顿带着他的人已经到了那里。他的助手叫本卡和勇德。

"那位想脑浆迸裂的人来了。"西克斯顿气焰嚣张,摩拳擦掌。

"你的手下为何人?"安德士问,他想镇一镇对方。他的提问更多的是形式,因为他很清楚,谁是他的助手。

"勇德和本卡!"

"这是我的手下。"安德士指着卡莱和艾娃-露达说。

"你选用哪些家伙?"西克斯顿说套话。大家都知道,除了拳头,不能使用别的武器,但是为了留下好印象,人们还是

保留这种规矩。

"背包①。"安德士熟练地回答。

大战爆发了。四位助手各站一边,焦急地观看着战斗,他们汗流浃背。斗士们混战成一团,人们只能看见胳膊、脚和头发。西克斯顿比较强壮,但是安德士灵活、迅速得像一只小松鼠。刚一开始他就挨了对手几拳,这使得西克斯顿斗志更加昂扬。安德士显得很沮丧。艾娃-露达咬着嘴唇,卡莱偷偷地看了她一眼。为了她的原因,他内心多么想参加战斗。但是很遗憾,卡莱没有"泡妞"的殊荣。

"加油呀,安德士。"艾娃-露达兴奋地喊着。

这时候安德士急了,他跳过去和西克斯顿短兵相接,迫使西克斯顿后退。按照规定,这种决斗不能超过10分钟。本卡手里拿着表。两位斗士知道,时间非常宝贵,他们使出全身力气,以求战斗的结果对自己有利。这时本卡却喊道:"停!"西克斯顿和安德士无可奈何地服从了他的命令。

"不分胜负。"本卡说。

西克斯顿和安德士握手。

"前嫌一笔勾销。"安德士说,"不过明天我想恶心你,那时候我们再继续。"

西克斯顿点头表示赞成。

---

① 背包:强盗的黑话,意为"拳头"。

"这意味着红白玫瑰之间将开战。"

西克斯顿和安德士是用英国历史上的高贵典范给自己的帮派命名的。

"对,"安德士一本正经地说,"现在是红白玫瑰之战,成千上万的灵魂将进入死亡和死亡的黑夜。"

这句话也取自历史典故,他认为决斗结束以后,各种声音显得少见的优美、动听,此时暮色也降临高草地。

白玫瑰——安德士、卡莱和艾娃-露达,严肃地与红玫瑰——西克斯顿、本卡和勇德握手,然后他们分手。

很奇怪,尽管西克斯顿认为,安德士在大街上与艾娃-露

达并肩而行，他有理由在安德士后边喊"泡妞"，然而仍然承认他完全有资格作为对手和白玫瑰的代表。

三位白玫瑰战士回家了。白玫瑰卡莱显得很忙。他一会儿不监视埃纳尔叔叔，心里就不安宁。

"就像有了一只过圣诞节要杀的猪。"卡莱想。

安德士流着鼻血。诚然西克斯顿说过，他要看到安德士"脑浆迸裂"，但是没有那么危险。

"你这次打得不错。"艾娃-露达夸奖说。

"噢噢。"安德士一边说一边不好意思地看着自己沾满鼻血的衬衫。他回到家里又会挨唠叨，要尽快把血渍弄掉。

"我们明天见。"他说完转身就走了。

卡莱和艾娃-露达结伴。这时候卡莱突然想起，妈妈曾请他回家时买一份晚报。他跟艾娃-露达告别，一个人向报亭走去。

"晚报都卖完了。"报亭的女士说，"到旅店的前厅去看看！"

好吧，没办法只能去。在旅店不远处，卡莱碰到了比约尔克下士警官。卡莱心里对他产生一股同行式的同情。不错，卡莱是私人侦探，私人侦探跟普通警察相比，在破最简单的刑事案件时也有一定的差距，但是卡莱还是觉得他和比约尔克下士警官有某种行业联系。他们俩都是与社会上犯罪分子作斗争的

人。毫无疑问，就其年龄而言，卡莱是一位杰出的刑事案件侦探，但他毕竟只有13岁。在多数情况下，他不在乎这一点，他在侦察活动中，把自己当成一个目光敏锐的成熟男人，嘴角上叼着烟斗，俨然以"布鲁姆奎斯特先生"自居，受到社会上守法公民的很大尊敬，而令那些不法之徒魂飞魄散。但此时此刻他却感到自己只有13岁，他承认，比约尔克下士警官确实具有自己缺乏的丰富经验。

"你好，伙计。"警官说。

"你好，伙计。"卡莱说。

警官审视地看了一眼停在旅店前面的一辆黑色的沃尔沃小汽车。

"斯德哥尔摩牌照的汽车。"他说。

卡莱双手叉腰站在他身边。他默默地站了很长时间，仔细打量着走过广场的为数不多的夜晚出行者。

"比约尔克叔叔，"卡莱突然说，"如果我认为一个人是坏蛋，那我该怎么办？"

"打他一顿。"比约尔克下士警官高兴地说。

"不过我的意思是说，他已经犯了罪。"卡莱说。

"当然要拘捕他。"警官说。

"如果他只是被怀疑，并没有证据呢？"卡莱追问。

"监视他，那还用说！"

比约尔克下士警官咧着嘴笑了。

"噢,你在探听我的职业秘密。"他友善地说。

"我打听什么秘密呀!"卡莱委屈地想。没有人拿他当回事。

"再见吧,卡莱,我到警察局去一下。这段时间,请你帮我照看一下我的工作!"

比约尔克下士警官走了。

"监视他。"警官说过了,但是卡莱不可能监视一个整天坐在院子里、自己监视自己的人!埃纳尔叔叔什么都不干。他躺着、坐着,在面包师家的院子里走来走去,就像笼子里的一头野兽。他希望艾娃-露达关照他,帮助他打发时间。看样子埃纳尔叔叔似乎不是在度假,而是在等待什么。

"但是在等什么呢?我一点儿也想不出来。"卡莱想着,走上旅店的楼梯。此时前厅经理很忙,卡莱只好等。前厅有两位先生。

"你们能不能告诉我,旅店里是否住着一位布朗纳先生?"其中一位问,"埃纳尔·布朗纳?"

前厅经理摇了摇头。

"你们敢绝对保证?"

"对,当然。"

两个人又低声互相讲了一点儿别的。

"也没有人叫埃纳尔·林德贝里吗?"第一个开口的那个男人问。

卡莱吃了一惊,那不就是埃纳尔叔叔吗!卡莱一向助人为乐,他刚要开口讲,埃纳尔·林德贝里住在面包师里桑德家里,但是最后一刻他咽了下去,只说了一句模棱两可的"哼哈"。

"你又差一点儿当个傻瓜,我亲爱的卡莱。"他温和地责备自己说,"让我们拭目以待吧。"

"没有,我们这儿也没有叫这个名字的客人。"前厅经理肯定地说。

"没有!好吧,你们是否知道,最近一个时期有没有一个叫布朗纳或林德贝里的人住在这个城里的什么地方?"

前厅经理再一次摇了摇头。

"那好吧!我们可以订一个双人房间吗?"

"请吧!34号房间可能不错,"前厅经理客气地说,"过10分钟就收拾好了。两位先生要住多久?"

"看情况!我想可能几天吧。"

前厅经理拿出旅客登记簿让他们登记。卡莱买了份晚报。他感到特别兴奋。

"有戏了,绝对有戏了。"他小声对自己说。在把打听埃纳尔叔叔的两位先生的情况弄个水落石出之前,他绝对不会离开那里。他当然知道,他,卡莱·布鲁姆奎斯特,坐在前厅看报纸,前厅经理会感到奇怪,但这是唯一的办法。卡莱缩在皮椅子上,很像旅途中的批发商,他非常希望前厅经理不会过来把他赶走。幸运的是,前厅经理忙着回电话,没有注意到卡莱。

卡莱用食指在报上捅了两个窟窿,同时他也在思考,怎么向妈妈解释这个奇怪举动。然后他坐下来,琢磨这两个人是干什么的。可能是侦探。电影里的侦探都成对儿出现。如果他走过去,对其中一个人说"晚上好,亲爱的同行!"会怎么样呢?

"说这种傻话,太愚蠢了!"卡莱自言自语。他绝对不能事先走漏风声。

哎呀,哎呀,人有时候特别走运!这两个人走过来,正坐在他对面的皮椅子上。他可以通过报纸的窟窿大看特看他们,

愿意怎么看就怎么看。

"有情况，"超级侦探说，"小事一桩！首先，其中一个……哎呀，你猜怎么着，他长得那个样子实在惨不忍睹！"卡莱从来没有看见过这么丑的人，他暗想，如果他移居国外，城市美化委员会付多少钱大概都愿意。很难说，他的脸为什么那么让人看着不舒服，前额很窄，两个眼睛靠得很近，鹰钩鼻子，嘴一笑就歪七扭八的。

"如果他不是坏蛋，那么我就成了天使长百加利再世①。"卡莱想。

另一位先生的外表没什么特别的地方，除了那张病态、苍白的脸。他的个子很矮，浅色的头发。他有一双明亮的蓝色眼睛，目光茫然。

卡莱盯着他们，奇怪的是，不仅他的眼睛能透过报纸的窟窿看，他的耳朵也能全神贯注地听。他们俩热烈地交谈着，很可惜，卡莱不明白他们谈话的内容。这时突然那个苍白脸提高声音说：

"那还用说！他肯定在这座城市里。我看到了他给罗拉的信，上面清楚地盖着利尔切平的邮戳。"

罗拉的信?！罗拉！罗拉·赫尔贝里，不是她是谁？

"我心里早就有数了。"卡莱满意地说。那封给罗拉·赫

---

① 百加利：《圣经》中的天使长。

尔贝里的信是他亲手投进信筒的,这位尊贵的女士还能是谁。她已经被他记录在案。

卡莱想尽量多了解一些这两个人谈话的内容,但是没做到。因为前厅经理来了,告诉他们,房间已经收拾好,可以入住了。那位惨不忍睹和那位苍白脸起身走了。而卡莱也想走。这时候他看到前厅已经空了,已经没有别人了。他毫不犹豫地翻开旅客登记簿看。先登记的是惨不忍睹,他已经注意到了。托尔·科鲁克,斯德哥尔摩——肯定是他!苍白脸叫什么呢?阿图尔·列迪格,斯德哥尔摩。

卡莱掏出自己的小笔记本,工整地写上自己新探听到的人名和情况。他还翻到埃纳尔叔叔那页,写上:"有时候也叫布朗纳。"然后他夹着报纸,吹着《火钩子华尔兹》舞曲的口哨高兴地离开旅店。

啊,还有一件事。汽车!一定是他们的,这座城市里很少见到挂着斯德哥尔摩牌子的汽车。如果他们是坐7点钟的火车来的,怎么会好几个小时才找到旅店呢。他写好房间号码和其他情况,然后就去看汽车轮胎。轮胎磨得很厉害,只有后边的右轮胎除外,上面有一个很新的"吉斯拉维德橡胶厂"[1]字样。卡莱画了一个轮胎的小草图。

"小事一桩。"他一边说一边把笔记本装进裤兜儿里。

---

[1] 吉斯拉维德橡胶厂:该厂位于瑞典容切平省,建于1895年。

8

玫瑰之战如约在第二天爆发。西克斯顿在自家的信箱里找到一张纸条,上面写着充满污辱性的语言。纸条下边写着"上述观点实属正确,证明人白玫瑰首领安德士·本特松,你给他系鞋带都不配"。西克斯顿气得咬牙切齿,赶忙去找本卡和勇德。白玫瑰在面包师家院子里处于高度戒备状态,恭候红玫瑰方的进攻。卡莱高高地坐在树上,他从那里监视着大街,直到邮电局局长家的住宅。他的侦察既为自己也为白玫瑰。

"我实际上没有时间参战,"他曾对安德士说,"我很忙。"

"忙什么?"安德士说,"又在上演刑事闹剧?瘸子弗利德里克又偷了捐款箱?"

"废话!"卡莱说。他知道,跟他解释等于白费话。他按照命令顺从地爬上树。无条件服从首领,这是白玫瑰的纪律。

分配卡莱担当侦察员其实对他也有好处,他在监视红玫瑰的同时,也可以监视埃纳尔叔叔。埃纳尔叔叔正坐在前廊,帮

助米娅阿姨择草莓。说得确切点儿,他刚择了 10 个,就点了一支烟,坐在栏杆上,跷着二郎腿,跟艾娃－露达逗着玩,她正经过那里,跑向白玫瑰设在面包师家阁楼里的司令部。看样子埃纳尔叔叔显得很无聊。

"这样打发日子是不是太慢了?"卡莱听见米娅阿姨问,"我觉得你应该到城里走一走,或者骑一骑自行车、游游泳之类的。此外,宾馆里有舞会,你怎么不去呢?"

"谢谢你的关心,亲爱的米娅。"埃纳尔叔叔说,"不过我待在院子里很舒服,不需要做任何别的事情。我在这里可以真正得到休息,让我的所有神经都放松下来。我来了以后,感到特别宁静、和谐。"

"宁静、和谐,噢,算了吧,"卡莱想,"他差不多像蛇钻进了蚂蚁窝一样和谐。是因为太宁静、和谐了,所以夜里不能入睡,躺在床上时,枕头底下放一把左轮手枪。"

"我来了多久了?"埃纳尔叔叔问,"日月如梭,想留也留不住。"

"过星期六就 14 天了。"米娅阿姨说。

"我的天啊,怎么这样短?我觉得好像已经来了一个月。好,好,我原来以为我很快就能走了。"

"现在不能,现在不能。"卡莱在树上默默地说,"首先我要搞清楚,你为什么像兔子隐蔽在树丛里一样。"

卡莱聚精会神地听前廊的谈话,把为白玫瑰侦察的事忘得一干二净。外边大街上小声的交谈把他召回到现实中来。那里站着西克斯顿、本卡和勇德,他们通过围栏往院子里看。不过他们没有看见树上的卡莱。

"艾娃-露达的母亲和另一个人坐在前廊,"西克斯顿报告说,"我们不能从大门进去。我们从桥上绕,从侧面打他们个措手不及。他们一定待在面包房阁楼的司令部。"

红玫瑰又消失了。卡莱急忙从树上下来,直奔面包房,安德士和艾娃-露达正在表演马戏时留下的绳子上滑来滑去,以此消磨时间。

"红玫瑰来了,"卡莱喊,"过一会儿他们就要从桥上过来!"

小河从面包师家院子穿流而过,河宽只有一两米。艾娃-露达在河边有一块木板,必要时可以当浮桥用。浮桥不是特别稳固,但是平稳地跑过去,很少有人掉到水里。即使掉到水里也没多大危险,最多把裤子弄湿,因为河水很浅。

白玫瑰赶紧把浮桥架好,然后爬进岸边的榆树丛。不用等很长时间。他们满怀喜悦地看着红玫瑰怎么样出现在对岸,怎么样小心翼翼地侦察着隐蔽的敌人。

"好啊,浮桥已经放下。"西克斯顿喊,"出击!胜利属于我们!"

他跳上浮桥,本卡紧跟其后。这正是安德士等待的时刻。他像闪电一样跑出来,西克斯顿的脚还没站稳,就已经感到木板塌下去了。结果不需要多说。

"法老想过红海的时候①,也像现在这样。"艾娃－露达幸灾乐祸地对挣扎在水里的西克斯顿说。

白玫瑰们撒腿就往面包房跑,而西克斯顿和本卡一边高声喊报仇,一边往岸上爬。安德士、卡莱和艾娃－露达利用这宝贵的几秒钟在阁楼上修筑路障。通向楼梯的门已经锁好,绳子已经拉进去。然后他们站在敞开着的窗子跟前,等待着敌人。喊声预示着他们的到来。

① 引用《圣经》中的故事。

"你湿透了吧?"当西克斯顿露面的时候,卡莱同情地问。

"跟你平时耳朵后边湿得差不多。"西克斯顿说。

"你们自愿出来,还是让我们用烟把你们熏出来?"勇德高声说。

"啊,你们最好爬上来,把我们接走。"艾娃-露达说,"我们往你们衬衣领上浇一点儿熔化的沥青怎么样?"

最近几年红白玫瑰之间发生过多次战争,然而不同的帮派成员之间并不存在真正的敌视。相反,他们都是非常好的朋友,他们之间的战争只是一种有趣的游戏。这种战争游戏没有严格的规定,唯一的目的就是刺激对方,几乎什么方法都可以用,当然父母和其他局外人不得介入。为了攻占对方的司令部,可以进行侦察、突击、扣人质、威胁、写恐吓信、窃取对方的"秘密文件"或者自己编造一大批假情报让对方去偷,越过敌方的封锁线采取重大行动,所有这一切都是玫瑰之战的重要组成部分。

此时此刻的白玫瑰方感到占了上风。

"请你们靠靠边儿,"安德士礼貌地说,"我要吐口痰!"红玫瑰方嘟嘟囔囔地躲到墙角,并试图打开通向楼梯的门。

但是白玫瑰方的首领被胜利冲昏了头脑。

"向诸位红玫瑰致敬,我要方便方便,请5分钟假,不能奉陪了。"他一边说一边顺着绳子往下跳。他本来想,在红玫

瑰方发现他离开阁楼之前,他能悠到门上贴着红心的小房子——厕所,但是他打错了算盘。他偷偷地走进去,上好门闩。可他没想到再出来的问题。西克斯顿站在墙角后边,看到他的敌人进了厕所以后,脸上掠过一丝惊喜。他转眼间就跑过去,从旁边扣上门钉锦儿,然后发出了胜利的笑声,这种不知哪方遭难的笑声,艾娃-露达和卡莱很远都听到了。

"我们一定要把我们的首领从不光彩的囚牢中解救出来。"艾娃-露达坚定地说。

红玫瑰们高兴得手舞足蹈。

"白玫瑰们搞了一个新的司令部,"西克斯顿用嘲讽的口气说,"那朵玫瑰将会散发出前所未有的芳香。"

"你站在这里挖苦他们,"艾娃-露达对卡莱说,"我看看有什么办法没有。"

面包房的阁楼有一个楼梯,但是不通外边,只通向面包房。艾娃-露达有可能从那里出去而不会被敌方发现。她蹑手蹑脚地穿过面包房,还顺手拿了几块点心,走出大门消失在房子的另一端。她绕了一圈,走了很多弯路以后,爬上了厕所后边的那道围栏,没被红玫瑰方发现。她拿了一根棍子,爬上了厕所。安德士听到房顶上有动静,这给在窘境中的他一丝希望。在此期间卡莱想方设法与西克斯顿和他的同伙周旋,把他们的注意力吸引到阁楼方面来。当艾娃-露达用那根长棍子去

捅钉锦儿的时候,那真是十分惊险的时刻。如果此时此刻红玫瑰方一回头,那就前功尽弃了。卡莱紧张地注视着艾娃-露达的每一个动作,他必须挖空心思才能继续刺激对方。

"你们是一群脏鬼。"他说,艾娃-露达正巧在这时候把门捅开了。安德士感到门开了,他一阵猛跑,来到几百米远的一棵老榆树跟前。多亏他多年的锻炼,转眼间就爬到了树上。当红玫瑰方像一群恶狗一样在树下把他围起来的时候,他拼命地喊叫,谁敢先爬到树上,就把谁打个半死,让他的妈妈也认不出他。在最后一刻,西克斯顿想起了屋顶上的艾娃-露达。她正想脱身逃走。但事实很快表明,她以自身的自由换取了首领的自由。红玫瑰方包围了厕所,当艾娃-露达爬下来时,她像一个熟透的果子,落入红玫瑰方伸出的手里。

"快把她押到我们的司令部。"西克斯顿高声说。

艾娃-露达像一头母狮一样反抗,但是本卡和勇德坚硬的大手很快把她制伏。白玫瑰方立即准备解救她。卡莱从绳索上滑下来,而安德士冒着生命危险从榆树上跳下来。在勇德和本卡把艾娃-露达朝河边拖的时候,西克斯顿在后面对付追兵,所以红玫瑰方顺利地把俘虏弄到"护城河"边。要把又打又闹的艾娃-露达带过"浮桥"自然不是一件容易的事,因此本卡立即把她推入河里,随后自己也扑通跳下去。

"不准反抗,否则我们就淹死你。"勇德说。

威胁丝毫没有能阻止艾娃－露达的反抗，她反而比刚才更厉害了，让她感到特别满意的是，她也几次成功地把本卡和勇德按到水下。啊，当然她自己也同时沉下去了，不过这一点丝毫没有影响她的情绪。吵闹声惊动了面包师里桑德，他不得不放下手中的面团儿，出来看看到底发生了什么事。他慢慢地朝河边走去，而女儿湿淋淋的头刚从水底下伸出来。本卡和勇德放开艾娃－露达，不好意思地看着面包师。河岸上的战斗也自动停止了。面包师打量着自己的女儿，默默地站了一会儿。

　　"你怎么样，艾娃－露达？"他最后说，"你会狗刨吗？"

　　"我当然会，"艾娃－露达说，"我会各种游泳姿势。"

　　"是吗！好，我只是问一问。"面包师爱怜地说，然后走回面包房。

红玫瑰方的司令部设在邮电局局长住宅的车库。那里暂时没有汽车,所以西克斯顿派了自己的用场。那里放着他的钓鱼竿、足球、自行车、弓箭、射箭用的靶子和所有的红玫瑰方的秘密文件。湿得像落汤鸡似的艾娃-露达被关在这里,但是西克斯顿大有骑士风度,把自己的运动服借给她穿。

"对于败者,我以礼相待,这是我的信条。"他说。

"嘿,我根本不是什么败者,"艾娃-露达说,"我很快就会被解救。在这段时间里我们可以玩射箭。"

看俘虏的人不反对。

安德士和卡莱坐在河边,沮丧地研究对策。他们没有抓住西克斯顿,这使他们很伤心,所以他们无法与对方交换俘虏。

"我偷偷地到那里去侦察一下。"安德士说,"你也爬到枫树上,再去侦察一下,看看他们是不是还想再回来。保卫司令部,战斗到最后一个人!如果你被抓住了,你首先要烧掉所有的秘密文件。"

卡莱认为,要完全服从命令确实很难做到,不过他不能违抗命令。

一个最有利的观察点就是这棵枫树!人们可以舒舒服服地坐在树杈上,有树叶掩护,可以看到面包师家院子前半部分和整个那条街,直到拐弯处,在那里与大街相连。卡莱对发生的战斗感到特别兴奋,同时也受到良心的责备。他觉得自己忽视

了对社会应尽的义务。如果不发生玫瑰之战，他肯定一大早就会去旅店外边监视昨天晚上来的那两位先生。这可能使他能进一步解开此案之谜。

埃纳尔叔叔在院子里的甬道上徘徊，他的每个动作都显得烦躁不安。他脸上焦虑与不安的表情使卡莱几乎产生了怜悯。

"不管怎么说，我们应该与他多玩一玩。"卡莱暗暗同情起他来了。

围栏外面的街上空无一人。卡莱远远地望着邮电局局长家的住宅，他等待着从那里发动进攻，但是没有一个红玫瑰方的人露面。卡莱往四周看了一眼，那是大街，有人走过来。那是——不，那大概不是——啊，一点儿不假，确实是！是那两个不三不四的人，叫什么名字来着，科鲁克和列迪格！卡莱立刻紧张得像一根弹簧。他们越走越近。当他们经过面包师家的院子时，正好看见埃纳尔叔叔。他也看见了他们。

"看到这个场面真不舒服。"卡莱想。此时埃纳尔叔叔的脸变了色，他的脸比死人的脸还要苍白。即使突然落入罗网的老鼠也没有站在大门里面的埃纳尔叔叔显得更恐惧。

站在门外的其中一个人开始讲话，他是苍白脸列迪格。他的声音听起来柔和、病态。

"好啊，我们找到了埃纳尔。"他说，"我们亲爱的老朋友埃纳尔！"

9

听到那声音卡莱觉得脊背直冒凉气。那声音表面上柔和，但柔中有刚，听起来让人难受、恐惧。

"你看到我们显得不特别高兴，老朋友。"那柔和的声音说。

埃纳尔叔叔用颤抖的双手把住大门。

"高兴，"他说，"高兴，我当然高兴。不过你们来得太突然了。"

"突然吗？"苍白脸微笑着说，"对，你走的时候忘了把你的地址留给我们。当然是忽略了！多亏你给罗拉写了一封信，上面的信戳很清楚。罗拉是一位懂事的姑娘。如果有人郑重其事地跟她谈，她不会守口如瓶。"

埃纳尔叔叔喘着粗气。他趴在门上，脸对着苍白脸。

"你怎么能为难罗拉，你……"

"别着急，别着急！"那柔和的声音打断了他的话，"别

着急上火！休假就得静心、休息、放松。因为这大概是一次短短的休假，我说得对吗？"

"啊——对，"埃纳尔叔叔说，"我来这里就是想休息一下。"

"可以理解！你最近工作得很累，对吧？"

一直都是苍白脸在讲话。被卡莱称作惨不忍睹的那个人只是默默地站着微笑——不过不是卡莱说的那种友好的微笑。

"如果我一个人在大街上碰到他，肯定被吓坏。"卡莱想，"不过这并不意味着遇到苍白脸——伊瓦尔·列迪格就好多少。"

"你到底想去什么地方，阿图尔？"埃纳尔叔叔说。

"阿图尔——他不是叫伊瓦尔吗？"卡莱想，"不过流氓和坏蛋经常使用很多不同的名字。"

"你肯定知道，我要到哪儿去。"苍白脸说，这时候他的声音有点儿强硬，"跟我们坐汽车兜一圈，我们可以商量商量那件事。"

"我没有什么要和你们商量的。"埃纳尔叔叔生硬地说。

苍白脸向他靠近一步。

"没有什么要讨论的？"他温和地说。

他手里拿着什么？卡莱一定要弯下腰才能看清楚。

"啊，要出事了！"卡莱小声说，"这回轮到埃纳尔叔叔

站在黑洞洞的枪口前。"

有些人的习惯特别怪！整天拿着手枪到处转！

苍白脸也一直玩弄那把闪闪发亮的手枪，他继续说：

"你可想好了，要不要跟我们走一趟？"

"不！"埃纳尔叔叔吼道，"不！我跟你们没有什么关系。你们滚，不然……"

"不然你就喊警察，是吗？"

门外的两个人笑起来。

"哎哟哎哟，亲爱的埃纳尔，你肯定不会那样做！你大概跟我们的想法差不多，不想让警察介入。"

苍白脸又笑起来，一种怪异、令人不悦的笑。

"啊，你真够精明的，亲爱的埃纳尔！我不得不承认，这是个好主意。先隐姓埋名一段时间，等风声过去再说。这比立即逃往国外好多了。好懂事的小伙子！"

他沉默片刻。

"不过你还嫩了点儿，"他继续说，这时候声音不再柔和，"欺骗自己的朋友不会有好下场。有很多试图这样做的人，年轻轻的就命丧黄泉。三个人劳动，一个人独享，这不是好办法。"

苍白脸靠在门上，用充满仇恨的表情打量着埃纳尔叔叔，那仇恨使树上的卡莱浑身直冒汗。

"你知道我想干什么?"他说,"我想趁你站在这儿的时候,拿枪毙了你,你这个瘦干狼!"

这时候埃纳尔叔叔似乎逐渐恢复了理智。

"这有什么好处呢?"他说,"你愿意重新回到监狱?请你打死我吧,5分钟以后,警察就会到。这对你有什么好处?你大概不会相信,我身上带着那些东西到处转吧?好啦,放下你的小玩意儿,"他指着左轮手枪说,"让我们心平气和地谈一谈,如果你们放规矩一些,说不定我同意分。"

"你真宽厚无边啊!"苍白脸挖苦说,"够意思,你同意分!可惜你的宏图大志晚了点儿,实在太晚了!你看到,亲爱

的埃纳尔，现在是我们不愿意分。给你一会儿思考的时间，我们宽厚点儿，5分钟吧，然后你把所有的东西都交出来。识时务者为俊杰。"

"如果我做不到呢？东西不在这里，如果你把我干掉了，没有任何人能帮助你找到东西。"

"埃纳尔，老朋友，你大概不会以为我是昨天才生的小孩吧？对付那些不合作者，我有很好的办法。你臭猪脑子里的鬼点子我一清二楚。你以为你可以再一次欺骗我们，你以为用愿意分的空话就能糊弄我们，然后你就溜之大吉，逍遥海外，让我们措手不及。不过我一定要告诉你一件事，我们能阻止你，这一点你可不要忘记！我们就待在这座城里，尤门和我。你等着瞧吧，你会经常碰到我们。你每次走出这家院子大门，就会碰到你亲爱的老朋友。我们总会有机会不受干扰地交谈，你不相信吗？"

那不知道哪方会遭灾的微笑经常出现在小说里。卡莱一边想一边仔细地打量着苍白脸。为了看得更清楚一些，他向前探了探身子，想看得清楚一些，在一瞬间他折断了一根小树枝。埃纳尔叔叔迅速地朝四周看，想知道声音从何处来，卡莱吓得浑身发冷。

"可别让他们看到我！千万别！如果看见，我就全完了。"

他知道，如果他被发现，他的处境会变得极为危险。不能

想象,像苍白脸这类人对于无意中偷听他们谈话达 10 分钟的证人会宽恕。幸运的是,他们三个人当中没有一个要进一步了解是谁弄出这小小的声音。卡莱松了口气。心刚刚恢复平静,但是当他看见一种景象时,感觉心又重新跳到了嗓子眼儿。街上走来一个人——一个穿着大号红色运动服的小姑娘。她就是艾娃-露达。她高兴地抡着手里的一件湿连衣裙,嘴里哼着她喜爱的歌:"从前有一位小姑娘,她叫约瑟芬。"

"可别让她看见我。"卡莱暗想,"千万别!如果这时候她说'你好,卡莱',那一切都完了。"

艾娃-露达越走越近。

"很清楚,她会看见我。很清楚,她会往我们的观察点看。哎呀,哎呀,我为什么要待在这里?!"

"你好,埃纳尔叔叔。"艾娃-露达说。

虽然埃纳尔叔叔每次看到艾娃-露达时都很兴奋,可是现在他高兴得几乎发狂。

"你来得真好,小艾娃-露达。"他说,"我正想进去看一看,你妈妈晚饭做好了没有,过来,我们一起去!"

他对门外的两个人挥挥手。

"再见吧,小伙子们。"他说,"很遗憾,我该走了。"

"再见,老朋友埃纳尔。"苍白脸说,"我们还会见面,肯定是这样。"

艾娃－露达用怀疑的目光看着埃纳尔叔叔。

"你难道不请你的朋友进来吃晚饭吗?"她问。

"不,我想他们没有时间。"

埃纳尔叔叔拉住艾娃－露达的手。

"下次吧,小姐。"苍白脸说。

"现在……现在是关键!"当艾娃－露达经过那棵枫树时卡莱暗想,"好啦,好啦!"

"从前有一位小姑娘,她叫约瑟芬……"

艾娃－露达一边唱一边习惯地朝那棵枫树的树杈上看了一眼,那是白玫瑰的观察站。卡莱立即映入她愉快的蓝眼睛。

她经历过很多年的玫瑰之战,也参加过很多场印第安人与白人之间的殊死搏斗,还当过正在进行中的世界大战中盟军的间谍。她学会了两件事:处变不惊和守口如瓶。现在她的盟友就在枫树上,但是他把警告性的手指放在嘴边,他的全部表情说明一件事:"别说话!"

艾娃－露达和埃纳尔叔叔继续往前走。

"她唯一的好东西,就是一台缝纫机,缝——纫——机,缝——纫——纫——机。"

10

"布鲁姆奎斯特先生如何看待这次奇怪的谈话？"

卡莱躺在自家院子里的梨树下，他假想的听众再一次问他。

"很难说。"布鲁姆奎斯特先生说，"首先，有一点很清楚，在这起刑事案件中不止一个坏蛋，而是三个。我警告你，年轻人（假想的这位听众非常年轻和缺乏经验），我警告你！在最近的将来，会发生很多事情。最明智的做法是晚上待在家里。这里将发生一场生死搏斗，那些不习惯与社会渣滓打交道的人很容易使自己的神经崩溃。"

布鲁姆奎斯特先生自己很习惯与社会渣滓打交道，他的神经系统是久经考验的。他从嘴里拿出烟斗，继续说：

"你们知道，这两位先生叫科鲁克和列迪格——啊，我用不着告诉你们，这当然不是他们的真名——这两位怪人将对埃纳尔叔叔施暴，啊，有时候他也叫埃纳尔·林德贝里或者布朗

纳。说真心话，他有生命危险！"

"在这场斗争中，布鲁姆奎斯特先生将站在哪一边？"假想听众有礼貌地问。

"站在社会一边，年轻人，社会一边！一如既往！尽管我有生命危险。"

这位超级侦探露出了苦涩的微笑。为了社会他千百次出生入死，多一次或少一次无关紧要。

他继续想。

"不过我很想知道，他们究竟要从埃纳尔叔叔那里得到什么？"他自言自语地说，这时候他已经不是布鲁姆奎斯特先生，而是卡莱，一个优柔寡断的小卡莱，他觉得一切都相当可怕。

这时候他突然想起了那张报纸！就是埃纳尔叔叔刚来不久买的那张报纸，当时他们坐在甜食店里吃点心。报纸安安全全地保存在卡莱那张写字台左边的抽屉里，不过卡莱没有把它当回事。

"一个不可原谅的过错。"他一边自责一边跑了。

他想起，埃纳尔叔叔怎么一头扎进最后新闻版。现在的问题是要搞清楚，什么东西使他特别感兴趣。新的原子弹试验——不是！野蛮攻击老人——看一看，可能吗？不对，这儿写着，是两位20岁的年轻人攻击不愿意给他们香烟抽的一位老人。埃纳尔叔叔肯定不参与这类事情。东马尔姆珠宝盗窃大

案——卡莱又吹起口哨,并且迅速浏览这则简讯。

  星期六深夜在巴纳尔大街一住宅内发生一起珠宝首饰被盗大案。属于斯德哥尔摩一著名银行家的这栋住宅夜里无人居住,所以盗贼能轻易得手。他们很可能从厨房破门而入。价值近10万瑞典克朗的珠宝首饰保存在一个保险柜里,很可能在午夜2点—4点钟这段时间内保险柜被盗走。星期六上午,在城北30公里处的一座森林里,人们发现了已被撬开的保险柜,里边所有的东西不翼而飞。警察局刑侦处清晨接到报案,但没有找到案犯的任何蛛丝马迹。估计作案分子至少为两个或者更多,此案是我国迄今为止最大的盗窃案之一。警察局已下令全国各地警察站加强监控,防止案犯越境潜逃。在被盗物品中,有一只镶有宝石的极为贵重的白金手镯、一大批钻石戒指、一枚镶有四大颗钻石的胸针、一串东方珍珠项链和一个镶有绿宝石的古董金坠子。

  "我真是傻瓜,我真是十足的大傻瓜!"卡莱说,"我怎么没有明白呢!如果是彼得·温姆塞勋爵和海尔克勒·波洛早就胸有成竹了。其实只要事先读一读这条消息就行了!"

  他拿起那颗小珍珠。怎么才能看出是东方珍珠呢?

他突然想起了一件事。"我身上不能带着它。"埃纳尔叔叔曾经说过。不行,当然不行!他——卡莱·布鲁姆奎斯特,知道东西在何处,手镯、所有的钻石、宝石、白金和其他的东西!当然是在王宫遗址!没错,在王宫遗址!埃纳尔叔叔不敢把东西放在房间里。他必须把东西藏在一个安全的地方。王宫遗址地下室是一个好地方,没有人去那里。

卡莱的头脑迅速地转动着。在埃纳尔叔叔从那里取走珠宝首饰之前,他必须到遗址去,想法找到那些东西。哎呀,哎呀,他还要监视埃纳尔叔叔和另外两人,必须把他们控制在一定的范围内!他怎么会有时间完成这一切呢?此外玫瑰双方还在鏖战之中!不行,没有帮手无论如何完不成这件事!即使是彼得·温姆塞勋爵也会觉得势单力薄。他一定要告诉安德士和艾娃-露达,请他们帮助,尽管他们对他的侦探活动除了冷嘲热讽没有说过一句赞扬的话,不过这次肯定不同。

卡莱内心有一个很小的声音在说,在这种情况下他应该求助于警察,他知道这声音是对的,但是如果此时此刻他到警察局和盘端出这件事,他们会相信他吗?他们会不会嘲笑他,就像大人经常对待小孩子那样!他过去拜访刑侦处有过痛苦的体验。没有人相信,一个13岁孩子能干什么事。不,等他搜集到更多一些证据时再说吧。

卡莱小心翼翼地把那颗珍珠放到抽屉里。看,那是埃纳尔

叔叔的指纹！谁知道它什么时候能派上大用场。他感到欣慰的是，经过一番苦心，他总算搞到了指纹。

　　警察没有找到案犯的任何蛛丝马迹，报纸上是这么说的。啊啊，报纸上通常是这么说！不过他们大概能从犯罪地点取到指纹！对，指纹！如果一个盗窃分子进过警察局，那里肯定有他的指纹记录。只要把那里的指纹与犯罪现场的指纹一比较，事情不就真相大白了！那时候就可以直截了当地说："这起盗窃是瘸子弗利德里克所为！"好，好，如果找到的确实是弗利德里克的指纹的话。但是也可能出现这样的情况，警察局里没有犯罪分子的指纹，那就是空喜一场。

　　卡莱坐在那儿，手里拿着一张小纸，上面有埃纳尔叔叔清晰的指纹。经过长时间的思索他想出了一个主意。他可以帮助一下可怜的警察，因为他们"没有案犯的任何蛛丝马迹"。如果巴纳尔大街的盗窃案确实有埃纳尔叔叔参与——卡莱当然不敢十分肯定，但是有各种迹象——斯德哥尔摩的警察大概很愿意要那张有埃纳尔叔叔指纹的小纸条。

　　卡莱拿出纸和笔，写下了如下的话：

　　　致斯德哥尔摩刑侦处

　　他咬了一下笔。现在的问题是，他要使人相信，写信的是

一个大人。不然的话那些笨蛋会把信扔进字纸篓!他继续写:

  据报纸透露,巴纳尔大街最近发生了一起入室盗窃案。因为你们可能缺少案犯指纹,所以我寄去一份,希望它跟你们已经掌握的指纹相符。我将继续提供有关情况。

       私人侦探卡尔·布鲁姆奎斯特
       利尔切平市大长街14号

  在他写"私人侦探"之前犹豫了一下。不过他想,斯德哥尔摩的警察永远也不会看到他本人,他们很可能以为,信是私人侦探布鲁姆奎斯特先生写的,而不是13岁的卡莱写的。
  "就这样。"卡莱一边说,一边舔一下信皮,把信封好。
  现在他得赶快去找安德士和艾娃-露达。

11

　　安德士和艾娃－露达坐在面包房的阁楼里——白玫瑰司令部。这是一个非常惬意的地方。这里除了当做司令部以外，还储存杂品和旧家具。有一个从艾娃－露达房子里扔出来的白色柜子，墙角里堆放着旧椅子，还有一张缺角瘸腿的饭桌，雨天可以在上面打乒乓球。不过安德士和艾娃－露达现在可没有时间打乒乓球，他们正忙于制作"秘密文件"。安德士要把所有制作好的文件放在铁皮柜子里，它是白玫瑰的宝贵财富。那里存放着昔日玫瑰之战的所有资料：和平条约、秘密地图、刻有奇异文字的石块和很多其他东西。在局外人看来，这些东西不过是一堆垃圾，但是对白玫瑰成员来说，柜子里的东西都是无价之宝，是他们的命根子。白玫瑰首领把白柜子的钥匙日夜挂在脖子上。

　　"卡莱跑到哪儿去了？"安德士一边说一边把一份新制作的文件放进柜子里。

"他起码刚才待在树上。"艾娃-露达说。

在同一时刻卡莱风风火火地跑进来。

"停下吧,"他气喘吁吁地说,"我们马上与红玫瑰方讲和。最多是无条件投降。"

"你是不是疯了?"安德士说,"我们刚刚开始。"

"没关系!我们有更重要的事情要做。艾娃-露达,你是不是特别喜欢埃纳尔叔叔?"

"喜欢?怎么回事?"艾娃-露达说,"我为什么要特别喜欢他呢?"

"啊,因为不管怎么说他也是你妈妈的表弟。"

"这个问题嘛,我不相信妈妈喜欢他,"艾娃-露达说,

"所以我更没必要特别喜欢他。不过你为什么要问这个？"

"如果你听到，埃纳尔叔叔是个坏蛋，请你不要太伤心！"

"不，打住，卡莱你听着，"安德士说，"是瘸子弗利德里克偷了捐款箱，不是埃纳尔叔叔！"

"住嘴！表态之前你先读一读这个。"卡莱一边说一边拿出报纸。

安德士和艾娃－露达读有关东马尔姆珠宝盗窃大案的简明新闻。

"现在你们听我说。"卡莱说。

"顺便说一句，你不会有什么毛病吧？"安德士同情地问。他用一个脏手指指着另外一条简明新闻——愤怒的母牛引来一阵惊恐。"你大概不会相信，这也是埃纳尔叔叔干的吧？"

"住嘴，我说过了！艾娃－露达，你刚才看到门外两个不三不四的人跟埃纳尔叔叔谈话了吧？那是他的同伙，埃纳尔叔叔还骗了他们。他们自称叫科鲁克和列迪格，他们住在旅馆里，珠宝首饰藏在王宫遗址。"

卡莱一口气说完。

"在王宫遗址？你不是说，他们住在旅馆吗？"安德士说。

"对，科鲁克和列迪格住在旅馆！但珠宝首饰——绿宝石、白金和钻石不在那里，你这个傻瓜。我的上帝，我是指价值连城的珠宝首饰在王宫的地下室！"

"你怎么会知道呢?"安德士更加摸不着头脑。"埃纳尔叔叔说的?"

"不说也能猜个八九不离十。"卡莱说,"要想破案,必须自己心里有底。"

作为超级侦探布鲁姆奎斯特探了一下头,但他很快消失了。作为卡莱,他仍然站在那里,一边说一边比画,费了半天唇舌,总算说服了他的两个同伙。当他讲完了自己的侦察、夜访埃纳尔叔叔、王宫遗址拾珍珠和在树上偷听谈话等各种情况之后,连安德士都很佩服。

"这小子长大以后,肯定能成为侦探,这是我的真心话。"他满意地说。随后他的眼睛露出兴奋的光。

"我的上帝,太有意思了!前景喜人!我们立即动手。我们没有时间玩玫瑰战了。"

"是呀,原来是这么回事。"艾娃-露达说,"正因为这样,我见到饼干筒就无法不伸手。我也像埃纳尔叔叔,有第三只手。近朱者赤,近墨者黑。他必须离开我们家,马上!想想看,他偷走我们的银餐具怎么办!"

"你先冷静点儿,"卡莱说,"再说,他还有比银餐具更重要的东西要考虑,我想你明白。他被堵住了,科鲁克和列迪格不错眼珠地盯着他。"

"我说他为什么吃完饭就去睡觉呢。他说他身体不舒服。"

"他肯定感到不舒服，"安德士说，"但是现在我们必须与红方签订和平协议。你，艾娃－露达，打起白旗，去完成这桩使命。他们肯定认为我们疯了。"

艾娃－露达按照命令，把一块白手绢绑在一根杆子上，径直地朝西克斯顿家车库走去，她随身带着的无条件投降的信函被接受，对方既惊奇又怀疑。

"我们刚刚开始，"西克斯顿说，"你们就没劲头了。"

"我们无条件投降，"艾娃－露达说，"你们胜利了。不过我们很快就会报仇雪恨，咱们后会有期！"

西克斯顿不很情愿地与白玫瑰方签订了合约，其条件极为苛刻，比如白玫瑰方要拿出零用钱的一半给红玫瑰方买糖果吃。在大街上相遇时，白玫瑰方要向红玫瑰方深深鞠三个躬，并且要说："我知道，我不配与你同踏一片土地，啊，主人！"

艾娃－露达代表白玫瑰签订了合约，她庄严地与红玫瑰领导人拉了拉手，并迅速回到面包房阁楼。当她跑进院门时，无意间看到埃纳尔叔叔的一个"朋友"站在对面人行道上。

"监视很严。"她向安德士和卡莱报告。

"这比玫瑰之战还好玩儿。"安德士满意地说，"你，卡莱，你觉得我们现在应该做什么呢？"

尽管平时安德士是领袖，但是他认为在这个特别的领域他还是应该听卡莱的。

"首先要搞清楚珠宝首饰藏在什么地方!我们一定要到王宫遗址去。但是也一定要有人留在家里,监视埃纳尔叔叔和其他两个。"

卡莱和安德士都以企盼的目光看着艾娃-露达。

"绝不!"艾娃-露达坚定地说,"我想跟你们一起去寻找珠宝首饰。再说埃纳尔叔叔现在躺在床上装病,我们外出不会出什么事儿。"

"我们在他的门外放一个火柴盒。"卡莱建议说,"我们回来时,如果火柴盒还在,说明他没有外出过。"

"手持尖镐和铁锹,我们高兴上路了。"当他们沿着那条羊肠小路匆匆赶往王宫遗址时,安德士唱道。

"如果我们碰上熟人,就说我们去挖蚯蚓。"卡莱说。

但是他们没有碰到什么人,遗址像往常一样孤零零地坐落在那里。除了黄蜂的嗡嗡声,别的什么也听不到。

安德士突然想起一件事。

"天啊,我们怎么能进地下室呢?你不是说,珠宝首饰藏在地下室吗,卡莱?你找到那颗珍珠时,你是怎么进去的?"

卡莱最伟大的时刻到了。

"我是怎么样从锁着的门进去的,这个问题嘛……"他一边卖关子一边掏出万能钥匙。

安德士不能不承认，此举让他深为震惊。

"天啊！"他说。卡莱把这一点当做对自己的奖赏。

门开了。路已经畅通无阻。

卡莱、安德士和艾娃－露达像一群猎狗迅速地沿台阶而下。

挖了两个小时以后，安德士放下手中的铁锹。

"啊，整个地下室的地面就像肥沃的土豆地。但是这个地方连钻石的影子也没有。这是怎么回事呢？"

"你不能指望我们马上就能找到。"卡莱说。不过他也有些灰心。他们把台阶下每一寸地面都挖过了。地下室引出很多通向墓室、祭坛和牢房的幽暗的甬道，部分已经坍塌。那些甬道并不引人注目，但是埃纳尔叔叔有可能把珠宝埋到地下室里边的某个地方。如果他真要把东西藏在王宫遗址里，他们说不定要花一年时间找。卡莱开始感到有点儿茫然。

"你是在什么地方拾到那颗珍珠的？"艾娃－露达问。

"在那儿，台阶旁边。"卡莱说，"但是我们已经把四周都挖过了。"

艾娃－露达若有所思地坐在最后一级台阶上。最后一级台阶是一块石板，显然不平稳，艾娃－露达坐在上面时，它有些摇动。艾娃－露达迅速站起来。

"有没有可能……"她刚一开口就用双手抓住石板,"石板是松的,你们看!"

两双手伸过来帮助她。石板被移到旁边,一大堆土鳖四处逃散。

"挖这里。"卡莱命令安德士。安德士拿起铁锹,用力朝原来盖石板的地方挖。刚挖几下,就碰到了什么东西。

"是块石头,没错。"安德士说,当他伸手去摸的时候,他有些颤抖。

但不是石头。这是——安德士用两只泥手摸了摸那东西——一个铁盒。他举起铁盒。盒子和白玫瑰的保险箱很相似。

卡莱打破令人窒息的沉默。

"现在真相大白了。"他说,"他偷了我们的保险箱,这个贼!"

安德士摇了摇头。

"不,不是我们的。我们的那个我刚才亲手锁好了。"

"不过跟我们的一模一样。"艾娃-露达说。

"很可能是他上次从五金店买手电筒时,也买了这个铁皮盒,你们看是不是这么回事?"卡莱说,"因为那家五金店有这类铁盒。"

"啊,我们的保险箱也是从那里买的。"艾娃-露达提醒说。

"在我晕倒之前,请你们快打开它吧。"卡莱说。

安德士摸了摸盒子,盒子是上锁的。

"我不知道是不是一把钥匙能打开所有这类铁皮盒子的锁?"

他拿下挂在脖子上的钥匙。

"天呀!"艾娃-露达说,"天呀!"

卡莱喘着粗气,好像他刚跑完长跑。

安德士伸进钥匙,拧了拧。正合适。

"天呀!"艾娃-露达说。当安德士掀开盖的时候说:

"天呀,你们快看!真像《天方夜谭》里发生的事情!"

"是啊,看起来跟说的一样:绿宝石和白金。"卡莱喘着粗气说。

盒子里放的东西跟报纸上说的一样:胸针、戒指、手镯和残缺的珍珠项链,上面的珠子与卡莱拾到的那颗一模一样。

"价值连城!"安德士小声说,"啊,真是难以想象!"

艾娃-露达用手摆弄着那些珠宝首饰。她把一只手镯戴在自己的手上,把一枚钻石胸针别在自己蓝色连衣裙上,每个手指都戴上一枚戒指,然后大模大样地站在窗前。阳光照射进来,她满身的珠光宝气。

"啊,好极了!难道我不像《圣经》里的萨巴皇后吗?我只要有一枚小小的戒指就行了!"

"嗨,女人就是这样。"安德士说。

"啊,我们没有时间干这些事,"卡莱说,"我们必须马上离开这里。可能埃纳尔叔叔心血来潮,突然跑到这里挖珠宝。也可能他现在就来了!那就跟碰上一只孟加拉虎一样有意思,对不对?"

"我更喜欢碰上一只虎。"安德士说,"不过你知道,埃纳尔叔叔是不敢出来的。因为科鲁克和列迪格一直在监视他。"

"不管怎么说,"卡莱说,"我们一定要尽快到警察局去。"

"到警察局!"安德士的声音流露出深深的不满,"你的

意思大概不是在我们刚刚得意的时候，让警察掺和进来吧？"

"这件事不像玫瑰之战，"卡莱冷静地说，"我们必须去警察局，一分钟也不能耽误。必须立即逮捕坏蛋，你们必须明白。"

"我们能不能先让他们陷入我们设的圈套，然后我们对警察说，请吧，我们已经把你们要抓的三名大盗捕捉到手。"安德士说。

卡莱摇摇头。啊，有多少次超级侦探布鲁姆奎斯特亲手让数十名粗暴的犯罪分子束手就擒！但是超级侦探布鲁姆奎斯特是一种人，而卡莱则是另一种人。卡莱有时候是一位实际和通情达理的年轻人。

"请君自便吧。"

安德士不得不佩服卡莱在刑事侦查方面的专业知识。

"不管怎么说，"艾娃－露达说，"我们一定要跟比约尔克叔叔讲一讲。他，而不是其他人，能帮助我们。这件事也许能使他提升为上士警官。"

安德士打量着最后几小时挖坑的成果。

"我们怎么处置这个？种土豆还是填平？"

卡莱坚信，消除痕迹是最明智的。

"不过你要快一些。"他说，"手里拿着价值近10万瑞典克朗的铁皮盒子感到很紧张，我想尽快离开这里。"

"你怎么处置这个盒子呢?"艾娃－露达问,"我们总不能拿着它大摇大摆地回家吧。那我们把它藏在哪儿呢?"

经过讨论决定,这个贵重的盒子由安德士带回白玫瑰司令部,卡莱和艾娃－露达去找比约尔克下士警官。安德士脱下衬衣,包上盒子。他只穿着裤子,一只手拿着铁锹,另一只手抱着用衬衫包的盒子,开始往回走。

"如果我碰到熟人,他们以为,我刚刚挖完蚯蚓回来。"他满有信心地说。

大门在卡莱身后砰的一声又锁上了。

"有一件事很遗憾。"他说。

"什么事?"艾娃－露达说。

"埃纳尔叔叔来取他的珠宝盒时,我们无法看到他脸上尴尬的表情。"

"对,如果花钱买票看的话,要值25厄尔。"艾娃－露达打趣说。

警察局里安静、平和。一位下士警官坐在那里玩拼字游戏,好像整个世界都太平无事。但这位警官不是比约尔克。

"想见比约尔克下士警官吗?"

卡莱礼貌地点点头。

"他外出执行公务,明天回来。不过你能告诉我,由八个

字母组成的一种神话中的怪物是什么吗?"

　　警官咬着铅笔,用企盼的目光看着卡莱。

　　"不知道,我为了别的事到这里来的。"卡莱说。

　　"好,我已经说过了。比约尔克明天回来。好啦,那么六个字母组成的女武士是谁呢?"

　　"艾娃－露达,"卡莱说,"不,当然不是。这个名字是由八个字母组成的,谢谢,再见!我们明天再来!"

　　卡莱拉着艾娃－露达走出大门。

　　"我们不能跟只对神话动物拼字游戏感兴趣的警察讲这类事情。"他说。

　　艾娃－露达也有同样的观点。他们一致认为等第二天再报警也不会有什么危险。埃纳尔叔叔肯定会躲在床上。

　　"科鲁克正站在鞋匠铺外面,"卡莱小声对艾娃－露达说,"你这辈子见过这么丑的人吗?"

　　"真不错,坏蛋们互相监视着。"艾娃－露达说,"正像那句成语说的:少女睡觉,天使护卫!"

　　卡莱摸一摸胳膊上的肌肉。

　　"我说艾娃－露达,明天会有生死搏斗!"

12

这一天热得出奇。圆形紫罗兰一大早就被晒得低下了头,一丝风也没有,甚至小猫杜塞也在前廊挑个阴凉地方待着,而弗丽达正忙着往餐桌上摆早饭。

艾娃-露达穿着睡衣就跑出来了,脸上还带着夜里睡觉时留下的枕头印迹。

"弗丽达,你知道埃纳尔叔叔睡醒了吗?"

弗丽达显得很神秘。

"你倒不如问,他睡觉了没有!确确实实,他没有睡觉!所以我要说,艾娃-露达,林德贝里先生夜里根本没有上床。"

"什么意思,弗丽达?你是怎么知道的?"

"啊,因为我去过他的屋子,想给他送刮脸水。屋里空空的,被子跟我昨天晚上铺的一模一样,人已经出去了。昨天吃晚饭时,他特别兴奋,真的!"

"昨天晚上他外出了?在我上床睡觉以后?"

艾娃-露达急切地抓住弗丽达的胳膊。

"没错！可能为了他收到的那封信。天啊，我忘记往菜里放盐和糖了！"

"什么信，弗丽达，你别走，一封什么信？"

艾娃-露达抓着弗丽达的胳膊。

"艾娃-露达，你怎么这样好奇！我也不知道是一封什么信，因为我从来不偷看别人的信。不过我昨天晚上取牛奶时，有两个男人站在大门外边。他们请我把一封信转交给林德贝里先生，我当然照办了，这时候他马上兴奋起来。事情经过就是这样！"

艾娃-露达用一分钟时间穿好衣服，用差不多同样快的速度赶到卡莱那里。安德士已经在那里了。

"我们该怎么办？埃纳尔叔叔不见了！我们还没抓他！"

这个消息就像投下一颗原子弹。

"我真不敢相信，"安德士气愤地说，"跟去年春天那次钓鱼的感觉一样，一条狗鱼上钩了，但是在最后一瞬间它脱钩而逃。"

"别着急！沉住气！"卡莱鼓气说，啊，这时候他又临时变成了超级侦探布鲁姆奎斯特。"小事一桩，只有一个解决办法，那就是让我们先到林德贝里住的地方做一次室内调查——我当然是指埃纳尔叔叔！"

为了慎重，卡莱先去侦察一下，看看科鲁克和列迪格两位先生有谁在人行道边站岗监视。很明显，那里已经没有人站岗了。

"床没有动，行李还在。"当他们偷偷走进埃纳尔叔叔房间的时候，卡莱总结说，"看来他可能还会回来。这一点还不错。"

安德士和艾娃－露达坐在床上，沮丧地朝前看着。

"不，他可能不再回来，"艾娃－露达说，"不过我们至少挽救了珠宝首饰。"

卡莱仔细打量着屋里的东西。当然得看字纸篓，这是基本常识！里边有几个空烟盒，几根用过的火柴棍和一张旧报纸。还有一堆很小很小的碎纸片。卡莱吹起口哨。

"我们要把碎纸片拼起来。"他说。他把所有的小纸片都收集起来，放在眼前的餐桌上。安德士和艾娃－露达好奇地凑近看。

"你以为是一封信？"艾娃－露达问。

"是不是，我们等会儿瞧！"

卡莱拼着纸片。他这里凑一个字，那里凑一个字。

是一封信！很快把信就凑出来了。

三个人兴奋地低着头念：

埃纳尔，老朋友！

我们想好了那件事，尤门和我。让我们平分吧！

你的表现确实很糟，像只猪，如果我们时间多的话，我们会把东西一窝端。不过像刚才说的，我们分吧。这样做对我们大家都好，特别是对你有好处，我希望你放明白点儿。但是请你记住，别再耍滑头！如果你再涮我们一次，小心你的狗命，我说一不二。这次要玩真的！我们在门外等你。赶紧把那堆破烂东西拿来，我们立即远走高飞！

阿图尔

"好呀，他们又同流合污了，"卡莱说，"他们肯定会去找那堆破烂东西。"

"我不知道他们现在在哪里。"安德士说，"他们是不是已经离开这座城市？我猜想，不论他们在哪里，他们都会气得像黄蜂一样！"

"他们肯定会猜，是谁拿走了珠宝首饰！"

想到这一点时，艾娃－露达显得很高兴。

"如果我们能偷偷地到王宫遗址去看看该多好啊，看看他们是不是在那里找东西。如果他们在那里，我们立即就去警察局报案。"安德士说。他突然想起了这个问题，"但是埃纳尔叔叔已经没有万能钥匙了，他们怎么进地下室呢？"

"啊，你知道吧，像科鲁克和列迪格这类家伙，从头到脚都会挂满钥匙。"卡莱说。他把所有的碎纸片收拾起来，放进一个烟盒里，然后装进口袋。

"这是证据，你们知道吧。"他向安德士和艾娃－露达解释。

阳光下又闷又热。安德士、卡莱和艾娃－露达喘着粗气。为了避免碰上三位珠宝首饰盗窃者，他们没有走平时那条通向遗址的小路。

"确实不应该走那条小路，你们知道吧，"卡莱说，"如果被他们发现了，他们会怀疑我们，什么可怕的事情都可能发生。看样子那个列迪格不希望任何人干预他们的事。"

"噢，他们大概不会留在那里。"安德士说，"我相信，当他们看到珠宝首饰已不翼而飞的时候，会落荒而逃。如果埃纳尔叔叔不把他们故意引到别处去的话！"

攀登峭壁很艰辛。但是不走通常的小路是必要的。他们披荆斩棘，奋力攀登。天真热极了。艾娃－露达感到肚子有点饿。她离开家时没来得及吃饭，就往连衣裙的口袋里装了几块小蛋糕。

王宫遗址已在眼前。不走平时的小路有一个好处，他们可以直接走到遗址后面的高台上，偷偷地走进去。他们仔细在墙角察看那里有没有危险，但是一切依旧。黄蜂像平时一样嗡嗡

地飞来飞去，蔷薇像平时一样散发着芳香，通向地下室的大门像平时一样锁着。

"跟我猜得一模一样！他们溜之大吉了。我们昨天晚上没有逮捕他们，真是后悔死了。"安德士说。

"我们一定要到地下室去，看看他们留下什么痕迹没有。"卡莱一边说一边掏出万能钥匙。

"你使用万能钥匙那么熟练，真像个大盗贼。"门被打开时，安德士用赞扬的口气说。

三个人一齐从台阶拥下地下室。突然，一声尖叫响遍整座古老的遗址。发出尖叫的是艾娃－露达。她为什么惊叫呢？

原来地下室的地上躺着一个人——埃纳尔叔叔躺在那里。

他的双手被紧紧地反绑着，腿也被结实的绳子捆着。他的嘴里被塞了一块手绢。

孩子们最初的念头是逃走。因为埃纳尔叔叔是他们的敌人，他们已经意识到这一点。此时此刻他们的敌人毫无还手之力。他用充满乞求的红肿眼睛看着他们。卡莱走过去，拿掉他嘴里的手绢。

埃纳尔叔叔呻吟着。

"啊，这两个坏蛋，他们竟然这样对待我！啊，天啊，我的胳膊！快帮我解开绳子！"

艾娃－露达赶紧跑过去解绳子，但是卡莱制止了她。

"等一会儿。"他说。他显得很不好意思。

"对不起，埃纳尔叔叔，我们必须去报警。"他敢用这种口气对一个成年人说这样的话，连他自己都觉得很不寻常。

埃纳尔叔叔骂了一长串的话，然后他又呻吟起来。

"好啊，为了这小小的举手之劳，我还得感谢你们！这一点我应该知道。布鲁姆奎斯特，超级侦探！"

他的呻吟听起来很不舒服。

"喂，别站在那里瞪着眼看我，"他喊叫着，"那就快去叫警察吧，小兔崽子！你们能不能先给我点儿水喝！"

安德士飞速跑到城堡里的一口旧水井去取水，那里有清凉的井水和一个供喝水用的大铁勺子。

当安德士把水递到他嘴边时,他大口大口喝起来,好像多少天没喝过水,然后又呻吟起来。

卡莱再也不忍心听下去。

"哎哟,我的胳膊!"

"如果埃纳尔叔叔保证不跑的话,我们可以解掉你胳膊上的绳子。"

"你们提什么要求,我都答应。"埃纳尔叔叔说。

"再说埃纳尔叔叔想逃跑也没有可能,因为我们当中有一个人去报警,我们还有两个人留下站岗。埃纳尔叔叔的腿还被绑着。"

"你的判断能力值得赞扬。"埃纳尔叔叔说。

安德士把他反绑着的手臂放开,稍微有些麻烦。当绳子解开的时候,埃纳尔叔叔可能觉得更疼了,因为他有很长时间躺在地上滚来滚去,不停地呻吟。

"埃纳尔叔叔在这儿躺多久了?"艾娃-露达问,她的声音有些颤抖。

"从昨天晚上,我的小美人。"埃纳尔叔叔说,"都是因为你们的介入。"

"啊,真糟糕!"卡莱说,"非常抱歉,但不管怎么说,我们还得到警察局报案!"

"难道没有商量的余地吗?"埃纳尔叔叔问,"还有,你

们是怎么打听到这件事的。不管怎么说,珠宝首饰都在你们手里,收回这些是最重要的,超级侦探先生。为了昔日的友谊,你们难道不能放走一个贫穷的无辜者吗?"

孩子们站在那里,一言不发。

"艾娃-露达,"埃纳尔叔叔乞求说,"你大概不想让你的这位好亲戚坐牢吧?"

"罪有应得。"艾娃-露达说。

"我们有唯一的一件事要做。"卡莱说,"你愿意去吗,安德士?"

"愿意。"安德士说。

"该死的小崽子,"埃纳尔叔叔吼道,"我那时候怎么没把你们的脖子拧下来!"

安德士三步并成两步跑上台阶,飞也似的跑出大门。但是有人挡住了去路,两个人在那里堵着门,其中一位是苍白脸,他手里握着一把左轮手枪。

13

"我觉得,我们好像碰上了家庭聚会。"苍白脸冷笑着说,"童年时代的朋友埃纳尔被亲朋好友包围着!真够温馨的,真应该拍一张纪念照登在报纸上。啊,亲爱的埃纳尔,别误解我,我的意思不是登在《警讯》上。还有很多其他刊物呀!"

他停了一会儿,打量着自己的左轮手枪。

"我们打扰了,很遗憾。"他继续说,"如果我们再稍迟一会儿,你的那帮小兄弟就把你劫跑了,那样的话,对你来说找到那堆零七八碎的东西比昨天晚上更容易一点儿。"

"阿图尔,听我说句话,"埃纳尔叔叔说,"我发誓……"

"你昨天晚上表演得够充分的了。"苍白脸打断他的话说,"如果你愿意说出,你把那堆破烂货藏到哪里去了,那你就开口。否则,闭上你的嘴!老老实实躺在那里,就像一瓶法国维希矿泉水一样。我希望,你的小兄弟们不会反对把你的双手重新绑起来吧?老兄,你大概不至于又饿又渴吧?很遗憾,我除

了这块手绢,暂时没有别的东西让你吃,直到你恢复理智!"

"阿图尔,"埃纳尔叔叔极其绝望地喊叫着,"你一定要听我说!你知道是谁插手这件事?告诉你,是这群小东西!"他指着孩子们,"你们闯进来时,他们正要叫警察。上帝,你们可知道,我见到你和尤门有多么高兴,你们真像神兵天降。"

这时候沉默了一会儿。苍白脸转过身来,用骨碌碌的眼睛看着孩子们。卡莱感到很可怕,这和站在埃纳尔叔叔的左轮手枪下不一样,显得更可怕。

惨不忍睹很明显叫尤门,是他打破了沉默。

"可能这一次他讲的是真话,阿图尔!"

"可能,"阿图尔说,"我们很快就能搞清楚。"

"让我对付这群小东西。"埃纳尔叔叔说,"我很快就能让他们说出我们需要知道的一切。"

安德士、卡莱和艾娃-露达的脸色有些苍白。卡莱说得对,这件事可不同于玫瑰之战。

"阿图尔,"埃纳尔叔叔说,"如果你真明白,我确实不想欺骗你们,那么你大概认为,我们现在比任何时候都需要通力合作。剪开这个吧!"他指着腿上的绳子,"让我们好好安排一下。我有一种感觉,我们必须马上离开这里!"

阿图尔一个字没说,走过去剪断绳子。埃纳尔叔叔费力地站起来,舒展一下自己的关节。

"这是我一生中度过的最漫长的一夜。"他说。

他的朋友阿图尔笑了,一种不知哪一方要遭难的坏笑,而尤门则发出咯咯的笑声。

埃纳尔叔叔走到卡莱跟前,用手托住他的下巴。

"怎么样?超级侦探先生,这回你不报警了吧?"

卡莱没有回答。这场游戏输了,他知道这一点。

"我一定要告诉你,阿图尔,"埃纳尔叔叔继续说,"这几个孩子非常非常懂事。如果他们不肯老老实实地告诉我这位埃纳尔叔叔,他们找到的珠宝首饰藏在哪里,我倒是会大吃

一惊。"

"我们没带在身上,我们不说藏在哪儿。"安德士勇敢地说。

"听我说句话,孩子们。"埃纳尔叔叔说,"你们看到的这两位可爱的叔叔,昨天晚上产生了个误会。他们认为我知道珠宝的下落,就是不想说藏在什么地方,因此他们让我好好想一夜。就是我刚才说的,我一生中度过的最漫长的一夜。夜里的地下室很黑暗,确实又黑又冷。手脚被绑着,肯定睡不好。又饿又渴,这一点我向你们保证。躺在妈妈身边睡觉肯定要比这儿舒服得多,对不对,艾娃-露达?"

艾娃-露达看着埃纳尔叔叔,那目光跟上次他虐待她心爱的小猫杜塞时非常相似。

"大侦探先生,"埃纳尔叔叔继续说,"你难道喜欢在遗址里度过一夜或者几夜吗?或者干脆说,整个余生都在这儿度过吗?"

卡莱感到毛骨悚然。

"我们很忙,"阿图尔·列迪格打断他的话,"这些麻烦事拖的时间太长了。听着,小东西!我喜欢孩子,我确实喜欢,但是动不动就去报警的孩子,我不喜欢。我们要把你们锁在地下室,这也是出于无奈。但是你们能不能活着出去,取决于你们自己。如果你们交出珠宝首饰,你们只需在这里待一两

个夜晚就行了。我们的处境一旦安全了,你们可爱的埃纳尔叔叔就会写信告诉你们的家人,你们在什么地方。"

他停了一会儿。

"你们可以不讲你们把珠宝藏到何处去了。那你们亲爱的妈妈就可怜了,我真不敢往下想。"

安德士、卡莱和艾娃-露达也不敢往下想。卡莱用询问的目光看着其他两个人。安德士和艾娃-露达点了点头,表示赞成。没有其他办法,他们必须说,铁盒子在什么地方。

"怎么样,超级侦探先生?"埃纳尔叔叔鼓动说。

"我们说出来,你保证放我们走吗?"卡莱说。

"那还用说。"埃纳尔叔叔说,"你难道不相信埃纳尔叔叔,小伙子!你们只要待在这里,直到我们在这个城市以外找到一个安全地方为止。此外,我一定让阿图尔叔叔不把你们的手脚绑起来,这样你们可以舒服一些,明白吧。"

"铁盒子在面包师家阁楼的白柜子里,"卡莱说,他似乎费了很大力气才说出这句话,"就是我们卡露安马戏团所在地。"

"好极了。"埃纳尔叔叔说。

"你肯定知道在哪儿吗,埃纳尔?"阿图尔·列迪格问。

"绝对!看到了吧,阿图尔,最聪明的办法是我们合作。你们俩谁也无法到面包师家阁楼上去而不引起怀疑,而我可以做到。"

"对,对!"阿图尔说,"让我们马上动手!"

他打量着默默站在一起的三个孩子。

"我希望你们说的是实话!诚实是金子,可爱的小朋友们,这是生活中一句很好的格言。如果你们撒谎,过一会儿我们回来,那可就有好戏唱了!"

"我们没撒谎。"卡莱一边说,一边偷偷地瞪了他一眼。

这时候埃纳尔叔叔走到他跟前,但是卡莱拒绝看他伸出的手。

"再见,超级侦探先生。"他说,"我认为,你最好把你的犯罪侦查学继续束之高阁。还有一件事,我能取回我的万能钥匙吗?大概是你拿去了吧?"

卡莱从裤兜儿里掏出万能钥匙。

"有一两件东西,埃纳尔叔叔最好也能束之高阁。"他讥讽地说。埃纳尔叔叔笑了。

"再见,安德士,谢谢这段美好的时光!再见,艾娃-露达!你是一个很甜美的孩子,我一直这么认为。向你妈妈问好,如果我抽不出时间跟她告别的话!"

他和那两个坏蛋一起走上台阶。在大门口他转过身来,挥了挥手。

"我保证,我一定给你们家里写信,告诉他们你们在哪里!如果我还记得这件事的话!"

沉重的大门咚的一声又关上了。

14

"这是我的错，"好像经历了一阵无尽头的沉默以后卡莱说，"绝对是我的错。我千不该万不该让你们卷入这件事。也许连我也不应该。"

"错，错！"艾娃－露达说，"你可能连做梦也没想到事情会是这样。"

随后又沉默了，一种可怕的沉默。好像外部世界已不存在，只有那座死死关着大门的古堡遗址。

"真遗憾，比约尔克叔叔昨天不在家。"安德士最后说。

"别再提这件事。"卡莱说。

随后大家又不再说什么。他们在想，想的事情差不多一样。事情完全失败了。珠宝首饰丢失，盗窃者逃往国外。但与这件事相比，还有更重要的：他们被关在这里，无法出去，也不知道何时能出去。想起来可怕，但到头来又不能不想。如果埃纳尔叔叔不写信怎么办？再说，从国外寄一封信要花多长时

间啊！没饭吃没水喝，他们能活多久？对强盗来说，孩子们永远待在地下室不是更好吗？国外当然也有警察，如果孩子们讲了，谁是盗窃犯，埃纳尔叔叔和他的同伙就没有像卡莱、安德士和艾娃－露达没有机会揭露他们的名字时那么安全。"我会写信通知你们家里，如果我还记得这件事的话"——这是埃纳尔叔叔最后说的，听起来是个凶兆。

"我有三块小蛋糕。"艾娃－露达一边说一边把手伸进连衣裙口袋里。

有东西吃总是一点儿小小的安慰。

"我们至少到下午不会饿死了，"安德士说，"我们还有半勺子水。"

三块小蛋糕和半勺水！以后怎么办呢？

"我们一定要喊救命，"卡莱说，"可能会有旅行者来遗址参观。"

"我记得，去年夏天好像来过两个旅行者，"安德士说，"过了很长时间人们还在谈论这件事。为什么今天就不会再来一个呢？"

他们站在地下室小小的窗子旁边，一缕阳光从窗子照进来。

"一、二、三——喊！"安德士指挥着。

"救——命——"

随后更加寂静。

"他们可能去格里普霍尔姆古城堡①和阿尔瓦斯特拉修道院②这类地方,"安德士刻薄地说,"但是这个遗址他们不可能放在眼里。"

啊,没有什么旅行者听见他们的呼叫,其他人也没有听到。

时间一分钟一分钟、一小时一小时地过去。

"如果我事先至少跟家里说,我要去王宫遗址,那就好了,"艾娃-露达说,"那样的话他们就会来找我们。"

她双手捂着脸。卡莱咽了几口唾沫,从地上站起来。他实在不忍心无动于衷地坐在那里看着艾娃-露达难过的样子。有没有办法把门打碎呢?一眼就能看出来这是徒劳的。卡莱弯下腰,从台阶旁边捡起一件东西。是埃纳尔叔叔的手电筒。啊,他忘记拿了,真幸运!天会逐渐变黑,漆黑、寒冷的夜晚——真让人感到欣慰,必要时可以用它暂时驱走黑暗。一节电池用不了很长时间,但至少可以用它照一照手表,好知道几点了。其实3点钟、4点钟还是5点钟已经没有太大的意义了。卡莱越来越沮丧。他不安地走动着,"心急如焚",书里经常这样

---

① 格里普霍尔姆古城堡:位于瑞典麦拉伦湖上的一座王宫,建于1377年,后来多次扩建,也做过监狱。现在为博物馆,藏有肖像3000多幅。
② 阿尔瓦斯特拉修道院:建于12世纪,在前400年当中是瑞典的精神中心,目前仅存遗址。

说。做什么都比等死强，甚至研究研究串通地下室的各种各样迷宫般的走廊都比坐着等死强。

"安德士，你曾经说过，你要好好研究和勘察地下室，把它作为我们的指挥部。为什么不趁此机会研究一下呢？"

"我真的说过这类蠢话吗？要是真的说过，我肯定那天中暑了。如果我能从这里出去，我就永远不会再踏进这座破烂王宫遗址，连边也不沾，你记住好了！"

"不过我仍然在想，这些走廊通向何处？"卡莱仍固执地往下说，"啊，想想看，如果这里还有无人知晓的其他通路该有多好！"

"对，如果下午来一群考古工作者，把我们挖出去该多好啊。这也有可能。"

艾娃－露达高兴地跳起来。

"不过，如果我们死坐在这里，我们会发疯的。"她说，"我觉得，我们应该照卡莱说的去做。我们有手电筒，可以打着手电筒去找。"

"我同意。"安德士说，"不过我们不先吃饭吗？三块小蛋糕，不管吃不吃都是三块。"

艾娃－露达给每人一块，他们默默地吃着。细想起来真是可怕，说不定这是他们今生今世最后一次吃东西。他们就着勺子里的水把蛋糕吃下去，然后手拉着手在黑暗中摸索前进。卡

莱走在前边,打着手电筒。

就在同一时刻,一辆小汽车停在了这座小城的警察局外边。两个人跳下车,是两位警察。他们匆忙走进去,比约尔克下士警官在里边迎接他们。对于这两位不速之客他有些摸不着头脑。两个人作了自我介绍:

"斯德哥尔摩刑侦处处长斯坦贝里和侦查员桑德松。"

随后刑侦处处长匆忙地说:

"警官认识这座城市里一位名叫布鲁姆奎斯特的私人侦探吗?"

"私人侦探布鲁姆奎斯特?"比约尔克下士警官摇了摇头,

"我从来没听说过!"

"奇怪!"刑侦处长继续说,"他住在大长街14号。自己看!"

刑侦处长掏出一封信,递给比约尔克。如果卡莱在那里,他肯定认得出那封信。

致斯德哥尔摩刑侦处,这是最上面的一行字。

签名的确是私人侦探卡尔·布鲁姆奎斯特。

比约尔克下士警官笑了。

"肯定是我的朋友卡莱·布鲁姆奎斯特,不会是别人,啊,我真得谢谢!这位私人侦探,他只有十二三岁。"

"不过我的警官,您怎么解释,他寄给我们的指纹与我们掌握的六月底发生在巴纳尔大街的盗窃案的材料完全相符?您知道,那是一件珠宝首饰盗窃大案。这正是斯德哥尔摩刑侦处千方百计想知道的!这是我们掌握的唯一线索。我们完全清楚,是多人作案,否则搬不动那个沉重的保险柜。但是只有一个人留下了手印,显然其他人戴了手套。"

比约尔克下士警官开始想。他回忆着几天前他在广场碰上卡莱的时候,卡莱吞吞吐吐地提过一些问题。"如果知道一个人是罪犯,但手上没有证据,那该怎么办?"从现在的情况看,卡莱显然已经掌握珠宝首饰盗窃大案的线索。

"我看没有别的办法,我们只能马上去问卡莱本人。"比

约尔克下士警官说。

"好，说走就走。"刑侦处长说。

"大长街 14 号。"刑侦处长一边说一边坐到方向盘前。

警车飞快地上路。

红玫瑰方的人闲得无聊。为什么战争刚刚开始，白方就迫不及待地要求讲和呢？他们整天在干什么？为什么自愿放弃这么有意思的活动？

"我觉得，我们应该到他们那里去，恶心他们一下。"西克斯顿说，"这样的话他们可能会恢复理智。"

本卡和勇德觉得这个建议不错。

但是白玫瑰总部寂静无人。

"他们到哪儿去了？"勇德问。

"我们等他们一会儿，"西克斯顿说，"他们总会回来。"

随后红玫瑰方舒舒服服地坐在面包房阁楼里。那里有很多过期的周刊，天气不好的时候，白玫瑰方的人坐在这里翻阅消遣。在那里还可以掷色子，有一张很好的桌子，可以在那上边打乒乓球。什么玩的东西都不缺。

"确实是一个很棒的司令部。"本卡说。

"对，"西克斯顿说，"我希望在我的车库也搞一个放乒乓球台的地方。"

他们打乒乓球，利用轮换的间隔时间从绳索滑下去，然后再爬上来，看周刊上的连环画，白玫瑰的人回来不回来无所谓。

西克斯顿站在打开的窗子旁边，手握绳索。看呀，和艾娃－露达是亲戚的那个家伙来了，他叫什么来着——埃纳尔叔叔！看他慌慌张张的样子，西克斯顿想。这时候埃纳尔叔叔正抬头往上看，看到了西克斯顿。他一惊。

"你在找艾娃－露达吗？"转眼间他问。

"对，"西克斯顿说，"叔叔知道她到哪儿去了吗？"

"不知道，"埃纳尔叔叔说，"这我可不知道。"

"哎呀！"西克斯顿一边说一边从绳索滑下来。埃纳尔叔叔露出满意的神情。

西克斯顿又开始往上爬。

"你还要上去？"埃纳尔叔叔问。

"对。"西克斯顿一边说一边快速往上爬。

他是个优秀体操运动员，这一点不难看出。

"你要在上边做什么？"埃纳尔叔叔问。

"等艾娃－露达。"西克斯顿说。

埃纳尔叔叔徘徊了一会儿。

"我想起来了，"他高声对西克斯顿说，"艾娃－露达和男孩子们今天远足去了。晚上他们才回来呢。"

"是吗?"西克斯顿一边说一边从绳索上滑下来。埃纳尔叔叔又露出满意的神情。

西克斯顿抓住绳索又开始往上爬。

"我刚才说的话你听到了吗?"埃纳尔叔叔不耐烦地说,"艾娃-露达整个白天都不会回家。"

"是吗?"西克斯顿说,"真是太遗憾了。"

他继续往上爬。

"你爬上去干什么呢?"埃纳尔叔叔高声说。

"读《超人的故事》。"西克斯顿说。

埃纳尔叔叔一点儿满意的表情也没有了。他不安地走来走去。

"你听着,上边那位,"过了一会儿他高声说,"你想赚1克朗吗?"

西克斯顿从窗子伸出脑袋。

"当然想!怎么个赚法儿?"

"到广场旁边那家烟草店给我买一包'好彩'牌香烟!"

"好极了!"西克斯顿一边说一边从绳索上滑下来。埃纳尔叔叔给了他5克朗,他转眼间便消失得无影无踪,埃纳尔叔叔显得格外满意。

这时候本卡从窗子伸出头来,身体强壮的小本卡有着浅色的鬈发和高高的鼻子。

谁看到这个可爱的小家伙都没有理由骂他,但是埃纳尔叔叔却骂了长长的一大串。

过了一会儿西克斯顿回来了,他的一只手拿了一个大包。他把烟交给埃纳尔叔叔后就急着喊红玫瑰方的人。

"看呀,我从艾娃-露达爸爸那里买了1克朗小蛋糕,他从来不小气。我们现在有吃的啦,一天都不会饿,我们用不着回家了。"

这时候埃纳尔叔叔默默地诅咒了比刚才更长的时间,他迈着大步离开那里。

红玫瑰方的人继续在那里阅读《超人的故事》、打乒乓球、吃蛋糕和爬绳索,白玫瑰方回不回来他们觉得无所谓。

"你们不觉得那家伙是一个十足的神经病吗?"当埃纳尔叔叔第四次出现在面包房外面的时候,西克斯顿问,"他怎么像个憋着蛋的母鸡在那里走来走去?他要取什么好东西吧?"

时间一小时一小时过去。红玫瑰方的人在那里打乒乓球、读《超人的故事》、爬绳索,还吃了很多蛋糕,完全没有在意白玫瑰方的人回来还是不回来那回事。

15

漆黑，到处漆黑！偶尔从某个窗子照射进来一缕微弱的光。但是手电筒还得开着，离不开它。往前走很困难，有的地方横着几块大石头，挡住去路。阴凉、光滑、潮湿。啊，怎么能想象在这里过夜啊！而且要过很多个夜晚！

安德士、卡莱和艾娃－露达手挽着手。卡莱沿着石头墙用手电筒开路，石头墙散发着潮气。

"啊，过去关押在这里的人多可怜呀，"艾娃－露达说，"可能要关很多年！"

"不过他们至少有饭吃。"安德士抱怨说。一小块蛋糕顶不了多长时间，他已经很饿了。这个时间在家里已经该吃晚饭了！

"本来我们家今天要吃肉丸子。"艾娃－露达叹了口气说。

卡莱没有说什么。他一边走一边责怪自己，都因为他迷恋侦探工作，不然的话，他们可以舒舒服服地坐在面包师家的阁

楼里,跟红玫瑰方玩打仗、骑自行车、游泳、晚饭吃肉丸子,尽情玩耍。而现在只能走在黑暗里,忍饥挨饿,连想都不敢想会发生什么事情。

"我们最好还是原路返回。"艾娃-露达说,"我们要看的东西都已经看到,一路上没有什么区别。同样黑暗,同样令人沮丧。"

"让我们沿着这条路走到头吧,"安德士建议,"走到头返回。"

艾娃-露达说错了,不是所有的地方都一样,这条走廊在一个台阶旁终止。台阶是两层建筑的连接处。这是一个很窄的螺旋式小台阶,上面的石头被很多人踩过。安德士、卡莱和艾娃-露达默默地站着,他们不敢相信自己的眼睛。卡莱开着手电筒跑上台阶。但是台阶是钉死的,不让人从那里走入地下室,很明显也不让人往上走。安德士希望,他能用头把木板顶得粉碎。

"我们一定得出去!我们一定得出去,我说到做到!"听他的声音像是疯了,"我一分钟也不能再忍受了。"

他抱来一块大石头。卡莱帮助他。

"一、二、三——用力!"安德士喊着号子。木板嘎巴嘎巴直响,"再来一下!"

"看到了吧,行啦,卡莱。"安德士激动得快哭了。

最后一次他们使足了力气。嘭——木片四处飞扬。拿开乱七八糟的碎片就比较容易了。安德士伸出头,高兴得大叫一声。台阶是通到遗址底层的。

"卡莱,艾娃-露达,你们过来。"他高声说。

其实卡莱和艾娃-露达已经过来了。他们站在那里看着光明,看着太阳,好像是一大奇迹。艾娃-露达跑到开着的窗子旁边。小城坐落在山脚下。她可以看到那条小河、水塔和教堂。远处,她看到了面包房上的红色屋顶。这时候她低下头,看了看那道石头墙,哇地哭了起来。

"姑娘们特别奇怪,"卡莱和安德士想,"刚才在地下室,她没有哭,可是现在,危险都过去了,她的眼泪却像喷水池一样涌了出来。"

这时候红玫瑰方的人已经把《超人的故事》读完了,乒乓球也没有劲儿打了。再说,过一会儿他们在"高草地"上有一场足球比赛。

"嗨,我们别再等了,"西克斯顿说,"我怀疑他们是不是溜到美国去了。快来,我们开拔!"

他们滑下绳索,西克斯顿、本卡和勇德,他们从艾娃-露达的浮桥上通过那条小河。这时候埃纳尔叔叔总算有机会了,他已经等了好几个小时。

一辆黑色的沃尔沃轿车停在离大长街几百米的地方，里边坐着两个人，两个急不可耐和情绪紧张的人，他们已经在闷热的车里等了很久。时间慢慢地过去，他们的老朋友埃纳尔不时地向他们报告情况：

"小崽子们还在那里！啊，你们有什么盼咐，我愿意效劳！我真想拧断他们的脖子！"

但是此时埃纳尔来了，几乎是半跑着。他的上衣底下藏着什么东西。

"全到手了。"他一边说一边钻进汽车。尤门猛踏加速器，沃尔沃车飞快地驰向北关。车里的三个人只有一个想法：尽快离开这座小城。他们只顾向前看，只顾看着能把他们带向财富、自由和逍遥法外的路。如果他们朝旁边看一眼的话，就会看到三个孩子：安德士、卡莱和艾娃－露达，他们刚走到街角，惊恐地看着自己的敌人正在逃跑。

16

"倒霉的孩子,你到哪里去了?"食品店老板布鲁姆奎斯特说,"你做什么了?又把人家玻璃打了?"

他无数次走到台阶上,看自己久不回家的儿子。最后他总算在街的拐角处看见自己的儿子与安德士和艾娃－露达在一起。

"爸爸,别烦我,"卡莱喊着,"我要立即去警察局!"

"我知道,"他爸爸说,"警察正坐在家里等着你。对你来说不是什么好事,卡莱!"

卡莱不明白,为什么警察会坐在家里等他,不过肯定事出有因。他以从未有过的速度跑着,安德士和艾娃－露达在后边跟着。

比约尔克下士警官坐在绿油漆漆过的跷跷板上,上帝保佑他,他的身旁有两个警察。

"拘捕他们,拘捕他们!"卡莱发疯似的喊着,"请你们

快一点!"

比约尔克和另外两个人同时站了起来。

"珠宝首饰大盗!"卡莱激动得连话也说不出来,"他们正坐汽车逃跑!啊,请你们快一些!"

他用不着重复。食品店老板布鲁姆奎斯特晃晃悠悠地过来,正好看见卡莱和他的两个伙伴跟在三个警察后边钻进汽车。布鲁姆奎斯特先生双手捂着额头。儿子幼小的年龄就被逮捕,真是太可怕了!唯一使他感到安慰的是,面包师家的小丫头也好不了多少!鞋匠家的也一样!

警车朝前飞奔,那速度使这个小城守法的公民愤怒地摇头。卡莱、安德士和艾娃-露达与刑侦处长斯坦贝里坐在后排。他们在车里晃来晃去,因为汽车转来转去的。艾娃-露达坐在那里想,照这样下去,过不了一会儿就得晕过去。卡莱和安德士不停地嘴对着嘴说话,直到刑侦处长说他也想听一听。卡莱借助手势说:

"一个苍白脸,一个丑八怪,一个埃纳尔叔叔。不过那位苍白脸比那个丑八怪更难看,他们管那个丑的叫尤门,但是他的真名叫科鲁克;埃纳尔叔叔姓林德贝里,也姓布朗纳,他睡觉时枕头底下放一把手枪。他把珠宝首饰埋在遗址地下室的台阶下边,当我取他的指纹时,花盆从窗台上掉下去了,真不凑巧,这时候他用手枪对着我。后来我藏在树上,偷听尤门和列

迪格威胁他,说要把他打死。他们在遗址地下室把他手脚都绑起来。他很愚蠢,把他们领到那里找珠宝首饰,但是那里已经没有了,因为我们已经把东西转移到面包房的阁楼上去了。但是很遗憾,他们还是拿走了那些东西,因为我们被他们锁在地下室。天啊,那里有很多通道,不过我们还是出来了。现在叔叔全知道了,不过再把车开快些吧!"

刑侦处长似乎没有完全听明白,不过他想,全部细节最后总会搞清楚。

侦查员看了看车速表,这时候表针停在100公里上,他不敢开得更快,尽管卡莱认为车速太慢。

"前边一个十字路口,处长,我们往左还是往右?"

侦查员刹住车,汽车滑到路旁。

安德士、卡莱和艾娃－露达心急得直咬手指。

"真气人!"刑侦处长说,"不管他们选哪条路跑,总要上通向欧洲的大路。"

"等一下!"卡莱一边说一边跳下车。他从口袋里掏出笔记本,走到左边那条路。他仔细观察路面。

"他们走的是这条路。"他激动地说。

比约尔克和刑侦处长也下了车。

"你怎么知道?"刑侦处长问。

"啊,因为他们的汽车右侧后轮装的是吉斯拉维德橡胶厂

生产的新胎,我画了样子。请看这里!"

他指着松软路面上留下的清晰的车印。

"完全一样!"

"你的头脑很清楚。"刑侦处长说,他们快速倒回车。

"啊,小事一桩。"布鲁姆奎斯特超级侦探说。但是他马上想起来,他更愿意当卡莱,"我只是无意中看到。"他谦虚地补充一句。

车速快得吓死人。没有人再说话,大家都透过挡风玻璃往前看。他们转了一圈。

"在那儿!"比约尔克下士警官惊叫一声。在他们前方一百多米处有一辆汽车。

"就是那辆!"卡莱说,"牌号A,黑色沃尔沃!"

侦查员桑德松拼命加快速度，只见那辆沃尔沃车不顾一切地往前跑。一张脸通过汽车的后玻璃往后看，他们心里很清楚，后边有人追赶。

"过不了几分钟我就该晕过去了，"艾娃－露达想，"我过去从来没有晕过。"

110公里。这时候警车很快但稳稳地接近了那辆沃尔沃车。

"趴下，孩子们！"刑侦处长突然高喊，"他们要开枪！"

他把三个孩子按倒在车底板上。情况非常紧急，一颗子弹通过挡风玻璃呼啸而入。

"比约尔克，你坐的位置好，用我的手枪回敬一下这群坏蛋。"

刑侦处长把手枪递给坐在前排的同事。

"他们开枪了，哼，他们竟敢开枪。"趴在汽车底板上的卡莱小声说。

比约尔克下士警官从侧面窗子伸出手。他不仅是一位优秀的警官，还是一名神枪手。他瞄准沃尔沃汽车右侧后轮胎。两车的距离已经不到25米。开枪，转瞬间那辆黑色沃尔沃车就滑进了马路沟。警车立即冲了过去。

"快，别等他们从车里爬出来！"刑侦处长高声说，"孩子们趴着别动！"

警察很快把那辆被打坏的沃尔沃车包围起来。没有任何理由可以让卡莱趴在车里不动，他一定要站起来看一看。

"比约尔克叔叔和开车的那位侦查员高举着手枪。"他向安德士和艾娃－露达报告，"而那位胖处长拉开车门，哎呀，他们在交手！那个列迪格，他也有手枪，咚，他挨了比约尔克叔叔一拳，手枪被打掉了，你们听，好极了！那个是埃纳尔叔叔，不过他没有手枪，他只是用手打。但现在，你们相信吧，他们给那个坏蛋戴上了手铐，还有那个列迪格。不过尤门在哪儿？现在他们把他从车里拖出来了。他晕过去了。啊，太有意思了，而现在，你们相信吧……"

"行啦，行啦！"安德士说，"我们长着眼睛，我们自己会看。"

战斗结束了。埃纳尔叔叔和那个苍白脸站在刑侦处长前面。尤门躺在地上。

"我看出来了，"刑侦处长说，"这不是阿图尔·贝里吗？幸会，幸会！"

"对你们来说是幸会。"苍白脸说，但眼里露出讨厌的目光。

"我大概可以这么说吧，"刑侦处长说，"桑德松，我们已经抓住了阿图尔·贝里，你说对吧。"

"他真是好记性，所有的名字都记得。"卡莱想。

"喂，卡莱，"刑侦处长叫道，"过来一下！多亏你的帮助，我们抓住了这个国家最危险的盗窃分子之一，你听了会很高兴吧？"

甚至阿图尔·贝里看见卡莱、安德士和艾娃－露达时，也有意识地挑了挑眉毛。

"我当初真该打死这些小兔崽子，"他平静地说，"真是好人没好报。"

尤门睁大眼睛。

"这里还有一位我们警察局的老主顾！怎么样，尤门，我觉得您好像不想成为一位体面的男人，我记得我们最后一次见面时你曾经发过誓。"

"当然想。"尤门说，"不过我想搞一点儿本钱，做体面人要有钱啊，我只能跟处长这么说。"

"而您，"刑侦处长转向埃纳尔叔叔，"在这条路上您是第一次亮相吧？"

"对，"他说，然后他恶狠狠地看着卡莱，"我过去从来没有栽过。如果没有这位超级侦探，这次也会安然无恙！超级侦探布鲁姆奎斯特！"

他强装微笑。

"现在让我们看看，我们要找的珠宝首饰在什么地方。桑德松，到汽车里去看看！我估计东西在那里。"

对,那里有一个铁盒子!

"谁拿着钥匙?"刑侦处长问。

埃纳尔叔叔不情愿地递过去。大家紧张地等待着。

"让我们看看。"刑侦处长一边说一边转动钥匙。盖打开了。

里面有一张纸条,纸条上用大写字母写着"白玫瑰密件"。刑侦处长惊奇地张着嘴巴,其他人也一样,连埃纳尔叔叔和他的同伙也不例外。阿图尔·贝里恶狠狠地瞪了埃纳尔叔叔一眼。

刑侦处长翻弄着箱子里的东西,但是里边除了纸、石头和一些破烂东西以外,什么也没有。

首先是艾娃-露达诡秘地笑,她笑得那么开心,引得卡莱和安德士也笑起来。他们一齐大笑。他们笑呀,笑呀,笑得前仰后合,直到肚子疼。

"我的上帝,这些孩子们怎么啦?"刑侦处长惊奇地说。他转向阿图尔·贝里。

"好哇,你们已经把东西藏起来了。不过我们会让你们乖乖地吐出来。"

"不……不……不需要。"安德士好不容易止住笑说。

"我知道在什么地方。在面包房阁楼里的最底下的那层柜子里。"

"不过他们是从哪儿拿的这个?"刑侦处长指着铁盒子说。

"最上面那层!"

"我真的相信,这位小姑娘晕过去了。"比约尔克下士警官一边说一边托起艾娃-露达,"这也不奇怪。"

这时候,艾娃-露达费力地睁开自己的蓝眼睛。

"对,不奇怪,"她小声说,"因为我只吃了一块小蛋糕。"

17

超级侦探布鲁姆奎斯特仰面躺在梨树下。啊,他如今是超级侦探,不仅仅是卡莱。他甚至上了报,他手里正拿着这张报纸。大标题是"超级侦探布鲁姆奎斯特",下边是他的照片。照片上不是一个人们想象的长着清晰线条和锐利目光的成熟男人,而是长着一张娃娃脸的卡莱,这有什么办法呢。安德士和艾娃-露达的照片也登在那里,只是在下边稍小一点儿。

"你们注意到没有,年轻人,"布鲁姆奎斯特先生问自己假想的听众,"整个头版登的都是珠宝首饰盗窃案,小事一桩,几天前我抽了一会儿时间就破案了。"

噢,对呀,他的假想听众当然注意到了,不过他无法表达自己的仰慕之情。

"这要给布鲁姆奎斯特先生一大笔酬金吧?"假想听众问。

"这个嘛,"布鲁姆奎斯特先生说,"我当然得到一大笔钱,但是我得跟里桑德小姐和本特松先生分,在侦察过程中他

们给了我很大帮助。说实话,我们分了银行家厄斯特贝里提供的 10000 克朗。"

他的假想听众惊奇地紧握双手。

"好吧。"布鲁姆奎斯特先生一边说一边高傲地嚼着一棵草秆,"没什么,就 10000 克朗嘛。不过我要告诉你们,年轻人,我的工作可不是为了臭钱。我唯一的目的是与我们社会中的犯罪行为进行斗争。海尔克勒·波洛、彼得·温姆塞勋爵和其他知名人物,啊,我们仍然只有几个人,但绝对不允许犯罪分子横行霸道。"

那位假想听众肯定赞成,整个社会都会感激波洛、温姆塞和布鲁姆奎斯特恪尽职守的自我牺牲精神。

"在我们分手之前,"超级侦探一边说一边把烟斗从嘴里拿出来,"我告诉你们一件事。恶有恶报!诚实是金子,甚至阿图尔·贝里也这样对我说过。我希望他坐牢时认识到这一点。不管怎么说,他有很多时间思考这件事。想想埃纳尔叔叔吧,哎呀,埃纳尔·林德贝里,那么年轻就走上了犯罪道路,希望他能悔过自新。因为——正如我前边说的——恶有恶报!"

"卡莱!"

艾娃-露达从围栏开口处伸出头来。

"卡莱,你为什么瞪着大眼睛躺在那里?快到我这里来!安德士和我要到城里去!"

"再见吧,年轻人。"超级侦探布鲁姆奎斯特说,"里桑德小姐在叫我,而——加上括号——她是一位年轻的女士,我打算跟她结婚。"

他的假想听众祝贺里桑德小姐选了个好丈夫。

"啊,里桑德小姐当然还不知道这件事。"超级侦探一边如实说,一边抬起腿跨过围栏,上边说的那位小姐和本特松先生正在那里等他。

这是个周末的夜晚。当卡莱、安德士和艾娃-露达漫步街头时,呼吸着自由的空气。栗子花虽然开过,但是小花园里玫瑰、紫罗兰和金鱼草竞相开放。他们顺着路向熟皮子铺走去。瘸子弗利德里克早已经喝醉,站在那里等比约尔克下士警官。卡莱、安德士和艾娃-露达在那里停了一会儿,听弗利德里克讲述人生故事。随后他们继续朝大长街走去。

"看呀,西克斯顿、本卡和勇德在那里。"安德士突然说,他的眼睛一亮。卡莱和艾娃-露达更加靠近自己的首领。白玫瑰方径直地朝红玫瑰方走去。

双方相遇了。按照和平协议,白方要向红方三鞠躬,并且说:"我知道,我不配与你同踏一片土地,啊,主人!"红方首领也极高傲地看着白方首领。这时候白方首领开口了,他高声说:

"臭鼻涕佬!"

红方首领显得很得意。不过他愤怒地后退一步。

"这是宣战。"他说。

"对!"白方首领说,他戏剧性地拍一拍胸脯,"现在红玫瑰与白玫瑰开战,成千上万的灵魂将走进死神的王国和死神之夜!"

第二部

超级侦探布鲁姆奎斯特历险记

大侦探小卡莱
Dazhentanxiaokalai

1

"你真不聪明,"安德士说,"你绝对不聪明。干吗又躺在那里胡思乱想?"

不聪明的他猛地从草坪上跳起来,橘黄色头发底下的眼睛恶狠狠地瞪着围栏旁边的两个同伴。

"可爱、可亲的小卡莱,"艾娃-露达说,"如果你不赶快起来,而是在整个漫长的暑假里,每天睁大眼睛躺在这棵梨树底下,你会生褥疮的。"

"我当然没有每天睁大眼睛躺在这里。"卡莱生气地说。

"没有,艾娃-露达说过头了。"安德士说,"你不记得六月初有一个星期天,那天卡莱没有躺在梨树下,少有的一次。那一整天他都没有去当侦探,而盗贼和杀人犯得以横行霸道。"

"我当然记得,"艾娃-露达说,"杀人犯确实在六月初有一个自由的星期天。"

"滚蛋。"卡莱说。

"好，我们正要滚蛋呢。"安德士附和着说。

"但是我们想让你跟我们一起滚。如果你相信杀人犯有个把小时不需要别人关照的话。"

"啊，这可不行呀。"艾娃－露达存心气人，"他们一定要有人关照，就像小孩子一样。"

卡莱叹了口气。真让人绝望，确实让人绝望。超级侦探布鲁姆奎斯特，名不虚传！他要求人们尊重他的职业，但是他得到了吗？至少安德士和艾娃－露达不尊重他的职业。不过，去年夏天他自己抓住了三个盗窃犯。啊，当然安德士和艾娃－露达帮助过他，然而是他卡莱通过细致的侦察掌握了这几个坏蛋的活动线索。

那次安德士和艾娃－露达明白了，他确实是一位名副其实的侦探。但是现在他们有意气他，好像从来没有发生过那件事，好像这个世界上根本没有要监视的罪犯，好像卡莱是个头脑充满幻想的大笨蛋。

"去年夏天你们是那么自负。"他一边说一边生气地往草地上吐了一口长长的唾沫，"那时候，当我们捉住那几个珠宝首饰盗窃犯时，你们当中没有人责怪超级侦探布鲁姆奎斯特。"

"现在也没有人责怪你。"安德士说，"不过你应该明白，那种事百年不遇。从14世纪就有了这座城市，到目前为止，

我觉得，除了这几个珠宝首饰盗窃犯以外，没有更多的盗窃分子。现在都过去一年了，你仍然躺在梨树下，想你的破案问题。听我的，算了吧，小卡莱，算了吧！相信我，暂时还没有什么坏蛋。"

"什么事都有时有晌，这一点你大概知道。"艾娃－露达说，"该追坏蛋追坏蛋，该拿红玫瑰方做肉丸子就做肉丸子。"

"肉丸子，对对，"安德士激动地说，"红玫瑰方又宣战了。刚才本卡送来了他们的宣战书。自己读吧！"

他从口袋里掏出一大张纸，递给了卡莱。卡莱读道：

战争！战争！

致一伙儿自称白玫瑰的歹徒的昏庸首领

兹有白玫瑰首领愚蠢无比，整个瑞典农村也没有一户农民养的小猪有他一半愚蠢。这个人类的渣滓，昨天在大广场遇到德高望重的红玫瑰方首领，执意不肯回避，反而愚蠢地冲撞无比高贵的首领，大大伤害了其尊严。此等伤天害理之举只能以血清洗。

现在红玫瑰与白玫瑰开战，成千上万的灵魂将走进死神王国和死神之夜。

红玫瑰高贵的首领西克斯顿

"我们现在要教训一下他们,"安德士说,"你不参加?"卡莱一阵笑。玫瑰之战已经持续很多年,中间只有短时间的休战,没有人想自愿退出,它使暑假变得既紧张有趣又充实,否则会单调乏味。骑自行车和游泳,给草莓浇水,在父亲的杂货店里卖货,坐在河边钓鱼,待在艾娃-露达家的花园里和踢球——这一切还不足以排满每天的活动日程。因为暑假很长。

啊,多亏暑假很长。卡莱认为度假是一项最好的发明。想起来有些奇怪,暑假是成年人发明的。暑假里大家有两个半月时间沐浴在阳光里,而不必再想"三十年战争"①之类的问题,什么都不用想!这时候大家可以参加玫瑰之战,那要有意思得多。

"我参加不参加,"卡莱说,"你还需要问吗?"

超级侦探布鲁姆奎斯特近期在与犯罪分子打交道方面成绩不大,他很高兴休息一下,参加逐渐发展起来的更高级的玫瑰之战。看一看这次红玫瑰方面又要出什么新花招会很开心。

"我觉得我应该出去做一次小小的预先侦察。"安德士说。

"去吧,"艾娃-露达说,"半个小时之后我们开战。我得先磨一磨刀。"

---

① 三十年战争:指1618年—1648年间发生的在天主教派和基督教新派之间的战争,瑞典作为新教国家卷入其中。

这话听起来既感人又可怕。安德士和卡莱表示赞同。艾娃-露达是一位可以信赖的战士。

要磨的那些刀实际上是面包师里桑德切面包用的,但毕竟是刀呀!艾娃-露达在离开家之前对爸爸说,她要帮他摇磨刀石旋转柄。在七月火热的太阳底下,摇沉重的磨刀石上的柄,可真是一件苦差事。但是只要想一想,刀是玫瑰之战中所必需的武器,受一点儿罪也就不在乎了。

"成千上万的灵魂将进入死亡之国,进入死亡之夜。"艾娃-露达小声叨念着,她站在磨刀石旁边用力磨着,汗水从额头往下淌,太阳穴两边浅色的头发卷曲着。

"你在说什么?"里桑德面包师一边问一边把目光从磨刀石上抬起。

"没说什么。"

"我明明听到了,"面包师一边说一边用手试试刀刃快不快,"现在你可以跑了!"

艾娃-露达跑了。她钻过把自家院子与卡莱家院子隔开的围栏。有一处地方少了一块木板。究竟是什么时候少的,已经没有人记得,只要艾娃-露达和卡莱不提这事,那块木板就不会补上。他们需要走近路。

食品店老板布鲁姆奎斯特是个仔细人,有一次晚饭后大家坐在凉棚里聊天时他说:

"喂,老兄,我们应该把围栏修好。我觉得有点儿太不整齐了。"

"啊,我们还是等着吧,等孩子们长大钻不过去再说。"面包师说。

尽管拼命吃肉丸子,艾娃-露达还是瘦得像根筷子,她可以毫不费力地从那个缺口钻过去。

路上传来口哨声。白玫瑰首领安德士刚刚侦察回来。

"他们待在司令部里。"他高声说,"冲啊,胜利属于我们!"

当艾娃-露达去磨刀而安德士去侦察的时候,卡莱又躺到梨树底下去了。在玫瑰之战打响之前,他想利用短暂的平静时间进行一次重要谈话。

不错,他确实在谈话。可是附近连一个人影都没有。超级侦探布鲁姆奎斯特是和自己想象的听众谈话。他是一位结交多年的追随者。啊,这听众是一位非常好的人,他对这位杰出的侦探怀有深深的敬意,认为他名副其实。很少有人像他那样敬重卡莱,特别是安德士和艾娃-露达更加不如他。此时此刻他正坐在超级侦探脚边,聆听着每一个字。

"本特松先生和里桑德小姐对我们社会上的各种犯罪现象熟视无睹。"布鲁姆奎斯特先生一边振振有词地说,一边严肃

地看着自己假想的听众,"一时的平静就使他们觉得高枕无忧了。他们不明白这种平静是一种假象。"

"真的?"那位假想的听众说,听声音他显得很害怕。

"这种平静是一种假象。"超级侦探加重语气说,"这座恬静的小城,灿烂的夏日阳光和田园诗般的气氛——啪!这一切随时都有可能改变。犯罪的阴影随时都可以笼罩在我们头顶。"

那位假想的听众紧张得直喘粗气。

"布鲁姆奎斯特先生,您在吓唬我吧?"他一边说一边惊恐地朝四周看,好像灾难已经近在咫尺。

"把一切都交给我吧。"超级侦探说,"有我呢,您用不着怕!"

这时候那位假想的听众感动得连话都说不出来了。此外他结结巴巴的客套话已经被大门外安德士发出的战斗命令打断:

"冲呀,胜利属于我们!"

布鲁姆奎斯特超级侦探猛然跳起来,就像被马蜂蜇了一样。人们再不能从梨树下找到他。

"再见吧!"他对那位假想听众说,他似乎觉得这次要好长时候才能见面。玫瑰之战使他没有过多的时间在草地上大谈犯罪问题,这倒也不错。说句实话,在这座城市里抓坏人不是一件容易事!整整一年过去了,抓坏蛋的事只是想想而已!玫

瑰之战确实值得欢迎!

但是他假想的听众仍心神不安,远远地目送他离去。

"再见吧!"超级侦探又说了一遍,"我被应召参战一个时期。不过请不要担心!我不相信眼下会有什么严重事件发生!"

我不相信!我不相信!超级侦探奔跑着,好像是他在保卫社会安全。他奔跑着,嘴里高兴地吹着口哨,当他朝安德士和艾娃-露达奔跑着时,棕色的赤脚丫咚咚地踏在花园的甬道上。

我不相信!不过这次您错了,超级侦探先生!

2

"这座城市只有两条街：前街和后街。"面包师对其他地区的来访者这样说。他的话没有错，一条叫大长街，一条叫小长街，就这么两条。还有一个广场，叫大广场。其他都是石块铺成的崎岖不平的胡同和旮旮旯旯一些地方，有的通向河边，有的通向一些东倒西歪的旧房子——它们倚老卖老，顽固地阻止着现代化的城市扩展。在城市的边缘，偶尔也有一两栋新派的别墅，院子里树木花草剪得整整齐齐，不过不多见。绝大多数院子都像面包师家：长满节子的榆树和苹果树、从不修剪的荒草地。绝大多数房子的风格也与面包师家的高大的木房子相同，昔日的建筑师以粗犷的美学原则在房子上装饰着令人难以理解的屋檐、屋脊和屋顶。严格地说这不是一座美丽的城市，但它有着一种古朴的宁静。可能还有一种美，至少在温暖的七月是如此，家家户户院子里的玫瑰、紫罗兰和牡丹花都开放了，小街两旁的菩提树静静地倒映在缓缓流淌和若有所思的河

水里。

当卡莱、安德士和艾娃－露达沿着河边朝红玫瑰司令部走去时,他们没有多想自己的城市是否美丽。他们唯一知道的是,这座城市很适合作玫瑰之战的战场。那里有可以躲藏的墙角、旮旯,有可以翻越的围栏,有可以摆脱敌人追赶的弯弯曲曲的小胡同,有可以爬的屋顶。院子里有可以作屏障的木柴屋和耳房。一座城市能有这么多好处,管它漂亮不漂亮呢。太阳高照,马路上的石头被晒得滚烫,光脚踩在上面既舒服又温暖,好像整个身体里都充满了夏日的气息。从小河里散发出来的潮湿气味夹杂着从附近院子里飘来的阵阵玫瑰花的香味使人感到心旷神怡,也最具有夏天的特征。远处街角的冰激凌摊位点缀着市容,卡莱、安德士和艾娃－露达认为这就足够了,这里用不着更多的华美。

他们每人买了一个冰激凌后继续往前走。比约尔克下士警官在远处的桥边,正在慢慢地巡视。他制服上的扣子在阳光下闪闪发亮。

"您好,比约尔克叔叔。"艾娃－露达高声问候着。

"你们好。"警官说,"你好,超级侦探。"他一边补充说一边亲昵地捏了捏卡莱的脖颈,"白天没情况吧?"

卡莱似乎无所谓。去年夏天比约尔克叔叔确实参与并分享了追捕盗贼的成果,他不应该开这种玩笑。

"没有,今天确实没有新情况。"安德士代替卡莱说,"所有的小偷和杀人犯都接到命令,明天以前停止活动,因为卡莱今天没有时间跟他们打交道。"

"对,今天我们要把红玫瑰方的耳朵割下来。"艾娃-露达一边说一边对比约尔克下士警官嫣然一笑。她非常喜欢他。

"艾娃-露达,有时候我觉得你应该增加一点儿女孩子味儿。"比约尔克下士警官一边说一边看着这位清瘦黝黑的假小子,她正站在石头砌的排水沟里,用大脚趾开心地钩一个空烟盒。她成功了,用脚紧紧夹住烟盒,顺势放到河里。

"女孩子味儿?可以,每个星期一吧。"艾娃-露达保证,满脸露出甜蜜的微笑,"再见吧,比约尔克叔叔,我们现在得开拔了。"

比约尔克下士警官摇了摇头,继续巡逻。

每次过桥对他们都是强烈的诱惑。当然可以平平常常地走过去。桥上有护栏,相当细的护栏。踩在护栏上摇摇晃晃地过去,别有一种刺激。因为有可能掉进河里。虽然走了很多次,但掉下去的事儿却没有发生过,不过不能保证不会发生。尽管割红玫瑰方耳朵是一件相当紧迫的任务,但不管是卡莱还是安德士、艾娃-露达都认为还是有时间在护栏上走一走。走护栏是严格禁止的,不过比约尔克下士警官已经走远了,又没有其他人在场。

不对,有一个。正当他们兴致刚刚来的时候,从桥的对面蹒跚走来格伦老汉。不过他们不大在意格伦老汉。他在孩子们跟前停住脚步,像通常那样叹了口气,漫不经心地说:

"好啊,好啊,童年时代快乐的游戏!童年时代快乐、天真的游戏,好啊,好啊!"

格伦老汉总是这样说。他们有时候学他,不过他听不见。而当卡莱一不小心将足球踢进爸爸商店的橱窗里,或者当安德士从自行车上摔下来,脸朝下倒在荨麻垛上的时候,艾娃-露

达会叹一口气说：

"好啊，好啊，童年时代快乐的游戏，好啊，好啊！"

他们成功到达桥的另一端。这次也没有人掉下去。安德士朝四周看了看，看有没有人注意他们的举动。小街仍然死一般的寂静，只有格伦老汉在远处走动。他蹒跚的步履人们一望便知。

"我知道，没有人像格伦那样走路，特怪。"安德士说。

"格伦真古怪，"卡莱说，"但是人过于孤单的时候可能就会变得古怪。"

"真可怜。"艾娃-露达说，"想想看，一个人住在破败不堪的木房子里，没有人给他打扫，没有人给他做饭或做其他事情，多可怜！"

"啊，没人帮助打扫还行，"安德士经过深思熟虑以后说，"孤单一会儿我也不反对。可以利用这段时间安安静静地玩模型。"

对于像安德士那样有一大堆兄弟姐妹并且挤在一个小房子里的人来说，一个人有一处独居的房子没有什么不好的。

"啊，一个星期你就会变得古怪。"卡莱说，"我的意思是，比你现在还要古怪。跟格伦一样古怪。"

"我爸爸不喜欢那位格伦，"艾娃-露达说，"他说格伦是个高利贷者。"

不管是安德士还是卡莱都不明白高利贷者是干什么的,艾娃－露达向他们作解释。

"爸爸说,高利贷者是这样的人,他把钱借给需要钱的人。"

"啊,那不是挺可爱的吗?"安德士说。

"不对,不是那么回事。"艾娃－露达说,"你要知道,是这样:你急需25厄尔买一件东西……"

"比如太妃糖。"卡莱建议说。

"你说得好,"安德士说,"我早就觉得我需要了。"

"对,这时候你就要去找格伦,"艾娃－露达说,"或者其他高利贷者。他给你25厄尔……"

"他真给了!"安德士对此感到很惊喜。

"对,但是一个月后你必须还。"艾娃－露达说,"还25厄尔不行,不够,你必须还他50厄尔。"

"那怎么行!"安德士说,"为什么我要还那么多?"

"小伙子,"艾娃－露达说,"你在学校大概从来没有计算过这类利息吧?格伦希望自己的钱能生利息,明白了吧?"

"可以,但是要合理呀!"卡莱说,他不想看到安德士经济破产。

"高利贷者不愿意合理,"艾娃－露达说,"他们不想合理计算,他们要赚很多利息。法律规定不许放高利贷,所以爸

爸不喜欢格伦。"

"不过，人们为什么那么笨，非得向高利贷者借钱呢？"卡莱问，"他们要买太妃糖可以向其他人借呀。"

"笨蛋！"艾娃－露达说，"借钱的人可能不是为了需要买太妃糖的25厄尔，可能有的人几分钟内就一定……一定要有5000克朗，这个数目可能没有人愿意借给他们，只有格伦这类高利贷者愿意借。"

"我们现在别再管格伦这个老东西了。"白玫瑰方首领安德士说，"冲啊，胜利属于我们！"

邮电局局长家的房子就坐落在这里，院子后边有一片排房，是车库。这里既是车库，也是红玫瑰方的司令部，因为局长的儿子西克斯顿是这个好战集团的首领。

现在这排房子空空如也，似乎已经不再作车库。从远处可以看到门上钉着一块白色告示。事情本来很简单，只要从院子的大门走进去，到车库跟前看一看告示上写的是什么就行了，但是打玫瑰之战时不能这样。你可以把它想象成是个圈套。红玫瑰方的人很可能躲在插着门闩的司令部里，随时准备扑向敢于走近的冒失鬼。

白玫瑰方首领给自己的士兵下达命令：

"卡莱，你顺着围栏偷偷地潜到敌司令部后边，不要让敌

人看到你。你爬上屋顶，把门上的告示拿过来，死的或者活的！"

"告示，死的或者活的，到底是什么意思？"卡莱说。

"闭嘴！"安德士说，"是指你，死在那里或者活着回来，你肯定明白。艾娃－露达，你趴在这里别动，通过围栏进行侦察。如果你发现有人可能威胁卡莱，你就发出我们的信号。"

"那你呢，你干什么？"艾娃－露达问。

"我走进去，问一问西克斯顿的母亲，她知道不知道西克斯顿到哪儿去了。"安德士说。

大家分别行动。卡莱很快就到了敌司令部。爬上屋顶吗？小事一桩，他过去多次爬上去过，只要从围栏缝钻进去，爬到车库后边的垃圾桶就行了。

他爬上屋顶，蹑手蹑脚的，免得敌人听见他的声音。他心里很清楚，车库是空的，艾娃－露达也清楚，安德士更清楚，因为他曾向西克斯顿的母亲打听西克斯顿的去向。但是玫瑰之战有着特殊的规则，所以卡莱爬的时候，装作有生命危险的样子，而艾娃－露达趴在围栏后边，目不转睛地注视着他的每个动作，如果有什么不测，她随时吹响口哨。

就在这个时候，安德士回来了。西克斯顿的妈妈不知道她的宝贝儿子在什么地方。

卡莱小心翼翼地从屋檐探下头来,伸手把钉在门上的告示揭下来,然后不声不响地沿原路返回。艾娃-露达一直盯着他,直到最后一刻。

"干得不错,你很勇敢。"当卡莱把告示交给安德士时,他满意地说,"我们看看上面写的是什么!"

"西克斯顿贵族、红玫瑰首领",那块奇怪的告示上写着。不能不承认,出自一个贵族之手的告示,语言太粗俗了。人们完全有理由指望一位贵族写得更高雅一些。

你们这些令人恶心的脏鬼,就是你们,白玫瑰,由于你们臭气熏天,使这座城市受到污染。因此,我们尊贵的红玫瑰撒到"高草地"战场。赶快到那里去,好让我们把你们这些自称白玫瑰的毒草连根拔掉,然后扔到约汉松家的粪堆上。你们本来就应该待在那里。

来吧,脏鬼们!!!

谁读了这些疯狂、仇恨的语言都不会相信,红白玫瑰方实际上都是最好的朋友。除了卡莱和艾娃-露达外,西克斯顿是安德士最知心的伙伴,可能还有本卡和勇德,他们既是好朋友也是优秀的红玫瑰骑士。如果这座城市里有谁让西克斯顿、本卡和勇德喜欢的话,那就是令人恶心的"脏鬼"安德士、卡莱

和艾娃-露达。

"原来是这样。"当安德士读完以后说,"目标高草地!冲啊,胜利属于我们!"

3

　　有高草地真不错。从人们记事的时候起，几代人的孩子都在那里玩耍，真不错。当严厉的老父亲们想起童年在高草地玩印第安人游戏时，他们的心就软了。这一点对后来的孩子们非常有利。如果卡莱有一天晚上回家时，衬衣在与别人打架时撕破了，食品店老板布鲁姆奎斯特不会过多地责备，因为他记得，大约三十年前，一个春天的晚上，他的一件衬衣就被人在高草地撕破了。尽管里桑德夫人希望，她年轻的女儿要多跟同龄的女孩子们一起玩，不要总跟男孩子们在高草地上疯跑，但是无济于事。因为这时候面包师会诙谐地看着她说：

　　"喂，米娅，你小的时候，这座城里的哪一个小姑娘在高草地玩得最起劲？"

　　高草地是紧靠城边的一大块公共场地。地面绿草茵茵，光着脚走在上面舒服极了。春天的时候青翠欲滴，整个草地就像绿浪滚滚的海洋，黄色的款冬点缀其间。夏天的太阳却很厉

害,它把高草地晒得一片金黄。响应西克斯顿善意挑战的卡莱、安德士和艾娃－露达眯缝着眼睛,朝战场上看,搜索自己的敌人。但是红玫瑰方的人不见踪影。高草地有很大部分覆盖着榛树枝和桧树丛,红玫瑰骑士很容易躲在里面。

白玫瑰方发出可怕的喊杀声,并钻进树丛。他们一个树丛一个树丛地搜索,可是那里一个敌人也没有。他们继续搜,直到逼近高草地最边缘上的绅士庄园,还是没有战果。

"真够可笑的,"安德士说,"哪儿都没有人。"

这时候高草地平静的上空突然传来三个人从喉咙里发出的可怕的冷笑声。

"哎哟,哎哟……"艾娃－露达一边说一边不安地朝四周看,"我真的相信,他们藏在绅士庄园里。"

"对,他们肯定在绅士庄园里。"卡莱用赞赏的声音说。

在高草地边缘,颤抖的白杨树中间有一栋古老的房子,它就是绅士庄园。这是一栋18世纪著名的建筑物,曾有过辉煌的历史。从房子后边的一扇窗子里,伸出三个喜笑颜开的男孩子的脸。

"看哪个倒霉鬼敢靠近红玫瑰新司令部。"西克斯顿喊叫着。

"我的上帝,你们是怎么进……"安德士说。

"啊,你们真想知道?"西克斯顿喊叫着,"门开着,那

还不简单。"

绅士庄园已经多年没人居住，非常破旧。原打算进行修缮，然后移到市公园，建一个地方文化博物馆，市长很早以前就作了这个决定。但是这项工程所需的经费，需要通过自愿捐赠来筹集，所以迟迟不到位。在此期间，房子毁得越来越严重。到目前为止，大门一直锁着，所以城里的孩子进不去。如果腐朽的大门已经挡不住入侵者，在还有某种可能建成地方文化博物馆时，市政府有必要迅速采取措施。从乱糟糟的声音判断，红玫瑰方在18世纪镶着木板的墙壁间所作的蹦跳绝无虔心可言。新司令部里那些老朽的木地板在欢蹦乱跳的脚下呻吟着。

"我们一定要抓住这些脏鬼，把他们圈在这里，把他们饿瘪。"西克斯顿兴奋地说。

他的猎物求战心切，长驱直入。红玫瑰方没有做任何阻拦。西克斯顿早就决定不惜一切代价保住易守难攻的顶层，有一个结实的楼梯通向那里，红玫瑰方站在楼梯中间，打着好战的手势，让他们的敌人明白，进攻没有好下场。

白玫瑰方发动猛烈进攻。双方交手时发出噼噼啪啪的响声，如果地方文化协会听到这声音，一定急得抓头发。未来博物馆的榫子在颤抖，有花饰的楼梯扶手弯来弯去，野蛮的喊叫声直冲古老美丽的屋顶。白玫瑰方的首领带着一声尖叫从楼梯

上滚下来。如果让昔日的幽灵听见也会吓得脸色苍白,蜷缩在墙角里,如果真有这类鬼魂的话。

打仗的乐趣变化无穷。一会儿白玫瑰方把对手赶上楼梯,一会儿在敌方大兵压境的情况下,慌慌张张地退到底层。当战事你来我往地持续了半个小时以后,双方都渴望有些变化。白玫瑰方暂时后撤,准备最后一次进攻。这时候西克斯顿给自己的队伍下了一道密令,转瞬间红玫瑰方在事先未警告的情况下放弃了自己在楼梯上的阵地,闪电般地退回顶层。在那里他们有很多机会藏到各个房间和衣帽间,西克斯顿和他忠诚的战士

对此了如指掌，因为这天早些时候他们曾彻底调查过。当安德士、卡莱和艾娃－露达飞也似的冲上楼梯时，红玫瑰方已经无影无踪。他们利用了刚才几秒钟的优势。此时此刻他们严严实实地站在衣帽间的门后边，通过门缝看着白玫瑰方在眼皮底下讨论方案。

"你们散开，"白玫瑰首领说，"不管敌人躺在哪里打战，都要找到他们，并立刻把他们消灭掉。"

躲在衣帽间里的红玫瑰方听到了暗自高兴。西克斯顿的眼睛在门缝里闪着满意的光，但是白玫瑰方却完全蒙在鼓里。

"散开。"白玫瑰方首领刚才说过了。这是他想出来的最笨的一招，这一招决定了他失败的命运。他自己立即散开，消失在一个角落里。

他的身影消失以后，卡莱和艾娃－露达也小心翼翼地消失在相反方向。那里有一扇门，他们打开这扇门。这是一间漂亮的、充满阳光的房子，尽管他们看得很清楚，房间里连敌人的影子也没有，可他们还是走了进去，想利用战斗的间隙往窗子外边看一看。这个行动后来被证明是一个严重的错误。当他们朝门转过身来的时候，听到有人从外边用钥匙锁门，他们还听到红玫瑰方首领粗野的嘲笑和得意的喊叫声：

"哈哈，脏鬼们，这下子你们要自食其果啦！你们别想从这里活着出去。"

这时候本卡发出刺耳的叫声：

"没错儿，你们在这儿待着吧，直到你们身上长出苔藓。不过平安夜的时候，我们会来问候你们。你们想要什么圣诞节礼物？"

"要一个盘子装你的脑袋。"艾娃－露达在门里边喊叫着。

"要装饰得与其他所有的猪头一样。"卡莱帮腔说。

"死到临头还嘴硬。"红玫瑰方首领伤心地对自己的战友说。他抬高声音对俘虏们喊道：

"你们最后有什么话要说，我一定转告给你们家中的亲人。"

"好啊，请我爸爸给儿童教养院打个电话，告诉那里的人到什么地方接你。"艾娃－露达说。

"再见，脏鬼们！"西克斯顿说，"饿的时候吭一声，我们好来给你们拔点儿草吃。"

他说完朝本卡和勇德转过身来，满意地搓了搓手。

"现在，我勇敢的战友们！此时此刻，在这座房子的某个地方，蹲着一只小老鼠，他自命是白玫瑰的首领。孤单、无助！搜捕他！听我的命令搜捕他！"

红玫瑰方使出全部的力气，他们蹑手蹑脚地走进贯穿整个楼层的长廊，然后小心翼翼地溜进所有的房间，站在衣帽间的门外仔细听里边的动静。他们知道，无论白玫瑰方首领待在哪

里，他肯定意识到自己面临可怕的危险。他的同盟者被锁着，他是一对三。那三位急不可耐地想把他抓住。因为在玫瑰之战中捉到对方的首领是空前的壮举，就像第二次世界大战中，如果美国人能把希特勒关进纽约附近的星一星监狱一样。

但是白玫瑰方首领隐藏得非常好，无论他们怎么找，也找不到他一根汗毛。直到西克斯顿突然听到头顶上方有轻微的响动。

"他在储藏室里。"他小声说。

"那里还有一个储藏室？"勇德惊奇地说。这一点红玫瑰方一直没有发现，尽管早些时候他们对这栋房子彻底检查过。不过也没有什么奇怪的，楼梯上面那间狭小的储藏室的门很不起眼，其颜色与周围墙纸的颜色相同，如果人们不知道就很难发现。红玫瑰方也费了很长时间才找到。

不过后来情况急转直下。尽管安德士在储藏室里处于高度戒备状态，并且一再警告那些没有准备好遗嘱的人最好别来靠近他，但无济于事。

西克斯顿走在前面。就他的年龄而言，他显得特别高大、健壮，本卡和勇德左右配合。而安德士盲目地跑下楼梯，实在是凶多吉少。

卡莱和艾娃－露达从紧闭的门里向他高喊着同情的话。

"维—扣门儿—斯拿策—欧克—赖达—呆伊。"他们大声

喊叫着。

按白玫瑰方的暗语,这句话的意思是:我们会很快来救你。没有比用暗语更让红玫瑰方生气了。红玫瑰方曾花了很长时间试图破译只有白玫瑰方才掌握的这种奇妙的语言,但是毫无成果。此外他们讲得飞快,对于不懂的人来说就是一锅糊涂粥。不论西克斯顿,还是本卡和勇德,他们都没见过这种暗语写出来是什么样子,否则的话他们肯定会毫不费力地揭开这个谜。

这是艾娃-露达从她父亲那里继承下来的黑话。有一天晚上,这位面包师偶然向她讲起来,他年轻的时候,为了不让别人听懂他和同伴们讲什么,他们经常使用暗语。艾娃-露达对这种暗语表现出的痴情,使她父亲大吃一惊。他从来没有发现,她在诸如不规则德文动词这类问题上有如此的激情,但是他没有发脾气,相反,整个晚上他都耐心地训练她,第二天她把自己学到的知识再传授给安德士和卡莱。

从白玫瑰方嘴里挤出破译暗语的方法是红玫瑰方进行战争的目的之一。还有一个更重要的目的,那就是重新夺回"大莫姆王国"。所谓大莫姆王国是对一件微不足道的东西的雅称。它就是一块小石头,形状有些奇特,是本卡拾到的。人们怀着某种善意,把它想象成一个老头儿,一个若有所思的老头儿,就像释迦牟尼坐在那里,打量自己的肚脐。红玫瑰方立即把它

定为自己的吉祥物,并赋予它一大堆美德,而白玫瑰方要想方设法得到它作为自己的重大使命也就用不着多说了。为争夺大莫姆王国,双方曾进行激战。看来有些奇怪,为什么一块小石头被赋予那么多含义。不过,为什么红玫瑰方不能像苏格兰人珍爱自己的加冕石那样珍爱自己的大莫姆王国呢?当白玫瑰方狡猾地掠夺走它的时候,他们为什么不能像苏格兰人看到英格兰人把那块加冕石放到威斯敏斯特教堂里时那样气愤呢?

目前白玫瑰方拥有大莫姆王国,并把它藏在一个无人知晓的地方,这是令人伤心的事实。此外,把东西藏在一个任何人为力量都找不到也难以接近的地方本来不是什么难事,但是玫瑰之战有特殊的规定,暂时拥有大莫姆王国的一方有义务向对方提供珍宝所在地的线索。形式多种多样,可以是一张地图,可能很难猜,还会有些误导;或者画一张寻宝图,黑夜里塞到敌方的信筒。人们以此为根据,发挥自己的聪明才智,作出判断,大莫姆王国藏在教堂北角大榆树上的空乌鸦窝里,还是藏在鞋匠本特松家劈柴房的房檐底下。

但此时此刻大莫姆王国没有在这些地方,它在另外一个地方。在这个温暖的七月天里,突然爆发玫瑰之战的一个重要原因是,红玫瑰方非常想知道珍宝所在的确切位置。他们以白玫瑰首领做人质,最后如愿以偿不是不可能的。

"我们很快就会来救你。"艾娃－露达和卡莱刚才说过。

他们的首领确实需要一点儿鼓励。此时他被强有力的大手拧去逼供，让他交代大莫姆王国藏在什么地方和怎样破译他们的暗语。

"雅格—伊巴—阴德。"当他经过房门时斩钉截铁地说，门后边就是他的已作为俘虏的战友。

"等着瞧吧，你很快就会泄气！"西克斯顿用威胁的口气说，并更加用力地抓住他的胳膊，"我们很快就会让你说出，那些暗语是什么意思，你放心好啦！"

"一定要坚强，一定要顶住。"卡莱喊叫着。

"坚持住！坚持住！我们很快就会来。"艾娃－露达喊叫着。

隔着门他们听到自己的首领喊出最后一句豪言壮语：

"白玫瑰万岁！"

随后他们听到：

"放开我的胳膊！我自愿跟你们走。我准备好了，先生们！"

然后他们什么也听不到了，寂静降临到他们的牢房上空。敌人离开了这栋房子，把他们的首领带走了。

4

　　红玫瑰方本来以为,卡莱和艾娃-露达会待在那里,直到他们身上长满苔藓。但是实际上做不到。在打玫瑰仗的时候,人们不能不考虑那烦人的因素,就是老爹老妈。当然,堂堂正正的士兵在战斗最激烈的时候退出战斗,回家去吃肉丸子和大黄叶根酱,真让人心里不痛快。但是父母总是认为,不管玩得多么起劲,到吃饭的时候就得回家吃饭。玫瑰之战有规定,人们可以屈服父母的荒谬要求。如果这样做,就有被迫中断玫瑰之战的危险。有时父母很不讲理,他们可能一晚上都不让你再出来,而这晚上恰恰是争夺大莫姆王国之战的决定性时刻。父母亲对大莫姆王国的知识少得让人伤心,尽管有时候他们对高草地童年的回忆可以为他们荒漠般的理解能力投入一丝暂时的光芒。

　　当红玫瑰方把安德士带走时,他们把卡莱和艾娃-露达锁在一间无人居住的空房子里,说要把他们饿瘪,但结果只饿了

两个小时，换句话说只饿到7点钟。7点钟的时候，食品店老板布鲁姆奎斯特家、面包师里桑德家以及其他各家餐桌上丰盛的晚餐都准备好了。在这危急的钟点敲响之前，西克斯顿必须派本卡或者勇德悄悄地为囚禁者打开门。因此卡莱和艾娃－露达面对饥饿显得十分平静，只不过极不体面地被关起来确实是一种耻辱。而对红玫瑰方来说这是一次巨大的胜利。在红玫瑰方囚禁他们并带走他们的首领以后，白玫瑰方的形势确实是灾难性的。他们拥有大莫姆王国的优势根本无法与红玫瑰方的胜利相比。

艾娃－露达沮丧地透过窗子看着离开的那伙人。他们走在那里，白玫瑰方的首领被敌人包围着。他们通过阳光沐浴的高草地，雄赳赳地朝城里走去，很快就会无影无踪。

"我不知道，他们想把他带到哪里去？"艾娃－露达说。

"那还用说，带到西克斯顿家的车库去了。"卡莱说，并不安地补充说：

"要是有一张报纸什么的就好了。"

"一张报纸！"艾娃－露达生气地说，"我们现在是想方设法离开这里，你却要看报纸。"

"你说得对，正是这样。"卡莱说，"我们必须离开这里，所以我才想到找一张报纸。"

"你相信报纸上有教我们怎么样从墙上爬下去的高招吗？"

艾娃－露达把头伸向窗外，想目测一下到地面的距离。

"如果我们跳下去，肯定会摔死。"她继续说，"不过没有什么办法。"

卡莱满意地吹了一声口哨。

"壁纸，我没有想到，它有用处。"

他从张开的一张壁纸上用力撕下一大块。艾娃－露达吃惊地看着他。

"墙上糊的大概是18世纪最漂亮的壁纸。"卡莱说。他弯下腰，把一大块壁纸从门缝捅到外边。

"小事一桩。"他一边说一边掏出削铅笔的刀，打开其中

那个最小最薄的刀片，小心地伸进钥匙孔里转动。这时门外边咣地响了一声，是钥匙掉下来了。

卡莱把那张壁纸再拉进来，真棒，钥匙就在上面。它掉的真是地方。

"像刚才说的，小事一桩。"超级侦探布鲁姆奎斯特说，并以此向艾娃－露达显摆，作为侦探，他日常的活动就是不得不帮助人们以这样或那样巧妙的办法打开上锁的门。

"啊，卡莱，你真是无所不能。"艾娃－露达羡慕地说。

卡莱把门打开了，他们自由了。

"不过我们在走之前，应该向红玫瑰们道个歉。"卡莱说。

他从装满东西的口袋里摸出一个铅笔头，递给艾娃－露达。她在壁纸的背面写上：

肥头胖脑的红玫瑰们：

　　你们种植苔藓的方法可耻地失败了。我们正好用了5分30秒等待苔藓发芽，但是现在我们拜拜了。大鼻涕佬们，你们难道不知道白玫瑰可以钻天入地吗？

他们关好窗子，插上插销，然后从外面锁上门，让钥匙留在锁上。把告别信放在门的把手上。

"给他们留一点儿悬念。窗子是从里边关的，门是从外面

锁的——他们可能会想,我们是怎么出去的?"艾娃-露达得意地说。

"白玫瑰得 1 分。"卡莱说。

安德士没有在西克斯顿家的车库里。卡莱和艾娃-露达到那里进行了一次非常仔细的侦察,以便了解救援行动从何处下手。但是车库像过去一样空空如也。

西克斯顿的妈妈正在院子里晒衣服。

"阿姨知道西克斯顿在哪儿吗?"艾娃-露达问。

"啊,刚才他还在这儿,"邮电局局长夫人说,"跟本卡、安德士和勇德在一起。"

很明显,红玫瑰方已经把俘虏转移到更安全的地方。但是转移到哪儿了呢?

答案近在咫尺。卡莱首先看到,草地上插着一把胯刀,刀尖上穿着一张小纸条。刀是安德士的,卡莱和艾娃-露达两个人都认出来了。纸条上只有俩字:勇德。

白玫瑰首领在没人注意的时候,成功地给自己的战友留下了只言片语。

卡莱紧皱眉头。

"勇德,"他说,"它的意思可能只有一个,安德士被囚在勇德家里。"

"对,你想得对,"艾娃-露达说,"如果他现在真的在勇德家,写'勇德'当然要比写'本卡'聪明得多。"

卡莱没有回答。

勇德住的那个城区叫痞子坡。生活在低矮房屋里的人不属于这座城市里的富有阶级。不过勇德也不希望属于上流社会。他非常满意他们家住的破旧房子,楼下有一间房子和一间厨房,楼上有一个储藏室。那里除了夏天不能住人,冬天太冷。但此时是七月,储藏室里很热很热,就像威尼斯铅皮顶的房子,因此特别适合拷问囚犯。勇德独享储藏室,他睡在一张简易折叠床上,用空糖盒搭个架子,上面放着侦探杂志、集邮册和其他贵重东西。勇德觉得,自己有一间小房子比吃蜜还甜,那里暖洋洋的,苍蝇在屋顶上嗡嗡地飞。

红玫瑰方把安德士带到那里。因为这天碰巧勇德的爸爸和妈妈到他们家城外的小菜园去了。他们带了午饭,一时半会儿回不了家。如果他饿了,他要自己动手做饭,炸香肠和土豆。

因为西克斯顿的妈妈经常在西克斯顿车库的红玫瑰方司令部外面晾衣服,再加上勇德父母不在家的绝好机会,西克斯顿突发奇想,把严刑逼供安排在痞子坡的勇德家里。

卡莱和艾娃-露达商量了一下,他们当然可以立即开始救援行动,但是仔细考虑以后,觉得等一下可能更聪明。因为此时就把自己暴露在红玫瑰方面前太愚蠢了。马上就该吃晚饭

了，西克斯顿很快就会把本卡或勇德派往绅士庄园。不管是本卡还是勇德都会惊奇地发现卡莱和艾娃-露达已经溜之大吉。想到这一点，他们心里乐滋滋的。要是毁掉含金量很高的这1分太可惜了。

卡莱和艾娃-露达决定把整个救援行动推迟到晚饭以后。此外，他们心里也明白，安德士将可能被保释回家，并且还可以吃饭。而采取救援行动的人此时出现在救援现场会更糟糕。

"此外，"卡莱说，"如果想侦察某个被关在屋子里的人，最好趁天黑人们刚一开灯的时候，要在他们还没来得及拉上窗帘之前。这是每一个人起码应该知道的刑侦技术。"

"勇德家没有窗帘。"艾娃-露达说。

"那就更好啦。"卡莱说。

"不过我们怎么样从储藏室的窗子侦察呢？"艾娃-露达问，"尽管我的腿挺长，可是……"

"看来你没有学过刑侦技术。"卡莱说，"举个例子吧，你知道斯德哥尔摩的侦探怎么破案吗？如果警察要侦察三层楼上的坏蛋，他们要想方设法进入大街对面的房子里，最好是四层，他们站得要比坏蛋们高一些。警察站在那里，手拿望远镜，在坏蛋们拉上窗帘之前，正好往里看。"

"如果我是坏蛋，我就先拉上窗帘，然后再开灯。"讲究实际的艾娃-露达说，"还有，你想进到哪座房子里往勇德家

看呢？"

这一点卡莱没有仔细想过。在斯德哥尔摩要破案进入某个房子还是比较容易的，只要出示搜查证就行了。而对卡莱和艾娃－露达来说这种可能性很小。此外，勇德家对面没有什么房子，那里就有一条河。但是在勇德家旁边有一栋房子，正好有一栋，是格伦老头儿的房子。那是一栋东倒西歪的两层旧房子。底层是他的木工房，他住在二层，"能不能进入格伦的房子呢？"卡莱想。走进去，有礼貌地问，能不能借用一下您的窗子搞一点儿侦察？可能性不大。卡莱自己认为，这个建议太愚蠢了。另外还有一个问题，勇德家的房子与格伦老头儿的房子山墙对着山墙，格伦老头儿房子顶层山墙上没有对着勇德家的窗子。

"我知道了，"艾娃－露达说，"我们爬到格伦老头儿的屋顶上去，这是唯一的办法。"

卡莱对她点头称赞。

"尽管你没有学过任何刑侦技术，但是你很聪明。"他说。

对，爬上格伦老头儿的屋顶，这是正确的解决办法。那里比勇德家的储藏室稍微高一些，勇德家没有窗帘。他们将有一个绝好的观察地点。

卡莱和艾娃－露达怀着喜悦的心情先回家吃晚饭。

5

　　几小时以后,当他们偷偷回到痞子坡时,夜晚漆黑、宁静,而且特别黑、特别静。密密麻麻的小木头房子紧紧缩在一起。七月天的余热还残留在一排一排的房子中间。天气很热,整个痞子坡沉浸在闷热、漆黑的夜色中,偶尔从夏季夜晚敞开的小窗子或门里露出一丝灯光。夜空充满各种味道,猫尿味儿、炸鱼与咖啡味儿、浓浓的茉莉花味儿和好久没有清理的垃圾桶散发出的呛鼻子味儿。一切都那么静,街巷里空荡无人。痞子坡的人没有室外夜生活,一到晚上人们就躲到家里,在拥挤、狭小的厨房里享受安宁和劳累一天后的休息,炉子上煮着咖啡,窗台上盛开着天竺葵。

　　那些夜晚在痞子坡游荡的人不用担心会碰到什么人。

　　"这里真静,像在坟墓里。"卡莱说。

　　他说得对。只是偶尔从亮着灯的窗子里传出轻微的说话声。一只狗在远处叫了几声,很快就不叫了。在某个地方有人

用手风琴拉着一支断断续续的曲子,但只是尝试一下,随后显得更加寂静。

勇德家却很活跃。储藏室亮着灯,男孩子刺耳的声音从开着的窗子里传出。卡莱和艾娃-露达满意地意识到,审问正在进行当中。一出紧张有趣的戏剧正在那里上演着,卡莱和艾娃-露达决定从格伦老头儿屋顶上的头排包厢好好欣赏这出戏。

"只要能爬上屋顶就行。"艾娃-露达大胆地说。

对,能爬上去就行。卡莱在屋檐下绕了一圈,看看从什么地方可以上去。真气人——格伦老头儿的屋里也亮起了灯!老头儿为什么不像通常那样好好睡觉呢?他一睡觉,别人就可以在他们家屋顶上踏踏实实地散步。但是有什么办法呢!踏实也好,不踏实也好,他们无论如何要爬到屋顶去。

事情变得很简单了。格伦老头儿真够客气的,他无意间在自家的山墙边放了一个梯子。梯子紧靠着他的窗子,窗子里亮着灯,窗子后边拉着一半窗帘。假如格伦老头儿突然伸出头看见两位玫瑰战士正在爬梯子时,不知道他是否高兴。人们一般不高兴把他们的屋顶当公众散步的场所,但是在玫瑰之战中,一般顾及不到这类小事。他们必须义无反顾地完成自己的使命,格伦老头儿的屋脊也得走。

"你先爬。"艾娃-露达鼓励他说。

卡莱先爬。卡莱开始慢慢地慢慢地沿着梯子往上爬,艾娃-露达默默地紧随其后。当他们爬到和二楼窗子一样高的时候出现了紧急情况。

"格伦有客人,"卡莱小声对艾娃-露达说,"我听见他们在说话。"

"把头伸进去,请求说,我们也要吃一块蛋糕。"艾娃-露达建议说,并对自己的好主意怪笑起来。

但是卡莱却不觉得这样做有什么好玩的,他继续快速朝屋顶上爬。轮到艾娃-露达自己经过那个危险地段的时候,她也严肃起来。

啊,格伦有客人,他们听得很清楚,但是没有蛋糕给客人吃。有人背对着窗子站着,并低声讲话,听语调很生气。艾娃-露达只能看见他身体的一部分,因为窗帘拉着一半。不过她看见,格伦的客人穿着深绿色的华达呢裤子。她听见他在说话。

"好啦,好啦,好啦!"他不耐烦地说,"我一定想办法。我一定还你,以便了结这桩鬼事情。"

这时候又听见格伦老头儿刺耳的声音:

"这些话先生老早就说过了,但是现在我不想再拖下去了。先生很清楚,我想要回我的钱。"

"我保证,您会收回的。"这是客人又在讲话,"我们星

期三见,还是老地方。带上我所有的借据,一张也别忘,所有的鬼借据。我会全部还清,这事就一了百了。"

"先生用不着这样,"格伦用缓解的口气说:"先生应该理解,我一定得收回我的钱。"

"吸血鬼!"客人说。他们听见,他真是这样说的。

艾娃-露达继续迅速地往上爬,卡莱坐在屋顶的拐角处等着她。

"楼下为钱的事没完没了地吵。"艾娃-露达说。

"对,他们在争吵高利贷的事。"卡莱推测说。

"我不知道借据是什么东西。"艾娃-露达思索了一下后说,接着她突然又改口说,"嗨,反正都一样!走,卡莱!"

他们一定要穿过屋脊到房子的另一头,那里正对着勇德家窗子。夜色漆黑,没有一颗星星来为他们照亮危险的道路,他们摇摇晃晃地走在屋脊上确实很害怕。除了那座烟囱没有任何可以扶的地方,只有当他们走到半路上时,才能暂时用手扶扶。他们舍不得放开烟囱,但必须继续走着危险的摇摆之路,但是当他们看见勇德房子里的人时,重新鼓起了勇气。他们的首领坐在一把椅子上,周围站着红玫瑰方的人,他们用手摇他,对他高声喊叫着,而他只是高傲地摇着头。艾娃-露达和卡莱趴在那里目睹了那精彩的时刻。他们能够看到那里发生的一切,真是个胜利,又占了上风!啊,如果他们的首领知道援

兵近在咫尺该有多好啊！离他仅有两米的地方，趴着他忠实并准备为他流血牺牲的战友。

有一个很小的细节，这里需要解释一下。怎么样实施救援呢？想流血牺牲当然好，但是具体怎么办呢？中间隔着两米宽的鸿沟。

"天无绝人之路。"卡莱蛮小心地说，同时改换一下姿势，尽可能趴得舒服一些。

勇德家里的审讯继续着。

"囚徒，为了你的狗命，你还有最后一次机会。"西克斯顿一边说一边粗鲁地抓住安德士的胳膊，"你们把大莫姆王国藏在什么地方了？"

"你枉费心机，"安德士回答说，"白玫瑰强壮的手会永远拥有大莫姆王国。即使你们挖地三尺也不会找到它。"他用较为缓和的口气说。

卡莱和艾娃－露达在自己的观察点满意地点着头，但是西克斯顿、本卡和勇德显得很生气。

"我们把他关在车库里过夜，谁让他嘴这么硬。"西克斯顿说。

"哈哈！"安德士笑着说，"像你们处置卡莱和艾娃－露达那样？据我听说，他们5分钟后就跑掉了。我也会照方抓药。"

红玫瑰方想了一下,卡莱和艾娃-露达怎么摆脱监禁仍然是个谜。好像有超自然力量帮助他们,但是他们一点儿也不想在安德士面前表露出惊奇。

　　"别把自己想象成能钻天入地的英雄。"西克斯顿说,"我们肯定会把你关起来,让你待在那里。不过我首先想多了解一下你们的暗语。如果你能告诉我们,你可以得到减刑。"

　　"没门儿!"安德士说。

　　"你不要顽固到底,"西克斯顿试图劝说他,"我觉得你肯定能说一些,比如你可以说我的名字。我在你们的暗语里叫什么?"

　　"都德—鲁尔—乌—勒尔—波普—乌—突特—突特—埃!"安德士不假思索地说,然后自己冷笑起来,免得让西克斯顿知

道这是一句带有污辱性的话。不管西克斯顿怎么引诱,他也不敢翻译出来。他只是又冷笑了一下,而在正对面的房顶上,他的同伙由衷地赞同。如果这位首领知道的话,他肯定会很高兴。不过无论是他还是红玫瑰方都还蒙在鼓里,不知道有观众。

西克斯顿气得咬牙切齿。红玫瑰方开始处于尴尬地位,这些叽里呱啦的暗语谁听了都会发疯。他们确实抓到了白玫瑰方的首领,但现在不知道怎么对付他。他不想泄露任何秘密,而具有骑士精神的玫瑰人在任何情况下都不会通过严刑拷打逼供。诚然他们彼此经常打得鼻青脸肿,但那是在战场上体面地交手,永远也不会出现三个好汉对一个没有反抗能力的俘虏大打出手的情况。

这位俘虏真的没有反抗能力吗?他坐在那里正想这件事。当他想好了以后,突然离开椅子,朝门的方向冲去,拼命想逃走。但是很可惜,此举失败了。转眼间三双大手紧紧抓住他,毫不留情地把他拖回椅子上。

"想逃走?"西克斯顿说,"没那么容易。我愿意让你什么时候走你就什么时候走,一分钟也不能提前。可能还要几年。书归正传——你们把大莫姆王国藏在什么地方了?"

"对,你们把大莫姆王国藏到哪儿去了?"勇德说,在他架安德士时,无意间碰了一下安德士身体的一侧。安德士痒得

嘿嘿笑了起来，笑得直不起腰，像一条虫子。他觉得确实很痒。西克斯顿看到这种景象，喜上眉梢。他是一名红玫瑰骑士，不能伤害俘虏。但是谁说过不可以胳肢他们呢？

他尝试着用一根食指玩笑似的胳肢安德士的胸口。大大出人意料，安德士笑得像河马一样喘着粗气，简直笑断了肚肠。

这时候红玫瑰方活跃起来，他们一齐扑到猎物身上。那位可怜的白玫瑰首领被胳肢得死去活来。

"把大莫姆王国藏到哪里去啦？"西克斯顿一边说一边胳肢他的肋骨。

"哎哟……哎哟……哎哟。"安德士喘着粗气。

"把大莫姆王国藏到哪里去啦？"本卡一边说一边挠他的脚心。

回答仅仅是又一次上气不接下气的大笑。

"把大莫姆王国藏到哪里去啦？"勇德说，他把食指伸到俘虏的膝盖下面胳肢。

"我投……我投……降，"安德士喊叫着，"在……在高草地……绅士庄园后边一点儿……走那条小路……"

"然后呢？"西克斯顿一边说一边准备用食指胳肢他。

但是已经没有什么"然后"了，意想不到的事情发生了。只听得啪的一声，转眼间房间里一片漆黑。房顶上，作为屋里唯一光源的小小白炽灯被砸得粉碎。

白玫瑰首领像红玫瑰骑士一样惊呆了,但是他先恢复了理智。在黑暗的掩护下,他像一条泥鳅冲向房门,很快消失在夏夜里。他逃跑了。

对面屋顶上的卡莱若有所思地把弹弓放回裤兜儿里。

"我一定要拿我储币罐里的钱,为勇德买一只新灯泡。"他懊悔地说。

破坏别人的财产与一位真正的白玫瑰骑士是不相容的,对卡莱来说,赔偿损失是不言而喻的。

"不过你知道,这样做是必要的。"他对艾娃-露达说。

艾娃-露达表示赞成。

"非常必要。"她说,"我们首领处在危险中,大莫姆王国也如此。这样做确实很必要。"

在勇德房间里,红玫瑰们找出一个手电筒。借助手电筒的光,他们痛苦地发现,俘虏已经逃之夭夭了。

"他跑了。"西克斯顿喊叫着,冲向窗子,"是哪个该死的脏鬼打碎了灯泡?"

他不需要再问,目光集中在对面的屋顶上。在那里,两个鳗鱼似的黑影正准备尽快撤离。卡莱他们正好听到安德士的口哨声,知道他已经自由了。

这时候他们以危险的速度跑过屋顶。在红玫瑰方赶来之前,他们要安全地从屋顶上撤下来。他们不顾一切地沿着屋脊

跑,动作轻巧敏捷。在他们13岁的身躯里,充满了野性和无畏。

他们跑到梯子旁边,快速爬下来。卡莱在前,艾娃－露达紧随其后。现在他们已经顾不得格伦了,他们只想红玫瑰方。格伦窗子里的灯已经灭了,他的客人显然已经走了。

"你快一点儿,我直着急。"卡莱小声催促着艾娃－露达。

这时候格伦的窗帘哗啦一声拉开了,老头儿往窗外看。这突如其来的举动把他们吓坏了,卡莱突然一松手,咚的一声从梯子上摔下来,差点儿把艾娃－露达也拽下去。

"你用不着太急。"艾娃－露达没好气地说。她仍然紧紧

抓住梯子,免得自己也掉下去,然后转向格伦,脸上带着抱歉的表情。但是格伦只是用他忧伤的老年人特有的目光看着躺在地上喘着粗气的卡莱,羡慕地说:

"好,好,童年时代快乐的游戏!童年时代快乐、天真无邪的游戏,好,好!"

6

艾娃-露达和卡莱没有时间详细向格伦解释,他们为什么爬他的梯子,另外格伦似乎也没有特别在意或者认为有什么不合常理。很明显,他认为孩子玩得高兴的时候,有时候就可能爬四周邻居家的梯子。卡莱和艾娃-露达匆忙说了声再见便扬长而去,看来格伦根本没有在意,他只是平静地叹息一声,拉上了窗帘。

在格伦家后边漆黑的胡同里,三位白玫瑰骑士又会合了。他们彼此紧紧握手,首领说:

"干得好,你们很勇敢!"

然后他们继续逃跑。因为不远处,在胡同的另一头,吵嚷声越来越大,红玫瑰方终于如梦初醒,扬言要报复。

在痞子坡木板房里,人们已经上床睡觉,但这时候他们从梦中惊醒,糊里糊涂地不知发生了什么事。上帝保佑,是驱鬼的人从外边经过,还是别的什么?嗨,就是三位高贵的白玫瑰

骑士大步奔跑在胡同的卵石路上。在他们后边50米处，跑来三位同样的红玫瑰骑士。他们跑的声音一点也不比前者小，他们刺耳的叫喊声绝对不亚于救火车。

一开始白玫瑰方有优势。他们沿着各家房子转，跑起来耳边的风嗡嗡直响。当他们听到落在后边的西克斯顿高声发誓，一旦抓到就要好好教训他们时，脸上露出满意的微笑。

卡莱在黑暗中跑的时候，内心激情奔放。这才叫生活，啊，真跟抓坏蛋一样，紧张有趣！抓坏蛋，看样子那只是想象中的事，而现实中却没有。但是眼前的事是真的——在他后边就是追赶他的脚步声。看，安德士和艾娃-露达喘着粗气，脚下是高低不平的卵石路，还有黑暗的小胡同，可以玩捉迷藏的漆黑的街头巷尾和院落，啊，这一切变成了一场紧张、有趣的大追捕。最棒的是，他感到自己的身体应付自如，跑得要多快有多快，呼吸轻松顺畅。他可以跑一整夜。他感到自己强壮无比，就是一大群警犬也休想追上他。

在他跑的时候突然想到，如果只追他一个人会更紧张有趣，他可以用另外的方式惹追赶的人生气，行为也会更大胆。

"请你们藏起来，"他急忙对安德士和艾娃-露达说，"我负责迷惑他们。"

安德士认为，这是一个聪明的建议。一切能迷惑红玫瑰的点子都受到欢迎。当他们转过第二个街角的时候，安德士和艾

娃－露达闪电般地躲进一扇漆黑的大门,站在那里不说话,只是偶尔有一点喘气的声音。

几秒钟以后,红玫瑰方就来到街角,紧贴着安德士和艾娃－露达身边跑过,艾娃－露达一伸手就可以够着西克斯顿的头发。但是红玫瑰方只顾发疯似的往前跑,并没有注意到。

"他们真容易骗,就像小孩子一样。"安德士说,"但愿他们永远也别去看电影,免得知道该怎么做。"

"不过卡莱可能遇到麻烦了,"艾娃－露达一边说一边仔细听消失在夜幕中的奔跑声,"三只红色的恶狐狸追赶一只可怜的小白兔。"她补充说,语调中突然充满了同情。

没过多久,红玫瑰方就明白了,他们上当了。一部分猎物已经摆脱了追捕,再返回来已经来不及了。现在唯一能做的,就是继续追卡莱。要说他们没卖力气,谁也不会相信。西克斯顿像发了疯似的奔跑着,他一边跑一边发誓,如果这次再让卡莱跑掉,他,西克斯顿,就留起满脸的红胡子,作为悲伤和失败的永久标志。不过他没有详细解释,在他那张光滑的娃娃脸上怎么能长出满脸的胡子呢,他只是一个劲地跑。

卡莱也跑。他在痞子坡的各个胡同里跑来跑去,特别喜欢往旮旮旯旯的地方跑。他始终与追他的人保持着距离,若隐若现,反正不让他们把他抓住,这样可以自始至终地保持紧张气氛。

万籁俱寂,突然从附近传来汽车启动的声音,这让卡莱大吃一惊,因为在痞子坡汽车是很难见到的。如果这位超级侦探不是正忙于玫瑰之战,而且屁股后边还有一大群红玫瑰人追赶的话,他肯定要去看一眼。因为遇到异常情况时,他从来不会放过。他经常对自己假想的听众这样夸口。但是现在,正如刚才说过的,这位超级侦探正"军务在身",只好作罢,只是稍微留神一下已经远去的汽车。

西克斯顿开始不耐烦了。他紧急命令保持学校百米纪录的勇德找适当的机会抄近路去截卡莱,把他赶到西克斯顿的手心里。机会来了。在一个地方发现了一条近路,勇德抓住了卡莱在那里正好拐弯的机会。结果是,卡莱突然被从天而降的勇德拦住去路。卡莱往旁边拐,他不敢横冲直撞地过去,因为即使成功了,也会耽误宝贵的好几秒钟,西克斯顿和本卡就会过来帮助勇德。不行,现在只能用计逃跑!十万火急,他必须当机立断。

"哈哈,小子!"西克斯顿在离他不足10米的地方得意地喊叫着,"不管你怎么跑,都逃不出我的手心,我毫不怀疑!"

"你不怀疑,好!"卡莱说,话音未落,他就跳过了一道路边的围栏,跳进一家漆黑的院子里,随后像幽灵一样消失了。红玫瑰方紧跟在他后边,他听到他们跳过围栏时咚咚的落地声。但是他没有停下来仔细听,因为他正急于寻找跑到大街

上的路，不打算再跳第二道围栏。不管围栏属于谁，都会对红白玫瑰之战持不赞同态度，否则就不会在围栏上加那么多铁蒺藜了。

"我现在该怎么办呢，仁慈的上帝？"卡莱自问。

他已经无暇多虑。不管做什么，他必须当机立断。他敏捷地爬到一个垃圾桶后边，坐在那里，心咚咚地跳个不停。桶后边有一道阴影，红玫瑰方可能发现不了他。但是他们近在咫尺。他们声音不高不低地交谈着，在黑暗中找呀找呀。

"他不可能爬过围栏。"勇德说，"如果他真的爬，会被蒺藜挂住。这点我知道，因为我自己就尝试过。"

"离开院子唯一的出路是房子的前廊。"西克斯顿说。

"卡尔松老太太的前廊，还是小心一点儿好。"勇德说，他对痘子坡和那里的居民了如指掌，"卡尔松老太太生起气来像只蜘蛛，还是对她多加小心为好。"

"到底哪个好呢？"卡莱坐在垃圾桶后边想，"是让红玫瑰方抓住，还是让卡尔松老太太抓住？我真想弄明白。"

红玫瑰方继续找。

"我想，他还是藏在这院子的什么地方。"本卡斩钉截铁地说。他四处寻找，最后他发现卡莱坐在垃圾桶后边的阴影里。

他欢叫的声音虽然不大，但振奋了西克斯顿和勇德。不仅

如此——也振奋了卡尔松夫人。前边提到的那位女士好长时间对后院神秘的噪声感到不安,如果有办法,她绝对不会容忍自己的院子里有神秘的噪声。

此时此刻卡莱决心已定,无论如何都不能再次落入红玫瑰之手,他宁愿在痞子坡最厉害的人家里犯扰民罪。他逃脱了,离西克斯顿的拳头只差几微米,他猛地蹿进了卡尔松夫人家的前廊,那里有通向大街的路。但是黑暗中有人向他走来,这人不是别人,正是卡尔松夫人。她在外边正忙于制止这种神秘的噪声,不管是谁造成的,是老鼠还是溜门撬锁的小偷,或者是国王陛下本人。因为卡尔松夫人认为,除了她自己,谁都没有权利在她的这个院子里制造噪声。

然而当卡莱像一只受惊的野兔奔跑过来的时候,卡尔松夫人大吃一惊,惊恐中她放过卡莱。但是跟在他后边的西克斯顿、本卡和勇德,全部落入她宽大的胳膊。她把他们紧紧按住,就像部队里的班长一样吼叫着:

"好哇,是你们这帮捣蛋鬼在疯跑!在我的院子里!太过分了!真是太过分了!"

"对不起,"西克斯顿说,"我们只是……"

"你们只是什么?"卡尔松夫人吼叫着,"你们只是……在我的院子里吗?"

他们一使劲,挣脱了她的控制。

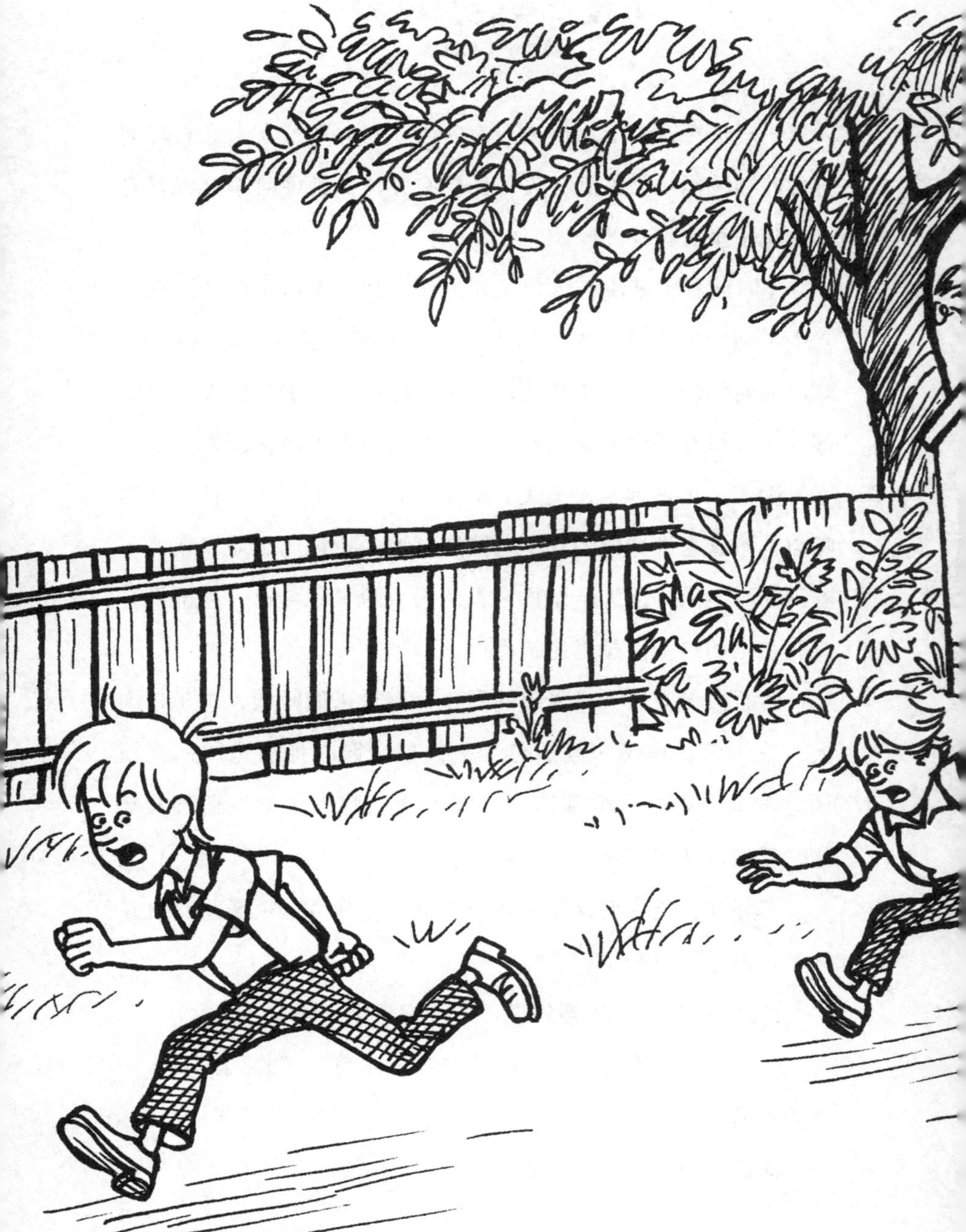

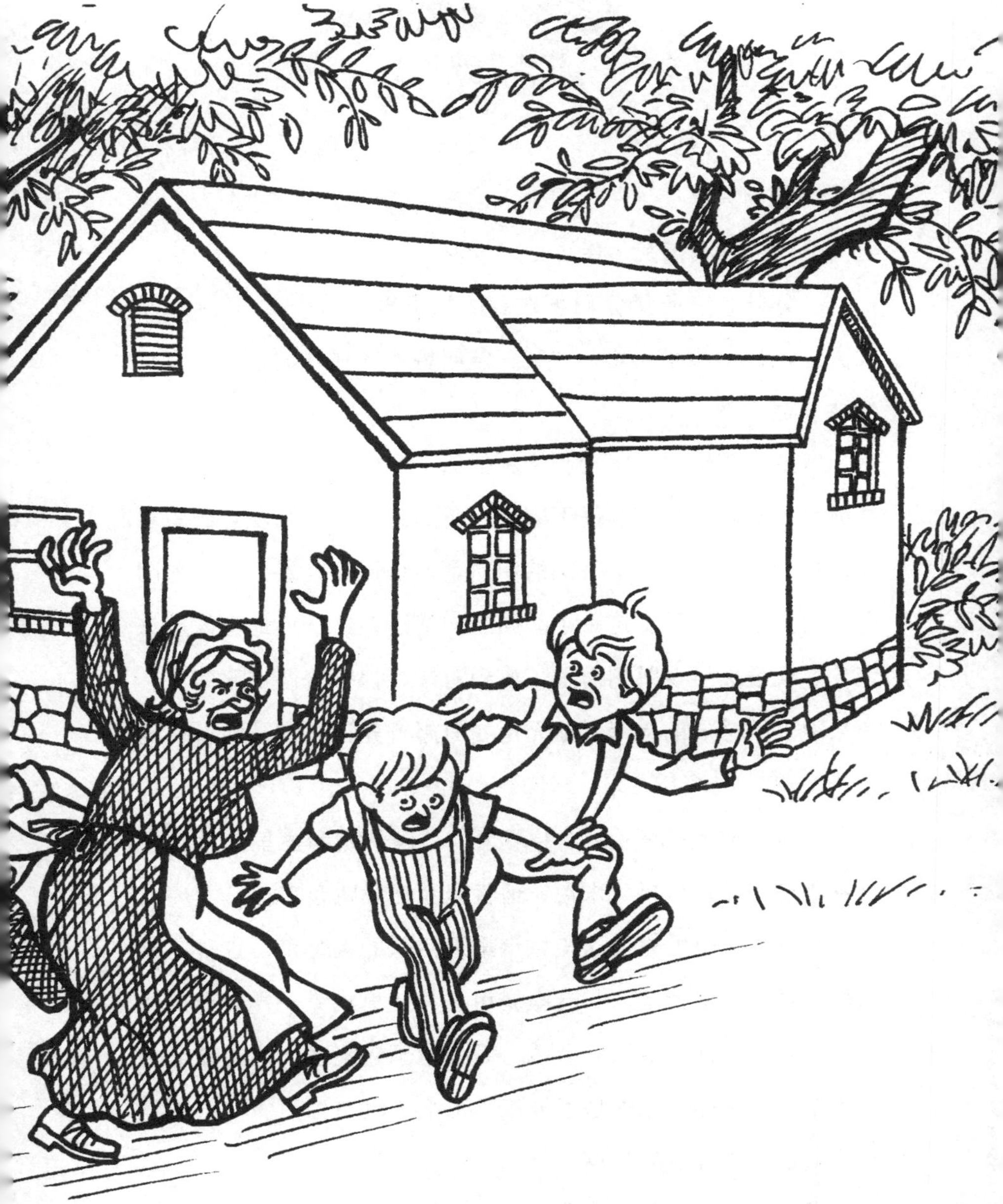

"我们只是……"西克斯顿结结巴巴地说,"我们只是……我们只是迷了路,因为天太黑了。"

他们继续朝前跑,连再见也没说。

"好哇,有胆量你们再在我的院子里迷路一次。"卡尔松夫人在他们后边吼叫着,"我一定叫警察来抓你们,这一点你们要知道!"

但是红玫瑰们根本没听见,他们早跑到大街上去了。卡莱往哪个方向跑了?他们停下脚步,听到远处有卡莱轻轻的跑步声,他们猛追过去。卡莱突然明白了,自己又跑进了一个死胡同,但是已经晚了。这条小胡同通向河边,这一点他本来应该记住。他虽然可以跳到河里,游到对岸,但穿着湿衣服回家会招来很多不必要的数落。他无论如何想首先试一试其他可行的办法。

"瘸子弗利德里克,"卡莱想,"瘸子弗利德里克就住在这栋小房子里。如果我求他,他肯定会把我藏起来。"

瘸子弗利德里克是这座城市里最活跃的捣蛋鬼,也是白玫瑰的一位伟大支持者。与这座城市里其他卑贱者一样,他也住在痞子坡,看得出他还没有睡,因为窗子还亮着。外边停了一辆汽车。真奇怪,今晚痞子坡停了那么多汽车!他想,可能是刚才从他身边开过的那辆。

但是他没有时间再多想,因为他听到自己的敌人正从街上

奔跑过来。他信手拉开弗利德里克的门，冲了进去。

"晚上好，弗利德里克。"他慌忙地说了一句，但马上住口了。弗利德里克不是一个人在家。他躺在床上，弗施贝里医生坐在他旁边正为他诊脉。弗施贝里先生是这个城市的医生，他正是本卡的爸爸。

"你好，卡莱。"瘸子弗利德里克有气无力地说，"喂，你看，我有病了，情况很糟，我可能快要死了。你来听一听，我的肚子咕噜咕噜直叫。"

在其他情况下，卡莱肯定会觉得，听一听弗利德里克的肚子咕噜咕噜叫很有意思，但是现在不行。弗施贝里医生对被打扰似乎很不高兴。卡莱明白，当医生给病人作检查时，他很希望跟病人单独在一起。很明显，他只有冲到街上去冒险，没有其他出路。

卡莱低估了红玫瑰方的智慧。他们很快就算计出，他肯定溜进了弗利德里克家里，这时候他们匆忙跟了进来。本卡第一个闯了进去。

"这回看你往哪儿跑，脏鬼，抓你一个正着。"他喊叫着。

弗施贝里医生转过身来，直愣愣地看着儿子兴奋的脸。

"你在跟我讲话吗？"他说。

本卡大吃一惊，下巴差一点儿掉下来，一个字也答不出。

"你们正在进行通过弗利德里克病室的接力赛跑吗？"弗

施贝里医生继续说，"或者是，天这么晚了你还在外边乱跑？"

"我……我只是想看看，你是不是在出诊？"本卡说。

"对，我是在出诊。"他的爸爸肯定地说，"你完全正确——像你刚才说的——把脏鬼抓了个正着。但是现在我出诊完了，我们该一起回家了。"

"哎哟，爸爸。"本卡无奈地叫了起来。

弗施贝里医生坚定地盖上医药箱，然后温柔地紧紧抓了一把本卡弯曲的浅色头发。

"走吧，我的宝贝儿子。"他说，"晚安，弗利德里克，你一时半会儿死不了，这一点我可以保证。"

谈话进行的时候，卡莱靠旁边站着，脸上荡漾着微笑。本卡上了大当，上了个十足的大当！自己送上门来了！像一个小不点儿一样被父亲带回家了！而且是他正要抓住卡莱的时候。在今后的玫瑰之战中，他给别人留下了话把儿。"走吧，我的宝贝儿子。"用不着再说别的。

当本卡被父亲的大手拉向大门的时候，他认为这一切太可怕了。啊，他决心上书地区报纸："人一定要有父母吗？"当然，他平时非常喜欢父母，但是当父母在最不合时宜的瞬间出现时，绝对服从可能使最有耐心的孩子陷入尴尬境地。

西克斯顿和勇德一阵风似的跟到街上，本卡连忙小声地对他们说：

"他在屋里。"

随后本卡被带上停在那里的汽车——嗨,他怎么事先没有好好看看呢!西克斯顿和勇德眼看着他被带走,心里充满无限的同情。

"可怜的小家伙!"勇德一边说一边深深地叹了口气。

但是随后他们就没有时间叹息和同情了。对仍然嘲弄他们的白玫瑰要三倍地报复!一定要抓住卡莱,十万火急。

西克斯顿和勇德冲进弗利德里克的屋里。但是那里已不见卡莱的踪影。

"你好,西克斯顿,还有你小勇德。"弗利德里克有气无力地说,"你们来听一听,我肚子咕噜咕噜地叫。我有病了,情况很糟……"

"弗利德里克,你看见卡莱·布鲁姆奎斯特了吗?"西克斯顿打断他的话。

"卡莱!看见了,刚才在这儿,他从窗子跳出去了。"弗利德里克说完狡猾地一笑。

好哇,这个坏蛋从窗子跳出去了。不错,弗利德里克的两扇窗子都开着,因为弗施贝里医生认为,屋里需要换一换空气。原来是白色但是现在已经很脏的窗帘在晚风中飘来飘去。

"走,勇德,"西克斯顿喊叫着,"我们赶紧去追。一秒钟也不能耽误!"

他们分别从两个窗子跳出去。像前面说过的,一秒钟也不能耽误。

转瞬间就听到扑通扑通声和喊叫声。啊,连出生在痞子坡的勇德也没记住,弗利德里克房子的后边就是那条河。

"出来吧,卡莱。"弗利德里克有气无力地说,"过来,你可以听一听,我的肚子咕噜咕噜直叫。"

卡莱神采飞扬地从衣帽间爬出来。他跑到窗子跟前,探出身子朝下看。

"你们肯定会游泳吧?"他高声说,"还是需要我找个救生圈?"

"如果你能把你的脑袋当救生圈扔下来就足够了,谁套上

都不会沉底。"西克斯顿生气地说，并朝卡莱的笑脸喷出一道有力的水花。卡莱毫不在意地擦去水，说：

"看来水里既温暖又舒服，我觉得你们应该在里边好好游一游。"

"不，快到我身边来知道吗？"弗利德里克有气无力地叫着，"快过来，你们要听一听，我的肚子咕噜咕噜直叫。"

"再见吧，我现在得走了。"卡莱对红玫瑰方说。

"好吧，去做你的晚祈祷吧！"勇德刻薄地说，并且朝附近一个可以洗衣服的栈桥游去。

追捕到此结束，西克斯顿和勇德心里明白。

卡莱跟弗利德里克说了声晚安，然后迈着轻松愉快的脚步朝艾娃－露达家走去。面包房就在她们家院子里，面包师里桑德每天都在那里烤长面包、小面包和硬面包，高质量、稳定地供应市民。在面包房的阁楼里设有白玫瑰的大名鼎鼎的司令部，要到司令部去，必须要爬山墙外面拴在阁楼窗子上的一根绳子。当然也有一个楼梯通向那里，但是作为一名白玫瑰骑士怎么可以老是走那么平坦的路呢。卡莱也一丝不苟地爬绳，当安德士和艾娃－露达听见他的声音时，他们急切地从开着的阁楼窗子往外看。

"哎呀，你脱身了！"安德士满意地说。

"对，等一会儿讲给你们听。"卡莱说。

司令部里一支手电筒发出微弱的光,各种各样的东西杂乱无章地堆在墙边上。白玫瑰骑士盘腿坐在微弱的光线里,仔细听卡莱讲奇迹般脱险的故事。

"干得不错,你很勇敢。"卡莱讲完以后安德士说。

"对,补充一点,我觉得战争第一天白玫瑰表现出色。"艾娃-露达说。

这时候人们听到一位女士的声音打破了外面的寂静。

"艾娃-露达,如果你不马上进来睡觉,我就让你爸爸把你拉回来!"

"好,好,妈妈,我马上来。"艾娃-露达高声答应。

她忠实的追随者起身回家。

"好,我们明天见。"艾娃-露达说。这时候她对自己满意地微笑了。

"红玫瑰们妄想得到大莫姆王国,哈哈!"

"不过他们失败了。"卡莱说。

"啊,今夜他们别想了。"安德士一边说一边凯旋似的从绳子滑下去。

7

"世界上可能没有任何地方比这个小城更死气沉沉、平淡无奇和缺乏朝气。"里桑德夫人想,"还有,这么热的天气谁会有心思做事呢。"

她慢悠悠地走在广场上的各个摊位之间,津津有味地挑选着琳琅满目的商品。今天是赶集的日子,大街小巷和广场挤满了人,按道理应该很热闹,但是一点儿也没显出来。整个城市还是死气沉沉的,跟平时没有什么区别。连议会大厦前喷水池里那只喷水的青铜狮子也显得昏昏沉沉。

位于河边的美食苑,大白天播放着软绵绵的《晚安华尔兹》。麻雀叼着掉在桌子之间的蛋糕渣,不时地跳来跳去,但它们也显得无精打采。

"一切都死气沉沉。"里桑德夫人想。

人们懒得动一下。他们仨一群俩一伙地站在广场上,漫不经心地聊着天,如果他们偶尔走几步,也慢慢腾腾和犹犹豫

豫。这都是因为天太热造成的。

　　天确实很热,这是七月的最后一个星期三。里桑德夫人记得很清楚,这是她记事以来最热的日子之一。其实整个七月都很干燥很热,好像七月要在过去之前,决心在今天创造一个新纪录。

　　"好像要变雷雨天。"人们互相议论着。赶着马车到这里来赶集的很多农民都想早一点儿回家,免得遭雨淋。

　　里桑德夫人从一个急于赶路回家的农民那里买下了最后一堆白色尖果樱桃。她把樱桃装进购物袋,对自己买的便宜货感到很满意。她正要往前走的时候,艾娃-露达蹦蹦跳跳地过来,挡住了她的去路。

　　"总算来了一个欢蹦乱跳的。"里桑德夫人想。她关爱地看着自己的小女儿,仔细打量着她身上的一切:快乐的脸庞,炯炯有神的蓝眼睛,浓密的头发,从刚熨过的一条浅色连衣裙下露出被太阳晒黑的两条修长的腿。

　　"我看见里桑德夫人买了白色尖果樱桃,"艾娃-露达说,"不知道本小姐能否吃一把?"

　　"那还用说,请吧,里桑德小姐。"她的妈妈说着打开购物袋,艾娃-露达抓了两大把。

　　"顺便问一问,你要到哪儿去?"里桑德夫人说。

　　"这你可不能打听。"艾娃-露达一边说一边从嘴里吐出

樱桃核,"秘密使命,绝密使命!"

"是吗!那好吧,别误了吃晚饭就行了。"

"你把我当成什么人啦?"艾娃－露达说,"除了我参加命名礼那天耽误了吃面包蘸麦片粥以外,我大概没误过吃饭。"

里桑德夫人对她笑了。

"我爱你!"她说。

艾娃－露达对这个不言而喻的事实赞同地点了点头,继续朝广场走。她一路走,一路吐樱桃核。

母亲站了片刻,目送着女儿。突然她内心产生了一丝不安。啊,上帝,女儿脖子多么细,她多么瘦小无助啊!不久前她还是吃面包蘸麦片粥的孩子,现在她已经能到处疯跑,要完成什么"秘密使命"——对她多关心一点儿有什么不对吗?

里桑德夫人一边叹气一边慢慢朝家走。她感到自己快被太阳晒疯了,所以最好还是待在家里。

艾娃－露达一点儿也没有觉得天热给她造成什么麻烦。她喜欢天气热,她也喜欢大街上热闹的景象和从嗓子慢慢流下去的樱桃汁甜甜的感觉。今天是赶集的日子,她喜欢赶集的日子。啊,仔细想一想,除了学校有手工课那天以外,她哪天都喜欢。不过现在正好放暑假。

她慢慢走过广场,然后来到大街上,经过美食苑,朝大桥走去。她本来一点儿也不愿意离开市中心,但是她有秘密使命

在身，必须去完成。首领命令她去取大莫姆王国，把它放到一个更安全的地方。在严刑逼供的时候，首领差一点儿泄露出大莫姆王国存放的地点。此后任凭红玫瑰方将绅士庄园后边的小路两边找了一遍又一遍，连一厘米的地方也不放过，最后还是没有得手。从他们还没有发出胜利的呼叫就可以判断出，大莫姆王国安然无恙。白玫瑰方把它放在路边的一块大石头上。石头中间有一个槽，宝物就浮搁着。"找它确实不费吹灰之力"，安德士说，"这块宝物落入红玫瑰之手只是时间问题"。但是今天是赶集的日子，可以预料，西克斯顿、本卡和勇德会整天泡在火车站后边儿童乐园里的旋转木马上和射击场里。这给艾娃－露达一个好机会，她可以顺利地从如今已经不太安全的地方取走大莫姆王国。首领决定了存放宝物的新地点：王宫遗址，靠近古堡的抽水机。这意味着，艾娃－露达在雷雨即将来临的闷热天气里首先要走过去高草地那段很长的路，然后再走回来，穿过整个城市，随后再爬通向王宫遗址的那条陡峭的小路。王宫遗址比这座城市海拔高很多，跟绅士庄园的方向正好相反。说实话，只有白玫瑰忠心耿耿的骑士才能心甘情愿地去完成这类使命。但艾娃－露达就是这样忠心耿耿。人们可能认为，她把大莫姆王国取回来，放进自己口袋就足够了，最多等凉快了再说。如果谁有这个想法，就表明，他对大莫姆王国和红白玫瑰之战一点儿也不了解。

再有，为什么艾娃－露达被赋予这项使命呢？白玫瑰首领为什么不派卡莱去？不行，那位不懂事的父亲这天拿卡莱当商店的小伙计和临时雇员用，这一天农村人要进城增加自己的库存，要买砂糖、咖啡和咸鲱鱼。那首领不能亲自出马吗？不行，他要照看自己父亲的修鞋铺。鞋匠本特松不喜欢赶集和类似的节假日还工作。这时候他想放松，想"自由自在"。但是他的修鞋铺不能关门。赶集的日子有人会来修鞋，也有人会来取鞋。所以他扬言，如果儿子离开铺子5分钟，就要把他打个鼻青脸肿。

艾娃－露达——忠心耿耿的白玫瑰骑士，接受了把宝物大莫姆王国从一个隐藏地点转移到另一个隐藏地点的秘密而神圣的使命。这不是一件平平常常的事，而是一个圣举。高草地上空骄阳似火，远处地平线上的乌云滚滚而来，怎么办？她跨过石桥后，朝高草地走去。她不能去赶集，还必须离开"热闹中心"（她确实是这样做的），这意味着什么呢？

她真的没有去赶集、没有去看热闹？没有，热闹中心不总是出现在赶集的地方。今天的热闹中心完全在另外的地方。

艾娃－露达光着两条被太阳晒成棕色的腿径直地走进高草地。

乌云变得可怕起来，厚厚的云层让人觉得喘不过气来。艾

娃-露达走得很慢,因为高草地很热,好像空气都在颤抖。

嗨,高草地那么宽、那么大,好像永远也走不到头!但是艾娃-露达不是单独一个人走在骄阳下,在前边很远的地方,她发现了格伦,她几乎笑了。她不会看错,是格伦,这座城市里没有其他人走路像他那样蹒跚。看样子格伦也是去绅士庄园。

哎哟,他钻进了榛树丛中的那条小路,从艾娃-露达的视野里消失了。你,伟大的尼布甲尼撒①,是不是也去寻找大莫姆王国?她为这个想法感到好笑。但是她很快打断思路,眯缝着眼往前看。从另一个方向也走来一个人,很明显不是从这座城市里来的,因为他是从经过绅士庄园的一条通往农村的公路上来的。看,绝对没错,一个穿着华达呢裤子的年轻汉子!对对,今天正好是星期三。他说要在今天"了结自己的借条",不对,正确的说法是了结自己的"借据"。艾娃-露达想,借据怎么了结呢。哎呀呀,高利贷这类东西肯定很复杂!大人们自己有很多愚蠢的事!"我们老地方见。"那个穿华达呢裤子的汉子那天说过。啊,原来就是指这儿!紧靠着大莫姆王国,有必要吗?难道没有其他的榛树丛可供他们搞高利贷?啊,显然没有。那位穿华达呢裤子的人也钻进了榛树丛中的小路上去了。

---

① 尼布甲尼撒:古代巴比伦国王,伟大的军事家和外交家。

艾娃-露达把脚步又放慢了一点儿。她不需要太匆忙,最好让那个汉子平平静静地了结他的借据,然后她再取大莫姆王国。在等待的时候,她去了绅士庄园一会儿,把那里的犄角旮旯看了看。绅士庄园可能就要重新变成战场,事先看看还是不错的。

她透过窗子朝后边看了看。啊,整个天空黑压压的。太阳不见了,远方传来可怕的轰鸣声,整个高草地显得荒凉可怕。她一定要抓紧时间,赶快去取大莫姆王国,然后从这里走开!她从大门跑出去,跑呀跑呀,跑出了最快速度,跑进了榛树丛中的小路。她耳边自始至终响着滚滚雷声,她跑呀,跑……啊,突然她仓皇地停住了脚步,与从对面过来的一个人撞了个

满怀,那人也同样匆忙。一开始她只看见深绿色的华达呢裤子和白衬衣,但是当她抬头看时,看见了他的脸。哎呀,那张脸是那么苍白、那么恐惧,一个大男人怎么被雷声吓成这个样子!艾娃-露达几乎有些同情他了。

但是他似乎一点儿也不想了解她。他瞟了她一眼,显得惊恐不安,随后匆匆忙忙从她身边走过。

艾娃-露达不喜欢别人这样看她,好像她有什么地方让人讨厌似的。她习惯别人用惊喜的目光看她。在她还没有表白自己是一个友善的人之前,她不希望他走掉,他应该善待她。

"我能不能问一问,现在几点钟了?"她很有礼貌地说,其实就为了说点儿什么,也想表明……啊,不管怎么说,他们都是文明人,尽管他们在荒郊野外偶然相遇。

那汉子战战兢兢地停了下来。一开始好像不愿意回答她,最后还是看了看表,含糊不清地说:

"差一刻钟两点。"

说完他就跑了。艾娃-露达看着他。她看见,有一张纸从他的裤兜儿里掉出来,就是从他那条绿色华达呢裤子的一个兜儿里掉出来。小路上留下一张白色的皱皱巴巴的纸,是他匆忙中丢掉的。

艾娃-露达捡起来,好奇地看着。最上边写着"借据"。哎呀,借据就是这个样子,哎呀,哎呀!他们就是为了这个吵

来吵去？

这时候远方传来了轰轰隆隆的雷声，十分可怕。艾娃－露达吓了一跳。实际上她不是怕雷声。但是此时此刻，高草地上只有她一个人！突然一切都显得那么令人不安。树丛中是那么黑。天空预示着可怕的灾祸。啊，待在家里该多好啊！她现在必须抓紧时间，越快越好。

但是首先要去取大莫姆王国！一个白玫瑰骑士心跳到嗓子眼儿也要完成自己的使命。离那块石头只有几米远了，过了那片树丛就是。艾娃－露达跑过去……

一开始她只是嘴唇颤动。她呆呆地站在那里，两眼瞪着，想叫却叫不出来。可能，啊，可能只是梦里的什么事吧！那块石头旁边躺的可能不是什么……不是什么人……

她双手捂住脸，转身就跑，从她的喉咙里发出奇怪而可怕的声音。她用力奔跑着，尽管双腿直打战。她已经听不见雷的轰鸣，感觉不到雨水瓢泼般的浇在她身上，也感觉不到榛树枝抽打着她的脸。她奔跑着，就像梦中有危险的不明之物在后边追赶。

跑过高草地、跑过石桥，昔日熟悉的街道在滂沱大雨中突然显得空旷、破败。

家！家！总算到家了！她撞开院子的大门。爸爸正在面包

房里。他像往常那样,穿着白色工作服,站在面包屉旁边。他还是那样高大、壮实,谁要是靠近他,准会粘一身面粉。爸爸还是往常的爸爸,尽管外面的世界已经很可怕,变得再也无法生存了。艾娃-露达猛地扑到他的怀里,紧紧靠着他,双手搂着他的脖子,使劲,再使劲。她泪流满面地靠在他的肩膀上,小声抽泣着:

"爸爸!救救我!格伦老汉……"

"我的好孩子,格伦老汉怎么啦?"

这时候她更加沉静,抽泣得更加厉害:

"他躺在高草地上,死了。"

8

那座城市还那么死气沉沉、平静如水吗?

现在不是了。一个小时之内全变了。整座城市全动起来,就像一处蜂房,汽车来来往往,电话铃响个不停,人们交谈着、猜测着。有人情绪激昂,有人疑虑重重,他们问比约尔克下士警官,凶手是否已被抓获。他们焦虑地摇头说,"哎呀,可怜的老格伦下场这么惨……哎呀呀……不过大家也了解一些关于他的为人,想起来可能也不奇怪……不管怎么说……太可怕了!"人们好奇地拥向高草地。

然而高草地周围的整个地区都被警察封锁了,谁也不准过。市警察局以极快的速度派人赶到那里,对案发地点正紧张地进行调查,一切东西都要拍照,每一米地面都要检查,所有的蛛丝马迹都要记录在案。有没有案犯的线索、脚印或者别的什么?没有,什么也没有。即使有,也被滂沱大雨破坏了。什么也没有,连作案扔的烟蒂也没有。对尸体进行了医学鉴定的

法医证实，格伦是被人从背后开枪打死的。老汉的钱包、手表都在，看来不是谋财害命。

刑侦处长试图找目击的小姑娘问话，但是弗施贝里医生不允许。姑娘受了惊吓，现在一定要安静。刑侦处长只好作罢，他对案件迟迟没有进展忧心忡忡。不过弗施贝里医生还是告诉他这样一件事，小姑娘一边哭一边反复说："他穿着绿色的华达呢裤子！"很明显，她指的是凶手。

但线索仅仅是一条绿色华达呢裤子是无法在全国通缉的。小姑娘看到的是不是凶手，刑侦处长没有把握，凶手可能早把绿色华达呢裤子换成其他颜色的。尽管如此，为了万无一失，他还是向全国所有的警察局发了通报，注意检查所有穿绿色华

达呢裤子的人。除此之外，在等待小姑娘康复并进行深入问话之前，只能对王宫遗址全面调查，能想到的地方都要查。

艾娃－露达躺在妈妈的床上，这是她能想到的最安全的地方。弗施贝里医生看过她了，给她吃了一片药，防止她睡觉做噩梦。此外，妈妈和爸爸答应，一边一个整夜守在她床边。

尽管如此，各种稀奇古怪的想法还是接连不断地出现在她的脑海里。啊，她要是不去绅士庄园该多好啊！现在一切都完了，世界上再没有什么好玩的事情了。当人们如此互相伤害的时候，还能有好玩的事情吗？诚然她过去也知道，这类事情时有发生，但没有亲眼见过，不像这次。想想看，过去安德士和她拿什么"杀人凶手"逗卡莱，当时只把这类事情看作荒唐、可笑。现在可别再提这些事，再不能开这类玩笑了。这类玩笑可能招惹邪恶，在现实中真的会发生。啊，想想看，格伦……格伦……如果是因为她的错误……唉，她不愿意想这件事。不过她可能要变一变，对，对，她应该变一变！她要变得有点儿女孩子味儿，就像比约尔克叔叔曾经说过的那样。她再也不参加玫瑰之战了，因为正是这场玫瑰之战使她卷入这件事……这件事再也不要想了，如果不想让自己的脑袋爆炸的话。

啊，对她来说玫瑰之战已经成为过去。她再也不玩这种游戏了。再也不玩了！啊，让人多么不开心！

她的眼睛里又充满泪花,她抓住妈妈的手。

"妈妈,我觉得自己这么老,"她一边说一边哭,"我觉得自己好像 15 岁了。"

然后她就睡着了。在她真正进入令人怜爱的梦境之前,曾闪过一个念头,卡莱现在正想什么呢。卡莱追踪杀人凶手已经有好几年了!现在真有一个了,他该怎么办呢?

超级侦探布鲁姆奎斯特知道这个消息时,他正在商店柜台后边给一个顾客用旧报纸包两条咸鲱鱼。这时候家住痞子坡的卡尔松夫人一阵风似的冲进门,她带了准确的消息和各种传闻。两分钟之内,整个商店像开了锅,有提问的,有叫喊的,有吓得打战的。买卖停止了,商店里很多人围在卡尔松夫人周围。她添油加醋地讲着她知道的一切,唾沫星子四处飞溅。

超级侦探布鲁姆奎斯特,关注社会治安的他站在柜台后面仔细听着。他没有说什么,也没有问什么。他完全惊呆了。当他听了事情的大概情况以后,偷偷地跑到库房,钻进了盛糖的空箱子。

他在那里坐了很长时间,可能和自己的假想听众谈话,这时候正合适吧?没有,他没有。他什么也没说,但是他想了一些事情。

"卡莱·布鲁姆奎斯特,"他想,"你是一个可怜虫,一

个地地道道的小可怜虫，你不折不扣！超级侦探——狗屁不是！这里随时都可能发生大案要案，而你却心安理得地待在柜台后边，给人包鲱鱼。继续干吧，没关系，继续干吧，你至少还能做某种有益的事！"

他双手抱着头坐在那里，冥思苦想着。啊，为什么正好今天他站柜台！否则的话安德士会派他去，而不是派艾娃－露达去，那样的话，就会是他发现案情。或者谁知道呢——他也可能及时赶到现场，阻止惨案发生吧？或者能苦口婆心劝施暴的人投案自首。他经常这样做。

但是他叹了一口气，马上想起来，所谓经常这样做是他的想象。他总算明白了，眼前发生的事是事实。他突然警醒，同时再也没有兴趣当超级侦探了。这不是在假想听众面前，说一说漂亮话就能解决的假想谋杀案，这是几乎使他病倒的一个可怕的、不光彩的严酷现实。他有些看不起自己了，但事实是，他感到很庆幸，确实很庆幸，今天不是他处在艾娃－露达的境地，多可怜的艾娃－露达。

他没有和任何人打招呼就离开了商店。他感到，他必须去和安德士谈一谈。和艾娃－露达谈话希望不大，这一点他明白，因为卡尔松夫人抱怨说，"面包师家的丫头吓病了，医生在给她看病"——这件事全城都知道了。

但是安德士对此却一无所知。他坐在修鞋铺里读《金银

岛》。一上午没有人来过,真幸运,因为安德士正置身于南海的一个岛上,周围是心怀叵测的海盗,他对钉鞋掌这类事已经完全没兴趣了。当卡莱突然闯进大门的时候,他惊奇地看着他,就好像害怕看见书中独腿的雍·西尔维尔一样。在他看清眼前只有卡莱的时候,立刻喜出望外。他从三条腿的凳子上站起来,扯开嗓子唱道:

15名水手站在死人棺材上,
齐声欢唱,一瓶朗姆酒下肚肠!

卡莱吓了一跳。

"闭嘴,"卡莱说,"我让你闭嘴!"

"每当我要露一手的时候,音乐老师也这么说。"安德士顺从地说。

卡莱似乎要说什么,但安德士抢在他前面。

"你知道艾娃-露达已经把大莫姆王国取回来了吧?"

卡莱责备地看着他,"安德士怎么会讲出这句蠢话呢?"安德士这时候又抢着说话,因为他一个人坐了很长时间,很多话在肚子里憋得咕噜咕噜直响。他把《金银岛》递到卡莱鼻子底下。

"啊,你想不到这是多好的书!"他说,"紧张、有趣,

没治了。喂,你听着,当时人们就是那样生活,多惊险!可是现在,才不会有这种事情发生呢。"

"别瞎说,"卡莱说,"你不知道你在讲什么。"

随后他向安德士讲述了刚刚发生的事情。

当安德士听到由于他下命令把大莫姆王国转移所造成的后果时,他的目光越来越暗淡。他想立即跑到艾娃-露达身边,即使不能很好地安慰她,也可以表白一下,派她去完成这项任务的他是个讨厌鬼。

"不过我当时确实不知道,那里会有死人。"他沮丧地对卡莱说。

卡莱坐到他的对面,漫不经心地把几个鞋钉钉进修鞋架子。

"唉,你事先怎么会知道呢?"他说,"这种事不会经常发生。"

"什么事?"

"绅士庄园附近躺着一具死尸。"

"啊,是这样。"安德士说,"艾娃-露达还能挺住,肯定能。换了别的姑娘,早吓死了,但是她没有。你会看到,她会为警察提供大量线索。"

卡莱点了点头。

"她可能看见了……看见了那个作案的人。"

安德士吓了一跳。但是他与卡莱有很大不同。他是一个乐观、向上和进取的青年,突发事件能激发他的活动热情,尽管很可怕。他做事讲究快,想立即投入侦查工作,尽快抓住凶手,最好在一个小时之内。他不是卡莱那样的梦想者。硬说卡莱只沉湎于幻想而不付之行动缺乏公正——尽管有人能举出例子——不过卡莱总是三思而后行。卡莱经常坐在什么地方思索问题,有时候想出的事情确实很聪明,这一点必须承认,但经常是子虚乌有。

安德士不喜欢空想。他不花费时间幻想,他浑身充满活力,长时间静坐对他来说纯粹是一种折磨。安德士能成为白玫瑰首领绝非偶然,他最有资格:乐观、健谈、富有创造性以及事事走在前头,这就是安德士。家庭状况不好是他的一个弱点,他的父亲在家称王称霸。但安德士可不是那样。他尽可能少待在家里,与父亲讲话尽量心平气和。对于一切责骂,他转眼就忘,就像大雁的屎尿,风一吹就干,即使受到最严厉的责骂,5分钟后,他就能在外面像平时一样高兴地奔跑。

真不能想象,当有更重要的事情需要他出面干预的时候,他会坐视不管。

"走,卡莱,"他说,"我关上铺子,父亲爱说什么就说什么吧。"

"你真敢吗?"了解鞋匠脾气的卡莱问。

"嘘嘘嘘。"安德士说。

他当然敢。他一定要找出大白天修鞋铺关门的理由。他拿起一支蓝色的笔,在一张小纸条上写道:

因谋杀案关门!

他吐了口唾沫,把纸条贴在门上,然后锁上门。

"不行,你不是疯了吧?"当卡莱发现纸条上写的字时说,"你不能这样写。"

"不能吗?"安德士有些犹豫。他歪着头,考虑了一会儿。卡莱可能说得对,这张纸条可能被误解。他撕下纸条,跑进铺子里,重新写了一张新的。他把新纸条贴在门上,转身就走。

卡莱紧随其后。

没过多大一会儿，马格努松夫人从街对面走过来，她想取自己的高跟鞋。她站在那里，惊奇地瞪着大眼睛，看门上的纸条：

兹因天气宜人，本店关门！

马格努松夫人无可奈何地抓了抓头发。如果正好5点钟时鞋匠不在，那还可以说得过去，可是现在，肯定破坏了店规。因天气宜人而关门，谁听说过这样的怪事！

安德士急匆匆地朝高草地奔去。卡莱极不情愿地跟着他。他没有什么兴趣到那里去，但是安德士确信，警察正不安地等待卡莱的帮助。不错，安德士曾经因为卡莱的各种突发奇想挖苦过这位超级侦探，但是当现在一桩真的刑事案件发生的时候，他把挖苦的事忘记了。他只记得去年卡莱的巨大贡献，当时那几个金银首饰盗窃者被抓住了。啊，卡莱确实是一位杰出的侦探，安德士对他的能力心悦诚服。他确信，警察也不会忘记。

"你应该明白，如果你参与的话，警察肯定会高兴。"他说，"你会手到擒来，我可以当你的助手。"

卡莱进退两难。他不能向安德士挑明，他掌握的破案技巧都是用于假想谋杀案。他认为用于真的谋杀案太难堪了。他慢

慢腾腾地走在后边,安德士有些不耐烦。

"请你快一点儿!"他说,"在这种情况下,每一秒钟都很宝贵,这一点你应该比别人更清楚。"

"我想,这件事还是让警察自己去处理吧。"卡莱为了推卸责任这样说。

"你怎么说这话?"安德士生气地说,"你很清楚,他们办事有多拖拉,这话你说过很多遍。请你现在别犯傻,快走吧!"

他用力地抓住那位缩手缩脚的超级侦探,强迫他跟自己一块儿走。

他们慢慢走近了封锁区。"你,"安德士说,"有一件事你考虑没有?"

"什么事?"卡莱问。

"大莫姆王国在封锁区里。如果红玫瑰方要想得到它,他们必须要冲破警察的封锁线。"

卡莱会意地点一点头。大莫姆王国历尽沧桑,但这是第一次由警察看护。

比约尔克下士警官在封锁线周围巡视,安德士突然出现在他面前。他把卡莱拉过去,交到比约尔克面前,然后以期待的目光等候比约尔克的表扬。

"比约尔克叔叔,卡莱来了。"他满怀希望地说。

"我看到了。"比约尔克叔叔说,"卡莱想做什么?"

"把他放过去,他可以去侦查,"安德士说,"他可以去调查现场……"

但是比约尔克叔叔摇了摇头,表情非常严肃。

"你们快离开,小伙子们。"他说,"快回家吧!谢谢,你们还太小,不明白这里发生的事情。"

卡莱脸红了,他非常理解,他很清楚,像那样的地方,不是表情严肃、满口大话的布鲁姆奎斯特超级侦探能侦查的地方。也只有他能使安德士明白!

"太典型了!"在他们回城的路上安德士刻薄地说,"即使你能把从该隐杀死亚伯①以来每一个谋杀案都搞个水落石出,警察也不会承认私人侦探能起什么作用。"

卡莱浑身都感到很不是滋味,类似的话他自己也说过很多次。他真的希望安德士能换个话题。但是安德士继续说:

"他们迟早会陷入困境。但是你要答应我,只有当他们双腿下跪时,你才可以帮助他们。"

卡莱欣然答应。

到处是人,他们仨一群俩一伙地默默站着,不错眼珠地看着那片树丛,一群专家正试图解开那出付出一个人生命的戏剧

---

① 该隐杀死亚伯:据《圣经》所载,该隐是人类始祖亚当和夏娃的长子,亚伯是他们的次子。亚伯是牧羊人,把羊群中第一胎生的羔羊献给上帝,上帝很喜欢,但上帝不喜欢该隐献的礼物。该隐出于忌妒就杀死了亚伯。

之谜。高草地今天出奇的寂静。卡莱感到很压抑，甚至安德士也开始受到那阴郁气氛的感染。

比约尔克叔叔可能是对的。这件事大概不是卡莱所能解决的，尽管他是一名绝无仅有的好侦探。

他们悲伤地朝家里走。

西克斯顿、本卡和勇德也准备从高草地回家。他们今天也没做跟玫瑰之战有关的事，正像安德士预料的那样，他们在儿童游乐场玩了好几个小时，又坐旋转木马又玩射击。那条可怕的消息刚刚传到游乐场，游人一下子全跑了。西克斯顿、本卡和勇德也跑到高草地——只想看个究竟，现在也想回家了。他们刚刚拿定主意，就碰到安德士和卡莱。

今天红白玫瑰双方没有再互相讽刺。他们五个人一起往城里走，路上他们考虑死亡比他们年轻生命中任何其他事情都要多。

他们深深地同情艾娃-露达。

"她真可怜，确实很可怜。"西克斯顿说，"他们说，她很消沉，就躺在床上哭。"

这一点比整个可怕事件更使安德士感到内疚，他一连咽了几次唾沫。艾娃-露达躺在床上哭都是他的错。

"我们大概应该以某种方式慰问一下她，"他最后说，"应该给她献一束花或者别的什么东西。"

其他四位男孩直愣愣地看着他，好像不敢相信自己的耳朵。情况真的有那么严重吗？给一位姑娘送花——他肯定以为艾娃－露达已经不行了！

　　但是他们越想越觉得这个建议不错。艾娃－露达将得到一束花。她确实值得人们给她献花。西克斯顿怀着沉重的心情回到家，采下一束妈妈的红色天竺葵，五个人拿着花瓶一齐朝面包师家走去。

　　艾娃－露达睡着了，不好打扰。但是她的妈妈接受了他们的天竺葵，把它放在艾娃－露达的床头，她醒来的时候第一眼就可以看到。

　　当然，这不是艾娃－露达因在此次意外事件中的贡献而获得的最后一次礼物。

9

他们坐在游廊里等——友善的刑侦处长、比约尔克下士警官，另外还有一个。"不让小姑娘对问话感到紧张是很重要的，"刑侦处长说，"起码不要再增加她的紧张情绪。"因此让管这个地区的比约尔克下士警官参加是很好的，他认识这个小姑娘。为了使整个问话就像拉家常似的，特意把地点安排在姑娘家中阳光充足的游廊里，而不是警察局。"陌生的环境总会令孩子不安。"刑侦处长说。姑娘的证词用录音机录下，免得麻烦她再重复。"她讲完自己知道的东西以后，可以把一切都忘掉，忘掉世界上邪恶的东西。"刑侦处长说。

现在他们坐在那里，等艾娃-露达出来。这是清晨，她当然还没有完全准备好。在他们等的时候，里桑德夫人请他们喝咖啡，吃新烤的甜面包。他们确实饿了，这些可怜的警察工作了几乎一整夜，既没吃饭，也没睡觉。

这也是一个美好的早晨，空气新鲜，昨天的一场暴风雨使

天空格外晴朗。面包师家院子里的玫瑰和牡丹看起来特别清新、鲜亮，墙边的那棵老苹果树上的苍头雀和山雀唧唧喳喳地叫个不停。游廊里弥漫着咖啡的香味儿，到处是一派祥和的景象。没有人会相信，坐在那里吃面包、喝咖啡的三个人是正在执行公务、调查一桩谋杀案的警察。人们不会相信，在这样一个明媚的夏日早晨会有杀人这类事情发生。

刑侦处长拿起第三块甜面包时说：

"说心里话，我真不知道我们从这位姑娘嘴里能得到多少情况——她叫艾娃-露达对吗？我不相信，她的证词会对我们有多大帮助。小孩子不可能提供客观的材料，因为他们幻想太多。"

"艾娃-露达是很客观的。"比约尔克下士警官说。

面包师里桑德出现在游廊里。他皱着眉头，这是人们很少见的。皱着眉头意味着，他为自己心爱的独生女儿不得不接受警察问话的折磨而局促不安。

"她来了。"他急促地说，"问话时我能在场吗？"

刑侦处长犹豫了一下后同意了。但条件是，面包师要绝对保持沉默，不得以任何形式干预问话。

"好，好，艾娃-露达有自己的爸爸在身边大概也不错，"刑侦处长说，"这样她可能觉得更放心。她有些怕我是可以想见的。"

"我为什么要怕你呢?"一个平静的声音从门那边传来,艾娃-露达走进阳光里。她用一双严肃的眼睛盯着刑侦处长。她为什么要怕他呢?艾娃-露达不是那种胆小的孩子。根据她的经验,绝大部分人善良、友爱,希望别人好。直到昨天她才第一次明白,也可能有心怀叵测的人。但是她看不出有什么理由要把刑侦处长算在这类人里。她知道,她必须如实地对他讲出发生在高草地的那件可怕的事情,她很愿意。她为什么要害怕呢?

经过大哭和夜里的沉睡以后,她感到头很重。她很不开心,但是现在很平静,非常平静。

"早晨好,小丽萨-露达。"刑侦处长高兴地说。

"是艾娃-露达。"艾娃-露达更正说,"早晨好!"

"对对,是艾娃-露达!请过来,坐在这里,小艾娃-露达,我们一块儿谈谈。时间不会太长,谈完你就可以走了,再去玩你的娃娃。"刑侦处长这样对艾娃-露达说。

但艾娃-露达觉得自己已经长大了,都快15岁了!

"我10年前就不玩娃娃了。"艾娃-露达提醒他说。

比约尔克下士警官说得对,很明显,这是一位非常客观的孩子!刑侦处长明白了,他必须改变口气,把艾娃-露达当做大人对待。

"现在把一切都讲给我听吧。"他说,"昨天下午你到过谋杀……到过高草地吗?你怎么一个人孤零零地到那个地方去了?"

艾娃-露达紧闭双唇。

"这……这我可不能说,"她说,"这是很秘密的。我到那里去执行一项秘密使命。"

"小家伙,"刑侦处长说,"我们在调查一件谋杀案。在这种情况下,没有任何秘而不宣的东西。你昨天到绅士庄园想做什么?"

"我想去取大莫姆王国。"艾娃-露达分辩说。

费了很多口舌,刑侦处长才弄明白什么是大莫姆王国。在呈送的问话报告中,只是轻描淡写地说:"关于她自己,里桑

德小姐说，七月二十八日下午她去过城西的公众场所高草地，目的是要从那里取走一个所谓的大莫姆王国。"

"你在那里看到过什么人没有？"在搞清楚那个神秘的大莫姆王国以后刑侦处长问。

"看见过。"艾娃－露达说，"我看见了……格伦……和另一个人。"

刑侦处长精神一振。

"讲准确：你怎么看见他们，在什么地方？"他问。

艾娃－露达讲了，她怎么样从格伦身后几百米处看见他……

"停一停。"刑侦处长说，"你怎么能看清楚离你那么远的格伦呢？"

"很明显，刑侦处长不是本城人。"艾娃－露达说，"我们这个城里的每一个人都能在路上认出格伦。我说得对吗，比约尔克叔叔？"

比约尔克证明，她说得对。

艾娃－露达继续讲。讲述她怎么样看见格伦拐进那条小路，消失在树丛中；讲述他怎么样与从另一个方向来的穿深绿色裤子的那个人一起消失在同一条路上……

"你能知道当时大概是几点钟吗？"刑侦处长问，尽管他知道，孩子很少能提供准确的时间情况。

"1点30分。"艾娃－露达说。

"你怎么知道的,你看表了?"

"没有。"艾娃－露达说,她的脸色变得苍白,"差不多一刻钟以后,我问过杀人……杀人凶手。"

刑侦处长看了看自己的同事。他们听说过这种事情吗?很明显,这次问话比预想的收获要大得多。

他弯下腰,直视艾娃－露达的眼睛。

"你说,你问过凶手。你真敢确定,是谁杀了格伦吗?事件发生时,你可能看见了吧?"

"没有。"艾娃－露达说,"但是当我看见一个人消失在树丛里,随后另一个人也跑进去了,几分钟以后,我看见第一个人死了,在这种情况下,我只能怀疑第二个人,没有别的可能。当然格伦有可能自己绊倒了,结果摔死了,但是首先要有证据我才相信。"

比约尔克说得对。这是一位非常客观的小姑娘。

她继续讲下去,讲她怎么样在那两个人消失在存放大莫姆王国的小路上以后,走进绅士庄园,磨蹭了一会儿,讲她最多在那里待了一刻钟。

"后来呢?"刑侦处长说。

艾娃－露达的双眼暗淡了,看来她在遭受痛苦的折磨。接下来的事情最难讲。

"我沿着小路直接朝他跑去。"她平静地说,"我问他几点了,他说'两点差一刻'。"

刑侦处长看样子很满意。法医可以确定谋杀发生在 2 点到 3 点之间,但是小姑娘的证词可以使谋杀的时间更加准确——1 点 30 分到 1 点 45 分之间。这件事将会有很重要的意义。艾娃-露达确确实实是一位价值非凡的证人!

他继续问:

"这个人长什么样儿?把你记得的特征都说出来!所有的细节。"

艾娃-露达再一次提及那条深绿色华达呢裤子,还有白衬衣、深红色领带、手表,双手长着很浓的黑毛。

"他的脸是什么样子?"刑侦处长急切地问。

"他有络腮胡子,"艾娃-露达说,"又长又黑的头发从前额上垂下来。他的年龄不算大,长得也不错。但惊慌、愤怒。他飞快地离开我,匆忙中掉下了一张借据,他自己没有发觉。"

刑侦处长深深地吸了口气。

"天呀,你在说什么?他掉下什么?"

"一张借据。"艾娃-露达自豪地说,"刑侦处长难道不知道'借据'是什么吗?就是一张小纸条,最上面写着'借据'。我敢保证,就是一张纸,不是别的什么。但是人们为了

借据争得死去活来，不知道你信不信。"

　　刑侦处长又用眼睛看了看自己的同事。昨天在询问住在痞子坡的老邻居时，他们已经获得准确消息，格伦把放高利贷当副业。很多人注意到，他晚上在家里接待神秘的拜访者，但是不经常。很明显，他更愿意在城市周围一些地方会见自己的客户。在搜查他的住宅时，人们发现了一大堆写有不同人名的借据。所有的名字都记录在案，人们准备寻找出格伦的每一位神秘顾客，他们当中的某个人可能就是凶手。刑侦处长一直很清楚，所以出现谋杀，就是因为有关的人想摆脱债务，很明显他已经陷入困境。这肯定是暴力行为的动机。如果他没有把握拿到能够使他所有债务一笔勾销的证据，他绝对不会走这一步。

　　此时小姑娘站在那里讲述着，凶手把一张借据掉在远处的树丛中，借据上有他的名字。也就是说借据上有凶手的名字。当刑侦处长向艾娃－露达弯下腰时，他激动得声音直打战。

　　"你捡了那张借据？"

　　"对对。"艾娃－露达说。

　　"你拿它做什么了？"刑侦处长屏住气说。

　　艾娃－露达回忆着。此时她沉默无语，只有苍头雀在那棵苹果树上唧唧喳喳地叫个不停。

　　"我不记得了。"艾娃－露达最后说。

　　刑侦处长慢慢地叹了口气。

"但是我敢保证,那就是一张小纸条,不是什么要紧东西。"艾娃-露达安慰地说。

这时候刑侦处长抓住她的手,用缓慢、清楚的语调向她解释,借据是一种相当重要的凭证,人们在借据上承认,借了别人的钱,有义务偿还这些钱并以签名为证。谋杀格伦的那个人显然是因为没钱偿还债务才做出此事。他血腥地杀害一个人就是为了讨回艾娃-露达认为无足轻重的借据。而他的名字一定在那张借据上。艾娃-露达这时候明白了,她绝对有必要回忆出,她拿这张借据到底干什么了?

艾娃-露达知道此事非同小可,她确实绞尽脑汁在想。她记得自己怎样手拿借据站在那里。她记得当时传来一声惊雷。但是后来的事情她就不记得了。当然,后来发生的可怕事情还记得,可是她一点儿也不记得跟借据有关的事情。她十分遗憾地向刑侦处长承认这一点。

"你没有偶然读一读上面的名字?"刑侦处长说。

"没有,我没有读。"艾娃-露达说。

刑侦处长叹了口气。但是他对自己说,一位警察的工作绝对不会这么简单。不过对小姑娘的问话还是很有收获的,不能指望连凶手的名字都会送上门来。

然而在他继续向艾娃-露达问话之前,他通过电话向警察局下了命令,要查遍高草地的每一寸土地。作案地点虽然被仔

细勘察过，纸片可能早被风刮走了，但是借据应该而且必须要重新找到。

随后艾娃－露达又讲述了她如何看到格伦。这时她一次又一次地咽唾沫，声调很低沉。她的爸爸双手捂着脸，不敢看她眼睛里那充满悔恨的目光。

不过现在一切都很快会过去。刑侦处长只剩下一两个问题了。

艾娃－露达保证，凶手绝对不是本市的，如果是，她肯定能认出他。这时候刑侦处长问她：

"如果你再一次见到他，你肯定能认出他吗？"

"当然。"艾娃－露达慢慢地说，"把他烧成灰，我也能认出来。"

"你过去看到过他吗？"

"没有。"艾娃－露达说。

她犹豫了一下。

"不对……部分见过。"她补充说。

刑侦处长立即睁大了眼睛。这次问话经常发生突如其来的事情。

"什么叫'部分见过'？"

"我只见过他的裤子。"艾娃－露达不情愿地说。

"请你说得详细一点儿。"刑侦处长说。

艾娃－露达有些不安。

"一定要说吗?"她说。

"这你很清楚,一定要说。他的裤子晒在什么地方?"

"他没有晒裤子,"艾娃－露达说,"是从窗帘底下露出来的,凶手穿着裤子。"

刑侦处长把剩下的那块甜面包塞到嘴里,他感到应该加一些营养了。此时他产生了怀疑,艾娃－露达是否像他想象的那样客观。她是不是又开始幻想了?

"这就是说,"他说,"凶手的裤子是从一个窗帘底下露出来的。谁的窗帘?"

"当然是格伦的。"艾娃－露达说。

"那你……那你在什么地方?"

"我站在外边的梯子上,卡莱和我站在那里。上星期一晚上10点钟。"

刑侦处长没有孩子,这时候他感到庆幸,多亏没有。

"我的上帝,上星期一晚上你们爬格伦的梯子啦?"他说。然后自作聪明地补充说:

"噢,我明白了,你们是在外边寻找另一个所谓的大莫姆王国吧?"

艾娃－露达用差不多是轻蔑的目光看着他。

"处长以为树上能长出大莫姆王国吗?阿门!"

说完，艾娃-露达讲述了在格伦家屋顶上奔跑的事情。那位可怜的面包师一边听，一边不安地挠头。人家还说，女孩子省心、不淘气呢！

"你怎么知道，你看到的就是凶手的裤子？"刑侦处长问。

"我不知道。"艾娃-露达说，"我要是知道，我早进去把他逮住了。"

"对，不过你说……"刑侦处长有些不耐烦了。

"不是那样，这是我后来推测出来的。"艾娃-露达说，"因为这条深绿色的华达呢裤子与我在小路上遇到的那个人穿的裤子很相似。"

"这可能是一种巧合，"刑侦处长说，"不要急于下结论。"

"我没有急于下结论。"艾娃-露达争辩说，"我听见他们在屋里使劲儿争吵借据的事，那个穿深绿色裤子的人说：星期三我们老地方见！到时候请你带着我的所有借据。就一个星期三，你能找出多少个格伦能会面的穿深绿色裤子的人呢？"

刑侦处长被说服了。他承认艾娃-露达说得对，整个过程合乎情理。现在一切都清楚了：作案动机、作案时间、作案手段。剩下的唯一的一件事——抓住凶手。

刑侦处长站起来，拍了拍艾娃-露达的面颊。

"谢谢你！"他说，"你非常能干。你对我们的帮助比你

自己想象的要大得多。现在就忘掉这一切吧!"

"好,谢谢!"艾娃-露达说。

刑侦处长转身对着比约尔克:

"现在需要找到那个卡莱,"他说,"让他证实一下艾娃-露达所说的上星期一晚上发生的事情。什么地方可以找到他?"

"这里。"从游廊顶上的阳台传出一个响亮的声音。刑侦处长惊奇地往上看,看到两个脑袋从阳台的栏杆上伸出来,一个浅色,一个黑色。

白玫瑰骑士在面临警察问话或其他考验时,不会把自己的一个同伴抛在一旁不闻不问。和面包师一样,卡莱和安德士也希望在场。为了预防万一,他们认为最聪明的办法是先斩后奏。

10

全国的报纸都在头版刊登了这起谋杀案,写了很多关于艾娃-露达的证词。她的名字没有被提及,只用"那位能干的13岁小姑娘"警惕地对作案现场进行观察,向警方提供了详细情况。

那家地方报纸对名字就没有那么隐讳了。在这座小城市里大家彼此都认识,那位能干的13岁小姑娘就等于是艾娃-露达,因此编辑认为,在报纸上没有必要也隐去姓名。他已经很久没有写这类重大事件的新闻,所以使尽浑身解数去炒作。在一篇洋洋洒洒的文章中,他写道:"那位可爱的小姑娘艾娃-露达今天在父母院子里的花丛中游玩,看样子已经完全忘记上星期三发生在传闻四起的高草地上那件可怕的事情。"

他继续津津有味地写道:"除了这里——在父母身边,在这个温馨的童年环境里,哪里能使她忘掉噩梦,哪里能使她感到安全呢?父亲面包房里飘出的烤面包的麦香,似乎构成了她

生活中安全的城堡，它不会被来自罪恶世界某种突如其来的血腥事件所打扰。"

　　他对自己的引言非常满意。他的文章继续展开，写艾娃－露达多么能干，写她提供了多么详细的有关凶手的外表特征。他确实没有用"凶手"这个词，而是用"被认为可能掌握谜底的那个人"。他提到艾娃－露达曾经声称，如果她能再次见到他，肯定能认出来。他特别指出，小艾娃－露达最后可能成为依法惩罚这个残暴罪犯的王牌。

　　啊，他把本不应该写的东西正好都写出来了。愁容满面的比约尔克下士警官把一张油墨未干的报纸递到警察局的刑侦处

长手里。他一边读一边吼叫着。

"写这些，真不像话！"他说，"实在不像话！"

当面包师里桑德愤怒地冲进报社编辑部的时候，态度更加强硬。他太阳穴上的青筋因气愤蹦起老高，他在那位编辑面前使劲拍桌子。

"你知道吗，这样写是犯罪！"他说，"你明白吗，这可能对我的孩子构成危险！"

啊，这位编辑没有考虑过这个问题。能有多危险？

"别再做傻事啦，你知道，不需要你再添乱。"面包师说，毫无疑问，他说得对，"你知道吗，那家伙很可能故技重演，很可能再杀一个，如果他认为必要的话。那时候人们可能会说，是你蓄意向他提供艾娃－露达的姓名和地址。你大概还没向他提供电话号码吧，好让他打电话决定时间？"

连艾娃－露达都觉得，写这种文章是犯罪，至少有些段落是如此。

她和安德士、卡莱坐在面包房的阁楼里一起读那张报纸。

"'那位可爱的小姑娘艾娃－露达今天在她父母院子里的花丛中游玩'——啊，真见鬼，在报纸上写这类话，难道不是太愚蠢了吗？"

卡莱从她手里拿过报纸，把文章从头到尾读了一遍，然后不安地摇了摇头。不管怎么说，他还是一名超级侦探，连他都

认为，这篇文章太缺乏理智了。但是他没有对其他人说什么。

不过那位编辑写的"艾娃－露达似乎已经忘记了那次可怕的经历"这句话还是对的。虽然她觉得自己已经老了，差不多15岁了，但是她还很幸运地保持着小孩子忘事快的特征。第一天发生的不愉快的事，第二天就忘了。只有当夜晚来临，她躺在床上的时候，脑子里还是很难排遣掉她不想记得的那些可怕的事情。刚出事的那几个夜晚她睡得很不好，有时候在睡梦中惊叫，她的妈妈只好走进来把她叫醒。

但是在阳光灿烂的白天，艾娃－露达像过去一样平静、快乐。她要变得有点儿女孩子味儿和不再参加玫瑰战争的想法刚刚持续了两天，后来就不再坚持了。她自己感到，玩起来越投入，越能尽快把头脑中不愉快的事情忘掉。

如今警察局已停止了对绅士庄园附近的封锁。在此之前大莫姆王国已经被转移走了，比约尔克叔叔有幸完成将它从封锁圈内取出的光荣使命。游廊里的问话以后，大莫姆王国的存在已经暴露，安德士把比约尔克叔叔叫到一旁，问他能不能发一发善心，把大莫姆王国从封锁中解救出来。比约尔克叔叔愿意效劳。他真诚地说，他很想看看大莫姆王国是什么样子。

就这样，大莫姆王国在警察的护送下由一个不适合存放的地点转移到白玫瑰首领手里。此时此刻它置身于面包房阁楼的一个柜子里，那里经常存放秘密文件，但这只是暂时措施，过

不了多久就会被转移。

经过慎重考虑,安德士觉得把大莫姆王国藏在王宫遗址抽水机旁边并不是一个特别好的主意。

"我想把它藏在一个比较惊险有趣的地方。"他说。

"可怜的大莫姆王国,"艾娃-露达说,"我觉得它已经有了惊险有趣的藏身之地。"

"我的意思是另外一种惊险有趣的地方。"安德士说,他拉开抽屉,用珍爱的目光看着放在香烟盒里的大莫姆王国,盒里衬着粉红色的棉花。

"你睿智的双眼饱览世间的沧桑,啊,大莫姆王国。"他说。他比任何时候都坚信,大莫姆王国法力无边。

"我知道,"卡莱说,"我们把它藏到红玫瑰方某个人的家里。"

"你是什么意思?"艾娃-露达说,"我们要把它拱手相让给红玫瑰方吗?"

"不,"卡莱说,"他们可以拥有它一个时期,但他们自己并不知道。如果他们没有意识到,那就跟没有一样。当事后我们告诉他们时,想想看,他们会怎样暴跳如雷!"

安德士和卡莱都认为,这是一个天才想法。经过对各种不同的可能性的论证,最后决定,大莫姆王国将被藏在西克斯顿的房间里。他们立即行动,去找一个合适的地点。他们从绳索

滑下去，兴致勃勃地跑到河边，越过艾娃－露达专为玫瑰之战搭的小吊桥。这是一条通向设在西克斯顿家车库红玫瑰方司令部的最短的道路。

他们气喘吁吁地来到邮政局局长的别墅。当白玫瑰方一阵风似的跑进来时，西克斯顿、本卡和勇德正坐在院子里喝果汁。安德士通报一个喜讯，艾娃－露达已经不再拒绝携带武器，因此玫瑰之战又可以重新开始。红玫瑰方听到这个消息由衷的高兴。艾娃－露达要变得更有女孩子味儿的决定曾使他们忧心忡忡，他们从来没有感到生活像最近几天这样索然无味。

西克斯顿客气地请敌人坐下喝果汁。敌人也没有过多地推辞，但安德士心怀鬼胎地说：

"我们能不能到你的房间去喝果汁，西克斯顿？"

"你怎么啦，中暑了吗？"主人客气地问，"天气这样好，为什么待在屋里！"

他们在明媚的阳光下喝果汁。

"我特想看一下你的气枪。"卡莱接着说。

挂在西克斯顿房间墙上的那支气枪是他最珍贵的财产，他曾翻来覆去地向别人显摆，对大家来说简直是一种痛苦。没有任何东西比西克斯顿的气枪更让卡莱厌烦。但是现在则是一件好事。

西克斯顿来了精神。

"你想看我的气枪?"他说,"好吧,满足你的愿望。"

他赶紧跑到车库,取来气枪。

"怎么回事?"卡莱不解地问,"现在你把气枪放在车库了?"

"对,真凑巧,它就在我身边。"西克斯顿一边说一边向卡莱显示他的宝贝。

安德士和卡莱笑了,笑得果汁都呛了嗓子。艾娃-露达觉得,今天要想进西克斯顿的屋子,她需要施展一下女人的诡计。

她抬头看着西克斯顿的窗子,故意天真地说:"从你的屋子往外看,风景很不错,对吗?"

"对,你说的千真万确。"西克斯顿说。

"我知道,"艾娃-露达说,"如果那几棵树不是太高的话,你大概连水塔都能看到。"

"看在上帝的面上,我能看到水塔。"西克斯顿说。

"对,上帝保佑,你能够看见水塔。"本卡说,他一向对首领忠诚。

"真行吗?"艾娃-露达说,"你哄不了我。"

"吹牛,"安德士和卡莱斩钉截铁地说,"他根本看不见水塔。"

"屁话!"西克斯顿说,"跟我来,我把水塔指给你们看,

让你们这些不开窍的人无话可说！"

他走在前边，六个人一齐走进房子。一只长毛牧羊犬趴在凉爽的前厅地板上，他们走进来时，它站起来叫了几声。

"好啦，好啦，贝波，"西克斯顿说，"来的是几个智力低下的白痴，想看看水塔。"

他们继续沿着楼梯朝西克斯顿的屋子走，他凯旋似的把他们领到窗子前。

"在那里。"他自豪地说，"那个就是被我称作水塔的东西，你们可以叫它钟楼或者别的什么。"

"这回看到了吧，怎么样？"勇德说。

"哎呀，真看得见。"艾娃－露达面带狡猾的微笑说，"你可以看到水塔。你为此沾沾自喜？"

"你这是什么意思？"西克斯顿生气地说。

"我没有别的意思，我只是说——多好啊，整个水塔都能看到。"艾娃－露达一边说一边挑衅地笑。

安德士和卡莱对风景之类的东西一点儿兴趣也没有。相反，他们的眼睛在屋里四处寻觅，竭力想给大莫姆王国找个合适的藏身之地。

"你的屋子真温馨。"他们对西克斯顿说，好像他们过去从来没有到过这里，其实他们来过几百次了。

他们沿着四周的墙转，按一按西克斯顿的床，漫不经心地

拉一拉写字台的抽屉。

艾娃-露达千方百计把其他人留在窗子旁边。她把从窗子看到的一切都指指点点一番，东西还真不少。

西克斯顿的地球仪放在一个柜子上。安德士和卡莱同时想出了好主意。地球仪，就是它！他们互相使了个眼色，会意地点一点头。

从过去拜访西克斯顿的经验中他们知道，地球仪可以拧开分成两部分。西克斯顿经常拧开玩，所以赤道附近都磨白了。如果根据西克斯顿的地球仪来判断，赤道——非洲的大部分地区还未开发，因为那里还是一大片空白点。

放在那里当然也有一定的风险，如果西克斯顿无意间拧开地球仪，他就找到大莫姆王国了，不论安德士还是卡莱都意识到这一点。但是如果不冒一点儿险，打玫瑰之战还有什么意思呢？

"我觉得我们看得差不多了。"安德士暗示艾娃-露达说，她轻松地从窗前走开。

"好，谢谢，我们把想看的景色都看了。"卡莱一边说一边露出狡黠的微笑，"过来，我们走啦！"

"瓦—尔？"艾娃-露达用暗语好奇地问什么地方。

"尤泽—格鲁—奔。"卡莱用暗语说在地球仪里。

"芬—特。"艾娃-露达用暗语说好极了。

当他们用西克斯顿称之为"叽里呱啦的暗语"说话时，西

克斯顿愤怒地看着他们。

"如果你们还想看水塔,随时来吧。"不过他只说了这么一句话。

"对,看吧,没关系。"勇德说,他的胡椒粉色的眼睛对他们投以嘲讽和傲气十足的目光。

"脏鬼。"本卡说,好像是对他们作的一个总结。

白玫瑰方从大门鱼贯而出。当他们开门时,门发出吱吱的响声。

你家有一扇门开起来吱吱响,响一响也无妨。

安德士开口唱起来。

"你把这吱吱响拿起来吃一点儿怎么样?"安德士说。

"你回家盖上被子放一个屁——吃独食怎么样?"西克斯顿说。

白玫瑰方回到自己的司令部。隐藏的地点选好了,现在的问题是需要决定,什么时候和用什么方法把大莫姆王国放到那里去。

"当午夜圆月升空时,"安德士用洪亮的声音说,"大莫姆王国将起驾去新的行宫。届时将由男子汉去完成!"

艾娃-露达和卡莱点头表示赞成。当西克斯顿躺在自己房间里睡觉时偷偷进入,那自然是又得1分。

"真不错。"艾娃-露达一边说一边请大家吃她从抽屉里拿出来的一大盒巧克力。如今她有很多好东西吃,因为最近她收到很多。正如那位编辑在自己的文章中写的那样:"那位令人喜爱的小艾娃-露达这些天收到全国各地很多赞扬的信。认识和不认识的人都没忘记送给她礼物。"那位好心的邮递员彼得松给她送来很多朋友寄来的糖果、巧克力和书,他们都对她无辜卷入那场令人心痛的悲剧表示同情。

"如果西克斯顿突然醒了,那你怎么办?"卡莱问。

安德士显得很平静。

"我告诉他,我到那里去是为了给他唱摇篮曲,照看他别

踹被子。"

"哈哈!"卡莱说,"喂,可爱的小艾娃-露达,请你再给我一块巧克力,这样你至少可以变得更加可爱。"

他们吃呀吃呀,直到把盒子里的巧克力都吃光。他们坐在那个杂乱但很温馨的阁楼里,拟订好晚上的一切行动计划。他们对自己将对红玫瑰方采取的行动感到高兴。啊,玫瑰之战是一项多么美好的活动!最后他们离开司令部。像安德士说的,他们必须投入"战场"。好的主意随时都会冒出来。在一般情况下,总有机会与红玫瑰方产生一点儿小摩擦。他们从绳索滑下来,艾娃-露达不假思索地说:"好啊,好啊,童年时代快乐的游戏,童年时代快乐,天真……"[1]

她突然止住了声音,脸色变得苍白。她紧闭双唇抽噎起来,随后迅速地跑开。

这一天她没再出来玩。

---

[1] 这句话是高利贷者格伦在第五章结尾处说的。

11

"今天夜里动手。"几天后安德士说。

由于各种原因把大莫姆王国敬送到西克斯顿地球仪里的事不得不推迟。第一个原因是要等月圆时。一定要等月亮圆,那样才有神秘、良好的气氛,还有一个好处就是在屋里行动不需要任何照明设备。第二个原因是邮电局长最近几天有客人——西克斯顿的两个小姨妈来了。

"抬头一看每个角落里都坐着一位小姨妈,我可不敢进去。"当卡莱问安德士要不要采取行动时,安德士这样说,"屋子里人越多危险性越大,说不定有谁突然醒了,一切就都泡汤了,你明白了吧。"

"对,小姨妈们睡觉可能特别警醒。"卡莱附和着说。

接下来西克斯顿不得不回答很多令人烦恼的问题,这使他感到很奇怪,比如问他的小姨妈们身体怎么样,她们住多长时间。最后他被问得生气了。

"你们怎么没完没了地问我小姨妈的事。"当安德士第十次说到这个话题的时候,西克斯顿这样说,"她们碍你什么啦?"

"没有没有,当然没有。"安德士顺水推舟地说。

"啊,那好吧。"西克斯顿说,"我想,她们下星期一走。这让我有点儿不开心,因为我喜欢她们,特别是阿达小姨妈。只要她们待在我家,不满城乱跑,我看谁也没必要说三道四。"

得到这个信息以后,安德士没敢再多问,免得引起怀疑。

现在就是星期一,安德士看见邮政局长夫人陪着自己的妹妹去赶早上的火车,而且今天夜里将有圆月。

"今天夜里动手。"安德士坚定地说。他们坐在面包师家的凉棚里,吃着艾娃-露达从她的心肠很软的爸爸那里新要来的蛋糕。

刚才红玫瑰方从门前经过。他们是去位于绅士庄园里的新司令部。如今那里已经没有警察守卫。好像那里的宁静除了玫瑰之战,从来没有被别的更严重的事件打破过。绅士庄园是一个难以让人割舍的好地方,红玫瑰方没有多考虑自己的近邻最近发生的事情。

"如果你们身上痒痒想挨抽的话,那就到绅士庄园去。"当西克斯顿刚才路过面包师家门前时这样说。

艾娃-露达浑身一颤。到绅士庄园去,不,她不愿意去,

无论如何不能去!

"哎呀,我太饱了!"当红玫瑰方走过去时,卡莱说,这时候他已经把第六块蛋糕吞到肚子里。

"跟我比,你不算什么。"安德士一边说一边用手拍肚子,"不过多吃点儿也不错,因为我们晚饭又该吃炖鳕鱼了。"

"吃鱼聪明。"艾娃－露达提醒他说,"你应该多吃点儿炖鳕鱼,安德士。"

"不会的。"安德士说,"我首先要准确知道,我会变得多么聪明,我必须要吃多少鱼才行。"

"这要看你开始吃鱼之前,你本人有多聪明。"卡莱说,"每周吃少量的鲨鱼,对你来说足够了,安德士。"

安德士在凉棚里追了卡莱三圈以后,那里又恢复了平静,这时候艾娃－露达说:

"我正在想今天信箱里是不是又有了新的礼物。我不知道人们是什么意思,最近几天我只收到不足三公斤巧克力。我得给邮局打电话,抱怨一下。"

"别再提巧克力了。"安德士一边说一边倒胃口。卡莱同意他的意见。他们勇敢地消灭了大量的人们送给艾娃－露达的糖果和巧克力,现在他们已无法再吃更多的东西。

但是艾娃－露达从楼下大门旁边的信箱走回来时,手里拿了一个大信封。她打开信封,一点儿不假,里边是一块巧克力

饼——一块很大很大的巧克力饼。

卡莱和安德士看着它，就好像它是无法食用的蓖麻油。

"嗨，真恶心。"他们说。

"嗨，嗨！"艾娃－露达生气地说，"说不定有一天呀，树皮加巧克力你们也会吃。"

她把巧克力一分为二，强迫他们每人拿一半。

他们接收了，但没有一点儿热情，只是为了让她高兴。他们无所谓地把巧克力饼装进早已鼓鼓的裤兜儿里。

"这就对了。"艾娃－露达说，"好好保存，以防万一。"

她把信封揉成一团，扔到围墙外的大街上。

"喂，我们骑自行车去游泳。"卡莱说，"除了这件事，我们今天几乎没有什么可做的。"

"你说得对，"安德士说，"今天晚上我们也愿意休战。不过那时候……"

两分钟以后本卡受西克斯顿指派来凉棚想说一些羞辱的话，刺激白玫瑰方应战，但是此时凉棚已空无一人，只有小鸟站在跷跷板上，啄食着蛋糕渣儿。

午夜圆月当空，卡莱和艾娃－露达已进入梦乡。但安德士可没睡。他也像平时那样躺在床上。他使劲打呼噜，好让父母相信他已经睡熟了。但是他的呼噜听起来很奇怪，结果他的母

亲不安地走过来问：

"你怎么啦，孩子，不舒服吗？"

"没有，没有。"安德士说。后来他再装作打呼噜时，不像刚才那么响了。

当他听到弟弟妹妹轻轻的鼻息声和父母亲沉重的鼾声时，他意识到大家都睡着了，便偷偷地溜进厨房。他的衣服挂在那里的一把椅子上。他脱掉睡衣，骨瘦如柴，浑身一丝不挂地站在朦胧的月光里。他听了听房里的动静，一切平安无事，便迅速穿上裤子和毛衣，蹑手蹑脚地走下楼梯。没用多长时间他就从面包铺的阁楼里取走了大莫姆王国。

"啊，大莫姆王国，"当他关上柜子时小声说，"请用你强大的手保佑此项壮举成功，因为你知道，我需要你的帮助。"

夜里天气很冷，他的衣服很薄，冻得有些发抖。也可能由于太紧张。午夜其他人都睡觉的时候，他却在外面，是有些不寻常。

他紧紧地握住大莫姆王国，越过艾娃－露达在河上搭的吊桥。河边的桤木树像黑色的巨人站在那里，而河水在月光下却闪闪发亮。

"我们很快就会到达目的地，啊，大莫姆王国！"他小声说，因为他担心大莫姆王国不耐烦。

对，他很快就到达目的地。邮政局长家的别墅静静的、黑

黑的，好像也在睡觉。除了周围蛐蛐儿的叫声，一切都很寂静。

安德士曾经指望，别墅里至少会有一扇窗子是开着的，他的希望没有落空。厨房的窗子是敞开的。对于安德士这样的体操能手来说，扒着窗户框爬进厨房没什么困难。他把大莫姆王国塞进裤兜儿里，以便腾出双手。本来裤兜儿里放大莫姆王国有些不敬，但是没别的办法，只能委屈一下了。

"对不起，啊，大莫姆王国。"安德士说。

他把手伸进裤兜儿里，当手指碰到一块黏糊糊的东西竟是一块巧克力饼时，他非常满意。此时此刻他已经不像昨天早晨那样厌食了，他感到那块黏糊糊的东西正是雪中送炭。看来这是完成一件出色工作之后的奖励。当然首先他必须完成自己的使命，他把大莫姆王国转移到另一个裤兜儿里，把手指舔干净，然后果断地蹿上窗台。

一声震耳的狗吠声差点儿把他吓死。是小狗贝波！他怎么事先一点儿也没有想到贝波！他本来应该知道，窗子所以开着就是为了夜里让贝波出去，如果它愿意的话。

"贝波！"安德士用祈求的口气小声说，"贝波，是我呀。"

当贝波看见来者是主人经常带回家的一个小伙伴时，立即把狂吠变成小声的昵叫。

"哎，亲爱的小甜贝波，你能不能别叫了？"安德士继续

祈求说。

但是贝波认为，高兴的时候要有所表示，或高声叫或摇尾巴，它坚持要这样做。

没办法，安德士只好掏出那块巧克力饼，送到贝波鼻子底下。

"这个给你，但不准再出声。"他小声说。

贝波吃着巧克力饼。因为它认为，欢迎仪式已经达到主人的要求，它不再叫，而是满意地趴在地上吃客人送的香甜的巧克力饼，这可能是为了奖励它的礼貌和高声迎候。

安德士松了口气，他打开通向前厅的门，尽可能一点儿声音也不出。那里有一个楼梯通向顶层，现在他只要……

这时候有人从楼上走来。那个人迈着沉重的脚步，顺着楼梯走下来。是邮政局长本人穿着睡衣走下来。他是被贝波的叫声惊醒的，他想知道贝波为什么叫。

安德士一下子蒙了。但是转眼间他就恢复了自制力，迅速钻到挂在前厅墙角衣架上的几件大衣后面。

"如果这次我大难不死，必成货真价实的金刚。"他自言自语地说。

直到这时候他才明白，邮政局长家也不喜欢三更半夜有人从窗子钻进去。西克斯顿一定会认为此举是一件自然的事，这是不言而喻的，因为他习惯打玫瑰之战，只有他明白！但是邮

政局长不明白。安德士想到如果邮政局长找到他会怎么处置他时，不禁颤抖起来。当邮政局长气愤地从他藏身的衣架前走过时，他闭上眼睛，默默地祈祷。

邮政局长打开通向厨房的门。贝波在那里，在月光中看着他。

"喂，我的孩子，"邮政局长说，"你三更半夜叫什么？"

贝波没有回答。它小心翼翼地用爪子抓住那块香甜的巧克力饼。因为这位一家之主有时候的想法很特别。就在昨天，他从贝波那里拿走一块非常有味道的酸骨头，那是贝波在客厅的地毯下找出来的。没有人知道，他对这块巧克力饼是什么态度。为了万无一失，贝波打了个哈欠，样子显得很平静。邮政局长放心了。不过他还是习惯性地朝窗外看了看。

"那里有人吗？"他慢慢地喊一声。

只有夜里的风在回答他。因为他不可能听到安德士在大衣后边的念叨：

"没有，没有，那里没人，我保证，那里连个跳蚤也没有。"

安德士在墙角站了很长时间，当他确信邮政局长睡熟以后才敢出来。他站在那里非常难受。他觉得，他在大衣后边度过了他青春时代最宝贵的时光，大衣上的羊毛扎得他鼻子好痒好痒。他有着好动的天性，等待对他来说是最糟糕的事。最后他

再也忍受不下去了。他从自己的囚牢中跑了出来，小心翼翼地爬楼梯。每走一步，他都要停下来听一听，但是一点儿声音也没有。

"真够顺利的。"安德士说，他一向充满乐观情绪。

只有西克斯顿的门被打开时发出的吱吱声有点儿让他担心。他按下门的把手，慢慢地试着开。谁看见过有这事！门开时一点儿也没吱吱叫，很可能是刚刚加过机油。

安德士情不自禁地笑了。西克斯顿给门加机油是自掘坟墓！多么周到的敌人啊！你只要稍微暗示一下有困难，他们就立即帮忙，让你轻轻松松地进去！

"多谢了，好心的西克斯顿！"安德士一边想一边朝西克斯顿的床瞟了一眼。他睡熟了，那个可怜的人，他完全没有意

识到，大莫姆王国今夜已经在他的房子里落了脚。

地球仪摆放在柜子上，周围月光明亮。安德士灵巧的手指很快就把它拧开了。这个地方对大莫姆王国来说真是太好了！他急切地从裤兜儿里掏出宝物，把它放到新的储藏地点。

"只是一小段时间，啊，大莫姆王国！"他放好以后说，"你在没有法制的异教徒中只待一小段时间！白玫瑰方很快就会为你在基督教和高尚的人们中重新安排一个安乐之邦。"

在地球仪旁边的柜子上有一把剪子。安德士看见它，灵机一动。当一个人进入熟睡的敌人的房间时，通常要用剪刀剪掉敌人披肩上的一个角，以证明到过他的房间。古代人们都这样做，至少书上是这样说的。这是表示敌人在自己控制之下的最好方法，但是要有骑士风度，不能对他有任何伤害。第二天人们就可以在敌人鼻子底下挥动披肩角，并且说："下跪，感谢我让你还活着，你这个孬种！"

这些正是安德士想做的。如你所知，西克斯顿没有披肩。但是他有头发，一头浓密的红头发。安德士想剪下一绺儿头发。啊，当这一天来临——大莫姆王国已经转移到另一个安全的地方时，红玫瑰方就会被告知，他们被戏弄了！他们会听到大莫姆王国曾经隐藏在地球仪里！他们还会看到白玫瑰方首领从红玫瑰方首领头上剪下来的那绺儿头发，剪的时候正是圆月当空的午夜。真是一箭双雕啊！

然而圆月并没有照在西克斯顿的床上。床靠着远处的墙，那里很黑。但是安德士一只手拿着剪子，另一只手小心地去摸。

那位无助的红玫瑰首领躺在枕头上！安德士轻轻地但很牢地抓住一绺儿头发，用剪刀剪了下来。

这时候一声尖叫划破了寂静的午夜。这不是一种青春期后粗壮的男性的声音，而是一种刺耳的女人尖叫声。安德士感到血管里的血都要爆炸了。他感到从未有过的恐惧，屁滚尿流地奔向房门。他跃上楼梯的扶手，顺势滑下去，打开厨房门，三步并作两步地蹿到窗前，翻身跳下去，好像身后有一大帮魔鬼在追他。他跑到河上的吊桥时才敢停下来。这时候他不得不停下来喘口气。那绺儿头发还牢牢地抓在手里，他不敢扔掉。

他站在月光下喘着粗气，愤怒地看着手里那绺儿可恶的头发。这些漂亮的鬈发无疑属于小姨妈的，属于她们当中的一位。很明显，早晨乘火车走的是其中的一位，谁能意识到有这种事！他不是说过吗——每个墙角坐着一个小姨妈，大眼瞪小眼地看着，要了命也不敢进这样的房子。真可耻，实实在在的可耻！深更半夜地出来，剪红玫瑰方首领的头发，结果拿回来一绺儿一位小姨妈漂亮的鬈发！安德士站在那里，心中很难过，这是他犯的最严重的错误。他不想把此事告诉任何人。他要把这个可怕的秘密保守到死，把它带进坟墓里去。

但是那绺儿头发要尽快处理掉。他把手伸出桥栏杆,让头发往下落。那黑色的河水静静地接受了他的馈赠。桥洞下的水潺潺地流着,跟平时一模一样。

邮政局长别墅里可像开了锅。邮政局长和他的夫人不安地跑向阿达小姨妈,就连西克斯顿也快速地从阁楼里冲下来,在姨妈来做客时他暂时住在那里。

天啊,阿达姨妈为什么深更半夜发疯似的喊叫呢?邮政局长想搞明白。啊,阿达姨妈说,因为有一个小偷破门而入。邮政局长把全楼的灯都打开了,在屋里四处寻找,但是连个小偷的影子也没有找到。银餐具都在,一件东西也没丢。噢,是贝波!它通常要到院子里去一会儿。如果真有小偷来,贝波应该会叫个不停,阿达姨妈也就知道了。她做了一个噩梦,就是这么回事!他们安慰她,并且说现在她该睡了。

但是当屋里只剩下阿达姨妈一个人的时候,她激动得无法入睡。没有人能够使她相信她的房间里没有人来过。她点燃一支香烟,想让自己平静下来。她拿出镜子,想看看那场惊吓在她漂亮的脸蛋儿上留下什么痕迹没有。

这时候她看到了。这次造访已经留下痕迹,她有了新的发型。一大绺儿头发被剪掉了,她突然变成了阴阳头。

她沮丧地看着镜子里自己的样子,但是她的脸上逐渐露出

了微笑。有人，不管是谁吧，半夜三更地闯进她的房间，就是为了要她一绺儿头发！

　　过去不少男人对她做过不少蠢事，她已经习惯了，但是这次她觉得最傻。她思索着，这位陌生的崇拜者到底是谁？但是对她来说这永远是个谜。不管这次是谁，阿达姨妈都决定原谅他。而她也不想出卖他。大家宁愿相信，她只不过做了个梦。

　　阿达姨妈叹了口气就上床睡觉了。第二天她要到理发店，把那个阴阳头两边弄得整齐点儿。

12

新的一天又到了,一大早,卡莱和艾娃-露达就在面包师家的院子里,急切地等待着安德士来报告夜里的行动。时间一小时一小时地过去,就是不见安德士的踪影。

"奇怪,"卡莱说,"他大概不会又当俘虏了吧?"

他们正要起身去找他,他总算来了。他不是像平时那样跑,而是慢慢地走着,他的脸色异常苍白。

"你的脸色怎么这么难看?"艾娃-露达说,"你是不是也像报纸上经常说的那样'中暑'啦?"

"我是炖鳕鱼的牺牲品。"安德士说,"我不能吃鱼,我跟我妈妈说了不知多少次。这次又证明了。"

"到底怎么回事?"卡莱说。

"我吐了一整夜,在床上折腾来折腾去。"

"那大莫姆王国呢?"卡莱说,"它大概还在柜子里吧?"

"伙计!我早就处理好了。"安德士说,"我说管好它,

就说到做到，不管我身体怎样。大莫姆王国已经在西克斯顿的地球仪里！"

卡莱和艾娃－露达的眼睛亮了。

"好极了，"卡莱说，"讲一讲吧！西克斯顿惊醒了吗？"

"你们别着急，我讲给你们听。"安德士说。

他们三个人坐在艾娃－露达搭的吊桥上。河边很凉爽，桤木树荫下很舒服。他们把腿放到清凉的河水里。安德士说，河水可以对肚子里的鳕鱼起到安定作用。

"我想可能不仅对鳕鱼，"他说，"可能对神经也有镇静作用。因为我夜里曾到过危险的房子。"

"从头讲吧。"艾娃－露达说。

安德士照办了。他戏剧性地讲述了怎么样与小狗贝波相遇，怎么样让它静下来。卡莱和艾娃－露达听得心惊肉跳，又东问西问地问半天。他们是两个理想的听众，安德士讲得津津有味。

"你们知道，如果我不给贝波巧克力饼吃，我就栽定了。"他说。

然后他更加绘声绘色地描述了他与邮政局长遭遇的危险情景。

"难道你不可以也给他一点儿巧克力饼吃呀。"卡莱说。

"不行，我都给了贝波。"安德士说。

"那后来怎么样了?"艾娃-露达问。

安德士讲述了后来发生的事情。他讲了一切,关于西克斯顿的门没有吱吱响,关于西克斯顿的姨妈如何尖声喊叫,他吓得血都要凝固了,关于他三更半夜抱头鼠窜的情景。他唯一没有讲的就是他扔到河里的姨妈那绺儿头发。

卡莱和艾娃-露达认为,他讲的比任何惊险故事更紧张有趣,他们喜欢不厌其烦地听他讲各种细节。

"多么不寻常的夜晚!"当安德士讲完以后艾娃-露达说。

"啊,如果我未老先衰的话,也没什么奇怪的。"安德士说,"不过大莫姆王国安放在那里是最重要的。"

卡莱开心地用双脚拍打着水。

"好，大莫姆王国已经在西克斯顿的地球仪里。"他说，"你们还想得出有什么事儿比这个更开心吗？"

没有，不管安德士还是艾娃－露达都想不出。当他们看到西克斯顿、本卡和勇德沿着河边走过来时，他们变得更加开心。

"哎哟，看呀，落在树枝上的美丽白玫瑰。"当他们走到吊桥边时西克斯顿说。

本卡想趁机把白玫瑰方的人推到河里，西克斯顿阻止了他。红玫瑰方来的目的不是要打仗，而是来抱怨。

按照玫瑰之战法规，暂时拥有大莫姆王国的一方，有义务对宝物的去向作某种提示。不过这种提示的透明度很小很小！但是白玫瑰方做过吗？没有！上次他们的首领被胳肢时，曾经透露宝物在绅士庄园后边的小路附近，为了万无一失，红玫瑰方昨天把附近地区又找了一遍。现在他们确信，白玫瑰方已把宝物转移到新的地点，他们客气但坚决地要求提供一点儿线索。

安德士跳到水里。水深不及膝盖。他叉着腿站在水里，双手叉着腰，黑色的眼珠闪着愉快的光。

"好，你们一定会获得一条线索。"他说，"到地球中心去找！"

"谢谢，真够客气的。"西克斯顿用讽刺的口气说，"我

们从这儿下手还是从北海尔辛兰①下手?"

"确实是一条好线索。"勇德说,"你们会看到,在我们的孙子入土之前,一定能找到。"

"对,但是到那个时候他们手上会磨出很多茧子。"本卡说。

"用一用你们的智慧吧,可爱的红玫瑰们,如果你们还想找到的话。"安德士说。

他又戏剧性地补充说:

"如果红玫瑰方首领回家到地球中心去找,一切都会真相大白!"

卡莱和艾娃-露达一边傲气地用双脚拍打河水,一边高兴地冷笑。

"一点儿不错!到地球中心去找吧。"他们说的时候神秘兮兮的。

"脏鬼!"西克斯顿说。

随后红玫瑰方回家,在邮政局长家的院子里开始了大规模的挖掘工作。整个下午挖个不停,把能隐藏大莫姆王国的一切有疑点的地方都挖了个够。最后邮政局长回来了,他问他们是否有必要把他的草地挖得千疮百孔,为了使他高兴,他们能不能到别的院子去挖。

---

① 北海尔辛兰:位于瑞典北部地区,面积14240平方公里,人口约45000。

"还有,我认为,西克斯顿,你应该去看看小狗贝波。"他最后说。

"贝波还没有回来吗?"西克斯顿不安地说,他放下手中的铁锹,"我的上帝,它到哪儿去了?"

"这正是我想让你去了解的。"他的父亲说。

西克斯顿赶紧起身。

"你们愿意跟我去吗?"他对本卡和勇德说。

那还用说,本卡和勇德愿意。还有其他人想帮助寻找贝波。一个小时前还趴在围栏后边看红玫瑰方拼命挖地的安德士、卡莱和艾娃-露达也走出来,想帮一帮忙,西克斯顿同意他们加入,并表示感谢。在危难时刻已经没有敌人。

大队人马齐心协力地上路了。

"它很少走远,"西克斯顿不安地说,"最多一两个小时就回来。但是从昨天晚上11点钟它就不见了。"

"不对,大约是12点钟以后。"安德士说,"因为……"他突然止住了,脸刷的红了起来。

"好吧,那就是12点以后。"西克斯顿不假思索地说。但是这时候他突然用怀疑的目光看着安德士。

"天啊,你是怎么知道的?"

"我有千里眼,你知道吧!"安德士慌忙说。他希望西克斯顿别再深究。他当然不能讲出,他带着大莫姆王国进西克斯

顿的房间时,差不多在12点时在他们家厨房看到过贝波,但是他在大约一小时之后从窗子逃跑时,小狗失踪了。

"好啊,真有运气,正好抓了个千里眼公差。"西克斯顿说,"请你看一看贝波此时此刻在哪里。"

安德士说,他仅仅是一位时间千里眼,而不是地点千里眼。

"那我们几点钟可以找到贝波?"西克斯顿非常想知道。

"大约一小时以后可以找到它。"安德士含含糊糊地说。不过这位千里眼错了。事情没那么简单。

他们四处寻找,找遍了全城。凡是狗经常光顾的地方,他们都打听到了。他们问过所有遇到的人,但是谁也没见过贝波。它失踪了。

西克斯顿一言不发。他一边走一边小声地哭泣,他不能表露出自己的情感,只是不停地擤鼻涕。

"它肯定出事了,"他不时地叹息,"它过去从来没有走失过。"

其他人竭力安慰他。

"不,它不会出什么事。"他们说。但是他们的话没有什么说服力。

他们默默地走了很长时间。

"它是一只非常可爱的狗,"西克斯顿最后用沙哑的声音

说,"人们跟它说什么它都明白。"

说完他又擤了擤鼻涕。

"再别这么说了。"艾娃-露达说,"听口气,好像你觉得它已经死了。"

西克斯顿没有回答,只是擤了擤鼻涕。

"它有那么忠诚的眼睛。"卡莱说,"我的意思是,它现在有那么忠诚的眼睛。"他赶紧补充说。

然后又是一阵长时间的沉默。当气氛过于沉重的时候,勇德说:

"好啦,狗是非常可爱的动物。"

他们朝家走去。再找也不会有什么结果了。西克斯顿走在前边,离其他人有半米远,不停地往前踢一块石头。他们都知道,他是多么伤心。

"想想看,西克斯顿,说不定贝波已经在家里了,而我们却在外边瞎找一通。"艾娃-露达满怀希望地说。

西克斯顿停在街中央。

"它要真在家就好了。"他说,"如果贝波已经回家了,那我会变成一个更好的人。啊,我会变得要多好有多好!我会每天洗耳朵和……"

他带着新的希望跑起来。其他人也跟在后面,他们都急切地希望,当他们回到邮政局长家别墅时,贝波会站在大门口

欢迎他们。

但是大门口没有贝波。西克斯顿每天都洗耳朵的慷慨承诺对主宰狗的命运的力量没有产生任何影响。西克斯顿喊正在游廊的妈妈时,希望已经从他的声音中消失了:

"贝波回来了吗?"

妈妈摇了摇头。

西克斯顿什么也没说,走到草坪上坐下来。其他几个人犹豫了一下以后也跟了过去。他们默不做声地围在他的四周,因为他们不管怎样绞尽脑汁,也找不出能安慰他的话。

"它很小的时候,我就养着它。"西克斯顿用细微的声音解释说。他们一定会明白,如果一个人把一只狗从小养到大,当狗失踪的时候,他伤心得流泪是可以理解的。

"有一件事你们知道吗?"他继续说,好像有意折磨自己,"那次我得了盲肠炎,住医院动手术。当我回家来的时候,贝波在大门口迎接我。它高兴得把我扑倒了,伤口又裂开了。"

大家听了都很感动。一只狗再也没有把自己的主人扑倒更能显示自己的忠诚,主人盲肠炎开刀的伤口都裂开了。

"对,狗是可爱的动物。"勇德再一次证实说。

"特别是贝波。"西克斯顿一边说一边擤鼻涕。

卡莱事后怎么也不明白,是什么动机促使他要到邮政局长家的木柴房里去看一看。他自己认为这举动有点儿荒唐,理由

是，如果贝波不慎被锁在里边，它只要大声叫，就会有人来给它开门。

不管有没有正当的理由去看木柴房，反正卡莱去看了。他把门敞开，阳光照了进去。远处的墙角趴着贝波。它静静地趴在那里，卡莱猛一看还以为它死了。当卡莱走近它时，它费力地抬起头，叫了起来。这时候卡莱蹿到外面，憋足了力气喊起来：

"西克斯顿！西克斯顿！它在木柴房里！"

"我的贝波！我的可怜的贝波。"西克斯顿用颤抖的声音说。他跪在贝波旁边，贝波看着他，好像在问，主人怎么现在才来。它在那里已经趴了很长时间，它生病了，病得连叫的力气也没有了。噢，它病了！它试图把一切都告诉自己的主人，声音非常轻。

"你们看，它哭了。"艾娃－露达说，她自己也哭了。

对，贝波病了，人们没有看错。它的周围都是吐出来的食物，它是那么虚弱，连动的力气都没有。它只是静静地舔西克斯顿的手。它好像对于自己不能独自承担痛苦而连累大家表示歉意。

"我必须马上去找兽医。"西克斯顿说。

但是当他站起来时，贝波不安地叫了起来。

"它怕你离开它，"卡莱说，"我替你去吧。"

"告诉兽医快一点儿。"西克斯顿说,"请告诉他,这关系到一条狗的生命,它吃了老鼠药。"

"你怎么知道的?"本卡说。

"这我知道,"西克斯顿说,"我看得很清楚。都是那讨厌的'圣祭大杀生'。为了毒死所有的老鼠,他们放了有毒的海藻。贝波经常去那里找骨头吃。"

"也能把贝波……也能把一条狗毒死?"安德士吓得睁大眼睛问。

"闭嘴!"西克斯顿生气地说,"不是贝波!贝波死不了!从它很小的时候我就养着它。啊,贝波,你为什么一定要出去吃鼠药呢?"

贝波乖乖地舔他的手,什么也没有回答。

13

卡莱夜里睡得很不安稳。他梦见自己又出去找贝波。他一个人走在马路上,漆黑、荒凉,路在他眼前无尽地延伸,在很远的地方消失在迷茫中。他渴望碰见谁,打听一下贝波的下落,但一个人也没有。整个世界空无一人,漆黑而又极其荒凉。突然他要寻找的不再是贝波,是另外的东西,而且是更重要的东西,但是他已经记不清究竟是什么。他感到一定要记住,这件事性命攸关。它就在他眼前的黑暗之中,可是他无法找到。他为此事难过得突然醒了。

谢天谢地,这只是一场梦!他看了看表,才5点钟。这个时间最好继续睡。他把头埋到枕头里,想方设法再睡。但是非常奇怪——那个梦挥之不去。即使在他清醒的时候,他也感到有一件事一定要记住。它在他内心深处的某个地方,等待着能出来。在内心最深处有一个小小的东西,不知是什么东西,他一定要记住。他绞尽脑汁地思索着,生气地嘟囔着:

"嗨,那就赶快出来吧!"

但是它没有出来,卡莱不耐烦了。这时候他想睡觉了。他渐渐感到美好的睡意偷偷地来临了,这意味着要进入梦乡了。

正当他似睡非睡的时候,内心深处的那个小东西挤出来了,好像脱壳而出。其实就是一句话。是安德士的声音,他是这样说的:

如果我不给贝波巧克力饼吃,我就裁定了。

卡莱猛然从床上坐起来。他一下子清醒了。

"如果我不给贝波巧克力饼吃,我就裁定了。"他慢慢地重复这句话。

奇怪,这句话跟现在有什么关系呢?为什么偏偏记住这句话?

啊,因为……因为……有一种可怕的可能性……

想到这里,他又躺下,用被子把头蒙上深思。

"卡莱·布鲁姆奎斯特,"他警告自己说,"别再故技重演!别再沾侦探的边儿!我们再不能做这类蠢事了,我相信,我们是一致的!"

现在他要睡觉了!他真要睡!

我是炖鳕鱼的牺牲品。

他听到的又是安德士的声音。真见鬼,这也使他无法安宁!为什么老有安德士的声音,说一些不三不四的蠢话?如果他患了疯话症,能不能躺在家里克制一下自己?

可是一切都无济于事。那些可怕的思想总是冒出来,无法把它们拉回。

想想看,如果安德士吐出来的不是鱼该多好啊!炖鳕鱼是不好吃,卡莱也有同感,但是吃了鳕鱼也不至于吐一整夜。啊,想想看,贝波吃下去的是不是有毒的海藻!想想看,如果是……如果是……有毒的巧克力饼!

卡莱再一次让自己不往那边想。

"超级侦探读了报纸,我看到了。"他自嘲地说。看来他一直关注近几年来的刑事案件。不过即使过去发生过有毒巧克力致死案,也不意味着每一块巧克力饼都撒满了砒霜。

他静静地躺了一会儿。这是让人揪心的想法。

他想,不只我一个人读过报纸、研究过刑事犯罪,很多人都会这样做。比如穿绿色华达呢裤子的那个人。他会很害怕。他可能也读了关于艾娃-露达的那篇文章,那里就谈到,她收到很多人寄给她的巧克力和糖果。那篇文章还说,艾娃-露达·里桑德可能成为确认凶手的王牌,或者别的什么。你,伟

大的尼布甲尼撒,想想看,是不是这么回事!

卡莱从床上蹦起来。那一半巧克力饼,那一半巧克力饼在他那儿!他忘得死死的。现在在什么地方?

当然还在他裤兜儿里。那天他穿的那条裤子,后来没有再穿。他真运气,像童话一样——事情真像他怀疑的那样吗?

虽然人们躺在床上的时候有很多幻想,可白天就理智了。现在最不可能的事情变成了可能。卡莱从床上起来,穿着睡衣走进衣帽间,阳光从窗子照射进来,这时候他又觉得自己太愚蠢了。这一切自然都是幻想——与平时并无两样!

"不管怎么样,"他说,"小事一桩!"

他的好久没露面的假想听众就等着这句话。他急切地跑过来看,伟大的超级侦探如今正在做什么。

"布鲁姆奎斯特先生在想什么?"他屏住呼吸问。

"像我说的——小事一桩。"

卡莱突然又变成了超级侦探,真没办法。他已经有好久不是侦探了,他对于当侦探也没什么兴趣了。当现在真的玩起了这个游戏的时候,他不想扮演这个角色。但此时此刻他强烈地感到,他的怀疑有某种依据时,他身不由己地又当上了超级侦探。

他从裤兜儿里掏出巧克力饼,给他的假想听众看。

"由于某种原因,我怀疑这个东西里有砒霜。"

他的假想听众吓得缩成一团。

"你们知道，此类事情过去发生过，"超级侦探继续严肃地说，"有一些东西叫做效法犯罪。犯罪分子从某起过去发生的案件中得到启示而作案，是一种极为通常的现象。"

"不过人们怎么会知道这东西上有砒霜呢？"

假想听众一边说一边无奈地看着巧克力饼。

"做个小小的化验。"超级侦探镇静地说。

"英国马什化验砒霜法。这就是我现在想做的。"

他的假想听众用羡慕的目光朝更衣室四周看了看。

"布鲁姆奎斯特先生有一个先进的实验室。"假想听众说，"布鲁姆奎斯特先生是一位优秀的化学家，我能不能这样说？"

"噢噢，优秀……我一生中有很大一部分时间从事化学研究。"超级侦探未置可否地说，"化学与刑侦技术密不可分，知道吧，我亲爱的朋友！"

他慈祥的父母如果在场，可以证实，这位超级侦探一生很大一部分时间确实就在这个衣帽间里从事化学研究。说得确切一点儿，他们可以证明，为了满足他的并不符合准确科学知识的研究项目，他有几次差点儿把自己和房子炸飞。

但是这位假想的听众丝毫也没有怀疑是否真的像他说的那样。他饶有兴趣地看着超级侦探从一个架子上拿下一堆工具：一个酒精灯及各种各样的试管和烧瓶。

"布鲁姆奎斯特说的化验,应该怎么做呢?"假想听众好奇地问。

超级侦探毫无保留地告诉他。

"我们首先需要制造氢气的装置。"他以权威性的口气说,"我这里有一个这样的东西。就是一个普普通通的烧瓶,在硫酸里放入几小块锌。您知道,这样就生成氢气。如果我们把以某种形式存在的砒霜放进去,就会产生一种气体,名为H_3As(甲砷酸)。我们通过一个玻璃试管把它引出来,让它进入有着干氢化钙的试管,并使其干燥,随后让它进入一个更细的玻璃试管。用酒精灯加热,使气体得以压缩。这时候,您知道,气体就分裂为氢气和纯砒霜,砒霜附着在试管的壁上,一种发亮的黑灰色粉末,我不知道您是否听说过,我年轻的朋友?"

他年轻的朋友从来没有听说过,但是他全神贯注地看着这位超级侦探所作的一切准备。

"现在要记住,"当超级侦探最后点燃酒精灯时说,"我事先没有肯定,巧克力饼里一定有砒霜。我做的是一项小小的化验,我真心希望,我的怀疑没有证据。"

随后阳光灿烂的衣帽间里鸦雀无声。超级侦探忙于手中的活儿,完全忘记了自己年轻的朋友。

这时候烧瓶烧热了。一小块巧克力变成了粉末,卡莱通过一个漏斗把它倒入制作氢气的装置。

他屏住呼吸等待着。

仁慈的上帝，确确实实！砒霜晶体！

无可辩驳地证明他对了。他直愣愣地看着玻璃试管，好像不大相信自己的眼睛。他原来心里一直忐忑不安，此时已经没有任何疑虑。这意味着……事情有点儿可怕。

他颤抖地熄灭酒精灯。他的假想听众已经不见了。在这位高明的超级侦探变成惊恐的小卡莱的同时，假想的听众消失了。

过了一会儿，安德士被窗外边的口哨声惊醒，这是白玫瑰方的信号。

他睡眼惺忪，从天竺葵与盆栽橡皮树之间把头伸出去，看看是谁。卡莱站在鞋匠铺外边，向他挥手。

"哪儿着火了？"安德士说，"为什么这么早就把人家吵醒？"

"别说话,赶紧下来。"卡莱说。当安德士总算下来时,他瞪着一双严肃的大眼睛问他:

"在你给小狗贝波吃巧克力饼之前,你自己尝过没有?"

安德士惊奇地看着他。

"你一大早7点钟就蹦到这儿,仅仅为了问这个?"他说。

"对,因为里边有砒霜。"卡莱心平气和地说。

安德士的脸立即变得煞白。

"我不记得。"他小声说,"啊,我舔了舔手指头……我把大莫姆王国直接放到裤兜儿里那黏糊糊的东西上了。你肯定里边有……"

"对!"卡莱生硬地说,"我们现在去警察局吧。"

他匆匆忙忙地告诉安德士关于他做的化验和化验所揭示的可怕结果。他们想到了艾娃-露达,他们从来没有像现在这样沮丧。艾娃-露达不能知道这件事,要暂时对她保密,他们看法一致。

安德士还想到了贝波。

"是我害死了它。"他不安地说,"如果贝波死了,我还有什么脸再见西克斯顿。"

"贝波不会死,你知道这是兽医说的。"卡莱安慰他说,"它吃了很多药,洗了胃,还有很多其他治疗。贝波吃了巧克力饼比你或艾娃-露达吃了不是要好得多吗?"

"或者你。"安德士说。

两个人都不寒而栗。

"不管怎么样,有一件事是明摆着的。"当他们向警察局走去的时候安德士说。

"什么事?"卡莱说。

"你一定要亲手处理这个案子,卡莱。过去这类事情总是不了了之。你知道,我一直这么说。"

14

"一定要把这起谋杀案搞个水落石出。"刑侦处长一边说一边用手重重地拍了一下桌子。

14天来他一直忙于处理这桩罕见的疑难案件。现在他要离开这座城市。国家警察总署管辖的范围很大,其他的地方还有任务等着他去执行。不过他留下手下的三个人并一大早召集他们和当地警察一起在警察局开了一个会。

"就我看到的而言,"他继续说,"14天工作唯一可信的结果是,没有一个人敢再穿深绿色华达呢裤子。"

他沮丧地摇了摇头。他们一直在努力工作,把每一个可疑点都查过了,但是揭开案情看来仍然像开始时那么遥远。凶手来去无踪。除了艾娃-露达·里桑德以外,没有任何人见过他。

公众千方百计地给予帮助。他们提供了很多平时爱穿深绿色华达呢裤子的人的情况,啊,为了无一遗漏,一部分人还提

供了他们所认识的所有穿蓝色和灰色裤子的人。刑侦处长收到一封匿名信,可能是外国人写的,上面有很多错别字,信上说,"裁缝安德松有一个坏儿子,他穿黑裤子,应该把他拘捕起来。"

"如果连穿了黑裤子的人都要拘捕,那么穿深绿色裤子的人像变戏法一样一下子都消失了,也就不奇怪了。"刑侦处长笑着说。

艾娃-露达被传唤过几次,目的是让她指认一些人。这些人与一大群穿戴类似的其他人站成一排,然后问她,他们当中的哪个人是她在高草地上见过的。

"没有,谁也不是。"艾娃-露达每次都这么说。

她也看过警察局里的一大堆照片,但是没有发现她见过的那个人。

"他们看起来都很善良。"她一边说一边用审视的目光看着那些暴徒和小偷的照片。

住在痞子坡的每一个人都被传唤过,请他们说一说格伦的一些情况。警察特别想知道发生谋杀案前那个星期一晚上的异常情况,当时那个穿深绿色华达呢裤子的人曾经拜访过格伦。啊,几乎所有的人都注意到那个晚上发生的极不正常的现象。痞子坡吵闹得很厉害,至少像有十个人扭在一起厮打,听起来让人心跳。不过刑侦处长很快就明白了,那是玫瑰之战发出的

响声。很多人，其中包括卡莱·布鲁姆奎斯特，都说他们听到有一辆汽车在关键时刻启动以后开走了。后来证明这不是什么问题，是弗施贝里医生那个晚上开着车来给瘸子弗利德里克看病。

比约尔克叔叔曾经跟卡莱开玩笑，说他为什么不再仔细侦察一下那辆汽车。

"作为一个超级侦探，"他说，"应该跑过去，记下车牌号码！你现在的勤务怎么搞成这个样子？"

"当时有三个愤怒的红玫瑰在后边追我。"卡莱惭愧地辩解说。

人们下了很大力气与格伦的顾客联系。在格伦的住宅里，从保存在那里的借据上找到不少名字。这些人来自全国各地。

"有汽车这个人——有可能，"刑侦处长说，他激动得像一只愤怒的黄蜂，"他可能住在离这里几千公里的地方。他可以把车存在绅士庄园附近，作案后再跑回来开车跑掉，等我们知道了发生的情况，他已经在几百公里以外了。"

"对，他再也找不到比绅士庄园附近更好的会面地点，"比约尔克下士警官说，"路周围非常荒凉。没有任何人住在那里，谁也不可能看见他和他的汽车。"

"不可否认的事实证明，他熟悉这个地区的情况，对不对？"刑侦处长说。

"可能,"比约尔克下士警官说,"也可能是偶然到那儿去的。"

人们曾经在发生谋杀案以后,立即在绅士庄园周围寻找路上的汽车轮胎印迹。但是没有找到。那场瓢泼大雨给作案者帮了大忙。

他们曾经大张旗鼓地寻找那张丢失的借据!每一个树丛,每一块石头,每一片草丛都找遍了。但是那张倒霉的借据就是不见踪影。

"凶手来去无踪。"刑侦处长长叹了口气说,"想想看,这男子真的没有任何活动线索!"

正在这个时候,前厅里传来两个男孩子急切的说话声。很

明显，他们要求见刑侦处长，因为人们可以听到见习警官肯定地对他们说，刑侦处长正在开会，谁也不能打扰他。

但是男孩子们的声音变得更加固执。

"我们一定要见他，我说过了！"

比约尔克下士警官听出是安德士的声音，他站起来，从屋子里走了出来。

"比约尔克叔叔，"安德士一见他马上说，"是那桩杀人案……卡莱已经着手……"

"我实际上还没有……"卡莱不好意思地反驳说，"不过……"

比约尔克叔叔不满地看着他们。

"我觉得，我已经说过了，这些事不是小孩子和什么超级侦探能管的。"他说，"你们完全可以相信，国家警察总署能够处理好这个案子。请你们回家吧！"

这时候安德士生气了，他平时还是非常喜欢比约尔克叔叔的。

"回家！"他喊叫着，"回家！难道放手让杀人犯用砒霜毒害全城的人吗？"

卡莱过来为他助战。他掏出一块包得很好的巧克力饼，严肃地说：

"比约尔克叔叔，有人给艾娃-露达寄有毒的巧克力饼。"

他乞求地看着站在那里企图阻止他的高大警官。这时候比约尔克叔叔不再阻止他。

"进来吧。"他一边说一边把孩子推到自己前面。

当卡莱和安德士讲完以后,全场很长时间鸦雀无声。最后刑侦处长说:

"这是我想要的凶手的活动线索吗?"

他用手掂量着那块巧克力。这当然不是他渴望马上知道的那类消息。

他用目光打量着安德士和卡莱,琢磨着有没有孩子们帮倒忙的可能性。对于卡莱做的化学实验是不是可靠,他提供的砒霜晶体资料是不是准确,他确实拿不准。他的想象也许有助于打开他的思路。好吧,法医化验会给出答案。与此有关的那条狗的情况看来也确实很奇怪,化验一下狗吃的那半块巧克力饼一定很有价值。但是两个孩子都证实,他们把狗吐的东西都打扫干净了,没有留下痕迹。孩子们说,为了做得更好,艾娃-露达甚至把寄巧克力饼的信封都扔了。"唉,这个小家伙把有价值的文件确实都扔了。"刑侦处长想。不过也不能怪她,她怎么会知道那个信封会有什么价值呢。不管怎么说,他们还是在寻找,不过找到的可能性微乎其微。

他转向安德士。

"你没有留下一点点儿省下来的那半块巧克力饼吗?"他问。

安德士摇一摇头。

"没有,都给贝波吃了。我自己只是舔了舔手指上沾的那点儿。"

"噢,那裤兜儿里也没有?那上边就没有沾上一点儿吗?"

"昨天妈妈把裤子洗了。"安德士说。

"太可惜了。"刑侦处长说。

他沉思了一会儿,但是随后他瞪大眼睛看着安德士。

"有一件事,我正在思考。你昨天夜里到邮政局长家有何贵干。当大家都睡觉的时候,你从窗子爬了进去。作为一个老警察,我听了觉得很不安。我能不能确切知道,你到那里究竟去干什么?"

"噢……就是……"安德士躲躲闪闪地说。

"说呀!"刑侦处长说。

"这跟大莫姆王国……"

"不,不,请你别再让它掺和,"刑侦处长用缓和的语调请求说,"我认为那个大莫姆王国名声已经变得很不好,一有事情它就跳出来。"

"我只是想把它放在西克斯顿的地球仪里。"安德士负罪似的说。

卡莱一声尖叫，打断了他的话。

"大莫姆王国！"他喊叫着，"它身上可能有巧克力。安德士把它放进装有黏糊糊的巧克力饼的裤兜儿里。"

这时候刑侦处长的脸上露出一片笑意。

"我觉得，现在到了让大莫姆王国先生处于警察控制的时候了。"他说。

就这样，大莫姆王国再次得到警察的护送。比约尔克警官迅速赶往邮政局长家，卡莱和安德士紧随其后。

"大莫姆王国以这种方式受到宠爱。"卡莱说，"当它由一个地方转到另一个地方的时候，由骑警前后保护。"

由于特殊的原因，大莫姆王国必须要取回，这会给他们带来某种不悦。从白玫瑰的角度看，他们不能无动于衷。由于发现是安德士无意中毒害了贝波，大莫姆王国藏于地球仪里的秘密也不得不告诉红玫瑰方。他们必须把一切告诉西克斯顿，这意味着他马上就会拥有这件宝物。但是现在警察来了，大莫姆王国处于警察的保护之下。不管他们为艾娃－露达和贝波怎么伤心，安德士和卡莱不能不觉得，这是一个很好的解决办法。

"还有，大莫姆王国是救命恩人。"卡莱说，"因为，如果不是你，安德士，把它放到地球仪里，贝波也不会吃巧克力饼。如果贝波不吃巧克力饼，肯定会惹出更大的祸害。很难说大家都能像贝波那样经得住砒霜的毒害。"

比约尔克叔叔和安德士都赞成这个说法。

"大莫姆王国是一位值得尊敬的人物。"比约尔克下士警官一边说一边打开邮政局长家的大门。

贝波趴在游廊的一只筐里,还是无精打采。西克斯顿坐在旁边看着它,眼睛里充满爱怜。从贝波很小的时候,他就养着它,他想继续养着它。

当西克斯顿听到大门被打开时,抬起头,惊奇地瞪大了眼睛。

"你好,西克斯顿,"比约尔克叔叔说,"我是来取大莫姆王国的。"

15

　　一件命案怎么很快就被忘掉了？对，没过多长时间。人们谈论了一段时间，猜测、愤怒、恐惧、责怪警察无能；慢慢地，大家兴趣消失了。他们开始谈论别的事情，开始对新的事件表达愤怒或责怪的态度。

　　忘得最快的当然是小孩子，他们忙于自己的玫瑰之战、大莫姆王国的争夺。他们有很多事要思考，很多事要做。谁说暑假太长？不对，非常不对！暑假短得令人伤心，真想哭一通。黄金似的日子一天一天地过去。寸金难买寸光阴，要用好每一秒。绝对不能让暴力给暑假里最后一个阳光灿烂的星期蒙上暴力的阴影！

　　他们的父母忘得可没那么快。他们把自己还长着浅色头发的小女儿关在家里，不准她离开自己的视线。当他们听不见自己的儿子在附近吵闹的时候，他们便打开窗子不安地朝外看。有时候他们会匆忙跑出去，看看他们的宝贝孩子出没出事。有

很长时间人们对信箱里的东西提心吊胆,不知里边有没有什么危险品。不过到最后大家也心有余而力不足了。他们必须考虑其他事情。他们的儿子和女儿对此松了口气,父母的不安曾经给他们带来很多麻烦,现在他们可以去寻找曾经一度禁止他们去的旧战场和游戏地点。

警察没有忘——可能表面上忘了。他们还在默默无闻地工作,尽管困难重重。他们不得不摒弃所有无用的报告,寻找丢失的重要文件,有时候还要继续调查似乎意义不大的线索。警察还在继续工作——他们并没有忘。

还有一个人他永远不会忘,那就是凶手。他记住他的所作所为。晚上睡觉时,早上起床时,在早晚之间漫长的时刻,他都没有忘记。他时时刻刻记着,无论白天还是夜晚,即使在不安的睡眠中此事也追逐着他。

他很害怕。晚上睡觉时,早晨起床时,在早晚之间漫长的时刻,他都很害怕。他时时刻刻害怕,无论白天还是夜晚,恐惧干扰着他的睡眠。

他知道有一个人,在一个不合时宜的时刻看了他一眼,他很害怕她。他千方百计地改头换面,刮去胡子,把头发剪成小平头。他没有再穿那条深绿色华达呢裤子,他把它放在衣柜的最里边。他也想把它扔掉,又怕引起别人怀疑。不过他仍然觉得很害怕。他担心有人找到他丢掉的那张借据,借据上有他的

名字。他每天读报,担心报上报道有人捡到了借据,他将很快被抓到。他很害怕,怕得一次又一次地到出事地点的树丛中去找那张借据,尽管他知道是徒劳的。他一遍又一遍地安慰自己,那张借据既不在去年留下的枯枝败叶之中,也不在某块石头底下。因此,他有时候开着时速60公里的汽车到高草地旁边那个著名的地方去。因为既然他为了摆脱长期经济拮据的困扰,不惜杀人灭口,又怎么能让一张微不足道的小纸条坏了一切呢?他曾经装疯卖傻,演戏给别人看,他必须演到底。一旦被发现就全完了。他闭上双眼的时候,想到他不可避免被发现的罪行,是他有生以来做过的最愚蠢、最傻的事。

他一次也没有想过,一个人会永远离开人世。没有想过一个老人因为他的原因永远无法再看到夏去秋来。他只想自己,只想自己不惜一切代价摆脱困境。但是他很害怕。从来没有任何人像他那样怕得如此厉害。

大莫姆王国虽然还没有从斯德哥尔摩做法医鉴定的地方拿回来,但是警察局已经迅速获得信息:沾在大莫姆王国身上的极少的巧克力饼颗粒确实含有砒霜。留在卡莱那一半巧克力饼上的砒霜足以致人于死命。如果艾娃-露达像凶手预谋的那样把巧克力饼全吃下去的话,几乎不可能还活着。

艾娃-露达知道自己险遭暗算。大报小报都刊登的这一消

息无法为她保密。此外，刑侦处长认为，提醒她也是他的义务。不错，在报纸上反复劝告以后，大量寄送礼物和糖果的活动便停止了，但是艾娃－露达还是应该提高警惕。对于一个绝望的人来说，还会想出其他的办法伤害她。尽管刑侦处长估计到，当这位可怜的姑娘得知那个残酷的事实时，肯定会受到新的打击，他还是去了面包师家，与她进行了一次严肃的谈话。

但是他错了。艾娃－露达丝毫没有在乎什么打击。她非常生气，气得眼冒火星儿。

"贝波可能会死掉。"她喊叫着，"想想看，这只可怜无辜的小狗差点儿被毒死，但它什么错事也没做。"

在艾娃－露达的眼中，这是一件空前绝后的暴行。

但是她天生的乐天派性格使她很快忘记了这件讨厌的事情。几天以后，她又高兴起来。她不再记得世界上还有坏人，她只记得，现在是暑假，日子过得无限美好。

哎呀，暑假只剩下可怜的一个星期。红白玫瑰骑士都认为，要好好利用这短短的时间，不再考虑那些已经发生和无法改变的令人伤心的事情。

贝波已经完全恢复了健康。西克斯顿仍然寸步不离地待在它身边，不过他被一种新的激情驱使着。他重新把自己的人马召集在自己的旗下。他们在车库里开会，制订新的战斗计划。因为现在报一箭之仇的时机到了，白玫瑰方必须为藏在地球仪

里的大莫姆王国和其他失误付出代价。但安德士无意中毒害了贝波不算在报复之列。对此，西克斯顿已经原谅了他，安德士为了小狗的病也忙前忙后做了很多事情。

　　在大莫姆王国出现之前红白玫瑰双方就多次交战。尽管为争夺法力无边的大莫姆王国战况空前，但是还有其他的宝物可以作为争夺的目标。比如白玫瑰方有一个铁皮盒子，里面装满秘密文件。安德士认为，把这个盒子保存在面包房阁楼的柜子里不会有很大危险。平时他们也是这样做的。但是现在，当大莫姆王国在外边执行公务时，西克斯顿得出结论，白玫瑰方的铁皮盒子无比珍贵，一定要夺过来，即使红玫瑰方战斗到最后一个人也在所不惜。本卡和勇德马上赞成。很难想象，除了这两个年轻人以外，还有谁愿意战斗到最后。在首领车库的这次会议上作出豪迈的决定和庄严的宣誓以后，当晚西克斯顿不慌不忙地走到面包房里的白玫瑰方司令部拿了铁盒。然而，白玫瑰方并没有像预想的那样大喊大叫，原因很简单，他们并没有发现铁盒子丢了。最后西克斯顿忍不住了，他写了一封信让本卡送去，提醒白玫瑰方所发生的事情。信是这样写的：

　　　白玫瑰方的秘密铁盒哪儿去了？
　　　还有那些秘密原始文件哪儿去了？
　　　在高草地尽头，那里有一栋楼房，

楼房里有一个房间，房间里

有一个墙角，墙角里

有一张纸，纸上有一幅地图，

地图上……啊，就在那儿！

喂，白虱子们，

到那栋楼里去找吧！

"我这辈子再也不到那里去了。"艾娃－露达一开始这么说。但是仔细想了一下以后，她又自言自语地说，不可能老不到高草地去呀，那里的游戏场胜过所有别处的游戏场。春夏秋冬，高草地总是充满魅力，一年四季都可以玩。如果不再去高草地玩，她只有进修道院了。

"我跟你们去。"她跟自己思想斗争了一会儿后说，"还是让它烟消云散吧，免得成为我的一块心病。"

第二天早晨他们起得出奇的早，以免在寻找过程中惊动敌人。为了安全，艾娃－露达在家没有透露任何有关她行踪的消息。她静悄悄地走出院门，与已经在外边等了一会儿的安德士和卡莱会和。

高草地一点儿也不像艾娃－露达想的那样可怕，它像往日那样安卧在那里。燕子在空中一边飞一边发出呢喃声，那里没有任何东西使人觉得可怕。绅士庄园似乎很受欢迎，好像它不

是一栋被人遗弃的可怜楼房,而是一个家,只是家里的人还没有醒。他们很快就会打开窗子,让习习晨风吹动窗帘,屋子里回荡着欢乐的说话声,厨房传出温馨的响声,那是人们在吃早餐。高草地确实没有令人害怕的东西。

但是他们进门以后,迎接他们的仍然是一栋死气沉沉的房子。墙角布满了蜘蛛网,脱落一半的墙纸在风中抖动,窗上的玻璃已经破碎。在那里除了自己的声音以外,确实没有什么欢乐的说话声。

"喂,白虱子们,到那栋楼里去找吧!"红玫瑰方首领曾经这样鼓动他们,而他们确实卖了很大力气。他们找了很久,因为这是一栋很大的楼房,里边有很多房间和很多角落,最后

总算找到了——就像红玫瑰方判断的那样。因为不管过去怎么样，这次一定要让白玫瑰方彻底上当，这是西克斯顿的决定。

　　纸上确实有地图，不费什么力气就能看出是邮政局长家的院子。那里住房、车库、木柴房、厕所等一应俱全，有一个地方画了一个圆圈，上面写着请挖这里！

　　"让人怎么说红玫瑰们好呢，他们也太没有创造性了。"安德士研究了一会儿地图后说。

　　"对，太小儿科了！"卡莱说，"太幼稚可笑了！让人看了要脸红。我觉得，我们干脆到那里去挖吧，没有什么好琢磨的。"

　　对，他们是要到那里去挖，不过他们首先想干点儿别的。不管是安德士还是卡莱，自那个令人无法忘掉的星期三以来都没有再到过那个出事地点。当时比约尔克叔叔不准他们去。但是现在他们受到好奇心驱使，既然到了这个地方，难道不应该去看看吗？

　　"反正我不去。"艾娃-露达加重语气说。

　　她宁愿死也不愿再一次走榛树丛中的那条小路。如果安德士和卡莱有兴趣，那就请他们自便，她不会阻止。她自己愿意待在原地不动，等他们回来，再接她走。

　　"好吧，10分钟以后我们就回来。"卡莱说。说完他们就走了。

当艾娃－露达一个人时,她开始玩布置家具的游戏。她在想象中要把整个楼都布置上家具,让一个有很多孩子的大家庭住进来。因为艾娃－露达没有兄弟姐妹,所以她特别喜欢小孩子。

艾娃－露达想象着,这里是餐厅。这里放桌子。这家有很多孩子,他们都挤在桌子周围。克里斯特和克里斯蒂娜打起架来,他们只得到儿童卧室去。伯迪尔太小,他一定要坐一个高的儿童椅子。他的妈妈给他喂饭,不过他撒得到处都是!姐姐丽莲娜,她很漂亮,黑头发,黑眼睛,今天晚上要参加舞会。这里是大厅。她将穿着白色绸布连衣裙,站在水银灯下,光彩照人。

艾娃－露达光彩照人,她就是姐姐丽莲娜。

大哥克拉斯今天从乌普萨拉大学回家,他刚放假。主人对此非常高兴,她站在窗前朝外看,等着自己的儿子。

艾娃－露达腆着肚子,装作主人站在窗边等着自己的儿子。

看呀,他从远处走来了!他的样子真是很不错——尽管他应该再年轻一点儿!

过了几秒钟艾娃－露达从假想的世界回来了,她明白了,大步流星过来的不是大哥克拉斯,而是一个有血有肉的人。她

有点儿不好意思地小声笑了笑,想想看,如果她真的对他喊一声"克拉斯你好"可怎么办呢!

这时候他抬起头,看到了窗子里的她。他一惊,这位克拉斯大哥一点儿也不喜欢看到主人站在那里窥视他。他赶忙走开。

走得那么急。

但是他突然止步,转身往回走。对,他转身往回走!

艾娃-露达不想再惹他不高兴。她走回餐厅,看看伯尔吃完硬面包泡粥没有。他还没吃完,大姐丽莲娜必须帮助他一下。她是那么聚精会神,门被打开她也没听见。当她抬起头,看见克拉斯走进房间的时候,小声惊叫了一声。

"你好!"他说——不管他是克拉斯大哥或者称作别的什么吧。

"你好!"艾娃-露达说。

"我完全相信你是一位老相识,没错,我往这里边一看就知道了。"克拉斯大哥说。

"不对,你看到的是我。"艾娃-露达说。

他打量着她。

"不过我们过去没有见过面吗,你和我?"他问。

艾娃-露达摇摇头。

"没有,我想没有。"她说,"我不记得见过面。"

"在1000个人当中我也能认出他。"她曾经这样说。但是当时她并不知道，一个人可以通过刮掉胡子、把披散的长头发剪成小平头来彻底改头换面。她曾经在小路上碰到、其形象永远印在她视网膜的那个人当时穿深绿色华达呢裤子，她想象不出，他会有另外的打扮。克拉斯大哥穿了一身小花格子灰色西服。

他用一双不安的眼睛看着她，他问："这位小姐芳名呀？"

"艾娃－露达·里桑德。"艾娃－露达说。

克拉斯大哥点了点头。

"艾娃－露达·里桑德。"他说。

艾娃－露达当时一点儿也没有意识到，她没有认出这位克拉斯大哥对她来说多么幸运。正因为如此，即使是一个坏人，也不会无端要转身回来加害一个小孩子。但是眼前的这个人，为了摆脱困境将不惜一切手段。他知道有一个叫艾娃－露达·里桑德的人将会使他的一切化为乌有，他准备不惜使用任何手段阻止这件事发生。但是此时此刻这位艾娃－露达·里桑德就站在这里，他通过窗子一看见她的浅色头发，就似乎认出了她。现在她就站在这儿，并且非常平静地说，她过去从来没有见过他。他大大松了口气，差点儿叫起来。他用不着堵住给他造成很大烦恼的那张多嘴多舌的小嘴，也用不着再整日惊恐，不用再担心有一天她到他居住的那座相邻的城市时遇到他。她

很可能指认他说:"那是个杀人犯!"她已经认不出他,她不再是一个证人,她永远也不可能指认他。他对此松了口气,甚至对她躲过巧克力饼的毒害感到高兴。这件事报上讲了很多。

克拉斯大哥想走开,他想以后再也不到这个该死的地方来了。但是当他握住门把手的时候,他产生了怀疑。这个小东西是不是在演戏给我看,假装天真无邪,假装根本不认识我呢?他用怀疑的目光看了她一眼。她站在那里,嘴上挂着一点儿友善的微笑。她天真的目光真诚可信,没有任何做作,这一点他是知道的,尽管他对背信弃义知之甚少。为了预防万一,他还是问:

"你一个人在这里干什么呢?"

"我不是一个人,"艾娃-露达高兴地说,"安德士和卡莱也在这儿。他们是我的同伴,您知道吧。"

"你们是在这里玩什么吧?"克拉斯大哥说。

"不对,"艾娃-露达说,"我们在这儿找一张纸。"

"一张纸?"克拉斯大哥说,眼神立即变得紧张起来,"你们在找一张纸?"

"对,就算是吧!"艾娃-露达说。她觉得调查红玫瑰方的一张神秘的小地图要用一个小时实在太长了。"您可能不知道,我们在找什么。不过我们总算找到了。"

克拉斯大哥急促地吸了口气,他狠狠握住门的把手,关节

骨都发白了。

他完蛋了！几个小孩子已经找到了那张纸！他们找到了那张借据，就是他反复寻找今天又来做最后一次尝试的借据。正当他自认为平安无事的时候，他完蛋了！啊！他被疯狂的心绪所驱使，他要打倒和毁掉所有妨碍他的东西。当他为小姑娘寄去巧克力饼以后，他不是曾经为那位幸免于难的她感到松了一口气吗？现在他不再有这种感觉，有的只是就像七月最后一个星期三所困扰他的那种冰冷的愤怒！

他强作镇静，现在还不是一点儿希望都没有。他一定要拿到那张纸，一定要拿到！

"安德士和卡莱现在在哪儿？"他竭力装作心平气和地问。

"噢，他们很快就会回来。"艾娃-露达说。

她从窗子往外看。

"啊，他们从那边来了。"她说。

克拉斯大哥站在她后边也往外看。他站得离她很近，当她转过头来时，无意间往下一看，她看到了他的手。

她认出了他的手！ 他的手被她认出来了。手很结实，上面长满了黑毛。啊，现在她完完全全认出了克拉斯大哥。她吓坏了，差点儿倒在地上。好像全身的血都从脸上消失了，但转瞬间又流回来，速度之快冲得她的耳朵嗡嗡直响。多亏他站在她的背后，没有看到她眼中的惊恐，她的嘴因要哭泣而开始颤

抖。没有任何东西能比他站在自己身后又不知道他在干什么更恐惧。啊,还好,安德士和卡莱来了,上帝保佑他们!她在世界上已经不孤单了!那两个人溜溜达达地走过来了,身上穿着退了色的牛仔裤,不特别干净的衬衣,还有点儿蓬乱的头发,他们就像天启。白玫瑰骑士们,上帝保佑他们!

不过她也是白玫瑰方的一名骑士,一名骑士不能忘记自己的身份。她的脑子也紧张地思索着,她觉得站在身后的那个人大概能听到吧。有一件事她记得牢牢的,绝对不能让他知道,她已经认出了他。不管此时此刻会出现什么情况,她必须不动声色。她打开窗子,伸头往外看,她的整个心事都明明白白地显现在她的眼睛里,可是外边那两位并没有发现这点。"小心点儿,他们很快就会来。"当安德士看见她时高声说。

克拉斯大哥一惊。是不是警察现在就要来取他们找到的借据?他们当中谁拿着那张借据?啊,他必须马上动手。时间不多,事不宜迟。

他大步走到窗前。他实在不愿意抛头露面,但是现在他没有别的选择。他友善地对外边的男孩子们微笑着。

"你们好!"他说。

他们用怀疑的目光看着他。

"你们怎么把一位小女士孤零零地扔在这里?"他用一种似乎玩笑的口气说,但实际上不是玩笑,"当你们在外边寻找

那张纸，或者你们愿意叫它什么都行吧，我不得不进来跟艾娃－露达谈几句话。"

没什么要回答的，安德士和卡莱沉默不语。

"进来吧，孩子们。"艾娃－露达身后的那个男人继续说，"我给你们提个建议，是一个你们可以挣钱的好建议。"

这时候安德士和卡莱来了精神。说到挣钱，正中他们的下怀。

但是坐在窗台上的艾娃－露达用奇怪的目光看着他们。她用手打着白玫瑰的暗号，意为有紧急危险。安德士和卡莱止住鲁莽行动。

这时候艾娃－露达开始唱歌。

"现在是夏天，现在有阳光。"她唱着，尽管声音有些颤抖。她继续唱那首快乐的歌，不过这时候的歌词有些变味儿了。

"莫—扎—伦。"她唱道。

听起来就像小孩子们瞎编的歌谣，没什么特别的意思，可安德士和卡莱听见以后被吓呆了，那是意为"杀人犯"的暗语。他们像被钉在那里一样。但是他们马上恢复镇静，好像是随随便便捏捏自己的耳垂。这是白玫瑰的暗号，意思是明白了。

"喂，你们快一点儿。"站在窗子旁边的那个人很不耐烦

地说。

他们站在那里有些犹豫。但是卡莱突然转身大步朝附近一片树丛走去。

"你到哪儿去?"站在窗子里的人愤怒地喊叫着。

"你不想一起去挣钱啦?"

"当然愿意,"卡莱说,"不过我想先方便方便再说吧。"

那个人咬一咬嘴唇。

"你要快一点儿。"他高声说。

"好吧,我一定快一点儿。"卡莱说。

拖了一段时间,最后他还是回来了,故意装作扣裤子扣儿。安德士站在原地。他没有扔下艾娃-露达不管的想法,他一定要走进那栋房子,那里有一个杀人犯,但是他想和卡莱一起去。

这时候他们走进去了。那里是丽莲娜大姐今天晚上举行舞会的大厅。安德士走到艾娃-露达身边,把一只手放在她的肩膀上,看了看她的手表说:

"啊,我的上帝,时间这么晚了!我们必须回家,马上。"他拉住艾娃-露达的手就往大门口跑。

"啊,我们改天挣钱吧。"卡莱说,"我们现在该走了。"

如果他们真的认为克拉斯大哥会就此罢休,那他们就错了。他突然站在门前,挡住他们的去路。

"等一下，"他说，"你们用不着太忙。"

他用手摸裤兜儿，啊，那东西在。从七月最后一个星期三以后，他一直带着它——以防万一。

他脑子里进行着激烈的思想斗争，恐惧与愤怒使他完全丧失了理智。对，他对自己要采取的行动感到恐惧，但是他又不能犹豫不决。他已经开始了这场危险的游戏，他必须玩到底，尽管可能又要付出几个人的生命。

他看着眼前这三个孩子，为他必须做的事情而恨他们。他必须这样做，因为他不能留下有能指认出他强迫他们交出借据的三个证人。

不行，让他们永远不能有机会。他只得抱歉了，尽管他内心充满了恐惧。但是他想知道，他们当中谁拿着那张借据，他不想到每个人的口袋里去摸，浪费时间。

"你们听着，"他说，他的声音沙哑、凶残，"把你们刚才找到的那张纸拿出来！我想要它——快一点儿！"

站在他面前的三个孩子惊奇地张着大嘴，这比请他们一起唱"咩，咩，白色的羔羊"更使他们感到惊奇。他们的耳朵是不是听错了？他们听说过，很多杀人犯是地道的精神病，但是一个疯子怎么会对红玫瑰方写有"挖这里"的地图感兴趣呢？

"不管怎么说吧，如果他真的需要，他当然可以得到地图。"口袋里装着地图的安德士想。

但是真的遇到险情时，还是超级侦探布鲁姆奎斯特脑子转得快。转眼间他就明白了，这个男子想从他们那里要的那张纸是什么。那张纸对他来说完全是另外一回事。这个冷血男子曾经打死一个人，很可能现在也有武器在身。证人艾娃－露达差一点儿被他用有毒的巧克力饼毒死。卡莱知道，他们要从这里逃命的机会是多么小。如果安德士把那张纸露出来，即使他们能让他确信，他们连那张借据的影子也没有看到过，他们还是难逃厄运。凶手一定明白，他提的问题已经暴露了自己。卡莱意识到，凶手曾想法除掉一个证人，他怎么可能容忍让三个能指认他的证人存在呢。卡莱没有用明确的话语把这一切都说出来，只是内心意识到了，这是一个能把他吓昏的意识，他气愤地对自己说：

"事后你可以害怕——如果现在能变成'事后'的话。"

现在的问题是争取时间，啊，要争取时间！

正当安德士要从口袋里掏出图纸时，卡莱突然用力推了他一把。

"乃—伊，"卡莱吼道，"罗—特—布—里！"

"你们听见我说的话了吗？"克拉斯大哥说，"你们谁有那张纸。"

"我们没有。"卡莱说。

安德士大概认为，最好把地图给他就可以走了。但是他知

道,卡莱更习惯与罪犯打交道,所以当他听到卡莱用暗语告诉他"不行,别动"的时候,就没有再说话。

站在门旁边的那个人被卡莱的话激怒了。

"你们把它放到哪里去了?"他喊叫着,"拿出来——快,快!"

卡莱迅速地思索着。如果现在他说,那张纸在警察局,或者在艾娃-露达家,或者在高草地那边,可能一下子就完了。他知道,只要凶手认为自己有希望得到那张纸,他们就会安全。

"我们把它放在楼上了。"他慢腾腾地说。

克拉斯大哥激动得浑身发抖。他从口袋里掏出左轮手枪,艾娃-露达闭上了双眼。

"你们快一点儿!"他喊叫着,"可能这家伙能帮助你们

走得快一点儿。"

他把他们从丽莲娜大姐晚上要举行舞会的大厅里揪出来。

"国—萨—克—达,"卡莱小声说,"普—里—斯—科—姆—斯—那—赤。"听了他"慢慢走,警察很快就来了"的暗语后,安德士和艾娃-露达惊奇地看了他一眼。警察怎么会来得这么快呢?难道他真的相信,通过思想传导就可以把他们招来吗?不过他们还是听了他的话,慢慢地走。他们拖着腿,绊到门槛上,安德士绊倒了,头朝后顺着台阶摔下去,好像在一千年以前,他们与红玫瑰打仗时曾经也在此处发生过同样的事情。

他们的拖拉使克拉斯大哥无比愤怒。他的容忍差不多已经到了极限——他早就该动手了。但是他必须先拿到借据。啊,这些小崽子,他恨死他们了!他们好像并不知道那张纸藏在哪一个角落里。他们慢慢腾腾地从一个房间走到另一个房间,若有所思地说:

"不对,不是在这儿!"

真比赶一群野牛还费劲。这几个该死的小东西一会儿停下来擤鼻涕,一会儿挠痒痒,一会儿哭鼻子,啊,当然主要是那位姑娘在哭。

最后他们走进一个小房间,墙上脱落一半的18世纪的墙纸在风中飘动。当艾娃-露达想起很久以前卡莱和她曾经被关

在这里时,她哭起来。那时他们很幸福。

卡莱打量着四周的墙。

"不对,大概不是这儿。"他说。

"不对,不是这儿。"安德士说。

但这是整个楼上的最后一个房间,克拉斯大哥发出野兽般的叫声。

"你们以为,你们可以欺骗我吗?"他高声说,"你们以为,我不知道你们想方设法欺骗我吗?现在你们好好听着,你们现在拿出那张纸,马上。如果你们忘了在什么地方,我对你们就不客气了。如果我在五秒钟内拿不到那张纸,我就开枪把你们三个都打死。"

他背对着窗子看着他们。卡莱知道,他现在是认真的,那套战术已经不管用了。他对安德士点了一下头。

安德士朝一边墙走去,墙上的墙纸像旗子一样挂在那里。他从裤兜儿里拉出手,把它伸到墙纸后边片刻。当他再次把手收回来时,拳头里攥了一张纸。

"在这儿呢!"他说。

"很好!"克拉斯大哥说,"你们三个人站在一起。你把手伸过来,把纸递给我。"

"卡—斯—达艾尔—波—高—尔—外—特,乃尔—牙—尼—斯儿。"卡莱说。

安德士和艾娃-露达动了动耳垂，暗示他们明白了。卡莱说的是"我一擤鼻涕，你们就趴下"。

克拉斯大哥听见其中一个孩子讲一种胡言乱语，不知是什么意思，他对此不感兴趣。他想很快就会了结这里的一切。只要他拿到那张纸，马上就动手。

他伸出手去接安德士递给他的那张纸，他自始至终握着那把手枪。当他用一只手试图展开那张皱皱巴巴的借据时，他的手指直打战。

借据？什么借据！"挖这里"——借据上通常没有这些东西。他一时蒙住了，这时候他听到卡莱用力擤鼻涕，与此同时三个孩子都趴在地上了。卡莱和安德士滚到前面，抱住克拉斯大哥的腿。克拉斯大哥失去平衡，倒下的时候，他大叫起来。他手中的枪掉下来，卡莱在他还没捡起来之前，抢先一秒钟拿到了手枪。

这是超级侦探布鲁姆奎斯特缴械凶手的一次绝好机会！他经常这样做，手段极为高明。他通常拿枪对着罪犯说："用不着惊慌，我的好先生！"

这次他也这样做了？没有，他没有这样做。他匆匆忙忙抓起那个黑糊糊的可怕东西，朝窗外扔去，玻璃被打得粉碎。这是他果断的举动，是一个侦探的随机应变。此时此刻有一支手枪当然好，但是说真话，超级侦探布鲁姆奎斯特除了自己的弹

弓外,害怕所有杀伤性武器。他大概做得对。一支手枪拿在男孩吓得发抖的手里对疯狂的杀人犯可能不会有什么威慑力,双方角色可能会很快转换,所以最好的办法是把它扔到谁都够不着的地方。这时克拉斯大哥迅速从地上爬起来,愤怒地从窗子往外看,寻找他的武器。这是他最大、最严重的失误,而三位白玫瑰骑士不失时机地利用了这一点。他们朝房门猛跑。这座房子只有这么一个可以锁的门,对此他们吃过苦头。

克拉斯大哥紧随其后。但是他们抢先把门关上了,三只脚紧紧地顶住门,卡莱顺势锁上锁。他们听见门里边的疯狂吼叫声和拼命砸门声。卡莱拔下钥匙,以防克拉斯大哥瞎猫碰死耗子打开从外边上锁的门。

他们从那个考究的 18 世纪楼梯往下跑,喘着粗气,浑身颤抖。他们三个人一齐挤出大门,拼命往前跑。卡莱带着哭腔说:

"我们必须去拿那把枪。"

杀人凶器一定要拿到,这一点他很清楚。但是在他们转过墙角的那一瞬间,出现了意外。有什么东西从开着的窗子蹿下来,掉在他们眼前的地上。克拉斯大哥从楼上跳了下来,离手枪只有五米远。他已经绝望,便不顾一切冲过去,贪婪地抓住手枪。这次可没有什么可讨价还价的了。

在他捡起手枪的瞬间,三个孩子已经从墙角后边往回跑。

快跑，快跑！他很快就会……

这时候听到一个声音，又悲又喜。是那个姑娘在喊叫，"看，警察！他们从那边来了！你们快来呀！快来！比约尔克叔叔！快来！"

克拉斯大哥朝高草地望去。啊，真他妈见鬼，警察来了一大群。

现在再对孩子们下毒手已经来不及了，但是逃跑还不晚。他吓得快哭了。啊，赶快逃命。

他想先去开车，开上车疯跑，跑得远远的，跑到另一个国家！

他使出全身的力气朝汽车跑去。远处一群警察朝他奔来，就像他在噩梦中见到的那样。

但是他们抓不着他。他已经跑出了很远，他只要能钻进汽车，他们想抓他也来不及了。啊，他那辆可爱的小汽车，他的救星，就停在那里！当他跑到最后几米时，心里产生了一种疯狂的胜利感。他可以化险为夷，这是他一直在说的。

他插上钥匙，发动机器。再见吧，一切想要抓他的人，永远再见吧！

但是他那辆平时开起来快速、轻便的小汽车，现在走起来迟缓、沉重。他恨得咬牙切齿，气得眼泪都流出来了。他低头一看，原来四个轮子都没气了。

追他的人越来越近。他们虽然穷追不舍,但小心谨慎。他们知道,他身上有枪,所以他们以树丛和石头作为掩护,迂回前进,逐渐逼近凶手。

他跳出汽车,想把所有的子弹射向他们,但是他没有这样做。因为他知道,这无济于事,他们最终还会抓住他。

离他不远的地方有一片很密的树丛,树丛后面有一个水坑,虽然夏季干旱,但坑里的水还是挺深。他很清楚——他到过那里很多次。他朝那里跑去。他把手枪扔进深深的坑底。警察找不到杀人武器,就没有证据指控他。

他绕了一大圈跑回马路,然后站在那里等待着。现在他已经作好准备,他们可以抓他了。

16

　　刑侦处长坐在椅子上，身体向前探着。他打量着这个脸色苍白的年轻人，因为他的原因他不得不马上赶回来。

　　"最好你招认了吧，"他语气温和地说，"我们知道，是你杀了格伦，又把巧克力饼寄给艾娃－露达·里桑德。把一切都告诉我，结束这马拉松式的审讯，难道不好吗？"

　　但是这个年轻人还是用不可一世的口气回答说，他跟杀害格伦没有任何关系，他根本不认识格伦，更没有寄过什么巧克力饼给那位艾娃－露达·里桑德。

　　刑侦处长又问，当警察来到高草地的时候，他为什么要逃跑呢，如果他心里没有鬼的话。

　　那个年轻人为要求他再次进行解释而被激怒。他说他所以要跑，是因为那几个孩子拼命叫喊，好像他虐待了他们。很显然，他跟他们玩的时候，他们误解了他。对，他逃跑当然有些愚蠢，但是连刑侦处长也应该觉得，惹小孩子不高兴就受到指

控过分了。此外，他不是还停下来等警察吗？他可能有些愚蠢，不会逗小孩子玩，这一点他不否认。那个小姑娘向他讲过一张纸，一张他们找到的地图，还跟他们一起挖宝物。是啊，刑侦处长自己也看过那张地图，看来他讲的是真话。孩子们说得不假，他拿着手枪对着他们，不过手枪里没有子弹呀，多可爱的刑侦处长！

那现在手枪哪儿去了？刑侦处长想知道。

是呀，那个年轻人也想知道——那是一支很好的手枪，是从他父亲那里继承的。不过一个孩子把它从窗子扔出去了——人们确实应该笑话他们，干什么这么严肃对待他们的玩笑呢——后来他就再没见到那支手枪的影子。可能另外一个该死的孩子拿走了，很可能与刺轮胎的是一个孩子。

刑侦处长摇了摇头。

"年轻人，"他说，"您真会说瞎话。但是您不要忘记一件事，艾娃－露达·里桑德指证，在格伦被枪杀几分钟以后她在高草地上碰到的那个人就是您。"

那个年轻人满不在乎地笑了起来。

"天大的笑话，"他说，"真是天大的笑话。如果我是她说的那种人，她还跟我说话，还会跟我像好朋友那样讲什么地图，讲她的伙伴和我不知道的一切吗？她大概认为，这与杀人犯有直接关系。"

刑侦处长沉默了一会儿，说：

"您家的保姆告诉我们，您最近刮掉了您的胡子。说得准确一点儿的话，就是发生谋杀案的第二天。这又怎么解释呢？"

那个年轻人看了看刑侦处长刮得干干净净的脸。

"刑侦处长自己没有留过一点儿胡子玩，厌烦了再刮掉吗？我厌烦了，就把它刮掉了。正好在前一天，那个可怜的老头儿被枪打死了，我能有什么办法。"

"是吗？"刑侦处长说，"我大概应该告诉您，我们昨天搜查了您的家。衣柜的最里边挂着您那条绿色的华达呢裤子。而您可能知道，警察花了14天找那个穿绿色华达呢裤子的人吧？"

他对面的年轻人脸又变得有些苍白。但是他仍然油腔滑调地回答：

"我保证能在我认识的熟人圈子里至少找出五个穿绿色华达呢裤子的。而我从来没听说过，因为穿华达呢裤子就要受到惩罚。"

刑侦处长再一次摇了摇头。

"年轻人，"他说，"您只要有力气，就敞开撒谎吧！"

这个年轻人还真有力气撒谎。只要刑侦处长还有耐心，他就可以继续撒。刑侦处长的耐心在警察局里是出名的，而克拉

斯大哥是很顽强的，啊，真是一种奇妙的巧合，他真的叫克拉斯，跟艾娃-露达给他起的名字一模一样。

绅士庄园发生的戏剧性事件干扰了玫瑰战的进行。父母们的心里再一次充满恐惧，孩子们再一次受到必须待在家里的严厉警告。他们心事重重，没有心思去做别的。他们坐在面包师家的院子里，回忆着发生在高草地的那可怕的几分钟。卡莱因为足智多谋再一次受到称赞。他找借口，说是要小便，难道不聪明吗？他知道红玫瑰也来了，安德士和他已经看见他们趴在树丛里，他飞快地跑过去，给他们下达了简短、准确的命令：

杀人犯在绅士庄园。跑步去叫警察！你们当中的一个人去马路边扎他的汽车轮胎！

对克拉斯大哥的审讯持续了一昼夜，中间有短暂的休息，刑侦处长的耐心又多了几分。随后下了一个下午的雨，本卡坐在家里摆弄他的邮票。本卡本来是一个很文静的孩子，但是他崇拜一个人，这个人强悍、粗壮，他就是西克斯顿。西克斯顿把本卡造就成一名能干的红玫瑰骑士。阴雨的下午大家心情不好，只能进行一些安静的室内活动，本卡饶有兴趣地摆弄自己的邮票。他用有点儿近视的眼睛看着自己心爱的邮票。他有一

套很完整的瑞典邮票，正当他准备动手把一些新票贴上去的时候，目光落到一个褶皱的信封上。啊，这是他不久前在里桑德家外面的大街上捡到的。因为上面有新出的邮票，所以本卡从路边的水沟旁捡起来，他过去没有见过这样的邮票。

现在他把信封平展开，过去他没有这样做过，而是拿来信就扔在盒子里，那里存放着很多这类的邮票。

"艾娃－露达·里桑德小姐收。"信封上用打字机打着这样一行字。对，她最近收到过很多邮件，艾娃－露达。他看了看信封里面，里面当然什么也没有！他又看了一眼邮票，非常高兴，因为这是一枚非常好看的邮票。他没有看见发信的地址——上面就有"PKP"，意思是"火车邮箱"。但是看不出日期。

突然一个念头闪电一样出现在他的脑海里。天啊，这是不是他们大张旗鼓要找的那个信封呀？是不是警察要找的那个信封？好好想一想——那天白玫瑰方坐在凉棚里，西克斯顿派他去叫阵，不正是那天寄来巧克力饼吗？对，就是那一天，没错！他也是那天拾到的这个信封。他真是木头疙瘩，怎么不仔细看一看呢！

他只用了两分钟就跑到正在与勇德下棋的西克斯顿那里。他们又用了两分钟跑到艾娃－露达家里，她和安德士、卡莱正坐在阁楼里读幽默报刊并欣赏雨打屋顶的声音。他们几个人一

起又用了两分钟冲到警察局。但是这群被雨水浇得像落汤鸡似的孩子却用了至少十分钟时间向比约尔克叔叔和刑侦处长解释，他们为什么到警察局来。刑侦处长用放大镜看了看信封，打字机上的字母"T"显然有磨损，所以每一个"T"都缺一块儿。

"这群孩子真像猎犬一样。"孩子们走了以后刑侦处长说，"他们到各处的垃圾堆里寻找，一旦找到有用的东西，就叼回家。"

这个信封极有价值。克拉斯大哥确实有一台打字机。当确认了这台打字机上的字母"T"与信封上的相吻合的时候，刑侦处长认为拘留他的时机已经成熟了。

但是这位被拘留者仍顽固而愚蠢地拒绝认罪。警察不得不逮捕他。

西克斯顿制作了一张上面写着"挖这里"的地图。一个美丽的夜晚，他来到面包师家的院子，把地图交给正在聚会的白玫瑰骑士。

"挖这里。"当西克斯顿把地图递到安德士手里的时候，安德士这样说，"对，你可以这样说。不过当我们也来挖你父亲的草坪时，你想他会说什么呢？"

"谁说是在草坪底下？"西克斯顿说，"只要你们照图上

说的去做,我保证父亲不会跟你们吵。这期间本卡、勇德和我去游泳。"

白玫瑰方起身去邮政局长家的院子。他们用脚测量了距离,并且与地图相比较,最后得出结论,盒子埋在一块长满杂草的草莓地里。他们马上动手挖,每次碰到一块石头,都欢呼一番,以为镐碰到盒子了,但每一次都让他们扫兴。他们继续挖,累得浑身流汗。当他们最后快把整块草莓地都翻了一遍的时候,卡莱突然说:

"啊,总算找到了,在这儿!"

他伸手拿起那个沾满泥土的盒子,它被有意地放在很远的一个角落里。

安德士和艾娃-露达抛下手中的镐,赶紧跑过来。艾娃-露达用手绢小心翼翼地擦掉盒子上的泥土。安德士拿出挂在脖子上的钥匙。盒子显得很轻,让人有些不安。想想看,如果红玫瑰方配把钥匙,偷走他们的宝物怎么办呢!为了搞个水落石出,他们打开了盒子。

盒子里边没有什么秘密文件和宝物,就有一张纸,纸上有西克斯顿写的很难看的字。内容是如下的号召:

继续在这里挖吧!就像你们开始时那样。
你们只要再挖几万公里,

你们就到了新西兰。待在那里吧！

白玫瑰方痛苦地叫了一声。树篱后边发出一阵幸灾乐祸的笑声。西克斯顿、本卡和勇德走了出来。

"脏鬼，你们把我们的文件弄到哪里去了？"安德士高声说。

西克斯顿拍打着膝盖，笑了很长时间才回答。

"没头的苍蝇，"他说，"你们以为我们对你们那些破烂文件真有什么兴趣。它们还放在你们柜子里的破烂东西当中，但是你们既不听也不看！"

"对，你们就一味地挖呀挖呀！"勇德得意地说。

"好，挖吧，越挖越好。"西克斯顿说，"我父亲肯定会很高兴，省得他为那块不再播种的草莓地唠叨。大夏天的，我没兴趣去翻地。"

"不对，你挖大莫姆王国时挺卖力气的，你手上的血泡到现在还没下去吧？"卡莱问。

"你们要付出代价的，可爱的先生们。"安德士说。

"对，这一点你们用不着怀疑。"艾娃－露达说。她抖掉手绢上的泥土，重新放回口袋里。

口袋底上还有什么东西。是一张纸。她拿出一看，上边写着"借据"。艾娃－露达又笑了。

"啊，谁知道这是什么？"她说，"这里真有一张旧借据。它一直在我的衣帽间，大家在高草地爬来爬去，到处找它。这不正好应验了我一直说的那句话——借据包含着某种特别荒谬的东西。"

她又仔细看了看借据。

"克拉斯！"她说，"啊，完全正确，上面签着他的大名。"

她把借据揉成一团，扔在草坪上，让夏日的微风把它吹走。

"啊，他现在已经被逮捕了，有没有他的签名都一样。"

卡莱叫了一声，立即扑了上去，抓住那张宝贵的纸。他用责备的目光看着艾娃－露达。

"我告诉你一件事，艾娃－露达。如果你继续这样到处乱扔纸，你就完蛋了。"

17

"列—维吕—达鲁—森。"西克斯顿用蹩脚的暗语说着从白玫瑰方学来的"红玫瑰万岁"。"其实这是一种简单的语言,稍一用心就行。"

"对,你找到玄机以后可以这么说。"安德士说。

"此外,你们必须学会快讲,越快越好!"卡莱说。

"对,不能今天讲一个字,明天再讲一个字。"艾娃-露达说,"你们讲起来要像机关枪一样。"

所有的红白玫瑰骑士坐在面包师家的阁楼里,红玫瑰方已经上了江湖黑话的第一节课。白玫瑰方仔细想过以后明白了,向红玫瑰方揭示语言的秘密是他们的公民义务。学校的老师经常说,语文知识的重要性怎么说都不过分。啊,他们说得多么正确!他们真幸运,如果安德士、卡莱和艾娃-露达没有掌握江湖黑话,他们在绅士庄园肯定会难逃厄运。卡莱思考了几天以后,对安德士和艾娃-露达说:

"老让红玫瑰处于无底的蒙昧深渊,我们付不起这个责任。他们一旦遇上坏人,就会束手无策。"

所以现在白玫瑰方在面包师家的阁楼里开办了语言课程。西克斯顿的英语成绩很不好,他本来应该从早到晚啃英语语法,因为最近几天就要考这门课。但是他认为,学江湖黑话比这更重要。

"英语每个杀人犯几乎都会,"他说,"所以用处不大。而不会江湖黑话就完蛋了。"

因此他、本卡和勇德在面包师家乱糟糟的阁楼一坐好几个小时,拼命练习江湖黑话。

语言课被艾娃-露达的爸爸打断了,他从楼梯走上来,手

里端着一大盘刚烤好的蛋糕,他一边递给艾娃-露达一边说:

"比约尔克叔叔刚才打来电话,说大莫姆王国已经回来了。"

"芬—特,"艾娃-露达一边高兴地用暗语说"好",一边拿起一块蛋糕,"走,我们去警察局!"

"芬—特,啊,不客气。"面包师说,"不过你们对大莫姆王国以后要更加小心,对吗?"

红白玫瑰骑士一起发誓,他们会更加小心!面包师疲惫地顺着楼梯走下去了。

"顺便告诉你们一件事,那个克拉斯已经招认了。"他在走远之前说。

对,克拉斯大哥招认了。有了借据作为证物,他无法再狡辩。

这一时刻终于到来了,这是一个想起来使他胆战心惊的时刻,这是一个使他陷入彻夜难眠的时刻。就是在这一瞬间,他被证明有罪,他必须对他的所作所为承担责任。

克拉斯大哥已经有很多年内心不得安宁。由于长期缺钱花,他与格伦做了一笔不明智的交易,这使他整天被人逼债,一刻也无法安宁。七月底那个可怕的星期三以后,他的不安上升为难以忍受的懊悔,日夜难以摆脱。

当他现在必须公开面对自己的罪恶,并且准备用很多年赎罪的时候,他是否灰心丧气了?他会不会被懊悔压垮?

没有,这并不奇怪。克拉斯大哥内心好久没这么安宁了。当他良心发现以后,他产生了从来没有过的平静。他为自己的罪恶哭了一会儿,他用颤抖的手抓住刑侦处长强有力的拳头,好像在寻找帮助,但是他不再感到惆怅。他陷入了深深的、无梦的睡眠之中,使他一时忘记了自己的罪恶。

当红白玫瑰骑士们风风火火来警察局取回大莫姆王国的时候,他已经睡着了。他没有听见他们挤到比约尔克下士警官身边,急切要求归还宝物的欢叫声。

"大莫姆王国——"比约尔克下士警官拖着语调说,"大莫姆王国没在这里。"

他们惊奇地看着他。他是什么意思?他亲自打电话说它已经回来了。

比约尔克叔叔严肃地看着他们。

"到天上去找吧,"他用高雅的声调说,"让天上的鸟给尊贵的你们指路!去问一问乌鸦,它们是否看见过那高贵的大莫姆王国!"

一片会意的微笑荡漾在玫瑰骑士们年轻的脸上。勇德满意地说:

"芬—特！打仗继续进行！"

"打仗继续进行！"本卡坚定地说。

艾娃-露达满意地看着比约尔克下士警官，他穿着制服，安静地坐在那里，他饱经风霜的男孩子般的脸上带着严肃的皱纹。

"比约尔克叔叔，"她说，"如果比约尔克叔叔不是太老的话，可以参加我们的玫瑰之战。"

"对，比约尔克叔叔可以成为一名红玫瑰骑士。"西克斯顿说。

"不会！"安德士说，"是一名白玫瑰骑士！"

"不，上帝保佑，"比约尔克下士警官说，"有生命危险的事我不敢做。一名警察的平静、有保障的工作，最适合像我这样的老人。"

"嘿，人有时候必须要冒一冒险。"卡莱一边说，一边挺挺胸。

几个小时以后，他又以自己喜爱的姿势躺在梨树下，想着那些历险的事。他思索着，看着缓慢移动的夏日天空，他是那么专注，以至于没有注意到他的假想听众小心地走来，在他的身边坐下。

"我听说布鲁姆奎斯特先生又成功地抓住一个凶手。"他

用讨好的口气说。

这时候卡莱·布鲁姆奎斯特突然生起气来。

"我抓住?"他一边说一边生气地看着他无法摆脱的假想听众,"少说蠢话!我没有抓过任何凶手。是警察抓的,那是他们的工作。我这辈子不想再抓任何凶手。我现在想洗手不干刑侦工作了。干这行只能陷入一大堆灾难之中。"

"不过我相信,布鲁姆奎斯特先生还是喜欢冒险的。"那位假想听众说,他真诚的语气略微带有一点儿责备。

"不过我似乎觉得不该再冒险了。"超级侦探说,"年轻人,您应该知道,玫瑰之战是怎么进行的。"

这时候一只苹果重重地打在他的头上,思路被打断。凭着超级侦探准确的判断,他马上猜出,苹果不会是从梨树上掉下来的,他朝周围看了看,想找到肇事者。

安德士和艾娃－露达站在围栏旁边。

"醒一醒,别睡了。"安德士喊叫着,"我们赶快去找大莫姆王国!"

"你知道我们在想什么吗?"艾娃－露达说,"我们认为,比约尔克叔叔把它藏在市公园的瞭望塔里了。你知道,平时那里有很多很多乌鸦!"

"芬—纳—忙,"卡莱用暗语高声地说着,"好极了"。

"如果我们先找到,红玫瑰方会把我们打死。"安德士说。

"没关系,"卡莱说,"人有时候必须要冒一冒险。"

卡莱有意地看着他的假想听众——现在他明白吗?不当侦探也能历险。他偷偷地对正站在那里目送着他的可爱年轻人告别,他的假想听众比以往任何时候都更加崇拜他。

当卡莱跑向安德士和艾娃-露达的时候,他的棕色光脚快乐地踏在院子里的甬道上。他的假想听众已无影无踪。他消失得无声无息,就像被夏日的微风轻轻吹走了。

第三部

卡莱·布鲁姆奎斯特和拉斯莫斯

大侦探小卡莱
Dazhentanxiaokalai

1

"卡莱！安德士！艾娃－露达！你们在那儿吗？"

西克斯顿使劲盯着面包师家的阁楼，看看有没有哪个白玫瑰从窗子探出头来回答他。

"你们为什么不在那里呢？"当白玫瑰司令部里没有一个带气的露面时，勇德高声说。

"你们真的不在那里？"西克斯顿又问了一次，他有些不耐烦了。

这时候阁楼的窗子里露出了艾娃·露达的脑袋。

"没在，我们不在这儿。"她一本正经地说，"我们只是假装在这儿。"

这个不大不小的玩笑是说给西克斯顿的。

"你们干什么呢？"他想知道。

"啊，你觉得呢？"艾娃－露达说，"你以为我们在玩妈妈、爸爸、孩子这类过家家吗？"

"我看你们什么都可以做得出来。安德士和卡莱在那儿吗?"西克斯顿问。

两个脑袋从艾娃·露达旁边的阁楼窗子伸出来。

"没有,我们也不在这儿。"卡莱说,"不过你们想干什么,红玫瑰?"

"没什么大事,就想敲一敲你们的脑袋!"西克斯顿笑着说。

"想知道大莫姆王国的事。"本卡接着说。

"整个暑假过去之前,你们都不想说出个名堂吗?"勇德问,"你们是把它藏起来了,还是把它给丢了?"

安德士迅速从绳索上滑下来,白玫瑰方常利用那根绳索从面包师家阁楼上的司令部直接滑下来。

"我们肯定是把大莫姆王国藏起来了。"他说。

他走到红玫瑰首领跟前,严肃地看着他的眼睛,一板一眼地说:"一只黑白相间的鸟儿,在离荒废城堡不远的地方建

窝。今夜去找吧!"

"无所谓!"这是红玫瑰首领对这个提示的唯一回答。他带着自己的部下很快来到红醋栗树丛后边的一个僻静处,进一步察看"黑白相间的鸟"。

"嘿,就是一只喜鹊。"勇德说,"大莫姆王国就放在一个喜鹊窝里,就是一个小孩子也能猜到。"

"对,小勇德,就是一个小孩子也能猜到。"艾娃-露达从阁楼上高声说,"真不错,像你这样一个小孩子都能猜出——这回你该高兴了吧,小勇德?"

"我能去教训她一下吗?"勇德问自己的首领。但是西克斯顿认为,大莫姆王国比其他任何事情都重要。勇德不得不放弃自己的惩罚行动。

"在离荒废城堡不远的地方——他们的意思可能就是指王宫遗址。"本卡小声说,他不想让艾娃-露达听见。

"在王宫遗址附近的一个喜鹊窝里。"西克斯顿满意地说,"快来,我们开拔!"

三个红玫瑰骑士咚的一声关上面包师家院子的大门,吓得艾娃-露达那只在游廊里午睡的小猫惊慌逃走。面包师里桑德从面包房的窗子伸出那张慈祥的脸,高声对女儿说:

"你觉得还要用多长时间,能把整个面包房掀翻?"

"您怎么啦!"艾娃-露达委屈地说,"红玫瑰方像一群

北美野牛一样来来去去，我们有什么办法。我们可没有使那么大劲关门。"

"但愿如此！"面包师一边说一边把一屉诱人的甜面包递给不使劲关门的白玫瑰。

转眼间三个白玫瑰飞一样地跑出门，关门的声音把附近花圃里开谢的牡丹花上的最后几片花瓣都震掉了，它好像伤心地叹了口气。面包师也叹了口气。一群北美野牛，就像艾娃－露达说的！

两年前一个平静的夏季夜晚，红白玫瑰之间爆发了玫瑰之战。今年是第三年，交战双方谁也没有觉得厌烦。相反，安德士经常把瑞典历史上"三十年战争"作为后世学习的榜样。

"既然过去他们能打那么长时间，我们现在也能。"他满怀信心地说。

艾娃－露达对这件事的看法更理智。

"想想看，如果当你变成一个40岁的大胖子时，你还偷偷地趴在水沟里找大莫姆王国，全城的小孩子都会跑来嘲笑你。"

想起来真够窝囊的。要遭人嘲笑——更糟糕的是，自己要变成40岁，而其他的人无忧无虑，仍然是十三四岁。安德士对那些小孩子非常不服气，他们有朝一日要接管做游戏和捉迷藏的地方，要打玫瑰之战，甚至可能胆大妄为地嘲笑他。嘲笑

他，在那群小毛孩子还没出生的时代，他已经是白玫瑰首领了！

安德士伤起心来。艾娃－露达的话使他觉得人生苦短，该玩就赶紧玩。

"不过没有任何人将来会像我们玩得这样有意思。"卡莱安慰自己的首领说，"红白玫瑰之战，他们永远达不到我们的水平，那群小臭孩子！"

艾娃－露达赞成他们的观点。没有任何东西可以与玫瑰之战相比。即使有一天，他们像她预示的那样，很遗憾地变成40多岁的人，他们仍然会记得夏天里的美好游戏。他们也会记得，初夏的夜晚，他们光着脚踩在高草地滑溜溜的草上感到多么舒服，他们是怎么样啪啦啪啦通过艾娃－露达的浮桥去进行决战的，也会记得脚下的河水是多么宜人、爽心。从面包师家阁楼的窗子照进的阳光是多么温暖，就连白玫瑰司令部的木制地板也散发着夏天的气息。啊，玫瑰之战无疑会永远与暑假、清新的风和灿烂的阳光连在一起！而秋天的黑暗和冬天的寒风不可避免地阻止了大莫姆王国之战。学校一开学，敌对行动就要结束，只有当大街上的栗树花重新开放，春季那学期的分数册被挑剔的家长过目以后，战火才能重新燃起。

现在是夏季，玫瑰之战正酣，而面包师家真的玫瑰花儿开得正旺盛。正在小街上巡视的比约尔克下士警官看见红玫瑰方

一阵风似的跑过去,几分钟以后白玫瑰方又以同样疯狂的速度跑过来,并直奔王宫遗址,他明白他们在干什么了。艾娃－露达只来得及喊一声"比约尔克叔叔好",她披散的浅色头发就在最近处的墙角消失了。比约尔克下士警官笑了起来。多好啊,就那么个大莫姆王国——孩子们为此玩得津津有味!大莫姆王国就是一块石头,只是样子有点儿奇特,然而为了它就足以打一场玫瑰之战。不错,真不错,打一场战争就需要这么一点儿东西!当比约尔克下士警官想到这儿时,叹了口气。随后他若有所思地走过大桥,看一看河对岸停错了地点的一辆小汽车。走到一半时,他停下脚步,用哲人的目光看着桥孔下边的潺潺流水。这时候一张旧报纸顺流而来。它在波浪之间慢慢地浮动着,上面有一条大字标题的新闻,可能是昨天的,或者是前天的,也许是上个星期的。比约尔克下士警官饶有兴趣地读了起来。

穿不透的轻质装甲板——军事工业的一场革命
一位瑞典科学家解决了长期困扰全世界科研人员的难题

比约尔克下士警官又叹了口气。如果人们把战争局限在大莫姆王国之战的范围内该多好啊!那时候人们不需要任何军事工业!

不过现在他必须去看一看那辆停错了地方的小汽车。

"王宫遗址后边那棵瑞典红豆树——他们会先到那里去找。"卡莱很有把握地说,想到这点他高兴地跳起来。

"没错。"艾娃-露达说,"仅此一处,不会有别的喜鹊窝。"

"所以我也在那里给红玫瑰方作了一个小小的提示,"安德士说,"他们读了以后会大发雷霆。我觉得我们可以待在这里,迎接他们的进攻。"

在他们正前方的一个高坡上,旧王宫的断壁残垣直指蔚蓝的夏日天空。那里有一座几世纪之前就被废弃的荒凉、破旧的城堡。在它的脚下就是这座城市的其他建筑,有个别的房子犹犹豫豫地攀岩而上,接近坡顶的那个庞然大物。在通向遗址的年代久远的一条小路上,有一座古老的别墅,掩映在茂密的山楂、丁香和樱桃树中,像一个前哨。一道年久失修的围栏绕着这小小的田园。安德士舒服地把背靠在这道围栏上,泰然自若地等待红玫瑰方的进攻。

"在离荒废城堡不远的地方,"卡莱一边说一边站在安德士的身边,"这要看怎么理解了。如果我们拿从这里到南极的距离进行比较,即使我们把大莫姆王国藏到瑞典最南端的海斯勒霍尔姆地区,也可以说,'在离荒废城堡不远的地方'。"

"你说得对。"艾娃-露达说,"我们从来没有说过,喜鹊正好就在王宫遗址墙角外边。如果红玫瑰方这么理解就太白痴了。"

"他们应该给我们下跪,感谢我们。"安德士刻薄地说,"我们没有把大莫姆王国藏到很方便的海斯勒霍尔姆地区,而是把它藏到埃凯隆德别墅很近的地方——我们确实够意思了。"

"对,我们确实够意思了!"艾娃-露达高兴得笑了。随后她出人意料地说,"看呀,那边游廊的台阶上有一个小孩!"

一点儿不错。游廊的台阶上坐着一个小孩。不需要别的,这一点就足以使艾娃-露达暂时忘记大莫姆王国。桀骜不驯的艾娃-露达是一位勇敢的战士,可是也有女人的弱点——白玫瑰首领曾试图让她明白,在玫瑰之战中不能这样,但无济于事。安德士和卡莱都对她一走近小孩就像着了迷似的感到吃惊并责备了她。因为安德士和卡莱知道,所有的小孩子都劳神、麻烦、尿裤子、流鼻涕。而在艾娃-露达的眼中,他们都是可爱的小精灵。当她进入这样一个小精灵的圈子时,她的女战神式的小身躯就软下来,假小子的特征也全消失了。她的动作,按照安德士的说法,绝对不可思议。她对小孩伸出双臂,突然发出充满美妙、温柔的声音,令卡莱和安德士浑身起鸡皮疙瘩。白玫瑰骑士的勇敢、顽强一扫而光。如果红玫瑰方利用她的温柔对她进行偷袭,那就完蛋了——卡莱和安德士认为,这

将是白玫瑰军徽上的一个难以洗刷的污点。

台阶上的孩子显然发现了大门外边不同寻常的动静，因为这时候他慢慢地朝院子门口走来。看见艾娃－露达时，他立即停下了脚步。

"你好！"他说，语调有点儿犹豫。

艾娃－露达站在大门外边，脸上带着安德士称作傻笑的表情。

"你好，"她说，"你叫什么？"

男孩用一双严肃的蓝眼睛打量着她，似乎不喜欢这种傻笑。

"我叫拉斯莫斯。"他一边说一边用大脚拇指在院子的沙路上画着。他又走近几步。他把短平、有点儿雀斑的鼻子从大门的栅栏伸出来，看见卡莱和安德士坐在外边的草地上，他严肃的脸立即露出了愉快的表情。

"你们好，"他说，"我叫拉斯莫斯。"

"好，我们已经听见了。"卡莱真诚地说。

"你几岁了？"艾娃－露达问。

"5岁。"拉斯莫斯说，"不过明年，我就会变成6岁。你明年会变成几岁？"

艾娃－露达笑了。

"明年我就会变成老太婆了。"艾娃－露达说，"不过你

在这儿干什么呢？你住在埃凯隆德家吗？"

"我当然不住在那儿，"拉斯莫斯说，"我住在我爸爸那儿。"

"你爸爸住在这里的埃凯隆德别墅吗？"

"他当然住在那儿。"拉斯莫斯不高兴地说，"不然我怎么能住在那儿，你明白了吧。"

"绝对合乎逻辑，艾娃-露达。"安德士说。

"她叫艾娃-露达吗？"拉斯莫斯用大脚拇指指着艾娃-露达问。

"对，她叫艾娃-露达，"艾娃-露达说，"她觉得你很好玩。"

因为红玫瑰还没在视线内，她直接爬过大门，进入埃凯隆德的院子，走近那位可爱的孩子。拉斯莫斯觉得至少有一个人对他感兴趣，他决定以礼相待。这就需要找一个合适的话题。

"我爸爸，他制作铁板。"他想好以后说。

"他制作铁板？"艾娃-露达说，"他是白铁匠？"

"当然不是，"拉斯莫斯说，"他是制作铁板的教授。"

"啊，真不错，那他大概可以为我爸爸制作一块铁板了。"艾娃-露达说，"你知道吗，我爸爸是面包师，他需要很多很多铁板。"

"我一定请爸爸为你爸爸制作一块铁板。"拉斯莫斯友善

地说,并把手放在艾娃-露达的手上。

"嗨,艾娃-露达,别跟小孩子瞎贫了,"安德士说,"红玫瑰方随时都可能来。"

"急什么,"艾娃-露达说,"我会第一个敲他们的脑袋。"

拉斯莫斯用非常崇拜的目光看着艾娃-露达。

"你要敲哪些人的脑袋?"他问。

艾娃-露达讲给他听:关于光荣的红白玫瑰之战,关于沿大街小巷疯狂地追捕,关于危险的任务和秘密命令,在漆黑的夜晚紧张地潜入室内,关于尊贵的大莫姆王国和很快就会出现的红玫瑰方,他们会气得像凶残的马蜂,以及随后会发生的激烈冲突。

拉斯莫斯明白了。他总算明白了战斗的真正意义。没有比当一名白玫瑰战士更美妙的事情了。此时,在他5岁的心灵深处萌发了要做艾娃-露达、安德士和另一位,他叫什么——啊,卡莱——那样的人物的强烈愿望!要和他们一样高大、强壮,要敲红玫瑰方的脑袋,要高声喊杀、偷偷潜入和别的什么壮举。他用满怀期盼的目光看着艾娃-露达,乞求说:

"艾娃-露达,我难道不可以成为一名白玫瑰吗?"

艾娃-露达玩笑似的捏了一下他长着雀斑的鼻子。

"不行,拉斯莫斯,你现在太小。"她说。

这时候拉斯莫斯生气了。当他听见他恨之入骨的话——"你太小"时，立即生气了。他总是听别人这样说。他愤怒地看着艾娃-露达。

"我认为你很愚蠢！"他说。随后他就不再理她。他转身去问那两个男孩，他能否成为一名白玫瑰。

他俩站在大门旁边，饶有兴趣地看着木柴屋。

"你，拉斯莫斯，"那个叫卡莱的说，"那辆摩托车是谁的？"

"当然是我爸爸的。"拉斯莫斯说。

"天啊，"卡莱说，"一位教授骑摩托车，那会是什么样呢？我想，他的胡子会缠到车轮子里。"

"什么胡子！"拉斯莫斯生气地说，"我爸爸没有胡子。"

"他没有？"安德士说，"所有的教授都有胡子。"

"不对，他就是没有。"拉斯莫斯一边说一边大步走回游廊的台阶。这几个孩子都是傻瓜蛋，他不想再答理他们。

当他感到已经安全回到游廊的时候，他转过身来对着大门旁边的三个人喊：

"喂，你们都是大笨蛋！我爸爸是制作铁板的没有胡子的教授。"

卡莱、安德士和艾娃-露达开心地看着游廊里那个愤怒的小人儿。他们不是有意惹他生气。艾娃-露达使劲迈了几大

步，想追上他，安慰一下，但是她马上停住了。因为在同一瞬间，拉斯莫斯背后的门开了，出来一个人，是一位满脸黝黑的男人，30岁左右。他一把抓住拉斯莫斯，顺势把他甩到肩上。

"你说得对，拉斯莫斯，"他说，"你爸爸是一位制作铁板的没有胡子的教授。"

他肩上扛着拉斯莫斯沿沙石小路走下来，艾娃－露达向后退了几步，因为她已经进入私人地界。

"这回你看到了吧，他没有胡子。"拉斯莫斯得胜似的对仍犹犹豫豫地留在大门旁边的卡莱说，"所以他当然可以骑摩托车。"拉斯莫斯继续说。

在他的内心深处，他极不愿意看到一位爸爸留着长长的胡子，一骑摩托车胡子就缠到轮子里。

卡莱和安德士有礼貌地鞠了个躬。

"拉斯莫斯说，叔叔是制作铁板的。"卡莱想躲开胡子的话题。

教授笑了。

"对，差不多可以这样说吧。"他说，"铁板……轻质装甲……你们知道，我搞了一个很小的发明。"

"是什么发明呢？"卡莱饶有兴趣地问。

"我找到一种方法，使轻质装甲无法穿透，"教授说，"这就是拉斯莫斯说的制作铁板。"

"啊，我在报纸上看到这条消息了。"安德士激动地说，"叔叔大名鼎鼎呀，对吧！"

"那还用说，他当然大名鼎鼎！"拉斯莫斯坐在高高的肩膀上肯定地说，"他也没有胡子，就是这样。"

教授没有再谈论他的荣誉。

"拉斯莫斯，现在我们要进屋吃早餐了。"他说，"我去为你煎火腿。"

"我一点儿都不知道叔叔住在这个城市里。"艾娃-露达说。

"只是在这里过夏天。"教授说，"我夏天的时候租这座

房子。"

"因为爸爸和我想在这里过个快乐的夏天,我妈妈住医院了。"拉斯莫斯说,"我们两个很孤单,就是这样!"

2

　　父母亲经常给玩打仗游戏的孩子们设置障碍，他们用很多方法干扰活动进程。有时候食品店老板布鲁姆奎斯特让自己的儿子在商店最忙的时候去帮忙。邮政局长接连不断地提些愚蠢的建议，让西克斯顿整理院子里的甬道和剪草坪。西克斯顿竭力劝说父亲，一个长满野草的院子更好看，但白费力气，邮政局长不解地摇着头，指着剪草机让他干活儿。

　　更固执和苛刻的要算鞋匠本特松。他13岁就自己谋生，这位鞋匠认为，他儿子也应该这样。因此在暑假，他强制性地让儿子坐在修鞋的板凳上，但是安德士逐渐掌握了一套对付占用他宝贵自由时间的技巧。当修鞋匠走进作坊，想向自己的长子传授修鞋秘诀时，安德士的那个板凳经常空着。

　　只有艾娃－露达的爸爸真正通情达理。

　　"只要你高兴、听话、别太淘气，你做什么我都不管。"面包师一边说一边把慈爱的大手轻轻地放在艾娃－露达漂亮的

头发上。

"要有这样一个父亲还差不多。"西克斯顿感慨地说,他的声音很高,压过了剪草机的轰鸣。

这是在很短的时间里,他冷酷的父亲第二次强迫他修整院子。

本卡和勇德靠在围栏上,用同情的目光看着西克斯顿卖力气。他们添油加醋地描述自己怎么在家里干活儿,用来安慰他。本卡一上午都在摘茶藨籽,而勇德要照顾自己的弟弟妹妹。

"好吧,我们只得在夜里收拾那群白玫瑰了。"西克斯顿生气地说,"白天那么长,都没有一点儿空闲,我们只能做最要紧的事。"

勇德点了点头,表示赞成。

"你下命令吧!我们难道不能在今天夜里收拾白玫瑰吗?"西克斯顿立即放掉手里的剪草机。

"你还真不笨,小勇德。"他说,"走,我们去司令部开作战会议。"

在西克斯顿家车库里的红玫瑰方司令部,夜里作战计划拟订好了。随后,本卡被派遣去给白玫瑰送挑战书。

安德士和艾娃-露达坐在面包师家的凉棚里,等布鲁姆奎斯特家的食品店关门后卡莱才有空闲。他们在那里下棋、吃李

子，以此消磨时间。在七月温暖的阳光里，白玫瑰首领显得疲倦，没有斗志。但是当他看到本卡跑过艾娃－露达的浮桥时，他立即精神抖擞。本卡的光脚溅上很多水，手里拿着一张纸，勉强地鞠了个躬，把纸递给白玫瑰首领，随后很快消失在他刚才来的路上。

安德士吐出一粒李子核，高声念道：

在这月光明亮的夜晚

在我祖先的城堡举行宴会

因为红玫瑰将庆祝光彩夺目的大莫姆王国从异教徒

手中重新夺回来

警告！！！不得干扰我们！！！

如果白玫瑰小粪球胆敢偷偷进入

将格杀勿论

西克斯顿

贵族、红玫瑰首领

注意！十二点钟在王宫遗址

安德士和艾娃－露达对视了一下，随后满意地笑了。

"走，我们去通知卡莱。"安德士一边说一边把纸放进裤

兜儿里，"记住我的话：这里就将酿成刀光剑影之夜。"

"在这月光明亮的夜晚"，小城无忧无虑地沉睡着，一点儿也没有意识到有什么刀光剑影之夜。沿着空无一人的大街慢慢巡逻的比约尔克下士警官也没有意识到什么。万籁俱寂——他听到的唯一的声音是自己的鞋跟踏在石板路上发出的响声。城市在月光下沉睡，照在街道和广场上的明亮月光没有泄露任何刀光剑影之夜的消息。但是在沉睡的房子和院子周围，阴影幽暗，如果比约尔克下士警官稍微留意一下就会发现，黑暗中有动静。他会发现有人在那里走动、躲藏和小声说话；他会听到面包师里桑德家的一扇窗子被轻轻地打开了；他会看到艾娃-露达从梯子上走下来；他会听到卡莱在安德士家墙角轻轻地吹暗号；他会看到安德士一闪身躲进丁香树丛的阴影里。

但是比约尔克下士警官非常困，他盼着巡逻赶紧结束，所以他不明白，这是刀光剑影之夜。

被蒙在鼓里的可怜的红白玫瑰的父母们在床上睡得香香的。没有人注意他们夜里的行动，只有艾娃-露达写了一张条子，放在自己的枕头上，以防有人偶然发现她失踪了，会很着急。条子的口气非常平静：

你们好！请不要大惊小怪！我只是在外边玩打仗游

戏，我相信我很快就会回来，特啦啦啦。

艾娃－露达

"纯粹是一个以防万一的措施，仅仅如此。"当他们攀登通向王宫遗址的崎岖山路时，她向卡莱和安德士解释说。

议会大厦上的钟刚刚敲过12下，时间还早。

"'我祖先的城堡'——去你的吧！"卡莱说，"西克斯顿说这个话是什么意思？据我所知，这里没有任何邮政局长住过。"

月光中的王宫遗址屹立在他们眼前，看不出有任何邮政局特征。

"这是红玫瑰方惯用的吹牛手法，你明白吧？"安德士说，"他们找揍。而大莫姆王国也在他们手里。"

在安德士内心深处，对于红玫瑰方找到正确的喜鹊位置和重新夺回大莫姆王国没有什么不满意的。玫瑰之战规定，宝物要时时更换主人。

爬过那段崎岖难走的山路以后，气喘吁吁的三个人在遗址入口处停了一会儿。他们站在那里听了听动静，王宫遗址在那些断壁残垣之下，显得朦胧而可怕。他们听见从黑暗中传来幽灵的叫喊声：

"现在是红白玫瑰之战；成千上万的灵魂将走进死神王国

和死亡之夜!"

随后一阵刺耳、恐怖的笑声在石壁间回响。再后来是寂静——可怕的寂静,好像刚才狂笑的人被黑暗中某种危险突然吞没了。

"冲呀,胜利是属于我们的!"安德士坚定地呼喊着,并一头钻进遗址里。卡莱和艾娃-露达紧随其后。

有阳光的时候他们来过这里无数次,但是从来没有在夜里来过。他们甚至还有过一段被锁在遗址地下室的难忘经历。当时很不舒服,不过他们不记得有像现在这样害怕——在午夜时分钻进一无所知的深渊,阴影中什么可怕的东西都可能有。不仅仅是红玫瑰。不,红玫瑰一点儿也不可怕,可怕的是妖魔鬼怪,他们会因为宁静安详的夜晚被打扰而进行报复,从墙壁的某个洞里突然伸出骨瘦如柴的手,把人掐死。

为了鼓舞士气,安德士又一次喊起"冲呀,胜利是属于我们的!"但是这喊声在寂静中显得很可怕,艾娃-露达用颤抖的声音请他别再喊了。

"你们无论如何不要离开我,"她补充说,"因为我跟魔鬼在一起很不舒服。"

卡莱拍了拍她后背,让她别怕。他们小心翼翼地往前走,走一步停一步,听一听动静再走。红玫瑰方就待在黑暗中的某个地方——因为可以听见他们的脚步声,这至少是他们所希望

的。在月光透过断壁残垣照射进来的地方，一切都像白天那样清晰，粗糙的墙壁、高低不平的地面。他们小心地向前迈步，免得被绊倒。但是在月光照不进来的地方，漆黑可怕，死一般的寂静。如果仔细听，从寂静中可以捕捉到轻轻的耳语，轻飘飘的耳语飞进耳朵，更使他们充满恐惧感。

艾娃－露达害怕了，她放慢了脚步。谁在小声说话？是红玫瑰方，还是很久以前死去的人发出的呻吟在石壁之间回响？她伸出手，想试一试周围有没有人。她需要用指尖摸一摸卡莱的风衣，以此来壮胆。但是没有风衣，也没有卡莱，只有一片漆黑的空间。艾娃－露达吓得叫了起来。这时候有一只胳膊从一个深深的壁龛中伸出来，紧紧地抓住她。艾娃－露达喊起来。她所以喊，是因为她觉得自己危在旦夕。

"闭嘴！"勇德说，"你叫得就像个风铃。"

亲爱的老朋友勇德！艾娃－露达突然喜欢他了。他们在黑暗中无声地厮打着。

她痛苦地思索着，安德士和卡莱跑到哪儿去了？正在这时候她听到首领在远处说：

"你在喊什么，艾娃－露达？宴会到底在什么地方举行？"

勇德不是特别强壮，艾娃－露达用坚硬的小拳头赢得了自由。她使劲沿着漆黑的路往前跑，勇德拼命追赶。这时候从另一个方向也来了一个人，艾娃－露达发疯似的左抡右打，想开

出一条生路，但是这个敌人比较强壮。艾娃－露达感到自己的双臂被死死地夹住了——这个人大概是西克斯顿——但是艾娃－露达不想让他轻易取胜，真的不能！

她绷紧身上的每一块肌肉，然后用头撞他的下巴。

"哎哟！"他叫了起来，这是卡莱的声音。

"你怎么了？"艾娃－露达说，"你瞎打什么？"

"你瞎打什么！"卡莱说，"人家不是来帮助你吗？"

勇德高兴地笑起来，他赶忙离开这两个可怕的邻居。他不想在漆黑的甬道上一个对两。他朝明亮的门口奋力跑去，进了院子以后他喊着告别：

"真不错！互相残杀，我们拜拜了。"

"追他，艾娃－露达。"卡莱高声说，他们一起冲出甬道。

这时在院子里双方的首领正在进行遭遇战。手持木质宝剑的两个人在月光下进行厮杀。当艾娃－露达和卡莱看到两个黑影围着院子追杀时，他们紧张得直打战。啊，这才是真正的玫瑰之战。在古老的中世纪围墙之间勇士们进行夜战。当真正的红白玫瑰进行正式的战斗时，成千上万的灵魂才进入死神王国和死亡之夜！像一小股令人不悦的寒风吹进他们的心田，他们意识到，这场玫瑰之战已经不再是有趣的游戏，因为这场月光下的决斗突然让人觉得是真枪实弹。这是生死搏斗，两个黑影沿着城堡围墙进行的你来我往的格斗，直到其中一个永远不能

再动为止。

"成千上万的灵魂……"卡莱低声自言自语。

"喂,请你不要说话。"艾娃－露达说。她的目光一直盯着两个厮杀的黑影,紧张得浑身打战。离她不远的地方站着本卡和勇德,他们也屏住呼吸注视着这如火如荼的战斗场面。两个黑影时而进攻,时而后退,时而短兵相接,时而分散开来。他们不说一句话,人们只能听到刺耳的宝剑撞击声。

"唱宝剑摇篮曲,让他们永远安息。"本卡像朗读似的说,"给他一下子,让他鲜血四溅。"他又补充一句,以减轻移动的阴影给他带来的可怕魔法。

这时候艾娃－露达清醒过来,她松了一口气。嗨,这只是安德士和西克斯顿用两把宝剑在打仗!

"把他轰出祖先的城堡。"卡莱鼓励自己的首领。

他的首领已经尽了最大的努力,却没有能把西克斯顿赶出祖先的城堡,但是他用锋利的宝剑把他逼到城堡院子中央的压水机旁。紧靠着压水机有一个很浅的喷水池,里边盛满混浊的水。红玫瑰首领一不小心后退了一步,正好掉进喷水池里。

卡莱和艾娃－露达用欢呼声压倒红玫瑰方愤怒的抗议。这时候西克斯顿从浊水中站起来,他发怒了。他像一头被激怒的公牛冲向安德士,按照互换角色的规则,安德士决定逃跑。他大笑着奔向城堡的院墙,开始往上爬。在他还没来得及爬上去

时,西克斯顿赶到了,他也跟着往上爬。

"你要往哪儿去?"安德士被激怒了,他看着下边的追赶者说,"你不是要去参加在你祖先城堡里举行的宴会吗?"

"我先要揪掉你的头发再说。"西克斯顿发誓说。

安德士轻手轻脚地沿着墙头走,心里在琢磨着,如果西克斯顿抓住他该怎么办。如果在上边厮打,那会有生命危险,因为围墙外边是一道深沟。西克斯顿只需要朝东追20米,墙外边就将不再是只有一米深的柔软的草地,而是一个至少有30米深的可怕的沟。如果他不走那么远,就不必跳下去,但是他没有这么想。要玩得惊险、玩得有趣,这个夜晚充满了惊险。他可能患了某种月亮疯病,因为他感到全身涌动着一股抑制不住的疯狂力量。他要让红玫瑰目瞪口呆。

"来吧,小西克斯顿!"他引诱说,"你也想在月光下散步吗?"

"你别急,我来啦。"西克斯顿生气地说。他知道安德士想干什么,但是西克斯顿不是那种轻易会目瞪口呆的人。

围墙大约有20厘米宽,对于经常在学校体操队练习平衡木的人来说是条散步的好路。

这时候安德士已经到了东边的墙角。那里有一个圆形平台,实际上是一个炮楼,围墙在此处往南拐,进入深谷。

安德士试着迈了几步。这时候他听到自己内心有一个理智

的声音,他要听从理智的召唤还不晚。听呢,还是不听?

西克斯顿这时候离他很近了,真烦人。当他发现安德士犹豫不决时,高兴地笑起来。

"看你脑浆迸裂的人来啦!"他友善地说,"你大概没害怕吧,对不对?"

"害怕?"安德士说,他没有再多考虑,很快迈了几步,又上了围墙。他至少要沿着深谷走50米。他竭力不让自己往下看,眼睛平视着,像一条银色带子的围墙在他前面延伸。一条很长很窄的银色带子!突然它变得令人不安的窄!是因为这个原因他身下的双腿才感到奇怪的发软吗?他本想转过身来,看看西克斯顿在什么地方。但是他不敢转身,也不需要,因为这时候他听见西克斯顿在他身后不远处喘着粗气。他听到的是相当紧张的喘气声。西克斯顿肯定害怕了……他也害怕了。安德士十分害怕,说不害怕有什么用呢。其他的玫瑰已经爬到炮楼附近。他们站在那里,胆战心惊地看着自己领袖的疯狂举动。

"看你……脑浆迸裂的人来……来啦!"西克斯顿唠叨着,但是他充满挑衅的声音已经不那么自信了。

安德士在思考。他当然可以跳到围墙里边,但是也要从3米高的地方跳到高低不平的石头地面上。他不可能慢慢地、小心翼翼地垂直下去,因为在他跳下去之前,要在围墙顶上先弯

膝盖作准备，而安德士不想在面临危险时屈膝示弱。不行，他唯一能做的就是勇往直前，不能让痛苦的眼睛离开对面那个墙角的炮楼，到了那里就安全了。

西克斯顿可能不像安德士那么害怕，起码还保留着一点儿幽默。安德士听见他在身后说话的声音。

"我紧跟着你，"他说，"离你越来越近，很快就能用我的利爪抓住你。那就有戏可看了。"

这是真正的威胁。对安德士来说，这是灾难。只要想一想有人从背后用利爪抓他，就足以使他魂飞魄散。他转过一半身

体，对着西克斯顿，浑身摇晃。

"你要小心！"西克斯顿不安地说。

这时候安德士又摇晃了一下……在同一时刻，从远处炮楼附近传来惊叫声，原来红白玫瑰们看见白玫瑰首领头朝下掉进了深谷。

艾娃-露达闭上眼睛，头脑里涌出各种可怕的想法……什么地方，啊，什么地方有人会出来帮助他们……谁能够去告诉本特松夫人，安德士已经摔死了……家里人会说什么呢？

这时候她听到卡莱激动的声音：

"看呀，他挂到一棵小树上了！"

艾娃-露达睁开眼，惊恐地朝深谷看。安德士确实挂在那里，一棵小树长在离围墙不远的山体石头缝里。当白玫瑰首领必死无疑地往下掉的时候，那棵小树正好挡住了他。

艾娃-露达一开始没有看见西克斯顿，恐惧也使他掉下去了，但是在他还没有完全失去知觉之前，滚到了围墙里边，他的膝盖、双手摔得鲜血直流，但保住了性命。

安德士能不能获救还不得而知。那棵小树是那么幼嫩，在他的重压下，弯得很厉害。在它从石头缝里连根拔起之前，究竟能支持多久？那时候它会带着安德士像一次小小的空中旅行一样，掉进深谷。

"我们怎么办？上帝呀，我们怎么办？"艾娃-露达一边

说一边用惊恐的黑眼睛看着卡莱。

在危险来临的时候，超级侦探布鲁姆奎斯特总像平时一样拿大主意。

"待在那里别动，安德士！"他喊叫着，"我去找绳子。"

上个星期他们在王宫遗址附近练习套绳，附近应该有绳子，这不应该成问题。

"快去，卡莱！"当卡莱跑出城堡院子大门时，勇德高声说。

"快去，快去！"大家一齐喊，尽管这种嘱咐是多余的。卡莱肯定比他们说的还要快。

在此期间，他们竭力给安德士鼓劲儿。

"别着急，"艾娃－露达喊着，"卡莱很快就会拿来绳子。"

安德士确实需要安慰，因为他的处境实在不佳。他慢慢调整好自己坐的姿势，像女巫一样骑在小树上。他不敢往下看，也不敢喊叫。他不敢动，什么也不敢，只能等待。他惊恐地看着小树。它的根部已经弯了，白色纤维正在断裂，并发出嘎巴嘎巴的响声。如果卡莱不能很快赶到，那也就不需要什么绳子了。

"他怎么还不来？"艾娃－露达哭泣着说，"他为什么不能快一点儿？"

怎么能知道，卡莱多么迅速。他像一只黄蜂到处转到处找。找呀，找呀，找呀……但是那里没有绳子。

"救命呀！"卡莱懊悔地小声说。

"救命呀！"安德士小声说，他嘴唇发白，他骑的那棵树还有很短一段时间保持生命。

"哎哟！哎哟！哎哟！"西克斯顿在炮楼上呻吟着，"哎哟！哎哟！哎哟！"

但是这时候卡莱来了——他总算来了——他拿着一根绳子。

"艾娃－露达留在上边看着，"他指挥着，"其他人下来。"

一定要抓紧时间。卡莱知道自己应该怎么做。他找到一块大石头，把绳子的一头拴在那里，另一头扔过墙，最好不要碰着安德士的脑袋。希望、祈盼和祝愿安德士能马上抓住绳子的另一头。

紧急关头，手是那么笨。真是越急越笨。

安德士坐在下边，用焦急的目光往墙上看着。救援难道还没来吗？啊，来啦！有一根绳子从墙上飞过来。但是离他太远了，他够不着。

"再往右边一点儿。"艾娃－露达从观察点上喊着。

卡莱和围墙下边的其他人往下放绳子，尽量让绳子靠近安

德士。但是不行，围墙顶上有什么东西把绳子拦住了。

"我受不了啦，"艾娃－露达小声说，"我实在受不了啦。"

她看着男孩子们无效地放着绳子，她似乎看到安德士沮丧的面孔……她看到小树朝深谷越弯越厉害……啊，安德士，最纯洁的白玫瑰，白玫瑰首领！

"我一秒钟也受不了啦！"

她迈着敏捷、轻快的光脚，跑上围墙。真勇敢，艾娃－露达！她连往下看都不看，只顾往绳子的另一端跑，弯下腰，对，对，弯下腰，尽管腿在打战，松开卡住的绳子，然后在狭窄的围墙上转过身，跑回炮楼。

她干得真好——随后她放声大哭起来。

卡莱放下绳子。石头从安德士眼前往下滚。安德士慢慢地、慢慢地伸出手指去够绳子。那棵小树弯得越来越厉害，艾娃－露达用手捂住眼睛。但是她负责观察，她必须得看。这时候……这时候小树弯了，树根离开石头缝。艾娃－露达看见一团绿色的东西往下掉。就在这千钧一发之际，安德士够着了绳子。

事后大家围着安德士，对他表示关爱，为他没有随着小树掉进深谷而庆幸。卡莱偷偷地伸出手，轻轻地动了动他的胳

膊。他很优秀，安德士——他活了下来，真幸运！

"小树，一命呜呼！"艾娃－露达说，好像在做总结，大家开心地笑了。小树完蛋了，大家确实觉得很有意思。

"你如果跟小树一块儿下去会干什么？"西克斯顿说，"你会去找鸟蛋？"

"对，我想你在你祖先的城堡里举行宴会时可能需要几个鸟蛋。"安德士说。

"不过你自己差一点儿就成了一枚煮鸟蛋。"卡莱说。

大家都笑了。哈哈，安德士差一点儿就变成了煮鸟蛋！

西克斯顿捂着膝盖，比任何人笑得都开心。这时候他感到膝盖很痛，穿着湿衣服觉得很冷。

"快来，本卡和勇德，我们走！"

西克斯顿直奔城堡大门，他忠实的部下紧随其后。在大门口他转过身，高兴地向卡莱、安德士和艾娃－露达挥手告别。

"再见，白玫瑰小粪球！"他高声说，"明天我们将把你们从地球上彻底消灭。"

他搞错了，这位红玫瑰首领，要过一段时间红白玫瑰才能再战。

3

　　白玫瑰方心满意足地往家走。这个夜晚很有收获,安德士的历险并没有破坏他们的好心境。他们都有令人忌妒的小孩子忘事快的特点。安德士挂在小树上时,他们着急得要死,但是事后再急有什么用呢?事情解决得很不错,安德士没有受到任何惊吓。他不想因为这次小小的经历做噩梦,他想回家,舒舒服服地睡个觉,希望一觉睡到大天亮,以后又有新的历险。

　　但是星星作证,没有一个白玫瑰这夜能睡好觉。

　　他们像雁行一样,一个挨一个地沿着小路往城里走。他们不觉得特别累,只有卡莱张着大嘴打哈欠,他说一到晚上就得睡觉的看法在一些地方相当普遍,人们不妨试试这么做好不好。

　　"拉斯莫斯,他肯定喜欢。"艾娃-露达亲切地说,并停在埃凯隆德别墅外边,"啊,他熟睡的时候,样子肯定非常

非常甜!"

"行啦,行啦,行啦,艾娃-露达,"安德士乞求说,"别又肉麻啦!"

对,拉斯莫斯和他的爸爸这个时候肯定在自己孤独的别墅里睡觉。顶层的一扇窗子开着,白色的窗帘随风飘动着,好像对外边小路上的夜行者在挥手。夜是那么静,安德士不由自主地压低了声音,免得惊醒那个飘动的窗帘后边熟睡的人们。

但是有人不像他们那样关心熟睡的人们。有人乘汽车来了,汽车的轰鸣打破沉静,人们可以听到汽车爬坡换挡和刺耳的刹车声——随后又恢复了平静。

"我的上帝,谁这么晚了还乘汽车到这里来?"卡莱说。

"关你什么事!"安德士生硬地说,"走吧,我们有什么可等的呢?"

但是在卡莱的内心深处,立即产生了侦探的职业警觉。

有一个时期,卡莱绝对不是一般的卡莱,而是目光敏锐、关注社会治安状况的不屈不挠的超级侦探布鲁姆奎斯特先生,他把自己的同类主要分为两种——"被拘捕的"和"还未被拘捕的"。但是卡莱随着年龄的增长,渐渐懂事了,如今只有在极个别的情况下,他才感到自己是一名伟大的侦探。现在就属于这种情况。

那位坐汽车的人要到哪儿去?在这个山上只有一座埃凯隆

德别墅——它远离城市的其他建筑,是该地区的制高点。看样子住在这里的教授不像是在等待客人来访,整个别墅都在沉睡。是不是一对恋人,乘汽车来这里谈情说爱?如果是的话,那他们太不了解当地的情况了。这个城市最好的谈恋爱的地点是在相反的方向。他们可能被爱情冲昏了头脑,选择了一条崎岖不平的山路,在夜里来这里兜风。汽车里的人到底是谁呢?没有一个真正的侦探会对此事不闻不问。这是绝对的。

"喂,你们听着,我们能不能稍微等一下,看看来的人究竟是谁?"卡莱说。

"为什么?"艾娃-露达说,"你以为是一个杀人凶手在寻机作案吗?"

她还没说完,两个人就出现在别墅的大门外边,离他们不到20米。他们能听到大门打开时门轴的响声,两个人慢慢打开大门,走了进去。啊,他们真的走进去了!

"你们都趴到水沟里!"卡莱小声命令着。转眼间三个人都趴下了,鼻子紧靠着水沟,他们能看到教授院子里发生的一切。

"嗨,他们可能是应邀来教授家做客!"安德士小声说。

"你真的相信?"卡莱说。

如果他们真是教授的客人,举动确实很奇怪。因为尊贵的客人就不会鬼鬼祟祟的,好像怕别人发现,也不会在房子周围

打转，用手去摸门和窗子开着没有。尊贵的客人发现房门锁着，不会蹬梯子从开着的窗子爬到二楼。

但是这两位黑夜的不速之客正是这样做的。

"吓死我了！"艾娃－露达喘着粗气说，"看呀，他们真的爬进去了！"

他们真的爬进去了，如果人们相信自己眼睛的话。

孩子们趴在水沟里，惊恐地盯着那扇开着的窗子和在风中嬉戏的窗帘。时间过去了很长很长，除了他们自己不安的呼吸声和黎明前微风吹动樱桃树的声音以外，只有寂静，无边的寂静。

最后，其中一个人又出现在梯子上。他怀里抱着什么东西。上帝呀，他抱的到底是什么东西？

"拉斯莫斯！"艾娃－露达小声说，她的脸色变得煞白，"看呀，他们劫走了拉斯莫斯。"

"不，这怎么可能呢！"卡莱想，"这类事不可能发生，不可能发生在这儿。在美国有可能——在报纸上看到过这样的事——但不是这儿。"

不管怎么说，在这里也发生了这样的事。那个人抱的就是拉斯莫斯。他紧紧地抱着他，拉斯莫斯睡着了。

当那个人抱着孩子走出大门时，艾娃－露达哭出声音来。她的脸像纸一样苍白，她对着卡莱哭泣，就跟安德士挂在小树

上时一样：

"我们怎么办，卡莱，我们怎么办？"

但是卡莱也吓蒙了，一时回答不出，他紧张地用手指挠头，结结巴巴地说：

"我不知道……我们……必须去叫比约尔克叔叔……我们必须……"

他努力克制着惊恐。现在必须尽快采取措施，但他又不是能掐会算的人。他仔细一想，叫警察来不及，等警察到了，有一打小孩也被这些坏蛋劫跑了，另外……

那个人又走回来了。他没有抱着拉斯莫斯。

"当然是把他放到汽车里了。"安德士小声说。

艾娃-露达又抽泣了一下。

他们睁大恐惧的眼睛看着那个劫持孩子的人。

啊，世上竟有如此可恶的人……如此恶魔般的坏蛋……

这时候游廊的门被打开了，同案犯也露面了。

"你快一点儿，尼克！"他低声喊叫着，"这儿的问题马上就可以解决了。"

那个叫尼克的人快跑几步走进游廊，随后两个人又消失在别墅里。

这时候卡莱缓过神来。

"走！"他紧张地说，"走，我们把拉斯莫斯夺回来！"

"如果我们来得及的话!"安德士说。

"如果我们来得及的话,好,好,我们来得及!"卡莱说,"你们觉得汽车停在什么地方?"

汽车停在那边的山坡上。他们顺着水沟快速、小心地奔跑着,内心有一种马上把拉斯莫斯从强盗的魔爪里夺回来的冲动。巨大的胜利感与巨大的恐惧感交织在一起。

但是他们发现那辆汽车有人看着。在对面的马路边上站着一个人。值得庆幸的是,他背对着他们,他正在做一件非常个人的事情——小便,不然他肯定会看到他们。这时候他们赶紧趴到树丛后边躲藏起来,在最后一秒钟藏好。很明显那个人听到了一种使他不安的声音,因为他很快转过身来,走到靠近他们的路边来。他站在那里,用怀疑的目光看着后边的树丛。他真的没有听到他们咚咚的心跳和急促的呼吸吗?

如果他没听到,对他们来说真是一种奇迹。他站在那儿听了一会儿,到汽车附近转了一圈,还往汽车玻璃里看了看。他在路上不安地来回巡视着,有时候停下来,焦急地朝别墅看一看。他可能觉得,他的同伙去的时间太长了。

但是树丛后边充满了焦虑。只要那个人在那里走动,他们能为拉斯莫斯做什么呢?艾娃-露达不停地哭,卡莱不得不推她一下,让她不要出声,也缓解一下自己的不安。

"真是多灾多难。"安德士说,"我们到底该怎么做呢?"

这时候艾娃－露达激动地哭泣说：

"我一定要到汽车里去找拉斯莫斯。如果他被劫走，我也跟着。他醒来时，绝对不能让他一个人与一群坏蛋在一起。"

"对是对，不过……"卡莱说。

"别说了！"艾娃－露达说，"请你去远处，在树丛后边弄出一点儿动静，吸引那个人离开汽车一会儿。"

安德士和卡莱惊恐地看着她，但是他们知道，她的决心已定。根据他们的经验，一旦她下了决心，没有任何东西可以阻止她。

"让我替你去吧！"卡莱请求道，不过他心里早知道，这不起什么作用。

"快跑！"艾娃－露达说，"你们赶紧去，你们赶紧去！"

他们照办了。在他们还没有消失前，听到她在他们后边说：

"我会像拉斯莫斯的母亲一样照料他。我一定给我的行踪做记号，如果可能的话。就像汉斯和格列达[①]做的那样，这你们知道。"

"好，"卡莱说，"我们会像两只豺狼一样寻找。"

他们挥手鼓励并向她告别，然后无声无息地消失在树丛中。

[①] 汉斯和格列达：《格林童话》中的人物，他们为了从森林里返回家，边走边做记号。

啊，有这样的机会偷偷地钻来钻去真不错。只要坚持玫瑰之战，就不会一事无成。他们过去练习过引诱哨兵。比如路上这个白痴！他要看管拉斯莫斯，这是他接受的任务。他忠实地走在汽车与别墅之间，来来往往。突然，他听见在不远处的树丛后边有一种值得怀疑的响声。这时候他必须到那里去看看到底是怎么回事。他果断地跨过水沟，走进榛树丛中。非常紧张，非常警惕，一点儿不假，但是他要警卫的是汽车，笨蛋！在他到榛树丛中去察看时，汽车里什么事不会发生呢？察看完全没有必要！因为他在那里什么也没找到，什么也没有。在树丛后边确实趴着两个男孩，但是他没有发现他们。他片面地认为，是自己耳朵听错了，或者是什么小动物在那里。他确实是

一位警惕性很高的人,这一点已经被证实了。当他走回汽车旁时,他对自己非常满意。

这时候他的同伙总算回来了。不敢从树丛中爬出来的那两个人也看到了他们。

"看呀,教授!"卡莱小声说,"看呀,他们把教授也绑架了!"

这是真的吗?这一切仅仅是一个梦吧?他们朝汽车推搡的那个人是教授吗?绝望的教授手被反捆着,嘴被堵着,发疯一样地反抗着。

眼前发生的事就像一场噩梦,但这不是梦。天渐渐亮了,令人胆战的一切就在眼前。教授执意不前的双脚扬起阵阵沙尘,这不是什么梦。汽车门在他身后关上时发出的响声也是真实的。这时候汽车沿着山坡开下去,消失了。公路在晨曦中显得空空荡荡。如果空气中没有残存一点儿汽油味儿的话,这一切可能是一场梦;如果路边没有那小块被眼泪浸湿的手绢,这一切可能是一场梦。那是艾娃-露达的手绢。

山脚下的城市还在睡觉,但是很快就会苏醒。第一缕阳光已经照亮议会大厦金色的鸡形风向标。

"你,仁慈的摩西!"卡莱说。

"对,仁慈的摩西!"安德士说,"你在等什么,卡莱?你是超级侦探布鲁姆奎斯特,还是什么都不是?"

4

公路弯弯曲曲地通过绿色的夏季原野。它蜿蜒经过高低不平的丘陵、亮晶晶的小湖和片片松树林，穿行在白色桦树林之间，然后绕过鲜花盛开的牧场、林间草地和麦浪起伏的粮田，它绕过了七沟八梁，到达海岸和大海。

那辆大型的黑色轿车也在这个美丽的夏季早晨到达那里。它开的速度很快，车轮扬起的灰尘布满路边的猪殃殃草。这是一辆极普通的汽车，但是敏锐的观察者肯定会发现它有些特别，它过去后留下很奇怪的痕迹。通过开着的车窗，不时地有一位姑娘的手伸出来，随后在高低不平的路上，人们可以找到红色的小纸片，有时候是白色的蛋糕渣儿。对，是蛋糕渣！因为艾娃－露达是面包师的女儿，口袋里总爱装一些蛋糕。红色的纸片是一张海报的碎片，当她偷偷地跑到汽车里去照顾熟睡的拉斯莫斯时，顺手从广告牌上撕下来的。海报上用大写字母写着："夏季大联欢！""中彩·跳舞·咖啡"。愿上帝保佑

里尔切平体育协会的这张海报!路程那么长,几个蛋糕够撒吗?艾娃-露达把它们与小纸片搭配着撒。在每个十字路口附近都有一块耀眼的红色纸片,不然的话,救他们的人怎么会知道他们走了哪条路呢?会有人来救他们吗?没有人来救的话,这场历险怎么收场呢?

艾娃-露达朝汽车里环视一下,估量了一下处境。教授靠着她坐在后排,手还被绑着,嘴也被堵着,目光沮丧。在他的另一边,是一心看护汽车的那个人。前排坐着叫尼克的那个人,他怀里抱着拉斯莫斯。他旁边是开车的人,即另一个爬山墙的人——艾娃-露达刚刚知道他叫布鲁姆。她把所有的人看了一遍以后,又把目光通过汽车玻璃移到外边。窗外是典型的瑞典夏季风光。毫无疑问,成熟的黑麦田野夹杂着雏菊和矢车菊,绝对是瑞典风光。白色桦树林也是瑞典特色。只是这辆汽车和车上奇怪的乘客没有当地特点,他们的架势像是上演一部美国的警匪电影。当艾娃-露达想到,坐在前排座位上的两个居心叵测的人确实是绑架者时,她的心跳有些加快。绑架者在这样一个光天化日之下的瑞典环境里显得很滑稽!绑架者应该出现在滂沱大雨的美国芝加哥漆黑的秋季夜晚!

尼克肯定已经感到背后艾娃-露达不友善的目光,因为他转过身来不满地瞪了她一眼。

"谁他妈请你管这种事!"他说,"你为什么要钻进汽车

里来，蠢丫头？"

艾娃-露达害怕了，但是她更愤怒。她不想让这个坏蛋发现她害怕了。

"你管得着吗？"她说，"你最好想一想，警察来抓你时，你该说什么！"

教授用鼓励的目光看着她，这给她很大勇气。她很庆幸教授在这里，尽管他现在无能为力，但他毕竟是站在她一边的成年人。

尼克显得气势汹汹，但他转过脸去，没再说什么。他的颈部很宽，头发是浅色的，艾娃-露达想，他该剪一剪头发。他的脖子底下长着很长的白色汗毛。他还有什么特征呢？特征，艾娃-露达想，如果卡莱在这儿，他立即就会描述犯罪嫌疑人的特征！现在最好她代替卡莱描述特征，以便协助警察破案。如果此时此刻她能到什么地方向警察描述她的观察该有多好啊！

尼克有一双傻乎乎的蓝眼睛，一副丑陋、憨厚的紫脸膛。对，脸长得确实憨厚，尽管他的样子有点儿凶。"不是特别聪明。"艾娃-露达想，她自认为自己对特征的描述不错，比卡莱的描述形象，他只是说眼睛的颜色和轮胎痕迹，但没有性格的描写。好啦，其他两位呢？布鲁姆长得很黑，样子懒散，脸色苍白且布满粉刺，"一个小无赖。"艾娃-露达想，"可能

完全为了钱。"坐在后排的那个人几乎是白痴。他狗屁不是，沙黄色的头发，几乎没有下巴，连小指甲盖那么大的智慧也没有。天啊，就凭这三个无赖，还能想出绑架人质的主意？里边一定有什么动机，尽管这三块料里没有人有这个本事，但是背后一定有高人指点，这个人躲在某个地方等着。

好啦——这时候汽车拐进一条高低不平的林间小路。艾娃-露达赶紧往车外扔纸片和蛋糕渣儿，以便让救援者知道他们的踪迹。这不是一条正规的路，不是为通汽车修的，所以汽车在坑坑洼洼的路面上颠来颠去。这时候拉斯莫斯被颠醒了。他半睁着一双惺忪的黑眼睛，一下子站起来，瞪着尼克问：

"是你要来我家修灶具，或者……或者……"

真可怜，他只说了半句。艾娃-露达伸出一只温暖的手，抚摩他的脸颊。

"我在这儿，拉斯莫斯。"她说，"我在这儿你不高兴吗？你爸爸也在这儿，不过……"

"我们去哪儿，艾娃-露达？"拉斯莫斯问。

尼克替艾娃-露达回答：

"我们去兜兜风，"他说，并开心地笑了，"我们兜兜风就得。"

"是你要给我们修灶具吗？"拉斯莫斯还想打听，"爸爸，是不是？"

但是爸爸没有回答。

尼克显然认为这是一个很有趣的问题。他又笑了起来。

"修灶具，不，小家伙，这次不修。"

看来这个问题使他兴奋起来。他把膝盖上的拉斯莫斯放好，又突然哼起歌来。

伯爵有一只小狗，

特鲁勒是它的名字，你知道……

"不过，你叫什么？"拉斯莫斯好奇地问。

"我叫尼克。"尼克带着一丝狡诈的微笑说，"尼克是我的名字，你知道。"他粗声粗气地哼着。

"我相信你能修好我们家的灶具。"拉斯莫斯说，"但是我爸爸说——一遍又一遍答应，就是不见行动。"

艾娃-露达不安地看着教授。他此时此刻正在想别的，而不是那台要修的灶具。她通过拍他的手鼓励他，而他用目光对她表示感谢。

她小心翼翼地把最后一个纸片从窗子扔出去。纸片欢快地在阳光下飘着，最后落在地上不动了。有人能找到它吗？什么时候？

5

"不行，不行，不能叫警察！"卡莱说，"现在还没到时候。我们必须跟踪他们，看他们到哪儿去。"

"好，"安德士说，"边跑边叫！像你这样一个飞毛腿冲过来，那辆汽车歇菜吧。"

卡莱没有回答如此愚蠢的评说。他冲进别墅的大门，来到教授的摩托车旁边。"过来，"他高声说，"我们把它骑走！"

安德士用又担心又赞赏的目光看着他。

"我们不能……"他刚一开口，卡莱就打断他。

"我们一定！"他急促地说，"这是特殊的危难时刻。在生命攸关的时候，我们没必要坐下来，先考虑有没有驾驶证之类的问题。"

"再说你比你父亲骑得还好！"安德士说。

他们把摩托车推到路上。沙石路上留下几个不太明显的车胎的印迹，这是劫持者留下的唯一印迹。黑色小汽车已经无影

无踪。他们上了哪条路?

"艾娃－露达说,她会像汉斯和格列达一样边走边做记号。"当摩托车顺坡疾驶时卡莱大声说,"汉斯和格列达到底是怎么做的?"

"边走边撒面包渣儿,"安德士高声说,"还有鹅卵石。"

"好,如果艾娃－露达把鹅卵石带上汽车,她就比我们想的还要能干,"卡莱说,"其实她带不带都一样。她总是能想出办法。"

他们来到第一个十字路口,卡莱刹住车。哪一条路?哪一条路?

那边有一个红纸片挂在路边的草丛上,纸上有"跳舞"两

个字。但是路上总是有很多乱纸屑,他们没有特别在意。稍微远一点儿有一小块掰下来的蛋糕。安德士怀着胜利的喜悦指着它。艾娃-露达真的像汉斯和格列达做的那样!在几米远以外的地方还有一个红纸片,这些红纸片可能有某种意义。

他们满怀信心地驶入通向大海的那条路,早已经忘记了疲劳。如果说,他们的心情很好那就错了,但是在他们的焦虑和不安中有了一种奇怪、差不多是兴奋的激情。摩托车颠簸着,一公里一公里地吞食着那条蜿蜒的路,他们将被带入一个潜伏着巨大危险的陌生地方。危险和高速的双重刺激,使他们内心产生了那种奇怪的冲动。

他们目不转睛地盯着前方的路。路上不时有红纸片出现,好像是来自艾娃-露达的一种小小的欢快问候。

经过很长时间,总算到达林间小路,但是又差点儿走岔了。因为红纸片很小,不容易引起注意。但是在最后一刻,安德士发现了一个熟悉的红纸片,指向松树。

"停一下。"他高声说,"我们走错了,他们进了森林。"

这条林间小路还真够美的!朝阳钻进树林里,照耀在林地上墨绿的苔藓和粉红色的林奈花上。一只画眉站在附近的一棵松树树冠上动听地叫着,好像这个世界已经没有任何邪恶。

当卡莱和安德士驶进松林的时候,他们强烈地感到,这只

画眉错了。他们身体上的每一根神经都知道,他们很快就会遇到与鲜花和鸟儿歌唱格格不入的邪恶和威胁。

小路朝低处延伸,再朝低处延伸。远处树林中间隐约出现了一片蓝色——大海!小路的尽头是一座东倒西歪的破码头,码头的边上有来自艾娃-露达的最后问候——她的红色发卡。

他们站在那里,一边想问题一边朝海面观望。清晨的薄雾正从海上升起,太阳嬉戏着被微风吹皱的水面。这里多么寂静!死一般的寂静!就像创世的那天早晨那样空旷,在此之前世上没有人烟。

绿色的岛屿和光秃秃的海礁挡住了远方的地平线。人们很可能以为,这个狭窄的蓝色海湾是一个内陆的湖泊。离码头几百米处有一个大岛,它变成了通向大海的走廊。这个到处是石头和森林的大岛似乎没有人居住。

不对,不是没有人居住!森林上空有一股薄薄的炊烟飘向蓝天。

"那里有马蜂窝。"卡莱说。

"去捅一捅它们。"安德士说。

"那么远,你觉得我们能游到吗?"

"哎呀!"安德士说,"那还不是小事一桩。当这里没有什么船……"

码头附近有一栋船具小屋。卡莱走到那里,用手摸一摸门锁了没有,里边会不会有船?"起码有一辆汽车。"当他看见门外边布满晶莹露珠的草地上留有轮胎印时想。那辆黑色小轿车可能藏在里边,对此他突然变得坚信不疑。他对他们能成功地跟踪劫持者到这么远的地方感到挺满足。眼下看来,他们跟踪的路线是对的,这一点他现在知道了。艾娃-露达撒下的纸片和蛋糕渣儿,很可能很快就被风吹跑或者被鸟儿吃掉,以后谁会想起到这个荒无人烟的群岛上来寻找什么东西呢?

卡莱朝那个岛看了看。啊,他们将被迫游过去,这他们还是可以做到的。先要把摩托车藏到树林里。

他们在海里游了很长时间,冻得浑身发紫,终于登上岛。这时候他们觉得自己就像进攻的士兵在敌人的沿海登陆了一样,赤身裸体地占领敌人的海岸,本身是一件粗鲁的事情,身上没有衣服更感到孤单无助。

这里没有一个敌人。他们坐在阳光充足的山坡上晒太阳,让身体暖和暖和。他们打开藏衣服的包,看到衬衫和裤子不太湿,可以凑合着穿。

"如果红玫瑰知道这里的情况,不知道他们会说什么?"卡莱一边说一边穿衬衣,但不知道脑袋套在衬衣的什么地方。

"他们会说,典型的超级侦探布鲁姆奎斯特精神。"安德士胸有成竹地说,"你走到哪里都不放过坏蛋和土匪。"

这时候卡莱已经穿好衬衣,他站在安德士前面歪着脑袋思考问题。两只黝黑的长腿从那件又短又小的衬衣底下露出来,他的样子很幼稚,一点儿也不像什么超级侦探。

"对,这也不奇怪。"他说,"我们不断地、不断地遇上麻烦……"

"对。"安德士赞同地说,"发生在我们身上的这类事,应该只出现在书本上。"

"这些也可能是一本书。"卡莱说。

"什么意思,你犯傻了吧!"安德士说。

"我们可能不存在,"卡莱迷梦般地说,"我们可能就是谁在书中编出来的两个男孩子。"

"对,你有可能是。"安德士生气地说,"如果你是一个印刷错误,我不会吃惊,总而言之,就是这样。但我不是,我请你不要再说了!"

"这你不懂,"卡莱坚持说,"你可能就是我编造的书中人物。"

"拉倒吧你。"安德士说,"这么说的话你就是我编造的书中人物吧,我开始后悔,我怎么会编造出你。"

"顺便说一句,我已经饿了。"卡莱说。

他们知道,坐在那里瞎琢磨自己的存在是浪费时间。有很多重要而危险的任务在等待他们。在那些杉树和松树后边的某

个地方一定有一栋房子——一个烟囱吐出一股细小的炊烟。在某个地方一定有人,在某个地方有艾娃-露达、拉斯莫斯和教授。必须要找到他们。

"我们走进去,"卡莱一边说一边用手指着森林,"我看到那边有炊烟。"

他们沿着一条小路前行。小路穿过茂密的杉树林、长满苔藓的山石、香春花香飘四溢的沙地、蓝色浆果树丛、一堆堆的蚁冢和一片片蔷薇。他们沉默不语地走着,但十分警惕,遇到危险时就准备跑。当走在前面的卡莱突然扑到一棵杉树后面时,安德士吓白了脸,连问也没来得及问就闪电般地跟了过去。

"那边,"卡莱指着几棵杉树小声说,"看那边!"

但是安德士小心翼翼地朝杉树后边看的时候,他的目光碰到的不是什么可怕的东西——正好相反!

一栋度假休闲的房子,一栋确实很讲究的度假的房子。前面有一片平坦的洒满阳光的草坪,周围有茂密的杉树挡住强风。一块漂亮的草坪上长着天鹅绒般的青草。教授坐在草坪中间,拉斯莫斯坐在他的膝盖上。啊,看啊!他们真的坐在那里!拉斯莫斯和教授——还有另一个人!

6

"我认为,您太不理智了,拉斯莫松教授。"另一个人说。

对,教授眼下特别不理智!看样子快被气炸了。很明显,他真想朝眼前的这个人扑过去。但实际情况不可能,拉斯莫斯坐在他的膝盖上,他不方便。

"非常非常不理智。"那个人继续说,"好,好,我承认,我的方法有点儿特别,不过我也是无奈。这件事非同小可,我必须得和您谈。"

"见鬼去吧!"教授说,"您事先肯定读了很糟糕的侦探小说,或者是您本来就不聪明。"

那个人笑了,一种枯燥、盛气凌人的笑,并开始在草地上走来走去。他有40多岁,身材修长,如果不那么凶狠的话,相貌还很英俊。

"您不要管我聪明还是不聪明啦。"他说,"我唯一想知道的是,您是否接受我的建议。"

"而我唯一想知道的是我什么时候和怎么样抽您嘴巴！"教授说。

"看样子要摊牌。"卡莱在杉树后边小声说，安德士点头表示赞同。

那位陌生人就像一个不懂事的小孩子看着教授。

"您为什么白白放弃几十万克朗呢？"他说，"为了那些公式我付给您几十万——这个价钱不好？您不必自己亲手把资料交给我们，如果您怕良心上过不去的话。您只要给我一点儿信息，告诉我资料放在什么地方就行了。"

"您听着，彼得士工程师，或者您爱叫什么就叫什么吧，难道您不明白？这些公式是属于瑞典国家的财产！"

彼得士不耐烦地耸了耸肩。

"不会有人知道，您的发明流入国外，其他国家的人也可以造出穿不透的装甲。这只是时间问题。为了争取时间，我们才出钱从您手里买这些公式。"

"见鬼去吧！"教授又说了一遍。

彼得士的眼睛眯缝起来。

"我一定要得到它们，"他说，"我一定要得到您的公式。"

拉斯莫斯在此前一直静静地坐着，这时候他插进来说话。

"一定要，一定要，不可以这样说话。应该说我希望要什么。"

"别说话，拉斯莫斯！"教授一边说一边把自己的儿子抱紧。

彼得士若有所思地看着这父子二人。

"您有一个非常可爱的男孩子。"他意味深长地说，"他，您大概不想失掉吧？"

教授没有说话，只是用厌恶的目光看着眼前的这个人。

"不管怎么说，我们难道不能做一笔小小的交易吗？"彼得士继续说，"告诉我资料在什么地方，我派一个人去取。您就待在这里，直到我能确切知道拿来的文献是真的，然后您就自由了，而且会变成拥有几十万克朗的富翁。"

"闭嘴！"教授说，"我不想再听下去。"

"像刚才说的，拥有几十万克朗的富翁。"彼得士继续不动声色地说，"为了您自己的利益，我建议您还是接受这个提议。因为，如果您不接受的话……"

一种令人恐惧的沉默。

"啊，假如我不接受呢？"教授用讽刺的口气说，"那会怎么样？"

一丝微笑，一丝令人讨厌的微笑，浮现在彼得士的脸上。

"那样的话，您就是最后一次看到自己的儿子了。"他说。

"您比我想象的还要凶残。"教授说，"您真的以为我会被您的这种极为幼稚可笑的威胁吓倒？"

"那我们就等着瞧。最好您现在就明白,我是认真的。"

"最好让您现在也明白,我永远不会说出我的资料保存在什么地方。"

拉斯莫斯突然从爸爸的膝盖上站起来,直愣愣地看着彼得士工程师。

"不,我也不会说出来,"他得意地说,"尽管我知道它们在哪儿。"

教授吓了一跳。

"你讲什么蠢话!"他说,"你当然不知道。"

"我不知道?"拉斯莫斯说,"我们打赌?"

"别瞎说,你根本不知道我们在说什么!"教授生硬地说。

"我当然知道！"拉斯莫斯说，他不喜欢别人怀疑他没有能力参与谈话，"你们讲的那些资料，上面有很多小小的红色数字。你说它们很机密，很机密……"

"对，我们谈的正是这些东西！"彼得士工程师激动地说，"不过像你这么小的年纪，大概不知道它们在什么地方吧？"

教授愤怒地打断他的话。

"别枉费心机。难道您不明白，我把每一件资料都安安全全地锁在银行的保险柜里！"

拉斯莫斯不满意地看着自己的父亲。

"你在骗人，爸爸！"他严厉地说，"它们当然不在你说的什么……什么银行保险柜。"

"住嘴，拉斯莫斯！"教授以意想不到的愤怒语气吼叫。

不过拉斯莫斯却觉得，这是应该搞清楚的一件事，看来他的爸爸已经把这件事忘了。

"它们绝对没在什么银行的保险柜里，这我很清楚。"他非常肯定地说，"因为那天晚上我在骗你，爸爸，你以为我真的躺在床上睡觉了，其实我站在楼梯上，看到你把东西放……"

"闭嘴，拉斯莫斯！"他的爸爸以更加愤怒的语气吼叫着。

"你吼叫什么呀？"拉斯莫斯委屈地说，"我肯定不会说出它们在什么地方……"

他用同情的目光看着彼得士工程师。

"不过我会说得含含糊糊,是'鸟'或者'鱼',或者'介于中间',让别人猜东西时大家经常这样做!"

教授生气地摇了他一下,高声说:"你赶快闭嘴!"

"好,好,好,我一定闭嘴。"拉斯莫斯不耐烦地说,"我也没说什么呀。"

他撅起嘴,想了一会儿。

"不管怎么说不是'鸟',"他说,"也不是'鱼'。"

7

艾娃-露达在自己的监牢里朝四周看了看，说心里话这是一个相当令人喜爱的监牢。如果不是尼克在窗子上钉了几块厚木板，她真能把自己想象成这个岛上久盼而来的客人。她不是已经亲自争来全岛上最可爱的客房吗？靠墙边有四张睡床，上面盖着温馨的花格床罩，漱洗池前面有一个漂亮的屏风，窗子旁边有一张小桌子，上面摆着书报供客人消遣——艾娃-露达想，这肯定是世界上最奇特的匪窝，肯定多数匪窝没有这样的环境。被钉上木板的窗子开着，正对着美不胜收的夏季原野。大海在阳光下闪闪发亮，在它蓝色的怀抱里分布着很多长满树木的绿色小岛。艾娃-露达深深地吸了口气。想想看，如果能沿着穿过杉树林的光滑小路走向码头，头朝下跳进清澈的海水里，躺在码头上晒太阳，闭上眼睛听船慢慢的抛锚声，那该有多好啊！

船，对！劫匪的船——他们有好几只。艾娃-露达能够看

到曾经把他们运过海峡的摩托艇。有三只划船紧紧地靠在一起,并轻轻跳动着。此外,在码头上还有一艘很大的加拿大划艇。

"这个岛对劫匪来说真是太舒服了!"艾娃－露达想。这个地方就是住一个侦察连,也不会显得挤。有几座小房子零散地分布在高低不等的台地上,与劫匪首领宽大、豪华的大房子保持着一定的距离。那些房子里可能都住着劫匪。每个人都有自己的一个独立的小蜂房。如果有人去敲门,可能会冲出来一个愤怒的小劫匪,样子会把人吓死!

艾娃－露达考虑了很长时间以后,把头高高地扬起,显得很坚强。她不会让自己害怕。谁也别想在艾娃－露达·里桑德面前耍威风!那个尼克还想活不想活了。

她用拳头去敲锁着的门。

"尼克!"她高声喊,"尼克,你来!我要吃饭!不然的话,我会把房子掀翻了!"

趴在杉树后边刚刚听过彼得士与教授谈话内容的安德士和卡莱听到吵闹声很满意。艾娃－露达还活着,谢天谢地,很明显没有受到什么伤害。

尼克也听到吵闹声,不过他可不满意。为了了结这件事,他气呼呼地走来了。

艾娃－露达听到有人用钥匙开锁就平静下来。尼克进来想

好好教训她一下，但是他的嘴不特别利索，艾娃－露达抢在他前边开了口。

"这个饭店的服务很差劲！"她说。

尼克突然忘记他原来想要说的话，他直愣愣地看着艾娃－露达，既惊奇又有些委屈。

"喂，你，你听着，"他说，"喂，你，你听着……"

"对，你，你听着，"艾娃－露达说，"这个饭店的服务很糟。我要吃饭！吃饭，你明白吗？"

"弄来你，真是我们的罪孽。"尼克说，"都是因为斯万贝里那个笨蛋，不好好看着汽车。听听我们头头对这件事的看法肯定会很有意思。"

"啊，对我你们大概很高兴。"艾娃－露达说，"对一个劫匪来说，原来只想劫一个小孩子，现在来了俩，肯定会很得意。"

"喂，你，你听着。"尼克又重复一遍，"我不喜欢你的说法，对你来说我不是什么劫匪！"

"你不是？是，你正是那个劫匪尼克。劫持孩子的人，就是劫匪，难道你不明白？"

尼克又一次显得很惊奇，也显得很委屈的样子。很明显他过去没有干过这类事，也不喜欢劫持人。

"对你来说，我不是劫匪。"他说得有点儿含含糊糊，

"另外，你不要再吵吵嚷嚷的了。"他吼起来，突然大发脾气。他用手抓住艾娃－露达，使劲摇她，"你听着，你不要再吵吵嚷嚷了，不然我打扁了你。"

艾娃－露达不眨眼地看着尼克。尼克模模糊糊地听人说过，驯化野兽就要这样做。

"我要吃饭！"她坚定地说，"如果不给我饭吃，我就像学校里一整班学生那样大声地吵。"

尼克又骂了一句，随后放开她并朝门走去。

"好，好，给你饭吃。"他说，"阁下有什么特别喜欢吃的吗？"

"啊，火腿，可能还有鸡蛋。"艾娃－露达说，"早餐我就喜欢吃这类东西。鸡蛋要两面煎——谢谢！我希望你们煎得嫩一点儿！"

咚的一声，尼克随手关上门走了。艾娃－露达听见上锁的声音，还听到尼克在外边骂。

但是她很快听到了别的声音，这个声音使她欣喜若狂。她听到窗子外边有白玫瑰吹的信号。声音非常轻，但不管怎么轻也是白玫瑰信号。它比天上飘来的竖琴演奏的仙乐还要动听！

8

卡莱突然惊醒。他迷迷瞪瞪地朝四周看了看。这是在哪儿？是晚上还是早晨？安德士为什么躺在那儿睡觉，眼睛上边耷拉着一缕头发，像马鬃一样？

他慢慢地清醒过来。他和安德士睡在他们俩建造的草棚里，现在是晚上。太阳很快就要下山，最后的几缕阳光把山坡上的松树染成红色。安德士睡着了，因为他太累了！

多么紧张的一天！严格地说，从昨天晚上在王宫遗址就开始忙。现在又是晚上了。安德士和他睡了差不多整整一个下午，他们很需要睡觉。但是他们首先建起了一座漂亮的草棚。

卡莱伸出手，摸了摸杉树枝搭的墙。啊，他非常喜欢这个草棚！这是他们的窝，是他们为自己准备的安身之地，远离劫匪们的住地，免得他们闯进来。现在谁也找不到他们。草棚位于两个山坡之间的一个石缝里。如果不是直接找到那里，很难被人发现。这里很背风，睡在杉树枝上很舒服。山坡的两边还

留下白天的余热,所以夜里他们也不会挨冻。啊,这真是一座美妙的草棚!

"你饿吗?"安德士说,因为太突然,卡莱吓了一跳。

"你睡醒了吗……"

安德士从杉树枝床上坐起来,头发很乱,脸上还带着树枝硌出来的浅浅的印记。

"我太饿了,我简直都想吃炖鱼了!"他用肯定的口气说。

"快别说了,"卡莱说,"我随时都想吃树皮了。"

"对,吃一整天蓝莓以后,真想嚼一点儿硬的东西。"安德士附和着说。

艾娃-露达是他们唯一的希望。她曾经保证给他们找吃的。

"我一定去逼尼克。"她保证说,"我会跟他说,医生让我每隔一小时吃一次饭。你们肯定会有吃的,别担心!天黑的时候,你们回来拿!"

这天早晨,他们站在她的窗子外边,隔着尼克钉的木板小声交谈着,准备一有危险随时逃走。尼克给艾娃-露达送早餐时,他们俩就像两只受惊的壁虎溜走了,尽管煎火腿香味扑鼻。他们听见艾娃-露达强硬地对尼克说:

"你以为我是来这里减肥的吗?"尼克说了些什么,他们没听见。因为这时候他们已经钻进树林里。

后来他们来到海岛的另一边,在那里待了一整天。他们建了草棚,从山坡上下到海边游泳、睡觉、吃蓝莓。因为吃得太多,肚子胀得鼓鼓的。

"不过没办法,只能等到天黑了。"安德士沮丧地说。

他们走出草棚,爬到山上,坐在一个石头缝里,等着黑夜的到来,那时候他们就会幸免饿死。他们坐在那里,酸溜溜地看着自己一生中见过的最壮丽的日落景象,他们唯一感到难忍的是太阳落山时落得那么慢。天空在大陆远方的树冠上燃烧着,就像一处森林火灾。这时候还能看到一部分红色的太阳,不过它很快就消失在远方黑色的森林里了。黑暗、善良、仁慈的黑暗,将降临到陆地与海洋,降临到一切为躲避劫匪而需要保护的人的头上。它要是能来得更快一点儿多好哇!

山坡笔直地进入海里,最前边有一块石头,人们可以听见海浪拍打石头的悦耳声音。海面上有一只海鸟凄厉地叫着,除此之外,没有别的声音。

"我有点儿不耐烦了。"卡莱说。

"我正在想家里的人会怎么样。"安德士说,"他们会通过电台找我们吗?"

安德士刚说完,他们俩就想起来昨天晚上艾娃-露达放在枕头上的那张纸条。"请不要大惊小怪……我相信我很快就会回来,特啦啦啦。"尽管她的父母这时候可能很生气,对她的

失踪可能也相当不安,有可能还报了警。当安德士和卡莱的父母都与面包师联系上以后,他们可能放心了,对白玫瑰的很多愚蠢的玩法,表示这样那样的不满。但这样玩儿不错。谁知道卷入警察该管的这件事是否聪明呢?卡莱读过很多关于劫匪的故事,知道与他们打交道非常危险。不管怎么说,要首先听一听教授的意见。如果现在能以某种方法与他谈谈该多好啊。

彼得士工程师的屋子里亮着灯,其他地方漆黑一片。万籁俱寂。周围是那么静,静得可以听出它来。如果还有几个活人的话,他们也通通睡着了。

不对,当然不是所有的人都睡着了!教授就辗转反侧,夜不能寐。35年的生命历程中,他总是能找到解决问题的办法。但此时的处境却令他难堪,他只能无奈地摇头。因为无计可施,只能等待。可是他等什么呢?会有人因想念而来找他?当初他所以要租里尔切平这栋古老的房子,就是为了图个安静,并能独自与拉斯莫斯在这里度过夏天。即使他失踪了,也要过很久才会被人发现。想到此处,他猛地从床上坐起来。怎么能光躺在床上!啊,他真想把那个彼得士撕成碎片!

艾娃-露达也没睡。她坐在窗子旁边,机警地听着窗外哪怕一点点的动静。仅仅是夜风吹打杉树的声音,还是卡莱和安德士他们总算来了?

白天太长，长得可怕。对于渴望自由的人来说，被困在屋里一整天实在难熬。艾娃－露达突然想起所有在监狱受折磨的人们。啊，她真想巡游世界，把所有的监狱都打开，把受监狱之苦的人都放出来！因为没有任何事情，比不能如愿地走到室外更可怕了。她坐在那里，感到似乎有某种危险将降临在她的头上，她发疯似的冲向窗子，上面钉着把她与自由隔开的木板。但是她想起了拉斯莫斯，她意识到要克制自己。她不想惊醒拉斯莫斯。他在自己的床上睡得平静、安详。她在黑暗中能听到他有规律的呼吸声，这减轻了她的恐惧。不管怎么说，她不是孤单一人。

　　从室外的寂静中总算传来了久盼的信号。这是白玫瑰的信号，随后是急切的耳语：

　　"艾娃－露达，你有没有送给我们的食物？"

　　"那还用说。"艾娃－露达说。

　　她赶紧从钉在窗子上的木板空当递出香肠面包、凉土豆、油煎香肠片和凉火腿片。她连窗子外面一声谢谢声也没听到，因为他们的嘴正狼吞虎咽地吃东西。当食物唾手可得的时候，肚子比刚才更饿，他们几乎没有怎么嚼就把艾娃－露达递给他们的美味食品都咽下去了。

　　最后他们不得不喘一口气，卡莱小声说：

　　"我已经忘了，饭有这么好吃。"

艾娃-露达在黑暗中笑了,就像一位母亲看着自己的孩子抢饭一样,她关切地问:

"孩子们现在饱了吗?"

"啊,差不多吧……"安德士满意地说,"这是最好吃的……"

卡莱打断他的话。

"你,艾娃-露达,你知道教授在哪儿吗?"

"他被锁在峭壁上的那间房子里,"艾娃-露达说,"紧靠海边。"

"你觉得拉斯莫斯也在那儿吗?"

"没有,拉斯莫斯在我这儿。他在睡觉。"

"对,我在睡觉。"黑暗中传来一个稚嫩的声音。

"哎呀,你醒了。"艾娃-露达说。

"别人吃面包香肠吃得津津有味时,我总会醒来。"拉斯莫斯说。他走到艾娃-露达跟前,爬到她的膝盖上。"是卡莱和安德士来了吧?"他高兴地说,"你们要出去打仗吗?我难道不能成为一名白玫瑰战士吗?"

"这要看你能不能不乱说话。"卡莱小声说。

"你大概可以成为一名白玫瑰战士,如果你保证,看见安德士和我时不乱说话。"

"那好吧。"拉斯莫斯欣然同意。

"我们到这儿来的事,你不能向尼克或者其他人透露半个字,明白吗?"

"那为什么?尼克不喜欢你们?"

"尼克不知道我们在这里,"安德士说,"也不能让他知道。尼克是一个劫匪,你知道吗?"

"劫匪不是很和善吗?"拉斯莫斯问。

"不对,一点儿也不和善。"艾娃-露达说。

"我觉得他们挺和善的,"拉斯莫斯肯定地说,"我觉得尼克特别和善。为什么劫匪不能知道秘密?"

"因为他们不能知道!"卡莱严厉地说,"如果你不保持沉默,你就永远不能成为一名白玫瑰战士。"

"好吧,我可以不说话。"拉斯莫斯兴奋地喊叫着。只要他能成为一名白玫瑰战士,一直到死他都可以不说话。

恰巧在这时候,艾娃-露达听见外面有沉重的脚步声,她的心吓得直跳。

"快跑,"她小声说,"你们快跑!尼克来了。"

转眼间门把手就转动了。手电筒的光照亮了屋里,尼克怀疑地说:

"你在跟谁说话?"

"请你猜三次。"艾娃-露达说,"这里就有拉斯莫斯和我,或者说我和拉斯莫斯。我从来不自言自语。猜猜看,我跟

谁讲话了?"

"但你是劫匪,劫匪不能知道秘密。"拉斯莫斯帮腔。

"喂,你听着,你!"尼克一边说一边向拉斯莫斯逼近一步,"你现在也开始骂我是劫匪?"

拉斯莫斯紧紧地抓住他的大手,用信任的目光看着他那张可怕的脸。

"不不,我认为劫匪很和善。"他一本正经地说,"我觉得你很和善,小尼克!"

尼克嘟囔句什么,谁也没听清,他准备走。

"你的意思是想把人在这儿饿死?"艾娃-露达说,"为

什么不给夜宵吃?"

尼克转过身来,用惊奇又真诚的目光看着她。

"你可怜的父母,"他最后说,"他们为填饱你的肚子肯定会忙个不停。"

艾娃－露达笑了。

"我绝对没有厌食症。"她满意地说。

尼克从她膝盖上抱起拉斯莫斯,把他放到床上。

"我认为你该睡觉了,小家伙。"他说。

"可是我不困呀,"拉斯莫斯坚持说,"我已经睡了一整天了。"

尼克把他按在床上,一句话也没有说。

"请你把我的脚盖盖好,"拉斯莫斯说,"因为我不喜欢大脚拇指露在外边。"

尼克小声笑了笑,脸上带着奇异的表情照办了。随后他站在那里,若有所思地看着拉斯莫斯。

"对我来说,你是一个非常有意思的小精灵。"他说。

长着满头黑发的这个男孩子躺在枕头上。在微弱的手电筒光亮里,他显得很安详,与周围的环境很不和谐。他的眼睛那么明亮,他友好地对尼克微笑。

"啊,你多么和善呀,小尼克。"他说,"过来让我拥抱你一下。就像我经常拥抱我爸爸那样紧。"

尼克还没反应过来,拉斯莫斯已经用双臂抱住他的脖子,他使出5岁孩子能有的所有力气。

"疼了吧?"他挺有感情地说。

尼克开始没有回答,但是后来含含糊糊地说:

"没,没,没有疼……没有疼。"

9

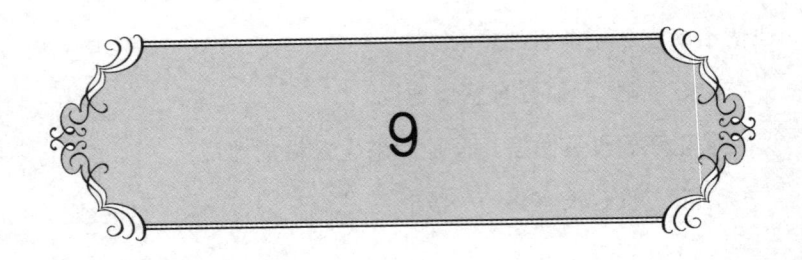

在一座山坡上矗立着一栋房子,彼得士工程师在这里关着自己尊贵的客人。房子确实像一个鹰窝,只有一个出口。房子后边是悬崖峭壁,笔直地通向海岸。

"我们只能爬上去。"卡莱一边说一边用油光光的手指着教授的窗子。王宫遗址那次历险以后,安德士对于登高爬坡这类事已经没有什么兴趣了,尽管眼前这个峭壁没有那么高那么可怕。

"我们能不能像平常人那样,从正面那条正经八百的路偷偷地进去?"他建议说。

"直接给尼克或者其他人送上门去?"卡莱说,"不能!"

"那就你爬吧,"安德士说,"我待在外边给你望风。"

卡莱没有多想。他舔掉手指上最后一点儿火腿,马上行动。

天还不是特别暗,圆月慢慢升到森林上空。卡莱不知道是

不是应该感谢月亮,因为有月光容易爬,但是也容易被人发现。庆幸的是,月亮有时出来,有时躲到乌云后边去。

卡莱屏住呼吸往峭壁上爬。攀登本身不是特别危险,但是一想到随时都有可能被那群劫匪盯上时,他出了一身冷汗。

他小心地手脚并用,慢慢地往上爬,有时候很困难。在几次眩晕时,他感到自己是在真空里,很难找到立足的地方。但是他的双脚似乎有在石头缝和树根当中寻找立足点的本能,他总是能找到踩住的地方。

只有一次本能背叛了他右脚的大拇指,他踢掉一块石头,一声巨响,石头滚下峭壁。卡莱也差一点儿随石头滚下去,但是一个树根在最后一刹那挡住了他,救了他的命。他被卡在树根上,内心充满恐惧,很长时间不敢动。

当石头滚下来时,安德士听到了响声。他迅速躲到一旁,差一点儿被石头砸了脑袋。他很生气,自言自语地说:

"他还不如吹一吹喇叭,让他们都能听到他来了。"

但是很明显,除了安德士没有别人听到响声。卡莱心惊肉跳地等了几分钟,没有出现什么情况,于是他离开树根,继续往上爬。

在一个漆黑的房间里,教授像笼子里的一只困兽走来走去。寂寞难熬,绝对寂寞难熬。这样下去他会发疯的。对,他

肯定会发疯，就像已经发疯的彼得士一样。他被交给一个患了精神病的人看管，他不知道拉斯莫斯的情况，也不知道自己什么时候能离开这里。这里黑得就像一座坟墓。这个该死的彼得士——至少应该给他一支蜡烛呀！他只要有一次把这只恶狗抓到手里……别说话……什么东西？教授一下子停下脚步，是不是他被气疯了的大脑出现了幻觉……或者确实有人在敲窗子？但是那个窗子，直接对着峭壁……该死的，一整天他都没从那儿往外看，大概不会有人……仁慈的上苍，现在又有人敲了！确实有人在那儿。他又惊又喜地跑过去开窗子，没有任何监狱的窗子比这个窗子更坚固。它制作得特别精巧，从外边看就是一座度假别墅的窗子，温馨、美观。但它仍然是一个名副其实的铁栏杆。

"那儿有人吗？"教授小声说，"谁在那儿？"

"是我，卡莱·布鲁姆奎斯特。"

声音很小，就像蚊子叫一样，但是它足以让教授欣喜若狂。教授的双手拼命抓住铁栏杆。

"卡莱·布鲁姆奎斯特……谁是……对对，现在我想起来了，上帝保佑小卡莱，你知道拉斯莫斯怎么样啦？"

"他在那边房子里，跟艾娃-露达在一起……他很好！"

"上帝保佑！上帝保佑！"教授小声说。他松了一口气，"彼得士说，我是最后一次看到他……"

"我们要不要去把警察叫来？"卡莱急切地问。

教授摸了摸头。

"不行，不行，不能报警。至少现在不能！啊，我真是左右为难！我开始相信，彼得士说的话是当真的。如果不是因为拉斯莫斯……不，不，在确保拉斯莫斯的人身安全之前，我不敢让警察介入！"

他抓住铁栏杆，急切地说：

"最糟糕的是，拉斯莫斯知道文献的复印件放在什么地方。你记得吧，就是那个发明的复印件。彼得士已经知道拉斯莫斯知道那个复印件放在什么地方。用不了多长时间，他就会强迫拉斯莫斯说出来。"

"它们藏在哪儿？"卡莱说，"我们能把它们转移走吗，安德士和我？"

"你真的相信，你们可以把它们转移走？"教授是那么激动，声音好像要凝固了，"谢天谢地，你们要是真能的话就好了。我把它们藏在……"

真是运气不佳，卡莱没能知道这个珍贵的秘密。因为在同一时刻，门开了，教授好像遭了雷击一样，沉默不语了。他只能保持沉默，尽管由于愤怒和失望他真想大哭一场。再有一秒钟，他就可以说出他想说的话！但彼得士这时候已经站在门槛前。他手里拿着一盏煤油灯，很有礼貌地向教授问好。

"晚上好，拉斯莫松教授！"

教授没有说话。

"那个讨厌的尼克连一盏灯也不给您。"彼得士继续说，"请吧，您留下这个！"

他把煤油灯放在桌子上，友好地笑了。

教授仍然不说一句话。

"拉斯莫斯让我代他向你问好，"彼得士一边说一边把灯芯捻大一点儿，"看样子我只得把他弄到国外去了。"

教授猛地站起来，想朝折磨他的人扑过去，但是彼得士举起手，止住他。

"尼克和布鲁姆就站在外边。"他说，"如果您想打架的话，我们可以奉陪。而我们手里有拉斯莫斯——这一点别忘了！"

教授瘫在床上，用手捂住脸。他们有拉斯莫斯！他们手里有一张王牌！而他自己只有卡莱·布鲁姆奎斯特——这是他唯一的希望。他必须保持冷静，必须！必须！

彼得士在屋里转了一圈，然后背对着窗口站住。

"晚安，我的朋友。"他轻松地说，"这件事您还可以再考虑一下，但是我担心时间不能太长。"

窗子外边，卡莱贴着墙站着。他听彼得士的话音听得那么真，就像他自己在跟彼得士讲话一样。他吓得想后退一步，但

是他那只脚踩的是一堆极不牢靠的草垛子。咚的一声，这位超级侦探顺着峭壁滑了下去，正好掉在安德士的脚前边，速度快得无法形容。

卡莱哎哟哎哟地叫着，安德士不安地朝他弯下腰。

"摔着了吧？很疼吗？"

"哎哟，真舒服。"卡莱一边说一边又哎哟一次，但是他没有时间考虑自己身上摔的大包。因为他听到彼得士在峭壁的房子里喊：

"尼克！布鲁姆！你们在哪儿？赶快搜查外边的山坡！用手电筒！一定要快！"

"仁慈的摩西！"安德士小声说。

"对对，"卡莱说，"我们现在真可怜！"

他们还没来得及跑，手电筒的亮光已经在树木之间照起来，他们随时随地都可能处在光束的中心——想起来真可怕！尼克和布鲁姆飞跑过来。卡莱和安德士能听到他们已经靠近自己，他们想跑掉，但是吓得麻木起来。当尼克离他们只有不到十步远的时候，他们钻到两块大石头之间的缝里去了。这是一个很小很小的缝，他们钻进去以后好像要把石头缝撑破了。"真觉得像一只马上就被猎狗追上的可怜的小动物。"卡莱想着，心里非常惊恐。

对，现在猎狗就在他们头上！手电筒的光翻来覆去地照射

着。卡莱和安德士紧紧地抱在一起,突然想起了家中的妈妈。月亮狠狠地照进树林——就好像手电筒的光还不够亮似的!

"往上照,尼克!"布鲁姆喊叫着,他的声音听起来是那么可怕,"我们看看那几棵长得很密的杉树丛中有没有。如果这地方有人的话,他就在那里。"

"他不会既在这儿又在那儿。"尼克讽刺地说,"还有,我觉得头头的脑袋发昏了。"

"到底是不是,我们很快就会搞清楚。"布鲁姆刻薄地说。

"妈妈呀,妈妈呀,妈妈呀!"卡莱想,"现在他们来了……现在我们完了……永别了……"

这时候他们已经离得很近很近了,就差几分之一秒钟尼克的手电筒就要直接照到藏身的石头缝了,但是有时候会出现奇迹。

"怎么啦？手电筒出毛病了？"尼克说。

谢天谢地——尼克的手电筒不亮了。比奇迹还要奇迹的是，月亮这时候也躲到乌云后边去了。布鲁姆急匆匆地钻进离他们很近的那几棵很密的杉树丛中，尼克紧跟其后。他不停地摆弄自己的手电筒。

"如果这地方有人的话，他就在这里。"他嘟囔着，重复着布鲁姆刚才说的话，"看，手电筒又亮了。"他满意地说并继续用手电筒朝杉树底下照。但是那里没有人，尼克把布鲁姆推到一旁说：

"我说过了，头头的脑袋发昏了，神经过敏。这里连个人影也没有。"

"是没有，这里空无一人。"布鲁姆不满意地说，"为了万无一失，我们再往前走一段。"

"好，好。"卡莱想，"为了万无一失，往前走吧！"就像看到约定的信号一样，他和安德士轻手轻脚地离开杉树群，钻进离那里有几米远的更茂密的树林里去了。因为玫瑰之战的经验告诉他们，没有比刚刚被侦察过的藏身之地更安全可靠的了。

尼克和布鲁姆很快就回来了。他们紧贴着那棵杉树而过，卡莱一伸手就可以碰到他们。他们也经过那个小石缝，布鲁姆用手电筒往里照了一遍又一遍，但是那里空无一人。

"如果这地方有人的话,他无论如何会在这里。"尼克一边说一边又往石头缝里照。

"没有,你知道,他们多亏没藏在这儿。"卡莱小声说,并庆幸地吸了一口气。

10

新的一天开始了,太阳依然既照耀着善又照耀着恶。它叫醒了在草棚的杉树枝上熟睡的卡莱和安德士。

"你觉得我们今天会有饭吃吗?"安德士怪声怪气地问。

"早饭……蓝莓。"卡莱说,"午饭……蓝莓。晚饭……为了调剂一下花样,我们可能要多吃一点儿蓝莓吧?"

"不不,晚饭由艾娃-露达请客。"安德士很有把握地说。

昨天的事历历在目,一想起他们吃的那些东西就感叹不已。他们也记得事后的可怕经历,这也让他们脊梁骨冒凉气。因为他们知道,今天晚上要重复昨天的一切,这是无法避免的。他们知道教授在等待他们。一定要有人再爬到他的窗子上去,搞清楚那些资料的复印件到底放在什么地方。能否抢出教授的资料,是他们一生中非常重要的一件事。

卡莱摸了摸被划破的胳膊和大腿。

"反正我身上已经青一块紫一块了,再去一趟也无妨。"

他说,"但现在最好能吃一点儿早饭。"

"饭由我做。"安德士殷勤地说,"你坐在这儿,我把蓝莓给你送到床上。"

拉斯莫斯和艾娃－露达也在床上吃早餐,但是他们吃的早餐要丰富得多。尼克已决心堵住这个臭丫头的嘴。他拿来一大堆火腿、鸡蛋、面包夹香肠,足够一个团吃的,他把托盘兴高采烈地送到还没完全睡醒的艾娃－露达的鼻子底下。

"起来,吃饭,丫头,免得躺在床上饿死。"他大声吆喝着。

艾娃－露达眯缝着眼睛看着托盘。

"有进步,"她满意地说,"不过明天你要能摊几张薄饼就好了。如果在此之前,警察还没来抓你的话。"

拉斯莫斯从那边床上迅速站起来。

"警察不能抓尼克,"他用有些颤抖的声音说,"他们不能抓心肠好的人。"

"对,是不能抓好人,但劫匪可以抓。"艾娃－露达平静地说,她往面包上厚厚地涂了一层黄油。

"喂,你听着,你,"尼克说,"我现在讨厌听什么劫匪之类的话!"

"我也讨厌被劫持。"艾娃－露达说,"好啦,谁也不欠

谁的了。"

尼克气呼呼地看着她。

"没有人请你来。没有你的话，这里纯粹是一种夏天的快乐。"

他走到拉斯莫斯身旁，坐到他的床边上。拉斯莫斯用一只温暖的小手，抚摸着他的面颊。

"我认为劫匪非常和善。"他说，"我们今天做什么，尼克？"

"首先你得吃早餐，"尼克说，"然后我们再看干什么好！"

拉斯莫斯认为尼克是一个好人的观点在他刚到岛上的最初几个小时就形成了。

开始时拉斯莫斯认为，整个旅行是他爸爸的有趣的创意。又坐汽车，又坐汽艇，真有意思。岛上有一个码头，那里靠着很多船，他可以向爸爸请求允许他游泳。但是后来来了那位愚蠢的叔叔，破坏了一切。他老是跟爸爸讲那些怪事，爸爸很生气，冲着拉斯莫斯嚷嚷，随后爸爸消失了，拉斯莫斯再也没有看见他。

这时候拉斯莫斯开始考虑，待在这里是否真的有意思。他真想大哭一场，但尽量克制自己，可是最初的抽泣很快转成泪的河流。彼得士粗暴地把他推给尼克，并且说："由你管这个小东西！"

这是一项麻烦的任务，尼克无奈地挠了挠头。他不知道如何与这位泪流满面的孩子相处，但是他要想方设法让孩子别再号叫。

"要我给你削个弓箭吗？"他无奈地建议说。

这句话的效果还真神奇。拉斯莫斯很快笑了，就像他哭的时候一样快，并马上产生了对他的信任。

他们玩射箭玩了两个小时，拉斯莫斯的观点被证实了：尼克是好人。即使像艾娃－露达说的那样，尼克是一个劫匪，那么这个劫匪也是好人。

太阳升起——跟人们预想的一模一样——越升越高，继续照耀着善也照耀着恶。太阳温暖着海边哨壁，卡莱和安德士要在那里度过白天。太阳照耀着坐在游廊里用树皮做小船的尼克，也照耀着拉斯莫斯，他正在墙角的水沟里试航做好的小船。太阳戏弄着艾娃－露达美丽的头发，她坐在自己的床上，对于不放走她的尼克恨之入骨。太阳让彼得士工程师很生气，在这个美丽的夏天他对什么都不满意，对明媚的阳光也不例外。但是太阳不在乎彼得士高兴还是不高兴，继续沿着自己的轨道运行——完全像人们想象的那样——最后在西边落下，消失在大陆的森林上空。就这样在海岛上的第二天过完了。

不对，没有过完，现在才刚刚开始。开始是彼得士工程师走进艾娃－露达的房子，他已经对艾娃－露达不感兴趣，已经跟她无话可说。她是偶然发现拉斯莫斯被劫持的，由于斯万贝里那个白痴没把汽车看好，她偷偷地钻进了汽车，现在成了一大麻烦，但是还得让着她，在拉斯莫斯犯牛脾气的爸爸恢复理智之前，她可以帮助他们使孩子保持安静——这就是留下艾娃－露达的全部理由。他不需要跟艾娃－露达过多地耗费精力，他想交谈的对象是拉斯莫斯。

拉斯莫斯已经躺在床上，他面前的毯子上有5只树皮小船。墙上挂着他的弓箭，他很富有，很幸福。待在这个岛上很不错，劫匪很和善。

"你听着，小家伙。"彼得士工程师一边说一边坐在他的床边上，"如果让你整个夏天都待在这里，你觉得怎么样？"

拉斯莫斯脸上露出灿烂的微笑。

"整个夏天！你真好！那我们会在你这里度过愉快的夏天——爸爸和我。"

"给拉斯莫斯加1分。"艾娃－露达想，脸上浮现出一丝冷笑。她很聪明，没有说什么。彼得士工程师不是什么都可以讲给他听的那种人。

尼克坐在窗前那把椅子上，看得出他很得意。那个多嘴多舌的丫头不得不闭嘴了！

彼得士工程师却不像他那么满意。

"喂,拉斯莫斯……"他刚开始说话,就被拉斯莫斯兴奋地打断了。

"那我们就可以天天游泳,对吧?"他说,"我能游5种姿势。你想看看我的5种姿势吗?"

"好,好。"彼得士工程师说,"但是……"

"噢,那会多有意思!"拉斯莫斯说,"你注意听,去年夏天,有一次我们去游泳,玛丽莲钻到水里去了。咕噜,咕噜,咕噜,水泡往上冒,但是她浮上来了。玛丽莲只能游4种姿势。"

彼得士工程师急得小声地喊了一声。

"我才不管你那个狗屁游泳姿势。我想知道你爸爸那个上边有红色数字的文件藏在什么地方了?"

拉斯莫斯皱起眉头,不满地看着他。

"狗屁,你真愚蠢。"他说,"你没听我爸爸说吗,我不能说出来。"

"我们现在不管你爸爸了。另外,像你这样一个小不点儿对大人说话怎么可以称'你',要称我为彼得士工程师。"

"你真的叫这个名字吗?"拉斯莫斯一边说一边深情地抚摩着那只最精致的树皮小船。

彼得士气得咽了口唾沫。他觉得,他必须克制自己,如果

想把这件事办成功的话。

"拉斯莫斯,如果你告诉我,你会得到好东西。"他温和地说,"你可以得到一台蒸汽机。"

"我已经有一台蒸汽机了,"拉斯莫斯说,"树皮船比蒸汽机好。"

他把自己那只最精致的树皮船伸到彼得士鼻子底下。

"你见过这么精致的树皮小船吗,彼得士工程师?"

然后他就让那只树皮小船在毯子上划来划去。它漂洋过海来到美洲,那里住着印第安人。

"我长大了,要当印第安人酋长,把人打死。"他振振有词地说,"但是妇女和儿童我不打。"

彼得士没有回答这种富有轰动效应的宣言。他竭力保持镇静,想方设法使拉斯莫斯回到他要说的话题上来。

树皮船由一只相当脏的男孩子棕色的小手在毯子上拉来拉去。

"你是一个劫匪,"拉斯莫斯说,他的眼睛随着小船的路线穿过大洋,还有他的思想。"你是一个劫匪,"他心不在焉地说,"所以你不能知道什么秘密。不然的话我会告诉你,我爸爸把它们用图钉钉在书架后边了,但是现在我不可能告诉你……哎哟,我怎么说出来了。"他又惊又喜地说。

"哎呀,拉斯莫斯。"艾娃-露达哽噎着说。

彼得士跳了起来。

"你听到了吗,尼克?"他一边说一边高兴地笑起来,笑的声音又高又得意,"喂,你听着……噢,真是太好啦,他说'书架后边',我们今天夜里就去取,一小时以后准时出发!"

"遵命,头儿。"尼克说。

彼得士匆忙朝门跑去,一点儿也不顾及拉斯莫斯在他身后愤怒地喊叫。

"不行,请你回来!人家忘记了,不能算数。请你回来,我不是说过了吗!"

11

白玫瑰有多种多样的暗号和警告信号,起码有三种不同的暗号表示"危险"。其一迅速地动左耳垂,用于盟友与敌人近在咫尺,又不能用明显的方式告诫盟友时;其二学猫头鹰叫,让周围活动的白玫瑰赶紧来援助;其三是大声疯狂喊叫,只用于死难当头或处于最危难时刻。

此时此刻艾娃-露达就是处于最危难时刻。她一定要找到安德士和卡莱,要尽快。她意识到,他们就在附近,像两只饥肠辘辘的狼在游荡,只等着看她的窗子上亮灯的信号,表明一切平安无事。但现在不是一切平安无事。尼克不想立即走,他赖在这里给拉斯莫斯讲述,他年轻当海员时如何在世界各大海洋中航行,而拉斯莫斯这个小傻瓜,一味地鼓励他讲下去。

现在是十万火急,十万火急!……十万火急!一小时以后彼得士和尼克就要上路,借助夜色的掩护去取那些宝贵的文件。

艾娃－露达只看到一条出路——她必须大声地疯狂喊叫。她有意叫得非常可怕,差点儿吓死尼克和拉斯莫斯。当尼克恢复平静以后,他摇头说:

"无论如何到此为止。任何聪明人都不会这样叫!"

"印第安人就是这样叫,"艾娃－露达说,"我以为你们喜欢听我叫,像这样。"她一边说一边又叫一声,同样钻心刺耳。

"谢谢啦,谢谢啦,够了够了。"尼克说。他说得对,因为在某处的黑暗中,一只乌鸫鸟叫起来。确切地说,乌鸫鸟没有天黑以后鸣叫的习惯,但是对于这一点尼克没有表现出惊奇,艾娃－露达没有想到这一点,但对卡莱和安德士作出的反应感到异常高兴:他们听到了!

但是他们怎么样才能得到有关文件的重要消息呢?啊,一名白玫瑰骑士总会有办法!暗语,江湖黑话,过去不止用过一次,现在也要用。

当艾娃－露达再一次突然高声喊叫并唱起企盼的歌时,尼克和拉斯莫斯又大吃一惊。

"来达—普鲁—费苏—帕波—巴高莫—布克—胡拉。"尽管尼克明显地不愿意听,她还是一遍又一遍地唱个没完没了。

"不不,你听着!"他最后说,"快闭嘴吧,你在号叫什么?"

"这是一首印第安人情歌，"艾娃－露达说，"我以为你们可能爱听。"

"我一听就觉得你好像什么地方不舒服。"尼克说。

"迪特—艾尔—布劳—多姆，"艾娃－露达唱，直到拉斯莫斯用手把耳朵捂起来，并说：

"艾娃－露达，我们不能唱这个，改唱'小青蛙，小青蛙'吧？"

不过站在外边黑暗中的卡莱和安德士听到了艾娃－露达令人吃惊的信息："快到书架后边去抢救教授的文件！十万火急！"

如果艾娃－露达说十万火急并使用大声地疯狂喊叫的方法，意思是：彼得士已经用某种方法打听到那些文件放在什么地方，要抢在他前面去转移。

"快！"安德士说，"我们去借一条船！"

他们沿着小路朝码头奔跑，没有再说别的。他们在黑暗中磕磕绊绊地跑着，被路边的树枝划来划去。他们又饿又害怕，好像看到每个树丛后边都有追赶他们的人，不过这一切都不在话下。对他们来说唯一有意义的是，绝对不能让教授的秘密文件落入邪恶之手。因此要抢先一步。

经过艰苦的几分钟以后，他们终于找到了一条没有上锁的小船。每一瞬间他们都担心看到布鲁姆和尼克出现在黑暗中，

当卡莱最终把船慢慢推离码头和拿起船桨的时候,他还在想:"他们来了,我保证他们来了!"

但是没有人来,卡莱加快速度划船,他们很快就听不到岛上的声音了。他用力划着桨,海水发出哗哗的响声。安德士安静地坐在船尾,想着他们上次从这里游泳过去时的情形——这真是昨天的事情吗?感觉好像很久很久以前的事。

他们把船藏在芦苇丛中,跑去找他们的摩托车。他们把摩托车放在一片刺柏后边,但是上帝保佑,那片刺柏在什么地方,在黑暗中怎么去找呢?

他们在惊恐中寻找,宝贵的时间一分钟一分钟地过去。安德士紧张得直咬手指头——那辆倒霉的摩托车在哪儿?卡莱扒

开树丛，啊，在那儿，他找到了！他用手指亲切地握住车把，迅速地把它推到林间小路上。

他们大约有 50 公里的路程要行驶。卡莱看了看手上的表，表针在黑暗中闪亮。

"现在是 10 点 30 分。"他对没有问时间的安德士说。情况还是很急迫的。

恰好在同一时刻，彼得士对尼克说了完全一样的话。

"现在是 10 点 30 分，我们该上路了。"

离里尔切平 50 公里……40 公里……30 公里！他们风驰电掣般地行驶在凉爽的七月的深夜，但是道路好像没有尽头。他们神经紧张地听着那辆汽车是否在后边追他们。每一秒钟他们都担心，后边追上来的汽车的灯光捕捉到他们，接近他们，超过他们，带走他们对那份重要文件的一切希望消失在远方。

"里尔切平，20 公里。"安德士读着路边的路标——现在接近他们熟悉的地区了。

一辆黑色的小汽车差不多同时经过另一个路标。

"里尔切平，36 公里。"尼克读着，"开快一点儿，头儿！"

但是彼得士要用自己喜欢的速度开。他一只手离开方向盘，递给尼克一支烟，得意地说：

"我已经等了很久，再等半小时就等不了啦？"

里尔切平！像平时一样，这座城市安稳地熟睡着。卡莱和安德士有点儿激动。摩托车通过熟悉的街道，直奔王宫遗址，最后停在埃凯隆德别墅外面。

那辆黑色的小汽车离路边那块向人们问候"欢迎到里尔切平来！"的小路标还有好几公里。

"这是我们经历过的最惊心动魄的一件事！"当他们走上游廊时，安德士小声说。他小心翼翼地摸了摸门，门没有锁。"劫匪们不知道随手要锁门。"卡莱想。怎么能让保存价值几十万克朗文件的房子的大门开着呢！但是很不错——省了大量时间！他深深地感到，时间是多么宝贵。

"书架后边"——哪个书架后边？把这栋房子夏天出租出去的埃凯隆德博士是一个有很多书很多书的人。起居室里的每一面墙都有书架。

"我们可能要找一整夜。"安德士说，"我们从哪儿下手呢？"

卡莱在思索——尽管时间紧迫。往往花一点儿时间思考会取得事半功倍的效果。拉斯莫斯怎么跟他爸爸说的？

"那天晚上我在骗你，爸爸，你以为我躺在床上睡觉了，其实我在楼梯上……"拉斯莫斯偷着看时，他能站在哪儿呢？绝对不会在起居室。

卧室在楼上。一个小孩子睡不着觉，从楼上走下来，在他

爸爸听见他下来之前,看见一件有趣的事情,马上停住脚步。"他一定站在大厅外边的楼梯上。"卡莱想到这一点,赶忙跑过去。

不管他站在楼梯的哪个位置上,他通过起居室开着的门只能看到一个书架,就是写字台旁边的那个。

他奔向起居室,他们一起用力把书架从墙边拉开。书架蹭到地板时发出一阵非常令人讨厌的声音,这是他们听到的来自这个世界唯一的声音。汽车停在外边的声音,他们根本没有听见。

拉……拉……拉……再拉一点儿,现在他们可以看到书架后边的所有情况!仁慈的摩西——在那儿!一个牛皮纸信封用图钉牢牢地钉在上面。当卡莱用刀子去撬图钉时,双手直打战。

"真好,我们总算赶在前面得手了。"安德士小声说,他的脸色由于紧张而显得苍白。

"真好,我们赶在前面得手了!"

卡莱手里拿着那个宝贵的信封。他屏住呼吸看着它——它值几十万克朗!对,实际上它很难用钱计算。啊,多么值得庆祝的时刻,一种甜蜜、炽热的满足感充满全身!

这时候他们听见有动静!令人恐惧、发抖。游廊外边有轻轻的脚步声……一只手正在拧门的把手。第一道门已经被慢慢

打开。

　　写字台上的灯光照在他们苍白的脸上。他们惊恐地互相看着,吓得几乎喘不过气来。再过几秒钟第二道门就会打开,然后一切都完了,真是瓮中捉鳖。站在更衣室的人把住大门,他不会放过任何拿着价值几十万克朗信封的人。

　　"快,快,"卡莱小声说,"从楼梯上二楼!"

　　腿有些不听使唤,但是靠某种超自然的力量他们还是跑出大厅,上了楼梯。

　　后来的一切都发生得很快,所有的思想和理智都消失得无影无踪。屋子里乱成一团,有愤怒的说话声、关门开门声、高声喊叫和诅咒声,还有跑上楼梯的脚步声,哎呀——救命,救命啊——跑上楼梯的脚步声就在他们身后。

　　前一天夜里他们离开时,那扇窗子上的窗帘在风中飘动着,好像高兴地与他们挥手告别,现在感觉好像是发生在一千年以前的事。窗子外边有一个梯子,一条救命之路……可能……可能。他们越过窗台,爬到梯子上,爬呀爬呀,不,是连滚带爬,在他们年轻的生命中从未这样狼狈过。他们不顾一切地跑,这时候他们听到了从窗子上发出严厉的喊话声,是彼得士在他们身后喊:"如果你们不停下来,我就开枪了!"

　　但是他们已经没有理智。他们只顾往前跑,尽管他们明白,这可能有生命危险。他们跑呀,跑呀,感到胸膛都要裂

开了。

这时候他们又听到脚步声,越来越近了——上帝呀,什么地方可以逃避这些响彻在深夜的可怕的脚步声?难道今生今世这些令人毛骨悚然的脚步声会永远留在他们的梦中吗?

他们朝城里跑去。这时,他们离城已经不远了,但是他们没有力气了。追赶他们的人确实越来越近了,这下子没救了,一切全完了,再过几秒钟一切都成了过去!

这时候他们看见了他!两个人同时看见了他。第一个路灯在闪烁,灯光洒在一个熟悉的身影上,他穿着警服,身材修长……

"比约尔克叔叔,比约尔克叔叔,比约尔克叔叔!"

他们拼命喊着,而比约尔克叔叔挥手制止他们——深更半夜的不准这样大声喊叫!

他朝他们走过来,丝毫也没感受到此时他们对他的爱远远胜过对自己的母亲。

卡莱一头扑向他的怀里,上气不接下气地抱着他。

"大好特好的比约尔克叔叔——快去拘捕那些坏蛋!"

他转过身来,想指着那些人,但是奔跑的脚步声没了。在可怕的黑暗中一个人也没有。卡莱叹了口气——他自己也不知道,是因为轻松,还是因为失望。他觉得,现在去追赶那些劫匪已经没有意义了。同时他也明白另外一层意思,他不能向比约尔克叔叔讲事情的来龙去脉。"在拉斯莫斯没有人身安全之前,不要让警察介入"——这是教授明确说过的。彼得士被黑暗吞没了。他肯定在回汽车的路上,他很快就会乘汽车回到海岛,回到拉斯莫斯身边!不行,不能让警察介入,不能直接违反教授的命令。尽管他内心觉得,告诉警察可能还是最明智的办法。

"哎呀,超级侦探又在执行公务。"比约尔克叔叔微笑着说,"你那些坏蛋在什么地方,卡莱?"

"他们跑了。"安德士喘着粗气说。卡莱警告性地踩了一下他的大脚拇指。其实没必要。安德士明白,罪犯方面的问题,卡莱说了算。

卡莱开了个玩笑，事情就过去了，比约尔克叔叔开始说别的事。

"啊，你们是好小伙子。"他说，"我今天早晨看见你爸爸了，卡莱，你知道他有些生气。你们这样随随便便离开家不惭愧吗？现在你们确实该回家了。"

"不行，我们不能回家！"卡莱说，"现在还不能回家。"

12

如果有人在这天夜里两点钟经过维克多·布鲁姆奎斯特的食品店,他肯定以为里边有小偷正在偷东西。有人拿着手电筒在柜台后边照来照去,通过橱窗不时地能看到两个黑影在晃动。

但是夜里没有人朝这个方向走,两个黑影也就一直没被人发现。睡在商店二楼的食品店老板和他的妻子也没听到什么动静。因为这两个黑影有一种干什么都不出声音的本领。

"我想要更多的香肠,"安德士嘴里塞得满满地说,"我想要更多的香肠和更多的干奶酪。"

"尽管拿。"卡莱说。他自己拿的东西已经足够填饱肚子了。

他们继续找东西吃:削了厚厚的一块熏火腿吃起来,切下一大截优质法隆香肠吃起来,拉出一个又大又软又香的长面包吃起来,剥下三角形小块干奶酪上的纸吃起来,一把一把地往

嘴里塞葡萄干。他们吃呀，吃呀，吃呀，把一辈子的饭都吃下去了。他们永远也不会忘记在食品店里偷吃东西的事。

"我知道有一件事是肯定的，"卡莱最后说，"我这辈子再也不想吃蓝莓了。"

吃饱喝足以后，卡莱上楼去卧室。上楼不能出声音，因为他的母亲这些年有了一种非凡的能力，只要卡莱弄出一点儿声音，她就会惊醒——这是一种地道的超自然现象，卡莱认为心理学家们应该仔细研究研究。

此时此刻他不想吵醒母亲，也不想吵醒父亲。他只想取了背包、睡袋和其他野外露营用的东西就走。如果父母醒了，要费很长时间才能解释清楚。

不过随着岁月的流逝，卡莱上下楼梯不出声的能力也有了很大长进。他手提肩扛，带着很多东西走下楼，满意地回到在商店里等着他的安德士身边。

凌晨 3 点 30 分，一辆摩托车风驰电掣般的沿着通向大海的路飞奔。

在维克多·布鲁姆奎斯特食品店的柜台上，放着一张从白色包装纸上撕下来的纸条，上面写着：

亲爱的爸爸，你可以扣下我这月的工资，因为我拿走了

一些东西。

总计：

1公斤法隆香肠

1公斤王子香肠

1.5公斤熏火腿

10块小型的干奶酪，你知道是哪一种

4个长面包

0.5公斤贵族庄园干奶酪

1公斤黄油

1盒火柴

10块巧克力饼——1块50厄尔

1桶汽油（10公升），从车库里拿的

2盒饼干

2袋奶粉

1公斤砂糖

5包口香糖

10盒固体酒精

可能还有其他东西，我现在想不起来了。我知道你会生气，但是如果你知道事情的真相，你就不会生气了。请告诉里桑德叔叔和安德士的爸爸，让他们不要着急。请不要生气，你是大好人，我可能不是一个总听话的孩子，

哦，现在我最好住笔，不然我要流泪了。

卡莱向妈妈致以衷心的问候。

你大概不会生气吧？

艾娃－露达这一夜睡得很不安稳，总是隐隐约约地感到有什么不愉快的事情要发生。她惦记着卡莱和安德士——他们现在怎么样了？教授的文件怎么样了？要知己知彼，她决定在尼克送早饭时先发制人。但是尼克来的时候，样子很沮丧，艾娃－露达倒有些犹豫了。拉斯莫斯高兴地喊着"早晨好"，唧唧喳喳的像只鸟，但是尼克没有理他，而是直接走到艾娃－露达身边。

"臭孩子。"他加重语气说。

"怎么啦？"艾娃－露达问。

"你瞎话连篇，真不知害羞。"尼克继续说，"头头审问你时，你不是说就你一个人钻进汽车吗？啊，那是前一天夜里的事吧？"

"你是指你们劫持拉斯莫斯的时候吧？"艾娃－露达说。

"对，当时我们……嗨，哪儿是哪儿啊，见鬼去吧。"尼克说，"你当时不是说就你一个人，对吗？"

"对呀，是我说的。"

"那你就是撒谎。"尼克说。

"怎么撒谎了？"艾娃－露达说。

"怎么撒谎了？"尼克重复了一遍，脸都气红了，"怎么撒谎了？你还带着两个小伙子，没说错吧！"

"啊，你听着，我要能带他们就好啦。"艾娃－露达满意地说。

"啊，他们是安德士和卡莱，知道吧？"拉斯莫斯说，"因为他们跟艾娃－露达一样，也参加了白玫瑰。我也会成为一名白玫瑰成员，就是这样。"

但是艾娃－露达听了不寒而栗。尼克话中的意思是卡莱和安德士被抓住了？那样的话，就一切全完了。她感到，她必须尽快把事情搞清楚，不能两眼一抹黑，一分钟她也不能再忍受了。

"随便问一句，你怎么知道我带了人？"她问，尽量不动声色。

"啊，因为那两个该死的臭小子把头头要的那些文件偷走了——在我们眼皮底下。"尼克说，并愤怒地瞪着她。

"万岁！"艾娃－露达高喊着，"万岁，万岁！"

"万岁！"拉斯莫斯跟着喊，"万岁！"

尼克朝他转过身来，他的眼睛里充满忧伤和不安。

"啊，你可以欢呼，你，"他说，"我想你很快就不欢呼了。那时候他们会来，把你送往国外。"

"你说什么？"艾娃-露达喊叫着。

"我说，他们会来，把他送往国外，我说。明天晚上，来一架飞机接他。"

艾娃-露达气得咽了一口唾沫，然后她一边高喊一边冲向尼克，用拳头使劲打他。她打他，劈头盖脸地打，并高声喊叫：

"可耻！可耻，啊，你们真可耻——可耻的劫匪！"

尼克没有躲闪，任凭她打。他坐在那里，突然显得很疲惫。他这一夜也没睡多会儿。

"那两个坏小子，能不能不再狗拿耗子多管闲事？"他最后说，"只要头头得不到他大喊大叫要的文件，这种灾难就永远没头！"

拉斯莫斯已经在思考尼克说的坐飞机到国外去。他在比较这两种选择。哪一种最有意思——坐飞机还是成为一名白玫瑰成员？他想好了以后，宣布了自己的决定：

"喂，尼克，"他说，"我不想坐飞机到外国去，因为我想成为一名白玫瑰成员。"

他爬到尼克的膝盖上，详细地向他解释，当一名白玫瑰成员有多么棒。在夜里高喊冲呀杀呀，有时埋伏起来，与红玫瑰对打。完全有必要让尼克理解，当一名白玫瑰成员是一种伟大、神奇的历险，这样尼克就会明白，他不能到外国去了。

但是当他讲完以后，尼克只是忧郁地摇头，他说：

"喂，你听着，小拉斯莫斯，你永远也成不了白玫瑰成员了。现在一切都太晚了。"

这时候拉斯莫斯从他的膝盖上溜下来，离开他。

"狗屁，你真愚蠢！"他说，"我当然可以成为一名白玫瑰成员，没错儿！"

尼克朝门走去，外边有谁在喊他。

拉斯莫斯看着他走，他知道，如果他想得到那件事的答案，必须抓紧时间。

"喂，尼克，"他说，"如果从飞机上往下啐唾沫，那要多长时间才能落到地上？"

尼克转过身来，不安地看着那张急切的娃娃脸。

"我不知道，"他一本正经地说，"明天晚上你自己试一试吧。"

13

艾娃-露达坐在床上陷入了沉思。她咬着自己一缕浅色的头发,左思右想,极为彷徨,最后的结论是完全没有希望。她被锁在这间牢笼里,怎么可以阻止他们把拉斯莫斯弄上飞机,送到国外呢?那个彼得士想出的办法是否太残忍了?她猜想,事情可能是这样,当彼得士想弄到那份材料的一切梦想破灭之后,他想强迫教授坐下来,重新推算出各种数据,这样的话他当然要把他弄到国外的某个实验室,带走拉斯莫斯当人质。可怜的小拉斯莫斯,虽然到目前为止他还没有受到任何伤害,但是在国外一群强盗中间会怎么样呢?艾娃-露达似乎看到,教授坐在一张桌子旁边正进行计算,而一个残忍的狱卒在拉斯莫斯的头上正抢着一杆鞭子,并高声叫喊:快算,不然的话……

这是一幕令人心碎的景象,艾娃-露达默默地哭泣着。

"你哭什么?"拉斯莫斯说,"为什么尼克不来放我出去,我好拿我的树皮小船去航海。"

艾娃-露达又想了一会儿,脑子里正慢慢想出一个主意。想好以后,她急切地跑到拉斯莫斯身边。

"拉斯莫斯,"她说,"你不觉得今天太热了吗?"

"是热。"拉斯莫斯附和着说。

"你不觉得去游泳会很舒服吗?"

她一步一步追问。

"好好!"拉斯莫斯一边叫一边兴奋地跳起来,"好,我们去游泳,艾娃-露达。我能游5种姿势。"

艾娃-露达双手一抱,故意夸赞说:

"啊,那我一定得看看。"她说,"不过要能做到的话,你必须跟尼克吵才行,不然我们不可能去游泳。"

"啊,明白了。"拉斯莫斯很有把握地说。他很擅长这个,知道应该怎么办。

尼克来了,他立即扑到他身上。

"尼克,我们能不能去游泳呀?"他开始说。

"去游泳?"尼克说,"那有什么好的?"

"没什么好的,不过天很热。"拉斯莫斯说,"天太热,我们应该去游泳。"

艾娃-露达沉默不语。她知道,最聪明的办法是让拉斯莫斯去磨。

"我可以游5种姿势。"拉斯莫斯显摆说,"你不想看我

游泳的姿势吗,尼克?"

"想,当然想,"尼克应付着说,"但是去游泳……啊,我不相信头头会赞成。"

"是吗,但是不去游泳,我怎么游5种姿势呢?"拉斯莫斯用咄咄逼人的口气很有逻辑地说,"我总不能在陆地上游吧!"

他认为这么一说事情就很清楚了。尼克不可能傻到不想看他游5种姿势的地步。他把自己的手放到尼克的大手上说:"走,我们去游泳!"

尼克不满地瞪着艾娃-露达。"你不能跟着去。"他恶狠狠地说。

"不行,艾娃-露达一定要去,这样她才能看我游5种姿势。"拉斯莫斯说。

对尼克来说,他已经很难拒绝孩子满怀激情的要求。他责怪自己软弱,当拉斯莫斯把手伸到他的手里并用快乐、充满希望的眼睛看着他时,他会同意他的任何要求。

"我的天啊,那就走吧。"尼克粗声粗气地说。

这正是她梦寐以求的——沿着小路跑向码头,一头扎进碧波粼粼的海水里,或躺在码头上,闭上眼睛,脑子里什么也不想。但此时此刻,当她什么事情都可以做的时候,她却只能待

在这里备受折磨，拖延实现自己伟大的计划。而拉斯莫斯却乐坏了，他像一只快乐的小青蛙在岸边的浅水里乱扑腾。尼克坐在码头边上看着，拉斯莫斯用水撩他，又笑又叫，在水中一上一下地跳动，激起许多水花。他也游泳，游的时候特别认真，屏住呼吸，直到憋得满脸通红，随后大大地喘一口气，对着尼克大喊：

"你看见了吗？你看见我游了5种姿势了吗？"

尼克可能看到了，也可能没有看到。

"你是一个很有意思的小东西。"他说。这是他对拉斯莫斯奇怪的游泳技能的唯一评论，但听起来好像是赞扬。

艾娃－露达躺在水面上，让海浪摇动自己。她仰视天空，反复警告自己："沉住气！一定沉住气！一切都会好的！"

但是她对自己脑子里想好的那件事并非完全有把握，当尼克高声说游泳到此结束时，她自己感觉到，由于紧张脸色都变白了。

"我们可以再玩一会儿吧，尼克。"拉斯莫斯乞求说。但是艾娃－露达知道，再有一分钟她也忍受不了了，所以她抓住拉斯莫斯的手说：

"不行，拉斯莫斯，我们快上岸！"

拉斯莫斯推开她，用求助的目光看着尼克。这是尼克和艾娃－露达唯一一次观点一致。

"你们快上来,"尼克说,"这事别让头头知道。"

刚才他们是在一片茂密的树丛后边换的衣服,艾娃-露达抓着很不情愿的拉斯莫斯的手,把他拉回到原地。她很快穿上衣服,然后跪在拉斯莫斯身边帮他穿好,因为他那笨拙的小手指头看来很难扣上扣子。

"你知道,很不容易扣上。"拉斯莫斯说,"扣子在后边,我在前边。"

"我帮你扣。"艾娃-露达说。她继续说,声音很低,由于紧张还有些颤抖:

"拉斯莫斯,你大概想成为一名白玫瑰成员吧?"

"对对,当然是!"拉斯莫斯说,"卡莱说过……"

"对,但是你现在必须完全按我说的去做。"艾娃-露达打断他的话。

"那我做什么呢?"

"你拉住我的手,我们尽快离开这里。"

"不过尼克可能不喜欢我们这样做。"拉斯莫斯不安地说,他有些不愿意。

"我们现在顾不得尼克了,"艾娃-露达小声说,"我们一定要到卡莱和安德士搭的草棚去打听……"

"你们自己出来,还是非让我去接你们?"尼克在码头那边高声喊叫起来。

"别着急！"艾娃－露达高声说，"该来时我们就来了。"

她拉住拉斯莫斯的手急促地说：

"快跑，拉斯莫斯，快跑！"

拉斯莫斯飞快地跑起来，用尽了他 5 岁所有的力气跑进杉树林。为了不落在艾娃－露达后面，他发疯似的跑着，以便让她明白，他完全可以成为一名白玫瑰成员。他一边跑一边喘着粗气说：

"不管怎么说还是不错，尼克总算看见我能游 5 种姿势。"

14

太阳快落山了,拉斯莫斯已经很累。他不喜欢这样做,他的不满已经有好几个小时了。

"这个森林里的树太多,"他说,"我们为什么总也走不到那间草棚?"

艾娃－露达希望自己能够回答这个问题。她赞成拉斯莫斯的说法,这个森林里的树太多了。还有很多他们要翻的山冈;很多挡住他们去路的被风刮倒的树木和其他乱七八糟的东西;很多扎人大腿的树枝和树丛;但就是看不见草棚。唯一的一间小草棚就是他们急切要找的,但是怎么也找不到。艾娃－露达感到很沮丧。她原以为找到那间草棚不会太困难,可现在她开始怀疑什么时候才能找到它。即使最后他们真能找到,安德士和卡莱会在那里吗?他们抢救了那批文件以后,还会不会回到岛上来?这中间可能会发生许多件事情。总而言之,这岛上可能就剩下拉斯莫斯和她,还有劫匪。艾娃－露达想到这点就流

下了眼泪。"最最好心的安德士,好心、可爱的卡莱,希望你们在草棚里。"她默默地祈祷着,"现在让我尽快尽快尽快找到草棚!"

"除了蓝莓还是蓝莓,"拉斯莫斯生气地看着跟他大腿差不多高的蓝莓枝,"我很想吃一点儿炸肥肉片。"

"我知道。"艾娃-露达说,"但是很遗憾,森林里不长炸肥肉片。"

"唉唉,"拉斯莫斯用叹气表示对森林里不长炸肥肉片的不满,"我想要我的树皮船。"他又说,重复他吵了一整天的话题,"我为什么不能带着我的树皮船呢?"

"小东西。"艾娃-露达想。她舍生忘死不就是为了挽救他的命运吗?而他却不停地吵闹,要炸肥肉片和树皮船。

她刚这么一想马上就后悔了,不由自主地用双手搂住他。他这么小,现在又累又饿,找茬儿闹一闹是很自然的。

"你知道,拉斯莫斯,"她说,"我从来不想你的树皮船……"

"那我认为你很愚蠢。"拉斯莫斯无情地说。

他一屁股坐在蓝莓丛上,他不想再走了。怎么求他都不行。艾娃-露达竭力哄他——"草棚可能就在附近,"她说,"可能再走很短很短一段路就到了!"

"我不想走了,"拉斯莫斯说,"因为我的腿想睡觉!"

艾娃-露达竭力控制自己的感情，不让自己哭出来。她把牙咬得紧紧的。她也坐下来，背靠着一块大石头，把拉斯莫斯拉到身边。

"坐在我身边，休息一会儿吧。"她说。

拉斯莫斯叹了一口气，躺在柔软的地衣上，头枕着艾娃-露达的膝盖。看来他下决心不再动了。他用发困的双眼看着艾娃-露达，她想：先让他睡一会儿吧，然后可能走得快一点儿！她把他的一只手握在自己手里，他很顺从，艾娃-露达给他唱歌。他眨了眨眼睛，竭力想保持清醒，他的目光紧盯着一只在蓝莓枝上空飞舞的蝴蝶。

"在我们的牧场上生长着蓝莓。"艾娃-露达唱道。

这时候拉斯莫斯提出异议。

"你最好唱：在我们的牧场上长着炸肥肉片。"他说完就睡着了。

艾娃-露达叹了口气。她希望她也能睡。她多么渴望自己能睡着，醒来时躺在自家的床上，眼前发生的一切都是一场噩梦。她坐在那里，感到伤心、不安和孤独。

这时候她听到远处有声音。那声音越来越近，她好像很熟悉，随后又传来踩断树枝的响声。简直要把人吓死了！啊，没有死，只是被吓瘫了，吓得关节都不能动了，心咚咚地跳。从树林中走近的是尼克和布鲁姆……那个斯万贝里当然也跟着。

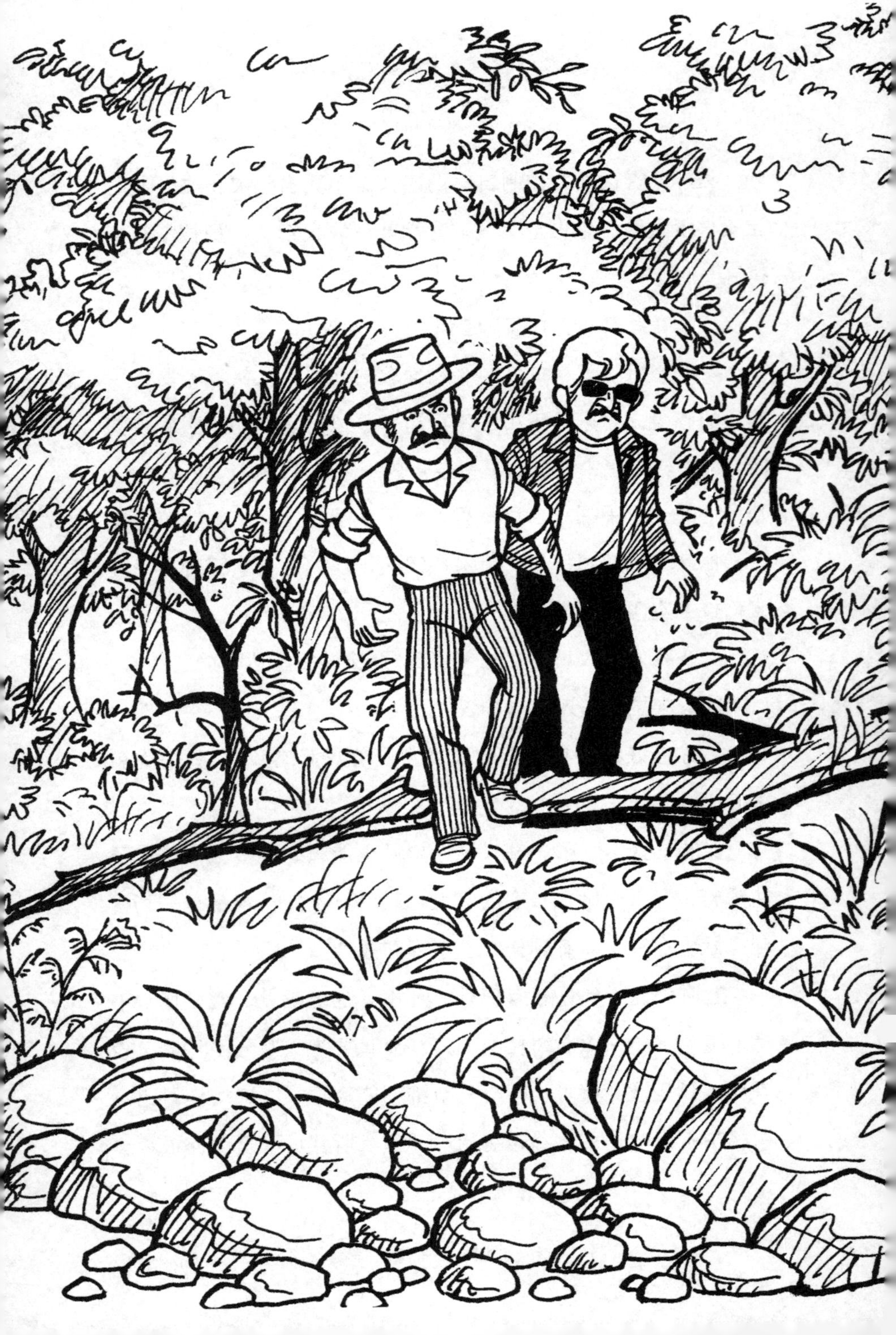

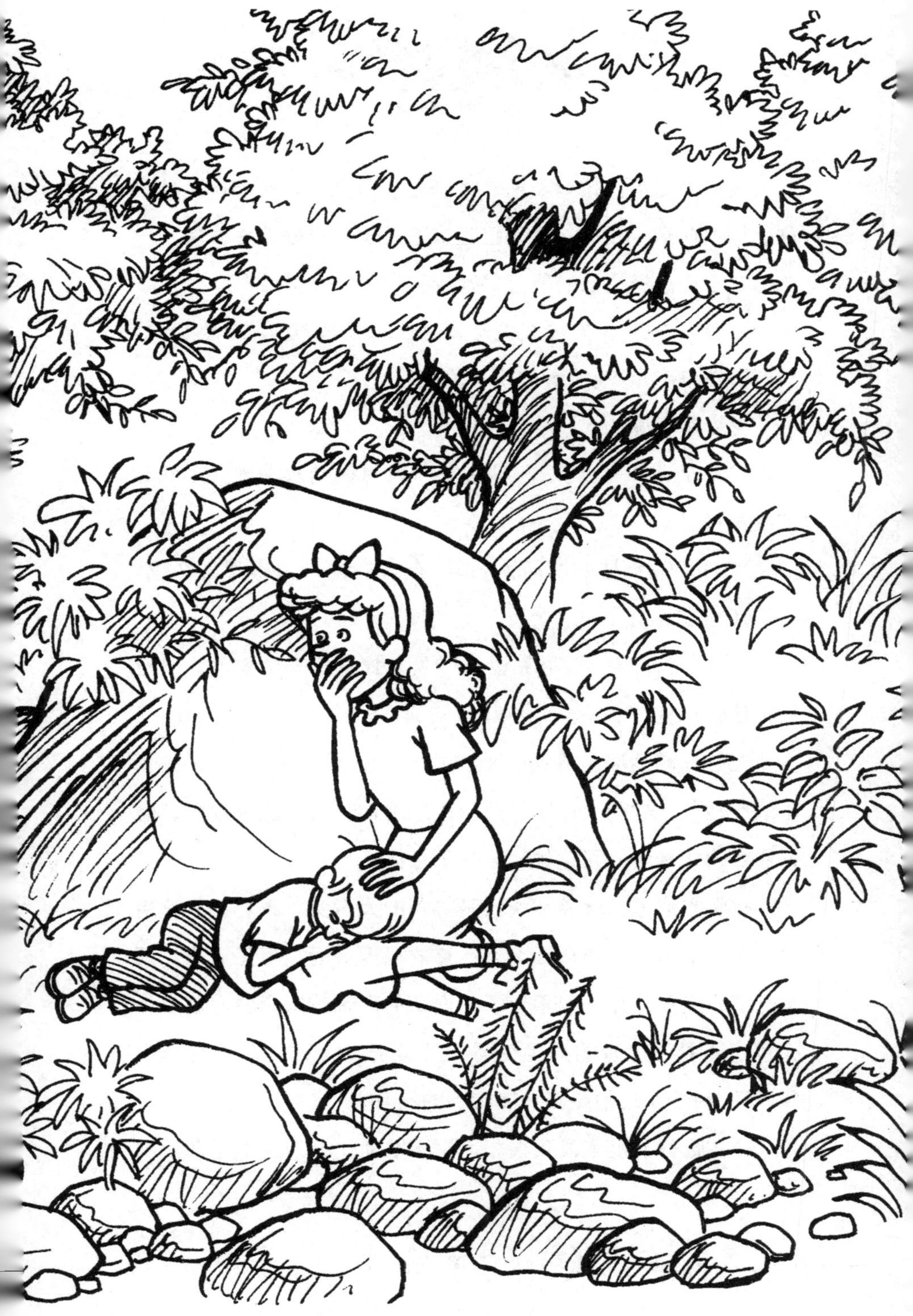

她束手无策。拉斯莫斯在她膝盖上睡觉,她无法叫醒他逃跑。即使叫醒也没什么用,已经来不及了,只好束手就擒。

几个人已经离他们很近,她能听到他们的说话声。

"我从来没看见过彼得士发这么大的脾气,"布鲁姆说,"我能够理解。你是个大笨蛋,尼克。"

尼克嘟囔说:

"都是那个臭女孩,"他说,"我想教训教训她。等我抓到她再说。"

"对,不会拖的时间太长。"布鲁姆说,"不管怎么说,他们还留在岛上。"

"请你沉住气。"尼克说,"我要找遍每一个树丛,一定能把他们抓住。"

艾娃-露达闭上眼睛。他们现在离她只有10步远,她真不敢看他们,她闭上眼睛等待。但愿他们很快就能发现她,她好痛痛快快地哭一场,她已经忍了很久。

她坐在那里,背靠那块长满青苔的大石头,听着石头背后他们说话的声音。离得那么近,真的很近很近!但是后来不那么近了,变得一点儿也不近了。说话的声音越来越弱,最后什么也听不见了,她的周围变得一片寂静。一只小鸟在树丛中"唧唧"叫着,这是她唯一能听到的声音。

她在青苔上坐了很久很久。她不敢动,另外也不想动。她

坐在那里,这辈子再也不想干什么了。

最后拉斯莫斯醒了,艾娃-露达意识到,她必须振作起来。

"走,拉斯莫斯,"她说,"我们不能老坐在这里。"

她不安地朝四周看了看。阳光已经逝去了。大块的乌云布满天空,它们很快化成夜雨,大雨点已经开始落下来。

"我要找爸爸。"拉斯莫斯说,"我不想再待在森林里,我要找爸爸!"

"我们现在不能找爸爸。"艾娃-露达沮丧地说,"我们必须想办法找到卡莱和安德士,不然我不知道我们该怎么办。"

她扒开蓝莓树枝,在前边开路,拉斯莫斯气鼓鼓地跟在她后边,像一只小狗。

"我想吃饭,"他说,"我想要我的树皮船。"

艾娃-露达没有回答,只是默不做声。这时候她听见身后有轻轻的抽泣声。她转过身来,看见那个可怜的小家伙站在蓝莓枝中,嘴颤抖着,眼里含着大滴的泪珠。

"啊,拉斯莫斯,别哭了。"艾娃-露达求他说,尽管她自己早想哭了,"别哭了!可爱的小拉斯莫斯,你为什么要哭啊?"

"我哭,因为……"拉斯莫斯抽泣着,"我哭,因为……因为我妈妈住医院了!"

当妈妈住医院时，即使想成为一名白玫瑰骑士的人大概也有权利哭吧。

"是这样，不过她很快会出院的，"艾娃－露达安慰他说，"这是你自己说的。"

"可是我还是想哭。"拉斯莫斯死拧地叫喊着，"因为我过去忘记哭了……臭艾娃－露达！"

雨越下越大，冰冷的雨水无情地倾泻下来，很快湿透了他们薄薄的衣服。天越来越黑，树影更加浓重。过了一会儿他们连一步远的东西也看不见了。他们磕磕绊绊地往前走，浑身湿透了，绝望彷徨，肚子饿得直叫。

"天太黑了，我不想待在树林里。"拉斯莫斯大声喊叫着，"我多么不愿意……"

艾娃－露达擦掉脸上的几滴水。也可能是几滴眼泪。她停住脚步，把拉斯莫斯拉到身边，用颤抖的声音说：

"拉斯莫斯，一名白玫瑰骑士必须勇敢。现在我们都是白玫瑰骑士，我们一定要做一点儿有意思的事情。"

"做什么有意思的事情？"拉斯莫斯问。

"我们钻到一棵杉树底下，在那儿睡到天亮。"

那位一直梦想成为白玫瑰骑士的人高声叫起来，好像被刀刺了一样。

"天太黑了，我不想待在树林里。"他喊叫着，"你听着，

臭艾娃-露达，我不愿意……我不愿意……"

"不过待在我们的草棚里，你总该愿意了吧？"

说这句话的是卡莱，是卡莱安全可信、平静的声音。艾娃-露达认为，它比天使的声音还要美。尽管她从来没有听到过或看到过天使，但是她确信，这样一位天使无法与卡莱相比。他手里拿着手电筒，在漆黑的夜里来接他们。泪水从艾娃-露达的眼睛里涌出，现在它们可以畅通无阻了。

"卡莱，是你……真的是你吗？"她哭泣着说。

"我的天啊，你们怎么到这儿来了！"卡莱说，"你们是逃出来的？"

"那还用说。"艾娃-露达说，"已经一整天了！"

"对，就因为我要成为一名白玫瑰骑士，所以我们才逃跑。"拉斯莫斯信誓旦旦地说。

"安德士！"卡莱高声叫，"安德士，快来，好好看看时代奇迹。艾娃-露达和拉斯莫斯在这儿！"

他们坐在草棚里的杉树枝上，心里感到非常幸福。外边的雨还在下，树林里比任何时候都要黑，但是在这儿怕什么呢？草棚里干燥、温暖，他们穿着干衣服，生活不像刚才那样窘迫狼狈。卡莱超级厨房里的蓝色小火苗，在煮着热巧克力的锅下欢快地跳跃着，安德士已经切了一大摞面包片。

"真让人不敢相信，这里这么温馨。"艾娃-露达叹了口气说，"我穿着干衣服，浑身很暖和，再吃一二三四五六个面包夹火腿，我也就饱了。"

"但是我想再要一点儿肥肉，"拉斯莫斯说，"再要一点儿热巧克力。"

他伸过杯子，卡莱给他倒满。他大口大口地喝着热巧克力，显得特别香，只溅到卡莱借给他穿的运动衫上几滴。运动衫太大，他的整个身体怕露在外边冻着，几乎都缩在那件漂亮的、毛茸茸的衣服里。啊，这里的东西真好，这间草棚、这件运动衫和面包夹火腿，样样都好！

"我现在快成为一名白玫瑰骑士了吧，卡莱？"他一边吃一边乞求说。

"对，差不多了。"卡莱肯定地说。此时此刻他自己也从来没这么满足和幸福过。想想看，这一切安排得多好啊！拉斯莫斯得救了，文件得救了，这个噩梦很快就将过去。

"明天早晨我们找一只船，带拉斯莫斯回大陆。"他说，"然后我们给比约尔克叔叔打电话，让警察来解救教授，然后把文件还给他……"

"然后把经过讲给红玫瑰方听，让他们目瞪口呆。"安德士说。

"随便问一句，文件在什么地方？"艾娃-露达好奇地问。

"我把它藏起来了,"卡莱说,"我不想说藏在什么地方。"

"为什么?"

"最好只有一个人知道,"卡莱说,"我们现在还不是特别安全。只要我们不安全,我就什么都不说。"

"对,你做得对,"安德士说,"明天我们就可以知道了。多好啊,明天我们就回家了!那会多美呀,没错!"

拉斯莫斯有另外的观点。

"还是待在这间草棚里更好,"他说,"我愿意永远永远待在这里。不管怎么说,我们还是可以再待几天。"

"行了,谢谢。"艾娃-露达说。一想起在森林里与尼克和布鲁姆周旋的那几分钟,现在她还心有余悸。天一亮就得离开这个岛。现在有黑暗掩护他们,但是天一亮,他们就危险了。尼克已经说过他要找遍岛上的每一个树丛,艾娃-露达可没有兴趣待到他找完以后再走。

雨慢慢停下来,透过草棚的窗子能看到的那块小小的天空点缀着星星。"我入睡前一定要吸点儿新鲜空气。"安德士一边说一边朝外走,刚到外边他就喊其他的人。

"快出来,你们看,有东西!"

"深更半夜的你能看见什么。"艾娃-露达回答说。

"我看见星星了。"安德士说。

艾娃－露达和卡莱相互看了一眼。

"他可能犯神经病了,"卡莱不安地说,"我们最好也出去。"

他们一个挨一个地从那个狭窄的门口爬出去。拉斯莫斯犹豫了一下。草棚里有亮光,因为卡莱和安德士把手电筒挂在屋顶上了。里边温暖、明亮。外边却很黑,他已经讨厌黑暗了。

但是他没有犹豫多久。艾娃－露达、卡莱和安德士都在外边,他也想出去。他手脚并用,从门爬出去,活像一只小动物夜间小心翼翼地把鼻子从窝里伸到外面。

他们默默地站在一起,默默地站在漆黑的夜空中燃烧的星星之下。他们没有心思说话,只是紧紧地靠在一起,仔细地在黑暗中听着。那深夜熟睡森林中的涛声,是他们从来没有听到过,至少没有像现在听得这么清楚过,这是一种使他们产生奇妙感受的沉闷而独特的韵律。

拉斯莫斯把手伸到艾娃－露达的手里。这次有别于过去的经历,他既高兴又害怕,但是突然他什么都喜欢了。他喜欢森林,尽管那里很黑,还有风吹树木产生的奇怪的涛声。他喜欢海浪拍打岸边岩石发出的美妙的响声。他还特别喜欢天上的星星,它们是那么明亮,其中一颗还友好地向他眨眼。他抓住艾娃－露达的手,用迷茫的声音说:

"从下边看天上都那么美丽,真正到天上不知道会有多好

看呢!"

没有人回答他,也没人说一句话。最后艾娃-露达弯下腰来,用双手搂住他。

"现在你该睡觉了,拉斯莫斯。"她说,"你睡在森林中的一间草棚里,难道没有意思吗?"

"有意思。"拉斯莫斯诚心地说。

过了一会儿,他钻进了艾娃-露达旁边的一个睡袋里,他躺在那里,想起了自己已经差不多是一名白玫瑰骑士了,这时候他满意地舒了口气。他把鼻子扎到艾娃-露达的手掌里,觉得现在该睡了。他将来要告诉爸爸,夜里睡在草棚里是多么舒服。卡莱关上手电筒,草棚里黑了,但是艾娃-露达就在身边。外边天空中那颗友好的星星可能仍然在眨眼睛。

"如果不是你躺在这儿瞎挤的话,这个睡袋本来会很宽敞。"安德士一边说一边不满地推卡莱。

卡莱也推了他一下。

"真遗憾,没给你搬来一个双人床。"他说,"不管怎么说,还是祝你晚安!"

5分钟以后,大家都睡着了,睡得深沉而安详,没有对第二天的忧虑。

15

他们将很快离开这里,再过几秒钟就不在这里了,而且永远也不会再看见这个岛。卡莱跳上船之前稍微停了一会儿,他朝四周看了看,在几个不安的日日夜夜中,那里曾经是他们的家。那里有他们的游泳峭壁,在朝阳下它显得格外迷人。在峭壁后面的石缝里有他们的草棚,他现在的位置虽然看不见草棚,但是他知道草棚就在那里,现在那里已经空无一人,永远也不会再成为他们的家。

"你还走不走了?"艾娃-露达紧张地问,"我想离开这里,这是我眼下唯一想做的。"

她坐在后边,紧挨拉斯莫斯。她比其他人更急于离开这里。她知道每一秒钟对他们都很宝贵。她能想象得出,彼得士对他们的逃走会怎样暴跳如雷,他会在最后时刻把他们抓回去。现在十分危急,大家都知道,卡莱也不例外。他没有多耽搁,用力一跳就上了船,安德士已经在船桨边坐好。

"好啦好啦，"卡莱说，"万事俱备!"

"对，万事俱备。"安德士一边说一边开始摇桨。但是他突然停下来，露出一副生气的表情。"我有点儿事，我忘了拿手电筒。"他说，"咳，咳，咳，我知道，我太马大哈了。不过用不了几秒钟，我就回来。"

他从游泳峭壁处登上岸，随后消失了。

他们等他。一开始大家有些不耐烦，过了一会儿，大家更不耐烦了。只有拉斯莫斯平静地坐在那里，用手撩水玩。

"如果他再不很快回来，我就要喊他了。"艾娃-露达说。

"他可能找到了一个鸟窝或者其他什么东西。"卡莱挖苦说，"你，拉斯莫斯，跑过去告诉他，船要走了!"

拉斯莫斯顺从地跳上岸。他们看着他连走带跑地消失在山坡上。

他们在船上等着。等呀，等呀，眼睛死死地盯着山坡拐弯处，因为他们回来时会首先在那里露面。但是没有人回来，山坡上空空的，好像从来就没被人踩过一样。一条充满朝气的鲈鱼在船边的水里跳来跳去，岸边的芦苇发出轻轻的响声。除此之外，一切都静悄悄的。他们突然觉得，这是大难临头前的兆头。

"我的天啊，他们到底在干什么?"卡莱不安地说，"我想我一定要去看看。"

"那我们俩一起去吧,"艾娃-露达说,"我不想一个人坐在这里等,我忍受不了。"

卡莱停好船,他们跳上岸。他们跑上山坡,跟安德士一样,跟拉斯莫斯也一样。

草棚静卧在山缝里,但是一个人也没有,没有说话的声音,只有死一样的沉静……

"如果这次又是安德士惯用的伎俩,"卡莱一边说一边往草棚里钻,"我非得打死……"

随后卡莱就不说话了。在他身后两步远的艾娃-露达只听见好像要断气的呼叫,她惊恐地喊叫着:

"怎么啦,卡莱,怎么啦?"

同一时刻她感到脖子上有一只有力的大手,并听到一个熟悉的声音:

"臭孩子,这回你游泳游够了吧,对不对?"

尼克站在那里,脸气得通红。从草棚里走出布鲁姆和斯万贝里,他们带着三个俘虏,艾娃-露达看见他们时,眼泪夺眶而出。完了,一切都过去了。竹篮打水一场空。她真想坐在青苔上一死了之。当她看到拉斯莫斯时,心如刀绞。他是那么绝望,惊恐地挣扎着,试图把塞在嘴里防止他喊叫的东西吐出来。尼克赶忙过去帮助他,但是没有得到拉斯莫斯的谅解。他嘴里的东西刚没有就愤怒地朝尼克的方向啐唾沫,并高声喊

叫着：

"你很愚蠢，尼克！嘘嘘，我觉得你很愚蠢！"

这是一次令人心酸的大撤退。卡莱觉得，他们像逃到深山老林里去的犯人，现在戴着手铐脚镣被押回魔鬼岛。他一边走一边想，双手攥成拳头。这是一次名副其实的押送俘虏。他们被拴在一根绳子上，他、安德士和艾娃－露达。布鲁姆走在他们旁边，他是一名最令人讨厌的监狱看守，走在他后边的是尼克。他抱着不停地喊叫的拉斯莫斯，拉斯莫斯坚持认为尼克非常愚蠢。斯万贝里负责那只船和船上所有的东西，现在正带着它返回劫匪营地。

尼克的情绪明显不佳。按道理他把自己的战利品带给彼得士应该高兴，但是现在即使高兴，他的内心也隐藏着某种忧伤。他走在他们后边，唠叨个没完。

"多么愚蠢的小崽子！你们拿船干什么？你们认为我们不会发现，是不是？你们既然有了船，为什么还要待在岛上？你们这群白痴！"

对，为什么他们还要待在岛上？卡莱痛苦地思索着。为什么昨天晚上他们不坐船回大陆，是不是因为当时拉斯莫斯累了，天黑雨大？为什么他们不抓紧时间离开这个岛呢？尼克说得对——他们是一群白痴！但是令人奇怪的是，恰恰是他为这

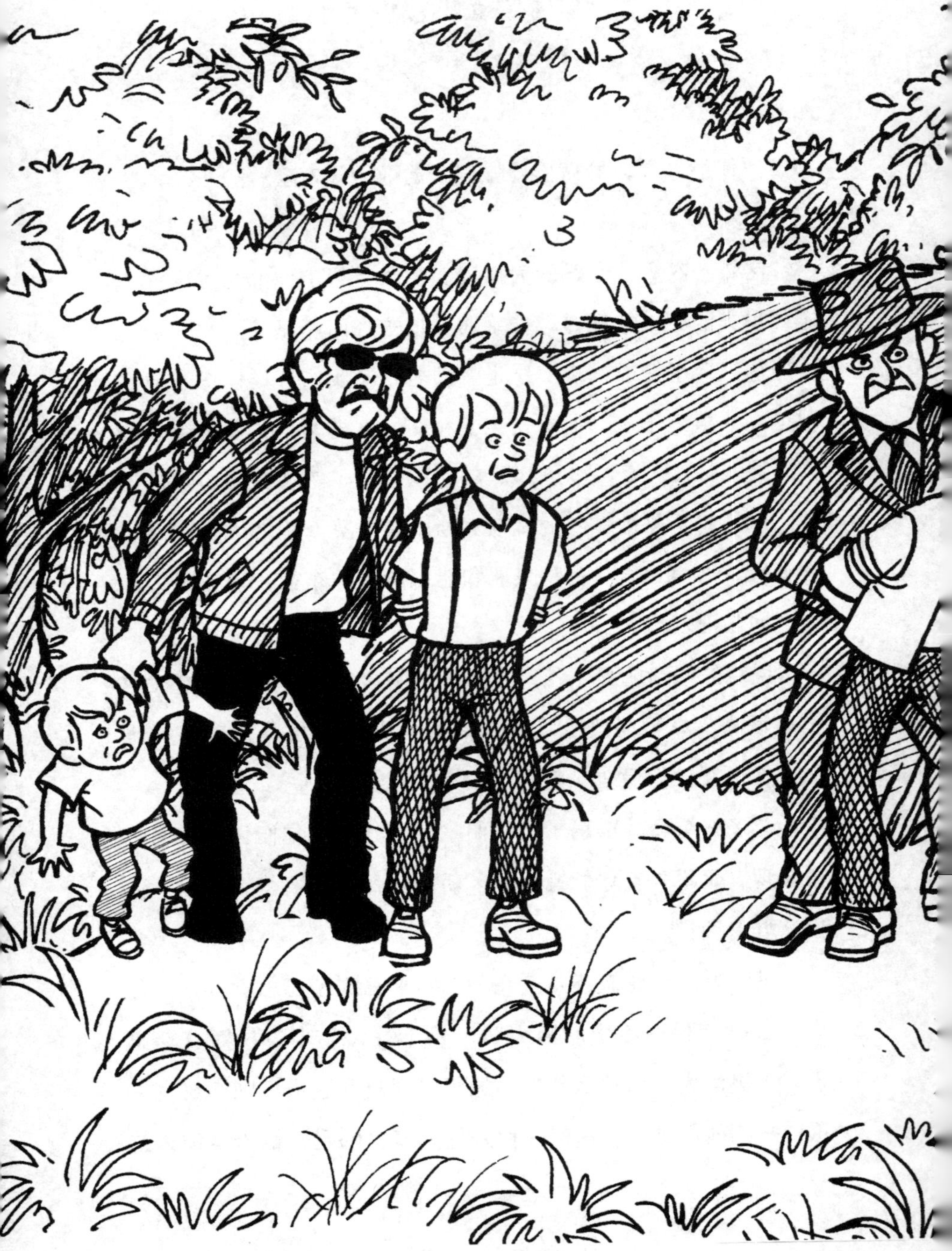

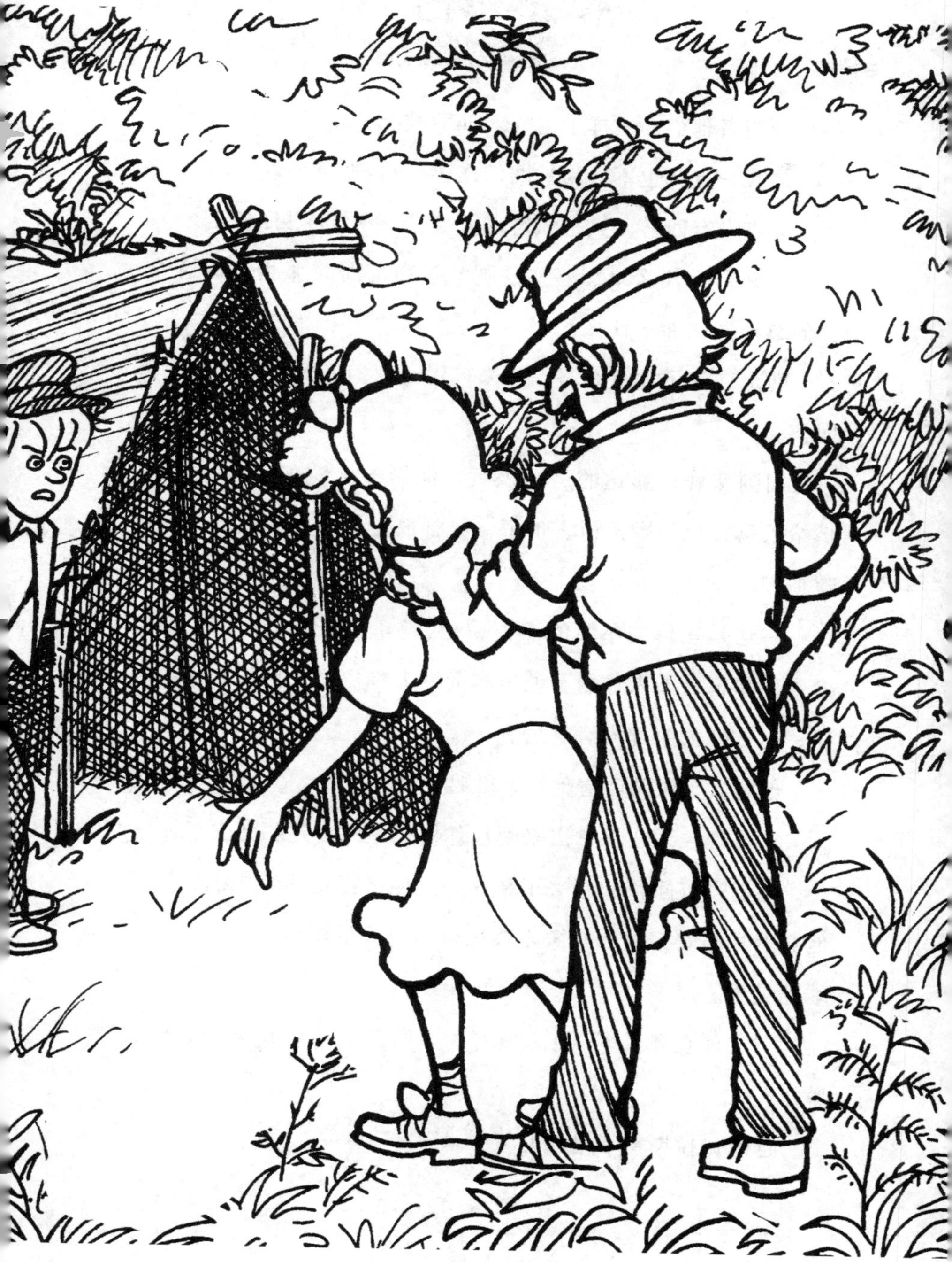

件事而责备他们。看样子尼克对他们被抓不是特别高兴。

"我一点儿也不认为劫匪们友善。"拉斯莫斯说。

尼克没有回答,只是愤怒地看着他,继续唠叨:

"你们为什么拿那些文件呢?走在前面的那两个猪脑子,你们拿那些文件干什么?"

两个猪脑子没有回答。后来彼得士问他们时,他们也没有回答。

回到艾娃-露达的房子以后,他们各自坐在自己的床上,情绪低落,已经顾不得害怕了,尽管彼得士千方百计地威逼吓唬他们。

"这是些你们不懂的事情,"他说,"是你们永远也不要介入的事情。如果你们不说出昨天晚上你们把文件藏到哪儿去了,对你们大家都没有好处。"

他瞪大黑眼睛看着他们,并且吼道:

"好啦!现在快拿出来吧!你们把文件弄到哪儿去了?"

他们没有回答。看来正是这一点使彼得士恼羞成怒,因为他突然扑向安德士,好像要杀死他。他双手抓住他的头,发疯地摇晃着。

"文件在哪儿?"他高喊着,"回答,不然我会拧断你的脖子!"

这时候拉斯莫斯搭茬儿了。

"你实在太愚蠢了。"他说,"安德士一点儿也不知道文件在哪里,只有卡莱知道。因为卡莱说,最好就一个人知道。"

彼得士放开安德士,两眼看着拉斯莫斯。

"好哇,这是你说的。"他说。随后他转向卡莱。

"看来你就是卡莱,据我所知。你听着,我亲爱的卡莱!给你一个小时思考时间。一个小时,一点儿也不能多。到时候再不说,让你吃不了兜着走。后果恐怕你一辈子也没见过,你明白吗?"

卡莱大义凛然,显示出超级侦探布鲁姆奎斯特一向遇事不惊的作风。

"少来这一套,没什么用处。"他说,但是他对自己暗暗补充说,"我已经没法再害怕了!"

彼得士点上一支烟,他的手指在颤抖。在他继续说下去之前,他把卡莱打量了一番。

"我不知道你的智商是否达到人们可以与之交谈的程度。如果你达到了,不妨用一下你的智商。你可能知道问题的实质是什么。由于某种我不想向你解释的原因,我干了一些可能违法的事。如果我待在瑞典,有被判终身监禁的危险,所以我一分钟也不想在这里多待。我要跑到国外去,我要带走这些文件。你现在明白了吧?你大概不至于愚蠢到连这个道理都不明白的程度:为了从你嘴里逼出文件藏在什么地方,我什么事都

干得出来——我说到做到。"

卡莱点点头。他很明白,彼得士绝对不会退让。他自己也明白,他将被迫屈服,说出秘密。一个小孩子怎么能长久地对抗一个像彼得士这样凶残的对手呢?

但是他有一个小时的思考时间,他想利用这段时间。在他考虑各种可能性之前,他不会屈服。

"我一定考虑这件事。"他急促地说,彼得士点点头。

"好,"他说,"考虑一个小时。你要用一用你的智慧,如果你有的话!"

他说完就走出去了,而带着刻薄的表情自始至终听他们谈话的尼克跟在他后边朝门走去。当彼得士走远以后,尼克又转过身来,走到卡莱身边。他的样子已经不像整个早晨那样凶狠,他用近乎乞求的目光看着卡莱,并用很低的声音说:

"你大概可以告诉头头那些文件放在什么地方,对吧?以便能够结束这场灾难。你能吗?为了拉斯莫斯,你能吗?"

卡莱没有回答。尼克走了,走到门口时,他回过头来,心情沉重地朝拉斯莫斯看了看。

"回头我一定给你做一个新的树皮船,"他说,"一个更大的……"

"我不想要什么树皮船,"拉斯莫斯绝情地说,"我一点儿也不觉得劫匪友善。"

屋里就剩下他们自己了。他们听见尼克在门外边锁门。外边除了树冠上的风声以外，他们什么也听不到了。

"真见鬼，这风刮得多厉害。"当他们默默地坐了很长时间以后安德士说。

"好！"艾娃－露达说。"刮得好。让风暴把斯万贝里驾的船掀翻才好呢。"她用企盼的口气说。

然后她看了看卡莱。

"一个小时，"她说，"一个小时以后他会再来。我们怎么办，卡莱？"

"你只好说出藏文件的地点。"安德士说，"不然他会要你的命。"

卡莱挠了挠头。"用一用你的智慧。"彼得士这样说过。这是卡莱决心要用的。也许——如果他用好自己的智慧，就可以找到摆脱困境的办法。

"如果我能逃跑，"他若有所思地说，"如果我能逃跑就好了……"

"对，如果你能摘下月亮，那也不错。"安德士说。

卡莱没有回答。他在思考。

"你们听着，"他最后说，"这时候尼克是不是该给我们送饭来了？"

"对，"艾娃－露达说，"我想他该来了。我们一般在这

个时候吃早饭。当然也有可能,彼得士现在想把我们饿死。"

"想想看,当尼克送饭时,我们大家一齐扑到他身上怎么样?"卡莱说,"你们难道不相信,我们大家都按住他,我能趁机逃走?"

艾娃-露达眼睛一亮。

"可以,"她说,"我敢保证可以。啊,我已经想了很久,我一定使劲打他的脑袋。"

"我也打他的脑袋。"拉斯莫斯高兴地说。但是这时候他想起了弓箭和树皮船,又若有所思地补充说,"不过我不使劲打他。因为他还是挺友善的,尼克。"

其他人没有听他说。尼克随时可能来,他们要作好准备。

"然后你想怎么办,卡莱?"艾娃-露达急切地问,"我是指,你逃走以后。"

"我游到大陆上,去叫警察,教授爱说什么就说什么吧。我们一定要报警。我们早就应该这样做。"

艾娃-露达一惊。

"对,对!"她说,"尽管没有人知道,在警察赶来之前彼得士会做什么。"

"嘘嘘,"安德士警告说,"尼克现在来了。"

他们悄悄走向大门,站在大门两边。他们听见尼克的脚步声越来越近,已经能听见尼克端的金属托盘的碰击声。他们听

见他在开锁,他们紧绷全身的每一根神经和每一块肌肉……现在……现在很快就要下手。

"我给你端来了炒鸡蛋,小拉斯莫斯。"尼克一边开门一边喊着,"你大概很喜欢……"

他没来得及知道拉斯莫斯到底喜欢不喜欢炒鸡蛋。因为在同一刹那,他们一齐扑到他身上。金属托盘咚的一声掉在地上,炒鸡蛋撒得四处都是。他们扳住他的胳膊和腿,把他摔倒在地上,打他,骑在他身上,揪他的头发,把他的脑袋往地上磕。尼克像一头受伤的狮子一样吼叫着,拉斯莫斯围着他们高兴地叫着跳着。这真有点儿像玫瑰之战,他感到有义务帮一把。他犹豫了一下,因为不管怎么说,尼克还是他的朋友。他考虑好了以后,走过去,狠狠地朝尼克屁股踢了一脚。安德士

和艾娃－露达以前从来没有像现在这样打过人,卡莱闪电一样从门溜走。几秒钟以后,一切都过去了。尼克力大无穷,他刚一反应过来,马上从那两双有力的手中挣脱出来。他气急败坏地从地上爬起来,发现卡莱不见了,他拼命奔向大门,想把门打开。但是门被锁住了。他在那里站了一会儿,呆呆地朝前看着,然后用足力气去撞门,但是门板太结实了,丝毫没动。

"哪个坏蛋锁了门?"他愤怒地喊叫着。

拉斯莫斯仍然转着圈跳,快乐、活跃。

"是我干的,"他高声说,"是我干的。卡莱跑了以后,我就把门锁上了。"

尼克使劲抓住他的胳膊。

"钥匙在哪儿?你这个小浑蛋!"

"哎哟,好疼啊!"拉斯莫斯说,"快放了我,臭尼克!"

尼克又摇了他一下。

"我问你,你把钥匙弄到哪儿去了?"

"钥匙,我把它从窗子扔出去了。"拉斯莫斯说,"就是这样!"

"好极了,拉斯莫斯。"安德士高声说。

艾娃－露达满意地大笑起来。

"现在你可以感受一下,被锁在屋里是什么滋味,小尼克。"她说。

"对,听听彼得士来了会说什么,那会非常有意思。"安德士说。

尼克沉重地坐在最近的那张床上。他竭力想调整一下自己的思路。当他调整好了以后,突然大笑起来。

"好,听听头头来了以后会说什么,确实非常有意思。"他说,"确确实实很有意思。"

然后他突然严肃起来。

"啊,这确实是一个不幸。在他制造出麻烦之前,我一定要把这小子抓住!"

"你是指他叫来警察之前?"艾娃-露达说,"如果是这样的话,你可要抓紧时间,小尼克。"

16

　　凉爽的西风越刮越大，杉树林形成起伏的树涛，在把海岛与大陆隔开的海峡里掀起吐着白沫的愤怒的层层浪花。经过激烈的厮打和拼命地奔跑以后，卡莱气喘吁吁地停在岸边，忧虑地看着混浊的海水。没有哪个不要命的敢游过去。即使有一只小船，要过海也是一件冒险的事情，更何况他没有船。在光天化日之下他不敢到码头去，再说这个时候那里也没有没上锁的船。

　　卡莱第一次没了主意。他开始对横亘在道路上的一切障碍感到厌倦。除了等风停之外，这里没有其他事情可干——很可能要等几天。在此期间他在哪里藏身，靠什么活命？草棚他不能待——他们可能到那里去找他——吃的东西也没有了，全让劫匪拿走了。"这回真要完蛋了。"卡莱想，他不安地徘徊在杉树间，心里拿不定主意。尼克随时会来追捕他，他必须尽快决定采取什么行动。

这时候他借助风,听见艾娃-露达房间里有人高呼救命。他吓得出了一身冷汗。这呼声是不是意味着,由于他自己逃跑了,彼得士正在用某种卑鄙的手段报复其他人呢?想到这一点,他的膝盖发软了。他觉得,他必须搞清楚屋子里发生了什么。

他顺着原路转弯抹角地往回走。在离房子不远的地方,他听清了说话的声音,使他吃惊的是,是尼克在喊救命。是尼克,似乎还有拉斯莫斯。我的天啊,安德士和艾娃-露达怎么惹尼克了,让他这样大喊大叫。由于好奇心的驱使,卡莱想方设法要搞清楚是怎么回事,尽管有危险。但是幸运的是,树木一直长到房子跟前,不用费什么劲就能潜到艾娃-露达的窗子下面,而不会被人发现。

卡莱在杉树间匍匐前行。现在他已经离房子很近,能清楚地听见尼克在里边吵什么,他也能听见其他人在高喊什么。很明显没有人继续虐待尼克——那他为什么还生那么大的气?他为什么待在房子里,而不出来找卡莱呢?什么在卡莱鼻子底下的杉树中间闪亮呢?

是把钥匙。卡莱捡起来,仔细看了看。可能是艾娃-露达房子的钥匙吧?如果是的话,它怎么掉在这儿?尼克又一声喊叫回答了他的疑问。

"彼得士,快来救命!"尼克喊叫着,"他们把我锁在门

里边了！快来开门！"

一丝快乐的笑容立即浮上卡莱的脸。尼克连同他的囚徒一起被锁在房子里了，白玫瑰确实又该得 1 分。卡莱满意地把钥匙装进裤兜儿里。

但是在同一瞬间，他听见有人从大房子那边跑来，是彼得士、布鲁姆和斯万贝里，他被吓呆了。他知道，再过几分钟，搜捕就要开始，他们要对他展开前所未有的大搜捕。因为此事关系到彼得士的生死——如果卡莱逃跑成功的话。彼得士很有眼光，他知道卡莱现在拥有搬来救援的一切手段，因此没有任何事情比不惜一切代价阻止卡莱离开海岛更重要。他不达目的绝不罢休，这一点卡莱很清楚。想到这儿，卡莱在火热的阳光下脸色变得煞白。他趴在那里，惊恐地听着跑步声逐渐靠近。他必须找一个藏身之处，必须在宝贵的几秒钟内找到。

这时候他看中了一个地方，就在他眼皮底下。一个神话般的藏身之地，他们一时半会儿的不会到这儿来找他。在房子的基石底下有一块很大的地方，他可以舒舒服服地躺在那里，只有房子的背面有很高的基石，因为房子是建在通向大海的斜坡上，那里长着很高的杂草和一大片红色柳叶菜，从外面看不见，不会有人想到去房子后边找人。卡莱快得像一只黄鼠狼一样溜到房基石底下，尽量往里边钻。他们如果到这儿来找他，肯定神经有毛病，他这样想。如果他们有理智，他们应该尽量

到远离监狱的地方去找,而不是直接到监狱地板底下找。

这时彼得士搞清了事情的来龙去脉——尼克被锁在屋里,卡莱已经逃走。卡莱躺在那里听地震。

"快去,"彼得士发疯似的喊叫着,"快去抓他!抓不住他别回来,我什么事都可以做出来!"

布鲁姆和斯万贝里跑去抓人,卡莱听见彼得士用自己的钥匙开锁,关囚犯的门被打开了。随后在卡莱的头顶上爆发了更为强烈的地震。可怜的尼克笨嘴拙舌地辩解着,但是彼得士毫不理会。尼克遭到前所未有的痛骂,直到拉斯莫斯插嘴。

"啊,你多么不公平,彼得士工程师。"拉斯莫斯说。

卡莱清楚地听到小家伙坚定的声音,清楚得就像在同一个房间里。"你不折不扣的不公平。是我把门锁上,把钥匙扔进树林里,尼克不负一点儿责任。"

彼得士只是报以一阵震耳的吼叫。随后他高声对尼克说:

"快到外边去找那小子,我出去看看能不能找到那把钥匙。"

卡莱躺在那里吓了一跳。如果彼得士出来找钥匙,他可能走近卡莱藏身的地方,那可就很危险了!

真是祸不单行。每时每刻都必须准备应付新的危险。卡莱想得快,行动也快。他听见尼克和彼得士走出来,锁上门。在同一时刻,卡莱也离开隐藏的地方。他飞快地爬出来,站在墙

角旁边。当他听到彼得士走来时,他敏捷地沿着房子拐到游廊前。他远远地看见尼克一个背影,他正朝森林里跑。卡莱把手伸进裤兜儿,掏出钥匙。他在彼得士和尼克消失在同一条道路以后不到一分钟走进门来,着实让艾娃-露达和安德士吃了一惊。

"你别说话。"艾娃-露达低声对拉斯莫斯说,他看到卡莱突然回来了刚要说话。

"我没说什么呀,"拉斯莫斯不悦地说,"不过卡莱……"

"嘘嘘!"安德士说,他提示拉斯莫斯防备彼得士。后者正弯着腰在离窗子很近的地方寻找钥匙,很明显他对怎么也找不到钥匙气得要死。

"唱歌,艾娃-露达,"卡莱小声说,"别让彼得士听见我在开门。"

艾娃-露达有意地站在窗子前面,挡住外面的视线,扯开嗓子唱起来:

你以为我已经失败,
 其实没有,远远、远远没有……

看样子,这歌声并没有使彼得士更高兴一些。

"你闭嘴。"他气急败坏地说,并继续找钥匙。

他在窗户外面用一根棍子在草堆里扒拉来扒拉去,把柳叶菜全弄倒了,但是很明显那里没有什么钥匙。他们能听见他自言自语地诅咒着,然后他放弃寻找转身走了。他们静静地站着,仔细听动静,看看他是否真的走了,还是会重新回到他们这里找卡莱呢?他们仔细听着,把耳朵竖起来,就像脑袋上的听筒一样。他们听着,首先希望……但是他们听到彼得士在游廊里的脚步声。他来了,啊!仁慈的摩西,他来了!他们大眼瞪小眼,表情沮丧,脸色苍白,束手无策。

卡莱在最后一秒钟恢复了理智。他猛地跨出一步,闪到洗碗池前的屏风后面。就在同一瞬间门被打开,彼得士走进来。

艾娃-露达静静地站着,闭上双眼。"快让他走,"她想,"快让他走,不然我受不了啦……如果拉斯莫斯说些什么……"

"等我腾出手来,要不好好收拾你们才怪呢。"彼得士说,"我回来就收拾你们,先给你们透个信儿。如果在此之前你们不绝对安静,那我出手会更厉害。你们明白了吗?"

"好,谢谢。"安德士说。

拉斯莫斯扑哧笑了。彼得士说的话他一个字也没听见。他的脑子里只有一档子事儿——卡莱在屏风后面!看起来就像捉迷藏一样好玩!艾娃-露达心情紧张地注视着他的表情变化。

"别说话拉斯莫斯,别说话。"她内心暗暗地祈祷着。但是拉斯莫斯不知道她在默默祈祷。他幸灾乐祸地笑着。

"你怪笑什么？"彼得士生气地说。

拉斯莫斯露出一副愉快而神秘的表情。

"你猜不出，谁在……"他刚开口说。

"海岛上生长着很多蓝莓。"安德士发疯似的高喊起来。他本想说出更理智的话，但是他做不到，这是他在危急关头能找到的唯一办法。彼得士倒胃口地看着他。

"你别假装疯魔的，"他说，"好好待着吧你。"

"哈哈，彼得士工程师，"拉斯莫斯继续没完没了地说，"你不知道是谁在……"

"蓝莓是我所知道的东西当中最好吃的。"安德士高喊着，彼得士摇了摇头。

"你真够傻的，"他说，"不过傻不傻都一样。我现在走了。我只想警告你们，别再生事儿。"

他朝门口走去。但是他还没走到就停住了。

"啊，对了，"他自言自语地说，"我的几个刮胡子刀片还在洗手间的柜子里。"

洗手间的柜子就镶在靠近洗手池的墙上，在屏风后边。

"刮胡子刀片，"艾娃－露达尖声尖气地说，"它们让我给吃了……我的意思是，我把它们从窗子扔到外面去了。抹肥皂用的刷子我也啐了唾沫。"

彼得士用眼瞪着她。

"我真可怜你的父母,他们怎么有你这样一个孩子。"他生气地说,随后走出去了。

屋里就剩下他们自己了。他们三个人坐在一张床上,低声谈论着刚才发生的事情。拉斯莫斯坐在他们前面的地上,津津有味地听着。

"外面风太大了,"卡莱说,"风小之前我们什么事也做不成。"

"有时候一连刮九天九夜。"安德士说,好像是个小小的鼓励。

"在等风小的时候,你要干什么?"艾娃-露达问。

"我会像土鳖一样,趴在房基石底下。"卡莱说,"但是等到尼克晚上转了最后一圈以后,我就回到你们这里,吃饭、睡觉。"

安德士狡黠地一笑。

"真不错,我希望我们将来对付红玫瑰时能故技重演。"他说。

他们坐了很久很久。他们听着彼得士、尼克、布鲁姆和斯万贝里在森林里寻找卡莱时发出的喊叫声。

"你们好好找吧,"卡莱刻薄地说,"你们只能找到蓝莓。"

晚上到了,天黑了下来。卡莱在房基石底下再也躺不住了。在胳膊和大腿完全僵硬之前,他要到外边活动活动。现在就到那几个人那里去还太早,尼克还没有做最后一圈巡视。卡莱在黑暗中蹑手蹑脚地溜达着。能这样活动身体真是太美了!

他看见彼得士的大房子亮着灯,窗子开着,里面有含糊不清的说话声。他们在屋里讲什么呢?卡莱内心有一种冒险的冲动。如果能偷偷地站在窗子外面,大概可以探听到一些有用的情况。

他慢慢接近窗户,一步一步地。走一步,听一听,走一步,听一听,直到最后站到窗子底下。

"我干烦了。"他听见尼克用不满的声音说,"这行我真的干烦了,我不想再参与了。"

而彼得士用低沉的声音,很生气地说:

"什么,你不想参与了!为什么?如果我能问的话。"

"因为这是一个错误。"尼克说,"过去,我听别人讲事业,只要为了事业,什么事都可以做,他们这样对我说。我作为一个贫穷、愚蠢的海员,相信了这番鬼话。但是现在不信了。用这样的办法对付一群小孩子,不可能是对的,就算为了事业也不干了!"

"你小心点儿,尼克。"彼得士说,"我不得不提醒你,对于那些想临阵逃脱的人会有什么下场?"

一阵沉默，但是最后尼克沮丧地说：

"不用，没关系，我心里明白！"

"好，那就好。"彼得士继续说，"我警告你，不要再做蠢事。你讲了那么多疯话，我几乎开始怀疑，你是否有意让那小子逃掉。"

"不，不是那么回事，头儿。"尼克生气地说。

"好吧，你大概还没有愚蠢到那个地步。"彼得士说，"甚至连你也应该很清楚，他们逃跑对我们意味着什么。"

尼克没有回答。

"我一生从来没有这样担心过。"彼得士继续说，"如果飞机不很快来，事情就要砸锅，你可以确信无疑。"

飞机！卡莱竖起耳朵听。来一架飞机干什么？

他的思路被打断。有人从黑暗中走来，手里拿着手电筒。他是从关闭教授的峭壁下的小房子里走来的。"不是布鲁姆就是斯万贝里。"卡莱想，并把身体紧贴在墙边。

现在他用不着害怕了。拿手电筒的人继续朝大房子走去，转眼间卡莱听见他跟其他人说话。

"飞机明天早晨7点到。"那人说，他听出来是布鲁姆的声音。

"那还真不错，"彼得士说，"我确实需要离开这里。只是因为这种天气他们无法降落。"

"噢，风小多了。"布鲁姆说，"他们在起飞之前，想要一份新的气象报告。"

"那就给他们吧。"彼得士说，"海湾里边风不大，完全可以降下来。尼克，你负责让那个小崽子在7点钟准备好！"

小崽子——当然是指拉斯莫斯。卡莱紧握拳头。哎呀，那时候就全完了！拉斯莫斯要从这里被送走。在卡莱找来救援之前，他就远离这里了。真可怜，可怜的拉斯莫斯要被弄到哪儿去呢？他们要拿他干什么？啊，真是太野蛮了！

就像尼克能够听见卡莱在想什么一样。

"野蛮，真是太野蛮了。"他说，"一个可怜的小孩子，没有做任何坏事。我不想帮忙。头儿，你自己把他弄上飞机吧。"

"尼克！"彼得士说，他的声音严厉得吓人，"我已经警告过你，我现在最后一次警告你。你负责让那个小崽子7点钟准备好！"

"见鬼！"尼克说，"头儿跟我一样清楚，那可怜的孩子死也不会离开那里，教授也不会。"

"噢，这正是我拿不准的。"彼得士口气放轻了，"如果教授行动理智的话……再说，也不是一码事！"

"见鬼！"尼克又说了一次。

卡莱感到嗓子有些胀。他非常沮丧，一切全没希望了。他

们确实千方百计帮助拉斯莫斯和教授,但是没有什么效果。那些坏人还是得逞了。可怜的拉斯莫斯,真可怜!

卡莱在黑暗中绝望地往前走。他必须想方设法与教授取得联系,必须让他有所准备,明天早晨那架飞机就会像一只猛禽一样扑下来,用爪子去抓拉斯莫斯。一旦布鲁姆给他们发出风已经变小的报告以后,飞机就会降落在海湾的水面上……

卡莱突然停住脚步。布鲁姆怎么给他们发气象报告呢?天啊,他怎么样才能把报告发出去呢?在什么地方肯定有一部电台,电台是所有间谍和坏蛋与外国联系的必不可少的工具。卡莱吹了一声口哨。

一个小小的念头开始在卡莱的脑子里形成。一部电台——此时此刻正是他想要得到的。天啊,什么地方有这部电台呢?他必须找到它……可能……可能还是有一点儿希望!

那栋小房子……布鲁姆刚才就是从那儿来的!那里有。窗子里透出一缕微弱的灯光。当他偷偷地走近细看时,激动得浑身直打战。那里没有一个人。但是——奇迹中的奇迹——那里真有一部电台,啊,真的放在那里!

卡莱用手摸了摸门。没锁……谢谢,可爱的小布鲁姆。卡莱一步蹿到电台旁边,抓住麦克风。在这个漫无边际的世界里会有人听到他讲话吗?有人能够理解他的惊恐呼救吗?

"请救助,请救助!"他用低沉而颤抖的声音呼叫着,

"请救助,是卡莱·布鲁姆奎斯特在求救。如果有人听到,请给比约尔克叔叔打电话……我的意思是,请给里尔切平警察局打电话,让他们一定要来小牛岛救助我们。这个岛叫小牛岛,位于里尔切平东南大约 50 公里处,十万火急,因为我们被劫持了。让他们赶快到这儿来,不然我们要遭到不幸,这个岛叫小牛岛……"

在这个漫无边际的世界里有没有人正好收听这个电台的广播呢?有没有人正好坐在那里动脑筋想,为什么这个电台突然没声音了?

卡莱只是想,是一个怎样的火车头从他身上压过去,他的脑袋为什么这样疼。但是他眼前一黑,倒下去了,用不着再想什么。他的最后一点儿知觉听到了彼得士恶狠狠的声音:

"我杀死你,你这个小讨厌鬼!尼克,快来,把他抬到那几个人那里去!"

17

"我们现在必须想想办法，"卡莱一边说一边小心地摸着后脑勺上的包，"准确地说——你们要想想办法。因为我觉得我的脑子好像已经脱落了。"

艾娃-露达换了一块湿毛巾给卡莱敷在头上。

"好啦，"她说，"好好躺着吧，别动。"

卡莱很想静静地躺一躺。经过四五天日夜奔波劳碌，他感到躺在一张柔软的床上真舒服。同时这事有点儿讽刺，躺在那里让艾娃-露达服侍他。

"我一直在想，"安德士说，"我一直在想，有没有比彼得士让我更讨厌的人，我无论如何想不出来。去年教我们手工课的老师也比他强多了，仔细想一想，他还是很可爱的。"

"可怜的拉斯莫斯！"艾娃-露达说。她拿起烛台，走到拉斯莫斯的床前照了照。他躺在那里，睡得安静平稳，好像整个世界太平无事。艾娃-露达觉得，在晃动的烛光里，他比任

何时候都更像一个天使。他的脸憔悴了,被又长又黑的睫毛投下阴影的双颊很瘦,经常蹦出一些傻话的那张柔软、天真的小嘴,在他熟睡时显得格外动人。他看起来那么小、那么无助,当艾娃-露达想到明天早晨飞机就要来时,她的爱与恨一齐涌上心头。

"我们真的无所作为了吗?"她沮丧地问。

"我真想把彼得士和一枚小型定时炸弹一起锁在什么地方。"安德士一边说一边吸血鬼似的吧嗒吧嗒嘴唇,"一枚小型定时炸弹就像一只滴答滴答响的闹钟,到时候就跟那坏蛋拜拜了!"

卡莱暗自发笑。他想起了一件东西。

"说到上锁,"他说,"实际上我们一点儿也没有被锁住。我有一把钥匙,知道吧!我们想逃走就可以逃走。"

"啊,仁慈的摩西,"安德士惊喜地说,"你有一把钥匙!那我们还等什么?我们赶紧跑吧!"

"不,卡莱必须静卧。"艾娃-露达说,"他脑袋上挨了一巴掌以后,要在枕头上多躺一会儿。"

"我们等一两个小时。"卡莱说,"如果我们现在就把拉斯莫斯弄到森林去,他会大喊大叫,整个海岛都会听到。我们睡在这里比睡在森林里的任何一个树丛下都舒服。"

"你讲得这么有条理,我觉得你的脑子又开始正常运转

了。"安德士用佩服的口气说,"我知道我们应该怎么做。睡几个小时以后,我们5点钟左右上路。上帝保佑,在此期间风力减弱,保证我们当中有一个人能游到大陆,搬来救兵。"

"对,不然一切全完了。"艾娃－露达说,"我们在这个岛上不可能躲得太久。我知道在森林里带着拉斯莫斯没饭吃是什么滋味儿。"

安德士钻进自己的睡袋,这是尼克发善心允许他留下的。

"5点钟把咖啡送到床上,"他说,"我现在想睡觉了。"

"晚安。"卡莱说,"我有一种预感,明天可能要发生很多事情。"

艾娃－露达躺在自己床上,她把双手垫在脖子后边,眼睛瞪着天花板,一只愚蠢的苍蝇在那里飞来飞去,每次撞到天花板都会发出轻轻的响声。

"顺便说一句,我觉得尼克这个人相当不错。"艾娃－露达说。

她翻过身吹灭了蜡烛。

位于里尔切平东南53公里的小牛岛,只有对想在那里的森林中寻找一间草棚的人来说才显得广大无垠。而对坐飞机飞临这个岛的人来说,它仅仅是分布在蓝色大海中无数个小绿点中的一个。现在有一架飞机从很远很远处起飞,正朝群岛中的这个小岛飞来,它坐落在千万个岛屿之中。

飞机装有大马力发动机,用不了多少时间就能到达目的地。发动机声单调、刺耳,很快小牛岛上的人就听到了由弱变强的轰鸣声。当飞机在海峡上空下降时,又发出了吓人的响声。

风暴过后大海仍然波浪翻滚,但海湾内风平浪静。飞机带着最后一声震耳欲聋的巨响滑到水面,平静地靠在码头旁边。

这时候卡莱醒了。他立刻明白了,这声音完全不是他睡梦中尼亚加拉大瀑布的响声,而是将要接走拉斯莫斯和教授的飞机发出的。

"安德士!艾娃-露达!快醒醒!"

听起来就像求救似的呼叫声,吓得其他的人都从床上爬起来。他们感到大难临头了。如果不出现奇迹,他们是来不及逃走了。在卡莱把拉斯莫斯从床上拉起来时,他看了一下钟,刚5点钟。比规定时间提前两个小时难道也是一种时尚?

拉斯莫斯睡得迷迷瞪瞪,根本不愿意起床,但是他们已经顾不得他抗议不抗议了,艾娃-露达笨手笨脚地给他披上衣服,他像一只发怒的小猫一样叫喊着。安德士和卡莱站在旁边,勉强忍耐着。拉斯莫斯不住地挣扎,最后安德士抓住他的脖子并吼道:

"像你这样一个娇气包永远也别想成为一名白玫瑰骑士!"

真管用。他不出声了,艾娃-露达赶紧给他穿上运动鞋。

卡莱朝他弯下腰,用鼓励的语气说:

"拉斯莫斯,我们又要逃跑了!你知道,我们可能要到那间舒适的草棚里去。你一定要使劲跑,使出全身力气!"

"我可能从来没见过,"拉斯莫斯说,因为爸爸有时候这样说,"我可能从来没见过有这样的事!"

现在大家都准备好了。卡莱跑到门前听动静,一切平安无事,看样子一路畅通。他把手伸到裤兜儿里摸钥匙。摸呀,摸呀……

"哎呀,哎呀,哎呀!"艾娃-露达着急地说,"你可千万别说钥匙丢了!"

"它肯定在这儿!"卡莱说,但是紧张得双手直打战,"它肯定在这儿!"

但是不管他怎么翻腾,裤子兜儿还是空的。他从来没有感到裤兜儿这么空过。安德士和艾娃-露达沉默了,无奈地咬着手指等待着。

"昨天晚上他们往这儿抬我时,钥匙可别掉出去了。"卡莱说。

"可能,其他的一切都乱糟糟的,钥匙掉出去有什么不可能呢?"艾娃-露达刻薄地说,"这是我预料之中的。"

时间一秒钟一秒钟地过去了,每一秒都很宝贵。大家慌忙在地上找,只有拉斯莫斯没动。他早玩上了自己的树皮船,把

卡莱的床当做太平洋在上边航行。太平洋有一把钥匙,拉斯莫斯把它捡起来,让它当"哥德堡希尔达"号船船长。这是尼克给这只船起的好名字。很久以前,尼克当海员时就在一只同名的船上工作。

时间一秒钟一秒钟地过去。卡莱、安德士和艾娃-露达找呀找呀,紧张得几乎要叫起来。但是拉斯莫斯和"哥德堡希尔达"号船长不紧张,一点儿也不紧张。他们航行在太平洋上,心情那么愉快,直到艾娃-露达一声尖叫,把船长从岗位上拿下来,把"哥德堡希尔达"号丢在浅水当中,使它失去控制。

"快,快!"艾娃-露达一边喊一边把钥匙递给卡莱。卡莱拿了钥匙,赶快去开门。但是这时候他听见了什么,随后他惊恐地看了其他人一眼。

"晚了,他们现在来了。"他说。

其实这句提醒是多余的。他从其他人苍白的脸上已经看出,他们跟他自己一样明白了。

来的人特别急,急得简直没样了。他们听见钥匙声,门被打开了,彼得士站在那里,一副凶狠相。他径直地冲到拉斯莫斯身旁,用手拉他。

"走!"他恶狠狠地说,"赶快走!"

但是这时候拉斯莫斯对强逼他干事很生气。他们为什么都要拉拉扯扯呢?先是艾娃-露达拉"哥德堡希尔达"号船长,

现在彼得士又来拉他!

"你听着,我不愿意!"他愤怒地说,"滚蛋,臭彼得士工程师!"

这时候彼得士弯下身,用力抱住他的腰,朝门走去。由于意识到要与艾娃-露达、卡莱和安德士分开,拉斯莫斯吓坏了。他乱踢乱叫:

"我不愿意……我不愿意……我不愿意!"

艾娃-露达用手捂住脸哭起来。太残忍了。卡莱和安德士也很难控制自己的感情。他们一动不动地站在那里,茫然不知所措。他们听见彼得士锁门,听见他走了,听见拉斯莫斯的喊叫声逐渐消失在远方。

但是这时候卡莱恢复了常态,他又掏出自己的钥匙。他们再没有什么东西可失去了。他们至少要看到事情的最后结局,以便原原本本地讲给警察听。不过那时一切都晚了,拉斯莫斯和教授已经消失在某个地方,瑞典警察已经无能为力。

他们趴在离码头很近的几个树丛后边,痛苦地注视着各种戏剧性场面。

那是飞机。布鲁姆和斯万贝里挟持着教授走过来。双手被反绑在身后的教授没有怎么反抗,他显得有些麻木不仁。他顺从地走进飞机,坐在那里,面无表情地看着前方。这时候彼得士从大房子跑过来。他仍然抱着拉斯莫斯,而拉斯莫斯还像刚才那样发疯似的乱踢乱叫。

"我不愿意……我不愿意……我不愿意!"

彼得士沿着那个长码头走得飞快。当教授看见自己的儿子时,他的愤怒比他们想象的任何人都要可怕。

"我不愿意……我不愿意……我不愿意!"拉斯莫斯喊叫着。为了让他住口,彼得士愤怒地打了他一下,拉斯莫斯叫得更厉害了。

这时候尼克突然出现在码头上,他们不知道他是从什么地方钻出来的。他的脸红红的,紧紧地握着拳头。但是他没有动,只是静静地站着,看着拉斯莫斯,眼睛里带着难以描述的

忧伤和同情。

"尼克!"拉斯莫斯喊叫着,"快救救我,尼克!尼克,你没听见……"

那稚嫩的声音断了,他绝望地哭着,把双手伸向对他那么友善、给他制作了那么多漂亮树皮船的尼克。

这时候发生了一件事。尼克像一头发了疯的公牛沿着码头冲过去。他在紧靠飞机的地方追上了彼得士,一把夺过拉斯莫斯,狠狠地朝彼得士的下巴打了一拳。彼得士身子晃了晃,在他还没有恢复平衡的时候,尼克已经沿着那条长长的码头往回猛跑。

彼得士在他身后喊叫着,艾娃－露达吓出一身冷汗,因为她从来没听到过如此凶恶的叫喊。

"站住,尼克!不然我要开枪啦!"

但是尼克没有停下来,他只是把拉斯莫斯搂得更紧,迅速朝森林跑去。

这时候枪响了,接着又是一声。但是由于彼得士过于激动,打得不够准。尼克继续朝森林里跑,并很快消失在杉树林里。

彼得士的叫骂声听起来不像是人发出的声音。他命令布鲁姆和斯万贝里去追赶。这三个人一起去追逃跑者。

卡莱、安德士和艾娃－露达趴在原地没动,惊恐地朝森林

里看着。杉树林里会发生什么呢?什么也看不见时,心里觉得更难受——他们只能听到彼得士的叫骂声,并逐渐消失在离他们越来越远的森林里。

这时候卡莱把目光转向另外的方向——飞机。教授坐在上边,飞行员看着他和飞机。飞机上没有其他人。

"安德士,"卡莱小声说,"我能借用一下你的刀吗?"

安德士从腰带上取下刀。

"你想做什么?"他小声问。

卡莱试了试刀刃。

"破坏!"他说,"破坏飞机。这是我现在想出来的唯一办法。"

"好啊,鼓起大包的脑袋想出的办法还挺聪明。"安德士小声鼓励说。

卡莱脱掉衣服。

"过一两分钟就使劲叫几声,"他对其他人说,"吸引飞行员往这边看。"

他走了。他悄悄地在杉树间迂回前进,很快接近码头。当艾娃-露达和安德士发出印第安人的叫喊时,他又跑了最后的几米,然后滑进水里。

他预想的完全正确。飞行员警惕地朝叫的方向看,而没有注意到一个消瘦的男孩像闪电一样飞过。

卡莱在码头底下游泳。无声——跟在玫瑰之战中多次练习的一样。他很快到达码头的顶端，靠近了飞机。

他小心翼翼地往上看，通过开着的驾驶室的门他看到了飞行员，也看到了教授，同时教授也看见了他。飞行员只顾朝森林那边望，什么也没有看见。卡莱举起刀，做了几个砍的动作，让教授明白，他为什么而来。

教授明白了。他明白了他自己应该做什么。卡莱用刀刺飞机时，肯定会产生一些噪声，飞行员会听见。在这种情况下必须要让他听到来自其他方向的更大的噪声。教授担负起制造噪声的任务。他开始喊叫，并用双脚使劲跺地板。飞行员以为他发疯了——如果他没疯，确实是一个奇迹！

听到俘虏第一次高声喊叫时，飞行员确实吓了一跳。他所以害怕，是因为太突然了。他生气了，因为他害怕了。

"闭上嘴。"他用奇怪的外国口音说。他不会很多瑞典语，但还是会一些。

"你闭上嘴。"他说，他奇怪的外国口音还很好听。

但是教授的叫喊声和跺脚的声音比刚才更厉害。

"我愿意怎么闹就怎么闹。"他高声说。直到这时候他才感到，跺一跺脚、大声喊叫几声还真痛快，这样可以减轻他的精神压力。

"你闭上嘴！"飞行员说，"不然我把你的鼻子打掉！"

教授继续喊叫，而水下的卡莱迅速、有条不紊地工作着。他紧靠着水上飞机的左浮水筒，用刀子在上面一下又一下地刺着。海水开始从无数个小洞往里涌入。卡莱对自己的工作非常满意。

"好啦好啦，总而言之，你们使用的防弹轻型装甲可能太少了。"卡莱从码头水底游回来的时候心里想。

"你闭上嘴。"飞行员再一次用好听的外国口音说。这次教授听了。

18

八月一日星期二,早晨6点钟。小牛岛上空艳阳高照。大海蓝蓝,石楠花怒放,青草上露珠晶莹。艾娃-露达站在树丛中呕吐。在她整个一生中,每次想起这个早晨她都会感到难受。他们什么时候都不会忘记这个早晨,不管是她,还是经历此事的其他人。

就是那声枪响。在森林里的某个地方有人开了枪。开枪的地方很远,可以说相当远。但是在宁静的早晨,这枪声显得格外清脆,这是个不祥的预兆,当在空中回荡的枪声碰到耳膜时,人们就会觉得难受,就会躲起来呕吐。

人们不知道那颗子弹是否打中了目标,只知道拉斯莫斯和尼克同一个残酷无情、手持武器的人都在森林里。大家束手无策,只能等待,尽管不清楚等待什么。等待某种事情发生——不管什么事情只要能改变一下处境就行。无尽头的等待!好像一辈子的时间都过去了。可能永远会这样下去——朝阳照耀着

长长的码头，一架飞机在水上摇摆着，一只叫鹡鸰的小鸟在石楠花丛中"唧唧"地叫着，红蚂蚁在树丛后面的石头上爬来爬去，而他们躺在那里等待。森林里一片宁静。真的会永远这样下去吗？

安德士耳朵尖，他第一个听到。

"我听见有什么声音在响，"他说，"我想可能来了一只摩托艇！"

其他人也仔细听。啊，真的——轻微的嘟嘟声从海上传来。在这个被上帝和人类遗忘的小岛上，这轻微的嘟嘟声是他们从外部世界听到的第一个声音。

在他们待在岛上的五天里，没有见过一个人，没有看见一只汽艇，连一只捕捉鲈鱼的小船也没见过。但是这时候海面上出现了一只摩托艇。它会到这儿来吗？谁知道呢？这里有众多的岬角、海峡，这只摩托艇有可能驶向完全相反的方向。如果它来了，也不能跑到码头上扯开嗓子拼命喊："快过来，快过来，不然就晚了！"但是你想呀，如果船上坐的是一群兴致勃勃的度假人，挥一挥手，笑一笑，就过去了，根本没注意听事情的原委，那怎么办呢？

紧张、茫然充满了每一根神经。

"经过这件事以后，我们再也没有人样了。"卡莱说。

其他人没有听见他讲什么。他们除了海上的嘟嘟声,没有意识到其他的事。嘟嘟声越来越近,他们很快就看到了那只船,在很远很远的地方。船——两只,千真万确!

但是同时从森林里也走出一个人来,是彼得士。紧跟在他后面的是布鲁姆和斯万贝里。他们不顾一切地朝飞机跑去,好像大难临头。可能他们也听到了摩托艇的声音,他们害怕了。没有看见尼克和拉斯莫斯。这意味着……不,他们没有心思想意味着什么!他们的眼睛一直盯着彼得士。这时候他已经到了飞机前面,爬进驾驶室,坐在教授旁边。那里显然没有布鲁姆和斯万贝里可坐的地方。他们听见彼得士对他们高声说:"暂时到森林里躲一躲!今天晚上派人来接你们!"

螺旋桨旋转起来。飞机开始在水上滑行,卡莱使劲咬着嘴唇。现在就要看他的破坏是成功还是失败了。

来来去去,飞机在水面上来来去去地滑行着,却飞不起来。飞机左侧显得特别沉重,入水越来越深,最后开始倾斜。

"乌拉!"卡莱叫着,他已经忘乎所以。但是他还记得,教授还在飞机里。当他看到飞机下沉时,他不安起来。

"走!"他对其他人高声说。他们从树丛中蹿出来,就像埋伏了很久的一支野外小分队。

飞机已经沉到海峡里,水面上什么也看不到了。但是有人在水里游着。他们不安地数着,啊,一共有三个人。

突然那里出现了摩托艇。他们几乎把摩托艇的事忘了。仁慈的摩西，站在其中一只摩托艇前边的人是谁呀？

"比约尔克叔叔！比约尔克叔叔！比约尔克叔叔！"

他们拼命叫着，声带都要裂开了。

"啊，是比约尔克叔叔！"艾娃－露达抽泣着说，"啊，亲爱的，多么好啊，他来这儿啦！"

"他带来那么多警察。"卡莱发疯似的叫着，他放心了，像一块石头落了地。

海峡里乱得像一锅粥。他们看到一大片穿制服的人，救生圈被扔出去，一些人被从水里拉上来。他们至少看到两个人被拉上来。但是第三个人呢？

第三个人朝岸上游去，看来他拒绝救援。他肯定想自救。其中一只摩托艇跟着他。他已经游出去很远了。

现在他到了码头，双手抓住岸边，用力爬上去，然后大步朝安德士、艾娃－露达和卡莱这边奔跑。他们又躲到树丛后面，因为跑过来的人气急败坏，他们有些害怕他。

现在他已经离他们很近了，他们看到他的眼睛里充满愤怒、失望和仇恨，但是目光茫然，根本就没有看见树丛后边有一小股人马。他根本不知道，他最厉害的敌人就近在咫尺。就在他经过时，从路边伸出一条男孩瘦骨嶙峋的腿挡住他的去路。随着一声叫骂，他在石楠树中摔了个狗啃泥。这时候他

们——他的敌人,一齐扑向他,用力压住他。他们抓住他的胳膊和大腿,把他的头紧紧按在地上,拼命喊叫着:

"比约尔克叔叔!比约尔克叔叔,快来帮忙!"

比约尔克叔叔来了。那还用说,他从来不背叛自己的朋友——勇敢的白玫瑰骑士。

这时候在森林里,有一个人躺在青苔上,旁边坐着一个小男孩在哭泣。

"看呀,尼克,你流血了。"拉斯莫斯说。尼克的衬衣上有一块血迹,并且在迅速扩大。拉斯莫斯用脏脏的手指摸了摸血迹。

"见鬼,那个彼得士真愚蠢!他对你开枪了吧,尼克?"

"对,"尼克说,他的声音很小很奇怪,"对,他开枪打中了我……不过你不要哭……最主要的是你要照顾好自己!"

他是一个贫穷而没有什么文化的海员,他躺在那里,认为自己即将死去。他很高兴。他一生做过很多蠢事,但是他最后做的这件事是正确的,是善事,为此他感到高兴。他救了拉斯莫斯。在他倒在那里的时候,他不知道是否救出了孩子,但是至少自己尽了力。他知道,他跑的时候心脏跳得像个风箱,他感到再也跑不动了。他知道他曾经紧紧地把拉斯莫斯抱在怀里,直到子弹飞过来,他倒下。拉斯莫斯像一只受惊的野兔跑

进森林躲了起来。现在他又回到尼克身边——那只受惊的野兔。彼得士不见了,他匆匆忙忙跑了。他当然不敢久留,不敢继续寻找拉斯莫斯。所以现在森林里就剩下他们两个人——尼克和坐在他身边哭泣的小家伙,小家伙是尼克一生中唯一关爱的人。尼克自己也不明白,他为什么要这样做。他不记得从什么时候开始……可能从第一天开始,当拉斯莫斯得到弓箭时,为了表示感谢用手抱住尼克的大腿,并且说:

"我认为你很友善,小尼克!"

但是现在他很担心。他怎么样才能使拉斯莫斯离开这里,回到他的朋友们身边?码头那边肯定出了事。那架飞机没飞成,摩托艇的到来一定有说法。有种种迹象告诉尼克,这桩不光彩的勾当已经结束,彼得士完蛋了,就像他自己一样。尼克很满足。一切都会好起来,只要拉斯莫斯现在能马上回到他父亲身边。一个小孩子不能坐在森林里,看着一个人死去。尼克想让自己的朋友回避,但是他不知道应该怎么办。他不能对他说:"你一定要走,因为老尼克要死了,他想一个人安安静静地躺在这里。他为你重新成为一个自由、幸福的小男孩感到特别欣慰,你又可以玩尼克为你制作的弓箭和树皮船了。"

不行,不能这么说!这时候拉斯莫斯把手放在他的脖子上,用温柔的语调说:

"走吧,小尼克,我们离开这里!我们去找我爸爸!"

"不，拉斯莫斯！"尼克费力地说，"我走不动了，知道吗，我想待在这儿。但是你自己一定要走……你一定要走！"

拉斯莫斯撅起嘴。

"你注意，我不会走！"他坚定地说，"我要等着跟你一块儿走。就这样！"

尼克没有回答。他已经没有一点儿力气，他不知道应该说什么。拉斯莫斯把鼻子贴近他的脸小声说：

"因为我喜欢你，非常非常喜欢！"

这时候尼克哭了。他长大以后就没有这么哭过，因为第一次有人对他说这样的话。

"你真好，"他抽泣着说，"你怎么能喜欢一个劫匪呢？"

"啊，我觉得劫匪很友善。"拉斯莫斯肯定地说。

尼克使出全身最后的力气。

"拉斯莫斯，你现在一定要照我说的去做。你一定要去找卡莱、安德士和艾娃－露达。你一定可以成为一名白玫瑰骑士，知道吧！你一定能！"

"对对，这还用说，但是……"

"好啦，就这样！快走吧！我相信，他们在等你。"

"对，但是你呢，尼克？"

"我想躺在青苔上，这儿很舒服。躺在这儿休息，听小鸟唧唧地叫。"

"不过……"拉斯莫斯话未说完,忽然听见远处有人叫喊。那个人在叫他的名字。

"是我爸爸。"拉斯莫斯高兴地说。

这时候尼克又哭了,但声音很低。他把头埋在青苔里,有时候上帝对一个年迈的罪人很仁慈——现在他用不着再为拉斯莫斯担心了。他感激得流下泪水……因为他很难跟穿着满身脏衣服的小人说再见。那孩子正犹豫地站在那里,是去找爸爸,还是留在尼克身边呢?

"去对你的爸爸说,森林里躺着一个老不死的劫匪。"尼克说。

这时候拉斯莫斯又用双手搂住他的脖子,哭泣着说:

"你不是什么老不死的劫匪,尼克!"

尼克费力地举起手,抚摩着拉斯莫斯的脸颊。

"再见了,拉斯莫斯!"他小声说,"现在走吧,祝你成为一名白玫瑰骑士。最好的小玫瑰……"

拉斯莫斯又听见有人叫他的名字。他哭着站起来,犹豫不决地站在那里,眼睛看着尼克,然后走了。他几次回过头来,向尼克招手。尼克已经没有力气向他招手,但是他用饱含泪水的蓝眼睛目送着他走远。

现在这里已经没有拉斯莫斯。尼克闭上眼睛。他现在很满足,也很累,睡一觉一定会很舒服的。

19

"瓦尔特·西格弗里德·斯塔尼斯劳斯·彼得士,"警察总署刑侦处长说,"完全相符。总算抓到了!难道您自己不认为,您的一切到了该了结的时候了吗?"

彼得士工程师没有回答这个问题。

"请给我一支烟。"他烦躁地说。

比约尔克下士警官走过去,把一支罗宾汉牌香烟伸到他的嘴唇中间。

他坐在码头附近的一块石头上,双手戴着手铐。他后边坐着其他人——布鲁姆、斯万贝里和外国飞行员。

"您可能知道,我们已经追踪您很久了。"刑侦处长继续说,"我们在两个月以前侦察到了您的电台,但是正当我们要下手的时候您失踪了。您大概厌烦了间谍工作,所以改劫持人质了吧?"

"前一项工作和后一项工作都不错。"彼得士玩世不恭地

说道。

"啊，可能。"刑侦处长说，"但是现在，对您的前途来说，不管是前一项工作，还是后一项工作，都结束了。"

"对，现在差不多全完了。"彼得士附和着，语调有些刻薄。他大口大口地吸着烟。

"有一件事我非常想知道，"他说，"你们是怎么知道我待在小牛岛上的？"

"我们到这里才知道。"刑侦处长说，"而我们之所以到这里来，就因为昨天晚上里尔切平的一位老教师偶然在收音机短波里听到我们的朋友卡莱·布鲁姆奎斯特发出的一条短消息。"

彼得士恶狠狠地看了卡莱一眼。

"真难以想象，"他说，"如果我能早到两分钟，一定好好收拾他！该死的小崽子！麻烦始终出在他身上。我宁愿跟整个瑞典安全局较量，也不愿与他们纠缠。"

刑侦处长走到坐在码头上的三名白玫瑰骑士跟前。

"安全局很高兴有你们几位小助手。"他说。

三个人不好意思地眼睛朝地上看。而卡莱这时候想，严格地说他们不是帮助安全局，而是帮助拉斯莫斯。

彼得士用鞋跟踩灭烟头，内心默默地诅咒着。

"我们还等什么，"他烦躁地说，"该到哪儿去就到哪

去吧!"

在夏季蓝色的大海上,在几百个岛屿之中有一个绿色的小岛。太阳照耀着小房子,照耀着那长长的码头,照耀着停在那里被海浪冲得上下跳动的小船。海鸥展开白色的翅膀在杉树枝上空高飞,不时地有一只闪电般地潜入水中,叼起一条鸥白鱼。那只小小的鹡鸰鸟仍然殷勤地在石楠丛中跳来跳去,红蚂蚁也还在远处的石头上爬个不停。它们可能在今天在明天在夏季结束之前的所有日子,继续这样忙碌着。但是没有人会知道这件事,因为不会有人待在那里。再过一会儿,这个岛就会荒无一人,就会从他们的视线里消失,他们再也不会看到它。

"我现在看不到艾娃-露达的小屋子了。"卡莱说。

他们几个人挤在摩托艇后边,眼睛盯着他们正在离开的那个郁郁葱葱的小岛。他们回味往事仍然心有余悸。他们对能离开这个充满阳光的绿色监狱感到很庆幸。

拉斯莫斯没有回头看。他坐在爸爸的膝盖上,对爸爸脸上长了那么多胡子感到很不安。你想想看,胡子越长越长,爸爸骑摩托车时,它们很有可能卷到轮子里去!

还有一件事让他不放心。

"爸爸,为什么大白天尼克要睡觉?我希望他能醒来,跟

我讲话。"

教授痛苦地朝担架看了一眼,尼克躺在那里,处于昏迷状态。他还有机会感谢这个为他儿子作出牺牲的人吗?可能没有了。尼克的伤势很重,他活下来的机会很小,至少还需要等两个小时他才能上手术台,时间可能来不及了。人们确实在与死亡赛跑,比约尔克下士警官尽最大努力争取时间,但是……

"现在我已经看不见码头了。"艾娃-露达说。

"啊,好极了!"卡莱说,"不过你看,安德士,那边是我们的游泳峭壁!"

"还有我们的草棚。"安德士低声说。

"睡在草棚里特带劲,你知道吗,爸爸?"拉斯莫斯说。

卡莱突然想起来,有一件事必须要跟教授讲。

"我确实希望,叔叔的摩托车还在我们放的地方。"他说,"我希望不会有人抄走。"

"我们可以到那里去看看它是否还在,"教授说,"我更担心的是我的文件。"

"嘘嘘,"卡莱说,"我已经把它们放在一个很可靠的地方了。"

"现在你可以说出在什么地方了吧。"艾娃-露达好奇地说。

卡莱神秘地笑了。

"猜一猜！当然在面包房阁楼上的柜子里！"

艾娃-露达惊叫一声。

"你真不聪明！"她高声说，"你想一想，如果红玫瑰方把它们偷走了怎么办！"

卡莱想到这一点显得有些不安，不过他很快镇静下来。

"嘘嘘，"他说，"那我们再把它们夺回来！"

"对！"拉斯莫斯激动地说，"我们集合兵马，把它们夺回来。我也要成为一名白玫瑰骑士，爸爸！"

这个惊人的消息并没有使教授得到安慰。

"卡莱，你都让我急出白头发了。"他说，"当然，我这辈子也报答不了你的恩情，但是我要告诉你，如果文件丢失了的话……"

比约尔克下士警官打断了他的话。

"不要担心，教授！如果卡莱·布鲁姆奎斯特说您一定会得到您的文件，那肯定没错儿！"

"不管怎么说，小牛岛现在一点儿也看不见了。"安德士一边说一边往船下"哗哗"的水里啐了口唾沫。

"这个尼克，他只是睡呀睡呀。"拉斯莫斯说。

那个古老亲切的司令部——没有任何人有比白玫瑰更好的司令部！面包房阁楼又宽又大，那里有很多好玩的东西。就像

松鼠往自己窝里藏东西一样，白玫瑰这几年也搜集来很多好东西。墙上的弓箭、盾牌和木质宝剑。屋顶上有一个吊索。墙角堆积着乒乓球、拳击手套和过期的周刊。靠墙的一边放着艾娃－露达的旧柜子，里边保存着白玫瑰的藏宝盒，盒里放着教授的图纸。确切地说曾经放过。因为它们现在已经被拿走了，那些宝贵的文件曾经招惹过很多麻烦，从长远来看，他应该把它们存在银行的保险柜里。

啊，红玫瑰方没有把文件拿走，艾娃－露达的担心没有根据。

"如果我们真的知道文件放在那里，我们会把它们转移到我们自己的司令部。"当红白玫瑰骑士谈论此事的经过时西克斯顿说。他们坐在面包师家有斜坡通向河边的院子里，安德士添油加醋地讲整个可怕的故事。

"开始，我在星期四夜里挂在那棵小树上。此后再没有一刻的安宁。"他不容置疑地说。

"你们的运气是那么好。"西克斯顿刻薄地说，"为什么劫匪们不早来几分钟，让我们从经过埃凯隆德别墅时看到呢？"

"那你们也太过分了。"艾娃－露达说，"可怜的彼得士，如果他让你们也卷进来，判终身坐牢可能都太轻了吧？"

"少废话。"西克斯顿说。

这是回家后的第一个晚上。随后又过了几天。此时此刻白

玫瑰方正在面包房阁楼里的司令部开会。首领站在房子中央,用庄重的声音讲话。

"现在把一位无私无畏的人,一个勇敢的战士命名为白玫瑰骑士。这位战士的英名威震四海。拉斯莫斯·拉斯莫松——出列!"

这位威震四海的战士走出队列。他很小,看起来也不吓人,但是在他的额头上燃烧着激情之火,这是一名白玫瑰骑士的重要标志。他抬起头看了首领一眼。他的蓝色眼睛里闪着一道亮光,这道亮光清楚地表明,他梦寐以求的愿望现在得到了满足。他终于要成为一名白玫瑰骑士,这个时刻终于到了!

"拉斯莫斯·拉斯莫松,现在举起你的右手宣誓。你发誓,从现在到永远忠于白玫瑰,不泄露机密,红玫瑰出现在哪里,就在哪里与他们作斗争。"

"我尽力去做。"拉斯莫斯·拉斯莫松说。他举起手宣誓。

"我发誓从现在到永远当一名白玫瑰骑士,不管我出现在哪里都泄露所有的秘密,嘟嘟嘟,我发誓!"

"泄露所有的秘密——他肯定能做到!"卡莱小声对艾娃-露达说,"我从来没见过哪个孩子像他这样快嘴快舌的。"

"对,不过他还是很优秀的。"艾娃-露达说。

拉斯莫斯满怀希望地看着首领——下边干什么呀?

"嗨,你说错了,"安德士说,"不过没关系,都一样。

拉斯莫斯·拉斯莫松,请你跪下!"

　　拉斯莫斯跪在阁楼坚硬的地板上。啊,他高兴极了,他饶有兴趣地抚摩着地板——随后这也是他的司令部了!

　　首领从墙上摘下一把剑。

　　"拉斯莫斯·拉斯莫松,"他说,"在你刚才庄严宣誓忠于白玫瑰后,我恭喜你成为一名白玫瑰骑士。"

　　他把宝剑挂在拉斯莫斯的肩膀上,拉斯莫斯兴高采烈地从地板上跳起来。

　　"不管怎么说,我现在真的成了一名白玫瑰骑士了吗?"他说。

　　"比大多数都纯洁。"卡莱说。

　　就在同一瞬间,一块石头从开着的阁楼窗子飞进来。咚的一声落在地板上。安德士赶紧拾起来。

　　"敌人送来的信。"他一边说一边展开包在石头上的一张纸。

　　"小红玫瑰们写什么?"艾娃-露达问。

　　安德士念道:

　　　白玫瑰脏鬼们:

　　　　你们瞎猫碰死耗子,在书架后边找到了陈年老文件,但是想找到大莫姆王国,没门儿。因为,你们听着,因为

它住在大型野生动物窝里,那里的名字是秘密!但是大型野生动物咬你们鼻子时,你们会叫出一半它的名字。剩下部分做面包,你们明白了吧,脏鬼们?

"我们现在该喊杀了吧?"当首领念完以后,拉斯莫斯满怀希望地说。

"不行,我们要首先思考一下。"艾娃-露达说,"拉斯莫斯,如果我咬你的鼻子你会怎么样?"

"我会说'别咬'。"拉斯莫斯说。

艾娃-露达弯下腰,开玩笑地咬了一下他圆圆的鼻子尖。

"哎呀!"拉斯莫斯叫了一声。

"对,很对,人们会叫'爱雅',"艾娃-露达说,"'哎呀',就是'爱雅'。"

"烤面包要用面粉,"安德士说,"面粉是白的。一种动物咬人鼻子,颜色是白的。红玫瑰方编得多傻呀。"

"白色的小狗,"卡莱说,"一定是叫爱雅的那只白色的德国阿尔萨斯牧羊犬。"

"我的天啊,他们怎么能把大莫姆王国放到爱雅的狗窝里去了呢?"艾娃-露达说,"他们一定把它麻醉了。"

"把谁——大莫姆王国?"安德士刨根问底地说。

"哎呀,当然是爱雅!"

爱雅是主治医生哈尔贝里的狗，脾气跟这位医生一样坏。

"他们大概是趁哈尔贝里医生到外边遛狗的时候，偷偷放在里边的。"卡莱说。

"那我们怎么办呢？"艾娃－露达问。

他们坐在地板上，开军事会议。拉斯莫斯也参加了。他全神贯注地听——紧张有趣的事情总算要开始了！

安德士看着拉斯莫斯心生一计。拉斯莫斯等了很久，一心要成为一名白玫瑰骑士，拒绝他太没有心肝了。但总是有这样一个小东西跟在屁股后边也太麻烦了。要想办法给他点儿事情做，以便其他人能安安静静地讨论玫瑰之战，避免他过多地干扰。

"你，拉斯莫斯，"安德士说，"快到医院去一趟，侦察一下爱雅是否在窝里！"

"我能高喊'冲啊'、'杀啊'吗？"拉斯莫斯问。

"当然！"艾娃－露达说，"赶快行动！"

拉斯莫斯开始行动。他为了能爬上爬下白玫瑰司令部使用的绳索练习了好几个小时。往上爬他还不行，往下滑还可以，尽管滑的时候有很大危险。

这时候他抓住绳索，高喊"冲啊！"喊声在面包师家院子里回荡。

"好极了，"当他走远了以后，安德士说，"现在我们可

以讲正事了——当哈尔贝里医生带着爱雅去散步时,外出进行侦察,你去做,艾娃－露达!"

"遵命。"艾娃－露达说。

拉斯莫斯直奔医院跑去。他曾去过那里看望尼克——他知道应该怎么走。主治医生的别墅就在医院附近,爱雅的狗窝就在别墅旁边。"闲人免进"和"当心狗"两块牌子挂在主治医生院子的大门上。但幸运的是,拉斯莫斯不识字,他直接闯了进去。爱雅正在窝里,它愤怒地对拉斯莫斯狂吠,拉斯莫斯吓得停下脚步。他误解了自己的任务,他认为自己的任务就是把大莫姆王国拿回司令部。但是当爱雅狂吠时,他怎么敢呢?他朝周围看了看,想请人帮助,他发现有一位叔叔朝他走来,他松了口气。此外,正是这位医生给尼克做的手术。

哈尔贝里医生正要去医院,他看到爱雅的窝边站着这位白玫瑰小骑士,医生当然不知道站在面前的是一位骑士,否则他可能会有更多的理解。这时候他很生气,加快脚步走过来,想教训一下这位不速之客。但是拉斯莫斯一向认为,不仅劫匪,主治医生也都很友善,他用乞求的目光看着那张严厉的脸,并且说:

"喂,请你把你的狗放出去一会儿,我想取走大莫姆王国。"

当这位医生没有马上照他吩咐的去做时,他抓住教授的手,温和但很固执地把他朝狗窝拉去。

"大好人,你快一点儿,"他说,"因为我很忙。"

"喂。"哈尔贝里医生一边说一边笑了。这时候他认出了拉斯莫斯——这就是被劫走的那个小男孩,报上登了很多关于他的事情。

"你不想跟我去看看尼克吗?"医生问。

"当然想,但是首先我要拿到大莫姆王国。"拉斯莫斯坚持说。

尼克已经知道所有关于大莫姆王国的事,他也看到了它。拉斯莫斯自豪地把它放在鼻子底下,他还喊了一句"冲啊!"好让尼克亲耳听一听。

"我现在是一名白玫瑰骑士,你知道吗?"拉斯莫斯说,"我刚才宣誓了。"

尼克用羡慕的目光看了看他。

"好啊,他们再也找不到比你更好的白玫瑰骑士。"他满意地说。

拉斯莫斯抚摸着他的手。

"真好,你不再睡觉了,尼克。"他说。

尼克也认为,他不再睡觉了是件好事。他还要再过一段时

间才能出院。不过他知道,他能够恢复健康。出院以后的生活总会有办法。哈尔贝里医生和教授都保证会尽可能帮助他,尼克面对未来心情很平静。

"你现在不流血了,真好。"拉斯莫斯指着他的衬衣说,他现在穿的衬衣又白又漂亮,没有一点儿血迹。

尼克也有这个感觉。他过去从来没有生过病,他像儿童一样,对医药专家们的许多出色的发现极为崇拜。比如输血,他很想讲给拉斯莫斯听——你想想好啦,医生们把另外一个人的血抽出来,输到他的身上,因为他在小牛岛失血过多。

"是从另外一个劫匪身上抽的吗?"拉斯莫斯问,他也认为医生们的发现真够棒的。

但是他太忙了。在打玫瑰之战的时候,他不应该到医院探望病人。他手里使劲攥着大莫姆王国,朝门口走去。

"再见吧,尼克!"他说,"我改天再来看你。"

尼克还没来得及回答,他就跑远了。

"这个小东西。"尼克自言自语地说。

卡莱、安德士和艾娃-露达还坐在面包房的阁楼里。面包师里桑德刚刚到上面给他们送了几个刚烤好的小蛋糕。

"实际上你们不配吃蛋糕。"他嘟囔着,"你们真让人着急,不过不跟你们置气了。"他一边说一边用手抚摩着艾娃-露达的脸颊,"一点儿蛋糕还是值得给你们吃的!"

当他走到楼下面包房时,外边响起了"冲啊!"的喊声,是派出去的那位侦探回来了。他跑上楼梯,那动静就像来了一大队人马似的。

"在这儿。"他一边说一边把大莫姆王国扔在地板上。

卡莱、安德士和艾娃-露达直愣愣地看着他。他们直愣愣地看着大莫姆王国。他们彼此直愣愣地看着,然后哗的一声大笑起来。

"白玫瑰得到了一件秘密武器,"安德士说,"就是我们得到了拉斯莫斯。"

"对,现在红玫瑰方没希望了。"卡莱说。

拉斯莫斯不安地一个挨一个地看了看他们。他们大概不是笑话他吧?他肯定做对了吧?

"我大概干得不错吧?"他担心地问。

艾娃-露达在他的鼻子上轻弹一指。

"对,拉斯莫斯!"她一边说一边笑,"你干得确实不错。"

~译者后记~

　　我完成了瑞典著名儿童文学作家林格伦作品系列的第八卷《我们都是吵闹村的孩子》的翻译工作后，心里特别高兴，回想起翻译林格伦的作品完全出于偶然。1981年我去瑞典斯德哥尔摩大学留学，主要是研究斯特林堡。斯氏作品的格调阴郁、沉闷，男女人物生死搏斗、爱憎交织，读完以后心情总是很郁闷，再加上远离祖国、想念亲人，情绪非常低落。我吃不好饭，睡不好觉，每天不知道想干什么，想要什么，有时候故意在大雨中走几个小时。几位瑞典朋友发现我经常有意无意地重复斯特林堡作品中的一些话。斯特林堡产生过精神危机，他们对我也有些担心，因为一个人整天埋在斯特林堡的有着多种矛盾和神秘主义色彩的作品中很容易受影响。他们建议我读一些儿童文学作品，换一换心情。我跑到书店，买了一本林格伦的《长袜子皮皮》，我一下子被崭新的艺术风格和极富人物个性的描写所吸引。我一边读一边笑，觉得自己浑身充满了力量。我好像跟皮皮一样，能战胜马戏团的大力士，比世界上最强壮的警察还有力量，愤怒的公牛和咬人的鲨鱼肯定不在话下。由于

职业的关系，我读完一遍以后开始翻译这本书，一个暑假就完成了。从此，翻译林格伦的书几乎成了我的主业。

我第一次见到林格伦是在1981年秋天，是由给我奖学金的瑞典学会安排的。她的家在达拉大街46号，对面是运动场，旁边有森林和草地。当时女作家还算年轻（74岁），亲自给我煮咖啡。我们谈了儿童文学和儿童教育问题。1984年我从瑞典回国，她表示希望到中国看看。这个消息传出以后，瑞典—中国友好协会和瑞典驻中国大使馆立即表示，什么时候都可以安排。不过医生认为，路途太遥远，不宜来华访问，因此未能成行。但是她对我说，由于她的作品被译成中文，她开始关注中国的事情。1997年她已经90岁高龄，并且双目失明，在一般情况下她已经不再接待来访者，但当她听说我到了斯德哥尔摩以后，一定要见一见。当时我和我的夫人都很感动，在友人的帮助下，我们一起合影留念。2000年秋我去斯德哥尔摩的时候，朋友告诉我，她的身体已经很不好，大部分记忆消失，已经认不出人了。但是圣诞节的时候，我仍然收到了以她的名义寄来的贺卡。

不知什么原因，我和林格伦女士一见如故。她曾开玩笑说，可能是我们都出生在农民家庭。1984年我回国以后一直与她保持联系，有时候她还把我写给她的信寄到报社去发表。1994年，当她得知我翻译时还用手写的时候，立即给我寄来

永远的皮皮
永远的林格伦

中国少年儿童新闻出版总社隆重推出——

国际安徒生奖获得者
瑞典童话大师林格伦儿童文学全集

长袜子皮皮　淘气包埃米尔　小飞人卡尔松　大侦探小卡莱　米欧，我的米欧

狮心兄弟　吵闹村的孩子　疯丫头马迪根　绿林女儿罗妮娅　海滨乌鸦岛

叮当响的大街　铁哥们儿擒贼记　小小流浪汉　姐妹花

　　中国最著名的瑞典文学翻译家李之义先生，曾荣获瑞典国王颁发的"北极星勋章"。他用近30年的时间完成了林格伦儿童文学全集的翻译，其译作准确生动、风趣幽默，深受中国孩子喜欢。

10000克朗，让我买一台电脑。我和她虽然相隔几千公里，但我和我的家人时刻惦记着她，希望她健康长寿。

　　我已经把林格伦的主要作品和一部分由她的作品改编成的电影译成中文，断断续续用了 20 年的时间。作品中的故事大都发生在 20 世纪上半叶，作家笔下的风俗、习惯、传统、民谣、器物等，现代人都比较陌生了。我在翻译中遇到的问题，除了作家本人亲自给我讲解以外，还得到很多瑞典朋友的帮助，如罗多弼和列娜夫妇、林西莉女士、韩安娜小姐、史安佳女士和隆德贝父女等，在此对他们表示深深的感谢。希望我的拙译能给小读者们和他们的父母带来愉悦，并增加对这个北欧国家儿童生活的了解。